ALL SOULS TRILOGY

魔法觉醒三部曲

《魔法觉醒》

A DISCOVERY OF WITCHES

《黑夜魅影》

SHADOW OF NIGHT

《生命之书》

THE BOOK OF LIFE

LL SOULS TRILOGY

魔法觉醒三部曲［II］

黑夜魅影 上卷

DEBORAH HARKNESS

［美］德博拉·哈克尼斯 著　　徐翠萍 译

清華大學出版社
北京

图书在版编目（CIP）数据

黑夜魅影 /（美）黛博拉・哈克妮斯著；徐翠萍译．— 北京：清华大学出版社，2019（2021.2重印）
（魔法觉醒三部曲）
书名原文：Shadow of Night（Book Two of the ALL SOULS TRILOGY）
ISBN 978-7-302-52817-3

Ⅰ．①黑…　Ⅱ．①黛…　②徐…　Ⅲ．①长篇小说－美国－现代　Ⅳ．①I712.45

中国版本图书馆 CIP 数据核字（2019）第 082669 号

责任编辑：纪海虹
装帧设计：郑新东　夏玮玮
责任校对：王荣静
责任印制：杨　艳

出版发行：清华大学出版社
网　　址：http://www.tup.com.cn，　http://www.wqbook.com
地　　址：北京清华大学学研大厦 A 座　　**邮　　编**：100084
社 总 机：010-62770175　　**邮　　购**：010-62786544
投稿与读者服务：010-62776969，c-service@tup.tsinghua.edu.cn
质量反馈：010-62772015，zhiliang@tup.tsinghua.edu.cn
印 装 者：北京嘉实印刷有限公司
经　　销：全国新华书店
开　　本：148mm×210mm　　**印　　张**：23.125　　**字　　数**：574 千字
版　　次：2019 年 10 月第 1 版　　**印　　次**：2021 年 2 月第 4 次印刷
定　　价：88.00 元（上下卷）

产品编号：069387-01

献给故事大师、历史学家

莱西·鲍德温·史密斯

他早就建议我写小说

The past cannot be cured.

过去的无法治愈。

——伊丽莎白一世，英格兰女王

CONTENTS

目 录

SHADOW
OF
NIGHT

第一部分

PART I

伍德斯托克：旧馆

Woodstock: The Old Lodge

1

我们以不体面的姿态跌作一团：一个女巫，一个吸血鬼。马修被我压在下面，修长的四肢折成难堪的姿势。穿越时携带的那本大书被夹在我俩中间，银质小雕像则因为着地的冲击力滑出去，落到了地板上。

“我们来对地方了吗？”我不敢睁眼，担心我们还在21世纪萨拉的谷仓里，而不是16世纪的牛津郡。陌生的气味属于一个我不熟悉的时光。青草的香气，夏天的气味，还有一股浓郁的烟味。我听到了木柴燃烧时发出的噼啪声。

“黛安娜，睁开眼睛自己看吧。”凉凉的唇擦过我的脸，轻若羽毛。马修轻笑一声，温柔地凝视着我，灰绿色的眼睛如波涛汹涌的大海，脸色是专属于吸血鬼的苍白。他将手抚过我的脖子和肩膀，问：“你没事吧？”

从遥远的21世纪来到马修的过去，在这漫长的旅程后，感觉一缕风就可能把现在的我吹散架。我在姨妈家里练习过几次短暂的穿越，从没有过这样的感觉。

“我还好，你呢？”我一直看着马修，不敢看四周。

“到家了，可以松口气了。”马修仰头，脑袋轻磕在木地板上，让散落地上的灯芯草和薰衣草散发出更浓郁的夏日香气。早在1590年，他就对旧馆很熟悉了。

我逐渐适应昏暗的光线，看到一张大床、一张小桌子、几条窄窄的长凳、一把椅子。视线穿过支撑罩篷的雕花立柱，我看见了一个把这里与另一个房间连接起来的门道，光线从那里照进来，洒在罩篷和地板上，形成一个歪歪扭扭的长方形。这个房间的墙壁上装有精致的折布式镶板，与我在马修现代的家里看到的一样。我去过几次他在伍德斯托克镇的家。我仰头看天花板——上面的灰泥涂得很厚，嵌了格子镶板，每个格子里都装饰有一朵描金的红白两色都铎玫瑰。

“在建造这栋房子的年代，玫瑰花是必选装饰。”马修不动声色地说，“我受不了它们。一有机会，我们就把它们全部漆成白色。”

一阵风吹来，蓝色和金色相间的烛火突然跳起来，照亮了挂毯华丽的一角和床单上用精美的针脚勾勒出的果叶图案。现代纺织品没有那样的色泽。

我忽然心情大好，笑道：“我真的成功了，没有搞砸，没有穿越到别的地方，比如蒙蒂塞洛或者——”

“是的。”他微笑着回应，“你做得很好。欢迎来到伊丽莎白时代的英格兰。”

我有生以来第一次对自己女巫的身份深感荣幸。作为历史学家，我研究过去；但正因为我是女巫，我才能回到过去。我们穿越到了1590年，我可以学习遗失的魔法，不过，在这里我要学的东西绝对不止于此。我低下头，想给马修一个庆祝的吻，但开门声让我停了下来。

马修用手指压住我的嘴唇。他轻轻扭过头，鼻翼翕动，认出是谁在隔壁后便放松下来，我却只隐约听到了一些簌簌声。他一个动作就干净利落地捡起书，扶着我，然后拉着我的手往门口走。

隔壁房间里有个男人，他顶着一头蓬乱的棕发站在桌边，桌子上凌乱地放着一些信件。男人中等个子，身材匀称，衣服华贵，做工讲究。他时不时哼几句歌，调子很陌生，由于声音太低，我也听不清楚歌词。

马修的脸上掠过震惊的表情，随后勾起嘴角，露出亲切的微笑。

“我亲爱的马特，你到底在哪里呢？”那人边说边把一张纸举到灯光下。马修的眼睛瞬间眯了起来，目光里的纵容被不悦取代。

“基特，在找什么东西吗？”那个年轻男人一听到马修的声音，立刻把纸丢到桌上转过身来，满脸喜悦。我见过这张脸，在克里斯托弗·马洛写的《马耳他岛的犹太人》里见过。

“马特！皮埃尔说你在切斯特，可能回不了家，但是我知道你不会错过我们的年度聚会。”所有的字句听起来都很熟悉，但是他的语调很奇怪，所以我得全神贯注才能听懂他说的是什么。根据我对莎士比亚戏剧的了解，我知道伊丽莎白时代的英语跟我所学的现代英语不一样，而且比我以为的更难听懂。

“怎么不留胡子了？你病了？”马洛看到我的时候，眼神变得闪烁不定，他的视线让我感觉到压力，这说明他是一个精灵。

我强忍冲动，没有冲上去和英国首屈一指的剧作家握手，再连珠炮似的向他提问。他就站在我面前，我在脑海中飞快搜索关于他的为数不多的信息：他的戏剧在1590年上演过吗？他现在多大年龄？比我和马修年轻，这是肯定的，这时的马洛不可能超过三十岁。我对他露出热情的微笑。

“你在哪里找到那个的？”马洛不屑地指着我的方向说。我扭头去看，以为他说的是某个丑陋的艺术品，但我身后空空如也。

他指的是我，我的笑容凝固了。

“基特，客气一点！”马修皱起眉头。

马洛对此毫不理会，说：“没关系，如果你非要不可的话，就在其他人来之前尽情享用她吧。乔治已经来了些日子了，老样子，吃你的东西，看你的书。到现在他还是没人资助，一文不名。”

“基特，我所有的东西都欢迎乔治享用。”马修把我的手抬起来亲了一下，面无表情地盯着年轻男人说："黛安娜，这是我的好朋友克里斯托弗·马洛。"

马修的介绍让马洛有机会更加肆无忌惮地审视我，他的目光从我的脚趾一寸寸移到我的头。这个年轻男人的鄙夷再明显不过了，虽然他把妒忌收敛了起来。他确实是爱上了我的丈夫。我在麦迪逊翻开马修那本《浮士德博士》，触摸书上的题词时，就这样怀疑过。

"我还不知道伍德斯托克有个专养高个女人的妓院，马修，你找过的妓女大多数都娇小可人，这一个却完全是亚马逊女战士。"基特扭头看着桌上凌乱的纸张，不以为然地说，"老狐狸给我的最新消息，说你是去北方办事，不是去寻欢作乐，怎么有时间光顾她呢？"

"基特，你这么轻易浪费人家的善意，真让人意外。"马修慢吞吞地说，话里带着警告的意味。马洛似乎正关注那些信件，并没有听出来，还在得意扬扬地笑。马修把我的手握得更紧了。

"黛安娜是她的真名，还是为了招揽顾客取的花名？也许应该让她展示一下右边乳房，或者怎么拉弓射箭。"马洛拿起一张纸建议，"记得那个时候，黑衣修士贝丝非要我们叫她阿佛洛狄忒[①]才让我们——"

"黛安娜是我的妻子。"眨眼间，马修已经不在我身边了，他的手正揪着马洛的衣领。

"不可能。"马洛一脸震惊。

"是真的。也就是说，她是这里的女主人，而且受到我的保护。因此——当然还要加上我们长期以来的友情——以后不准你再说她的坏话，不准诋毁她。"

我动了动手指，刚才马修一气之下握紧了我的手，导致我左手

① 希腊神话中的爱与美之神。

无名指上的戒指被勒进了肉里，在那里留下了一道浅红色的勒痕。戒指上的钻石尽管没有做切面，但还是捕捉到温暖的火光。这份意外的礼物来自马修的母亲伊莎波，几个小时之前——几百年前？几百年后？——马修说着古老的婚礼誓言，把这枚钻戒戴到我的手上。

两只吸血鬼和杯盘碰撞的声音一起进入房间。一个是身材修长的男人，黑眼睛、黑头发，长了一张表情丰富的脸，棕色皮肤让他看上去饱经风霜；他端着一个细颈酒壶和一个杯柱是海豚形状的高脚杯，海豚的尾巴托着杯身。另一个是骨瘦如柴的女人，端着一盘面包和奶酪。

“您回来了，*老爷*。”男仆明显感到很困惑。说来也怪，他的法国口音反而很容易让人听懂。“星期四来的信使说——”

“皮埃尔，计划变了。”马修转向女仆说，“弗朗索瓦丝，我妻子的东西在路上丢了。她当时穿的衣服太脏，我就给烧了。”虽然他撒起谎来面不改色，但是基特和那两只吸血鬼看起来并不相信。

“您的妻子？”弗朗索瓦丝重复，她的口音跟皮埃尔的一样，“但是，她是个——”

“温血人。”马修说完，从托盘上拿起酒壶，又说：“皮埃尔，你去告诉查尔斯，家里添人了。黛安娜身体不适，医生建议她吃新鲜的鱼肉，得有人去趟市场。”

皮埃尔眨了眨眼睛说：“是，*老爷*。”

“她还需要穿的。”弗朗索瓦丝打量着我说。马修点头后，她就消失了，皮埃尔紧随其后。

“你的头发怎么了？”马修夹着一缕微红的卷发问我。

“噢，不是吧。”我一边说一边抬手摸。不知何时，淡金色的披肩发变成了微红的齐腰卷发。上一次我的头发突然有了自己的意志，还是在我大学时代，当时我要扮演《*哈姆雷特*》里的奥菲利亚。不管是那时还是现在，它的疯狂生长和颜色变化都不是好兆头。我体内的女巫在穿越过程中苏醒了，说不定还释放了其他力量。

吸血鬼或许已经闻到了我体内活跃的肾上腺素和陡增的焦虑，或者听到了血液发出的声音。而基特这种精灵，则能察觉到我体内增加的能量。

“天啊，”他坏笑着说，“你把一个女巫带回家了，她做了什么恶事？”

“基特，不用你管，这也不是你该管的事。”马修一面命令他，一面温柔地抚摸我的头发，对我说：“别着急，我的心肝儿，一定是因为你太累了。”

我的第六感明确告诉我不是这个原因，这一次的变化不是疲劳可以解释的。虽然我有女巫的血统，但是我无法确定自己继承的力量究竟有多强大，即便是我的姨妈萨拉和她的伴侣埃米莉·马瑟，也无法确切说出我有哪些力量，或者怎么控制它们。马修已经凭借科学检测在我的血液里发现了相关的基因符号，却也不能确定那些符号代表的潜在能力会在什么时候爆发，或者是否会爆发。

我还没来得及思虑更多，弗朗索瓦丝就回来了。她拿着像缝衣针的东西，嘴里咬着一些大头针。跟着她一起回来的，还有一堆行走的天鹅绒、毛料和亚麻布，布堆下面露出一双棕色的长腿。

“这些是用来干什么的？”我指着那些大头针问。

“当然是用来让夫人您穿上这个的。”弗朗索瓦丝说着，从布堆最上面扯下一件面粉口袋似的棕色衣服。虽然她的选择让我心存怀疑，但是由于我对伊丽莎白时代的时尚知之不多，所以只能任由她摆布了。

“基特，去楼下，待在你该待的地方，”马修对他的朋友说，“我们很快下来找你。你要管住自己的嘴，我的事情由我自己来讲，不用你说。”

“悉听尊便，马修。”马洛拽了拽身上那件紫红色紧身短上衣的褶边，用这个满不在乎的动作来掩饰自己颤抖的手，然后嘲弄似的微微鞠躬，既服从了马修的命令，又表示他心有不甘。

精灵一离开，弗朗索瓦丝便把面粉口袋似的衣服放在旁边的长凳上，然后转着圈打量我的身材，以确定最好从哪里着手。她十分烦恼地叹了口气，然后开始为我装扮。马修走到桌旁，那些铺在桌上的纸张吸引了他的注意。他拆开一封折叠整齐、用粉红色封蜡封住的信件，飞快浏览上面写得极小的字。

“上帝，我忘了那件事。皮埃尔！”

“老爷？”一个低沉的声音从衣服堆里传出来。

“把那些东西放下来，跟我说说克伦威尔小姐最近有什么不满。”马修对皮埃尔和弗朗索瓦丝既亲近又威严，如果这是对待仆人的方式，那么我得花一些时间才能掌握。

他俩在炉火边小声说话，弗朗索瓦丝把布料披到我身上，用大头针固定，再用绳子捆扎，把我装扮成可以见人的模样。她看着我戴在一只耳朵上的耳环，发出啧啧的赞叹声。金丝绕成的耳环坠着原本属于伊莎波的宝石，这只耳环跟马修的《浮士德博士》和雕成狩猎女神的棋子一样，是帮助我们回到这个特定时代的物件。弗朗索瓦丝在附近的箱子里翻找，很快就找到了搭配耳环的首饰，帮我戴好。最后，她给我套上一双厚厚的长袜，一直拉到膝盖上，然后用猩红色的带子固定住。

“我觉得我准备好了。”我说想立刻下楼开始参观。阅读历史书籍与亲历历史是完全不一样的，就在刚才与弗朗索瓦丝短暂接触，迅速学习在这个时代如何着装的过程中，这一点得到了证实。

马修打量着我说：“可以了——目前来看。”

“效果应该会更好，因为她相貌平凡，不会给人留下深刻印象。”

弗朗索瓦丝说，“正是一个女巫在这栋房子里应该有的样子。”

马修没有回应她，转身对我说：“黛安娜，下楼之前，记住说话要谨慎。虽然基特是个精灵，乔治也知道我是吸血鬼，但是即便是思想最开明的生物，也会对陌生人心怀顾虑。”

在楼下大厅里，我向马修身无分文的朋友乔治说了声“晚上好”，我想这是伊丽莎白时期很得体的问候。

“这位女士是在说*英语*吗？”乔治睁大了眼睛说。他一只手举着一副圆眼镜，蓝眼睛被镜片放大，看起来像青蛙的眼睛；他的另一只手撑在腰上，我上一次看到这个姿势，还是在维多利亚和阿尔伯特博物馆里的画像上。

“她一直生活在切斯特。”马修立刻解释。乔治看上去将信将疑。显然，即使我生活在英格兰北部人烟稀少的地方，也无法解释我怪异的说话方式。马修的口音已经变得柔和，很符合这个时代的节奏和语调，而我说的还完全是现代的美式口音。

“她是个女巫。”基特喝了口酒，纠正道。

“真的吗？”乔治饶有兴趣地重新打量我。没有任何迹象表明这个男人是个精灵，他没有表现出异常的兴奋，也没有吸血鬼的冰冷眼神。乔治是个普通的温血人——一个看上去疲惫不堪的中年人，似乎已经被生活打垮了。“但是，马修，你不是跟基特一样已经不喜欢女巫了吗？你不让我写这方面的题材，我那时要写一首有关赫卡忒[①]的诗，你告诉我——”

“我非常喜欢这个女巫，所以就娶了她。”马修打断他，为了让他相信，还坚定地吻了我的嘴唇。

① 希腊神话中的幽冥和魔法女神。

“你娶了她！”乔治说着，把目光转向基特。他清了清嗓子说：“那么，我们应该庆祝两件出乎意料的事，一是你没有如皮埃尔所想耽误了大事，二是你还带回来一个妻子。我在此衷心祝贺你！”他煞有介事的口气让我想起毕业典礼上的致辞，于是我忍住不笑。乔治则眉开眼笑地对我鞠躬，说：“罗伊登夫人，我是乔治·查普曼。”

这是一个熟悉的名字，我开始在历史学家凌乱的大脑信息库中搜索。查普曼不是炼金术士——我专门研究炼金术的历史，并没有在这个神秘领域里发现他的名字。他跟马洛一样，是个作家，但我想不起他的任何作品。

我们免去了过多寒暄，马修同意与客人们在炉火前坐一会儿。男人们开始讨论政治，乔治为了让我参与他们的谈话，问起我来时的路况和天气。我尽可能少说话，认真观察他如何打手势、如何用词，以便假装自己是伊丽莎白时代的人。我的专心倾听让乔治很开心，他开始滔滔不绝地聊他最新的文学创作。基特不甘心沦为配角，主动提出要朗读《浮士德博士》的片段，终止了乔治的发言。

“就当是为朋友预演吧，”这个精灵的眼睛闪闪发光，“晚些时候才是真正的表演。”

“基特，今天就到这儿吧，现在已经是大半夜了，而且舟车劳顿，黛安娜也累了。”马修说着，把我拽起来。

我们离开的时候，基特还在盯着我们，他知道我们在隐瞒着什么。当我冒险加入他们的谈话时，他捕捉到了我每一个用词的变化；当马修记不起自己的鲁特琴放在什么地方的时候，他露出了若有所思的表情。

我们离开麦迪逊时，马修已经提醒过我，即便在精灵中，基特也是异常敏锐的。我好奇马洛会花多少时间弄清楚我们在隐瞒什么。但没过几个小时，我的疑问就有答案了。

第二天早上，房子里的活动已经展开，我和马修还在温暖的被窝里聊天。

一开始，马修还愿意回答我提出的有关基特（原来他是一个鞋匠的儿子）和乔治（他竟然比马洛大不了多少）的问题。然而，当我问到家庭事务的管理和女人的行为举止这些方面的问题时，他很快就不耐烦起来。

“那我应该穿哪种衣服？”我试图让他认真听我的问题。

“我认为已婚女人不应该穿着这个睡觉。”马修拽了拽我身上质地精细的亚麻宽睡袍，解开花边领口。他正要吻我的耳根，哄我同意他的想法时，我们的罩篷突然被人拉开，耀眼的阳光让我立刻眯起眼睛。

“怎么样？”只听马洛问。

一个肤色黝黑的精灵越过马洛的肩膀看过来，看起来很像爱尔兰传说中的小妖精，体型瘦小，削尖的下巴因为留着稀疏的褐色山羊胡而更加突出，头发显然有好几个星期没碰过梳子了。我赶忙抓紧睡袍的前襟，亚麻布是透明的，而我没有穿内衣。

“基特，你也见过怀特大师[①]画的弗吉尼亚人，和这个女巫一点都不像。”陌生的精灵很失望地回答。随后他才注意到对他怒目而视的马修，说：“哦，早上好，马修。我可以借用你的象限仪吗？这一次我保证不拿到河边去。”

马修把头靠在我的肩膀上，叹了口气，闭上了双眼。

“她肯定来自新大陆——或者非洲，”马洛拒绝提我的名字，“不

① 约翰•怀特（John White，1540—1590），英国画家，1585年随英国考察队前往北美洲，住在今北卡罗来纳州（当时称弗吉尼亚）的洛亚诺克岛上，他的作品记录了当地风光和原住民的生活。

是来自切斯特，也不是来自苏格兰、爱尔兰、威尔士、法国、神圣罗马帝国，而且我相信她不是荷兰人，也不是西班牙人。”

“早上好，汤姆，你和基特为什么非要在这个时候讨论黛安娜的出生地？还是在我的卧室里？”马修一边收紧我睡袍上的系带一边说。

“这么好的天气不应该躺在床上，就算你患了疟疾神志不清也不行。基特说你一定是烧糊涂了，否则不会轻率地娶了这个女巫。”汤姆尽情展现精灵的典型作风，完全不理会马修的问题，自顾自喋喋不休，“路是干的，我们已经到了几个小时了。”

“酒也没有了。”马洛埋怨。

“我们？”除了汤姆还有其他人？旧馆里的人已经多得要把房子挤爆了。

“出去！**夫人**必须梳洗好才能见老爷。”弗朗索瓦丝端着一盆热气腾腾的水走进来，皮埃尔像往常一样跟在她后面。

“发生什么大事了？”乔治未打招呼就进来，正好破坏了弗朗索瓦丝的赶人计划。“诺森伯兰勋爵被冷落在大厅里了，他要是我的赞助人，我绝不会这样对他！”他又说。

“哈尔[①]在看一篇关于天平制作的论文，那篇文章是一位比萨数学家寄给我的，他现在满意着呢！”汤姆坐在床边气愤地说。

我意识到他说的数学家正是伽利略，顿时激动不已。1590 年，伽利略是比萨大学的初级教授，他写的关于天平的论文还没有发表。

汤姆，诺森伯兰勋爵，一个与伽利略有书信来往的人。

我惊讶地张大了嘴：坐在床边的精灵一定是托马斯·哈里奥特。

“弗朗索瓦丝说得对，你们都出去！所有人。”马修和汤姆一样

---

① 亨利的昵称。

气愤地说。

“我们应该怎么跟哈尔说？”基特意味深长地看了我一眼。

“就说我马上下去。”马修说着翻了个身，把我紧紧搂在怀里。

马修的朋友陆续出去后，我开始捶打他的胸膛。

“这是为什么？”他龇牙咧嘴地问，但我只打得自己的拳头出现瘀青。

“因为你没告诉我你的朋友都是谁！”我撑起身子，低头盯着他说，“如果我没有搞错的话，他们分别是伟大的剧作家克里斯托弗·马洛，诗人和学者乔治·查普曼，数学家和天文学家托马斯·哈里奥特，不仅如此，那位才子伯爵还在楼下等你！”

“我想不起来亨利什么时候有这个称号，但可以确定现在可没有人这样叫他。”马修觉得好笑，这只会让我更加恼火。

“再来个沃尔特·雷利爵士，暗夜学派就到齐了。”听我提到由激进分子、哲学家和自由思想家组成的传奇团体，马修望向窗外。**托马斯·哈里奥特，克里斯托弗·马洛，乔治·查普曼，沃尔特·雷利……**

“不过，马修，你**现在**是谁呀？”出发前，我忘了问他这个问题。

“我现在是马修·罗伊登，”他扬头说，仿佛是初次见面时的自我介绍，“是诗人们的朋友。”

“历史学家们几乎对你一无所知。”我吃惊地说。马修·罗伊登是与神秘的暗夜学派有联系的最扑朔迷离的人物。

“现在知道马修·罗伊登的真实身份了，你没有感到惊讶，对吗？”他挑起黑色的眉毛问道。

“噢，够我惊讶一辈子了。在你把我牵进这团混乱之前，实在应该提醒我一声。”

“就算提醒你了，你还能做什么呢？我们离开前几乎来不及穿衣服，更不用说先做一些调查研究了。”他坐起身，把脚放到地板上。的确，那时属于我们两个人的时间少得可怜。“黛安娜，你完全不用担忧，他们都是普通人。”马修说。

无论马修说什么，他们对于我来说绝不是什么普通人。暗夜学派的成员离经叛道，他们讥讽宫廷腐败、教会和大学沽名钓誉，他们是一群“疯狂、恶劣、危险之徒”。我们可不是在万圣节前夕和昔日好友温馨团聚，而是掉进了伊丽莎白时代的马蜂窝。

“你的朋友们有多鲁莽暂且不提，反正你向我介绍他们的时候，别指望我会装作若无其事，你要知道我长大后的时间都用来研究历史了。”我说，“托马斯·哈里奥特是这个时代最重要的天文学家之一，你的朋友亨利·珀西是个炼金术士。”皮埃尔很熟悉女人大发脾气的先兆，他赶紧把一条黑裤子递向我丈夫，以免他被我的怒火冲击时还光着两条腿。

“沃尔特和汤姆也是。”马修没有接过皮埃尔递给他的裤子，而是摸着下巴说，“基特也沾到一点边，不过没什么成绩。你不要老想着你了解到的那些信息，不管怎么说它们都有可能是错的。还有你使用现代历史名词时要小心，”他终于伸手拿过那条裤子穿上，继续说，“‘暗夜学派’是威尔想出来攻击基特的名号，不过这是好几年之后的事了。”

“我不关心威廉·莎士比亚做过什么，在做什么，要做什么——除非他现在和诺森伯兰勋爵一样待在楼下！”我从高脚床上滑下来。

“威尔当然不在楼下。”他轻蔑地挥挥手，“沃尔特不喜欢他的格律，基特认为他断章取义，还是个剽窃者。”

“哦，那我放心了。你打算怎么跟他们说我的事？马洛知道我们在隐瞒什么。”

马修灰绿色的眼睛看着我，“告诉他们真相吧，我想。”皮埃尔递给他一件紧身上衣——黑色锦缎上有繁复的压花图案——目不斜视地盯着我身后某个地方，他真是好仆人的典范。“告诉他们你是个时光穿越者，一个来自新世界的女巫。”

“真相。”我干巴巴地说。皮埃尔听见了马修说的每一个字，却没有任何反应。马修不理会他，好像他不存在似的。我不知道我们会不会在这里待很久，久到我也习惯无视他的存在。

“为什么不呢？汤姆会把你说的每个字记下来，然后和他做的有关阿尔冈昆语[①]的笔记进行比较。除此之外，没有人会太在意。”马修似乎更关心他的穿着，而不是他的朋友们对此事的反应。

弗朗索瓦丝带着两个捧着干净衣服的年轻温血女人回来了。她指了指我的睡袍，于是我躲到床柱子后面去换衣服。庆幸的是，在学校更衣室换衣服的经历消减了我在陌生人面前换衣服的尴尬。我把亚麻布睡袍的下摆掀到腰上，拉过肩头。

“基特会在意，他一直在找讨厌我的理由，告诉他真相，就可以给他提供一大堆理由了。”

“他不是问题。”马修自信地说。

“马洛是你的朋友还是你的傀儡？”我正要把睡袍从头上脱下来，就听到有人惊恐地倒吸一口凉气，低呼“我的上帝”。

我顿时呆立在原地。弗朗索瓦丝已经看到了我的后背，看到一道月牙形的伤疤从一侧的肋骨下方延伸到另一侧，也看到了肩胛骨之间的那颗星。

“我来为夫人更衣，”弗朗索瓦丝冷静地说，“你们把衣服放下，回去干活吧。”

① 一种北美原住民语言。

两个女仆行了一个屈膝礼，好奇地对视一眼就离开了。她们没有看到那些记号。她们一走，我们三个同时开口。弗朗索瓦丝惊骇地问："是谁干的？"马修说："不要让任何人知道。"我则像为自己辩解似的说："只不过是两道伤疤。"

"有人给你烙上了德•克莱蒙家族的标志，"弗朗索瓦丝摇摇头说，"这是**老爷的标记**。"

"我们违反了圣约，"我极力忍着胃里的翻腾，一想起被另一个女巫烙上叛徒标记的那一晚，我就感到恶心，"这是圣会对我们的惩罚。"

"所以你们才回到这里。"弗朗索瓦丝哼了一声，"圣约愚蠢至极，菲利普•德•克莱蒙根本就不应该附和它。"

"圣约让我们安全地远离了人类。"我并不赞同圣约，对执行圣约的九人圣会也没有好感，但不可否认的是，长期以来，它的确让超自然生物回避了不必要的注意。由精灵、吸血鬼和巫师共同立下的古老誓言禁止生物插手人类的政治或宗教事务，还禁止三个物种之间的私下来往。巫师只能和巫师打交道，吸血鬼和精灵也要遵守同样的规则。不同物种不应该恋爱和通婚。

"安全？**夫人**，不要以为这里就是安全的，我们都不安全。英国人有迷信观念，他们能看到每一个教堂墓地里的鬼魂，每一口大锅周围的巫师。圣会的存在只不过是让我们和毁灭隔开一步之遥。你来这里躲避是很聪明的。好了，你得穿好衣服去见其他人了。"弗朗索瓦丝说着，帮我脱下睡袍，递给我一条湿毛巾和一盘闻起来像迷迭香和橘子的黏糊糊的东西。虽然我不习惯像个孩子似的被人伺候，但我知道马修这个阶层的人过惯了衣来伸手饭来张口的日子。皮埃尔递给马修一杯喝的，那东西颜色太黑，不可能是酒。

"她不仅是个女巫，还是个**时光编织者**，对吗？"弗朗索瓦丝悄悄问马修。“时光编织者”这个陌生的说法，让我想起了穿越过程中看到的那些五彩缤纷的细线，我们就是顺着那些细线才来到了这个特定的时间。

“是的。”马修点头。他一边喝那杯东西，一边注视着我。

“但是，如果她是来自另一个时代，那就意味着……”弗朗索瓦丝睁大眼，随后露出若有所思的表情。马修的言谈举止肯定是跟以前不一样了。

她怀疑他不是原来的马修，我意识到这一点，立刻警觉起来。

“我们知道她在老爷保护之下，这就足够了。”皮埃尔粗声粗气地说，明显是在警告弗朗索瓦丝。他递给马修一把短剑说：“这意味着什么并不重要。”

“这意味着我爱她，她也爱我。”马修目不转睛地看着他的仆人说，“不管我对其他人说什么，这就是真相，明白吗？”

“明白。”皮埃尔回答，他的语气却表明他很困惑。

马修看了弗朗索瓦丝一眼，她噘起嘴，不情愿地点点头。

弗朗索瓦丝继续为我梳洗，给我裹上一条厚厚的亚麻毛巾。她不可能无视我身上的其他疤痕——在那漫长的一天里被萨图烙上的那一条，还有后来新增的，但她不再问什么了，只是让我坐到炉火旁的一把椅子上，开始给我梳头。

“老爷，这件耻辱的事是在您宣布自己爱上了这个女巫之后发生的吗？”弗朗索瓦丝问。

“是的。”马修说着把短剑扣在腰间。

“那就不是一个manjasang做的，”皮埃尔咕哝着——“manjasang”是欧西坦语，意思是“食血族人”，“没人敢招惹德·克莱蒙家族。”

“没错，是一个女巫做的。”虽然寒气被隔绝在外，但他的话却还是让我打了个寒战。

“但是有两个食血族人在袖手旁观。”马修冷冷地说，“他们会付出代价的。”

“过去的就让它过去吧。”我不想挑起吸血鬼之间的仇恨，我们的处境已经够艰难的了。

“如果您是作为老爷认定的妻子遭到了那样的对待，那么这事就没完。”弗朗索瓦丝一边说，一边麻利地把我的头发编成辫子盘起来，用饰针固定，“虽然在这个忠诚不值一提的丑陋的国家里，您的姓氏变成了罗伊登，但我们不会忘记您是德·克莱蒙家族的一员。”

马修的母亲已经提醒过我，德·克莱蒙是个庞大的家族。在21世纪，作为这个家族的成员，我因为自己要承担的义务和受到的限制而恼火。在1590年，我没有学会属于自己的魔法，对巫术几乎一无所知，我所知道的祖先也还没有出生。在这里，我只能依靠自己的头脑和马修。

“所以我们彼此是有共识的，但我现在不想添麻烦。”我低头看着伊莎波给我的戒指，用大拇指触摸。现在看来，要天衣无缝地融入过去的想法实在是太天真了。我环顾四周，说：“而且……”

“黛安娜，我们来这儿有两个原因：如果可能的话，给你找个老师；再找到那卷炼金术手抄本。”当初，正是那卷名为《阿什莫尔782号》的神秘手抄本让我们相遇。在21世纪，那卷手抄本原本安全地藏在牛津大学的博德利图书馆里。我填写借书单的时候，并不知道这样一件小事会解开把手抄本隐藏在书库里的复杂魔咒，也不知道在我还书的那一刻，被解开的魔咒又恢复了。传言这卷手抄本可以揭开巫师、吸血鬼和精灵的很多秘密，我对此却一无所知。马修认为，与其在现代世界里费劲地尝试再次破解魔咒，倒不如回到过去寻找或许还未被施咒的《阿什莫尔782号》。

“在我们回去之前，这里就是你的家。”他竭力安慰我。

虽然房间里结实的家具与博物馆和拍卖目录里的一样眼熟，但是这个旧馆没有家的感觉。我摸着身上厚厚的亚麻毛巾——萨拉和埃姆的成套毛巾因为反复水洗，褪色严重，变得轻薄，和这种布截然不同。从另一个房间里传来的说话声时快时慢、时而高昂、时而低沉，没有一个现代人——即使是历史学家——能够掌握这种节奏。但是，来到过去是我们的唯一选择，待在麦迪逊的最后几天里，其他吸血鬼清楚地证明了这一点——他们对我们穷追不舍，还差点杀死马修。为了顺利落实接下来的计划，我必须成功扮演一个伊丽莎白时代的女人。

“啊，美丽的新世界。”在莎士比亚的《暴风雨》诞生之前二十年引用里面的话，是对历史的严重侵犯，但是这个早晨实在太头疼了。

“对你而言是新的。”马修回答，“那么，你准备好迎难而上了吗？”

“当然，等我把衣服穿好。”我挺起胸膛，从椅子上站起来，“怎么跟一位伯爵打招呼呢？”

2

事实证明，我实在没必要担心自己有失礼数，因为那位名叫亨利·珀西的伯爵是个性格温和的大人物，并不把头衔放在心上。

恪守礼节的弗朗索瓦丝一边发出啧啧声，一边慌忙地给我穿上从四处搜罗出来的衣服：别人的衬裙；把我的运动员体格勒成较为传统的女性身材的紧身胸衣；一件闻起来像薰衣草和雪松、带花边高领的绣花衬衣；一条状似大钟的黑色天鹅绒裙子；还有皮埃尔最好的外套——唯一一件做工考究的衣服，但是一点也不合身。弗朗索瓦丝已经尽力了，可是胸前那颗扣子还是扣不上。我屏住呼吸，收紧腹部，希望在她拉扯胸衣带子的时候能够出现奇迹，然而恐怕只有上帝才能把我变成窈窕淑女。

在辛苦的穿衣过程中，我问了弗朗索瓦丝许多问题。我见过这个时代留下来的画像，以为她会在我腰上挂一个笨重的鸟笼似的裙撑，把我的裙子撑起来。但弗朗索瓦丝说，更加正式的场合才会用到那个东西。她只在我腰上系了一个形似甜甜圈、用布料填充的东西。这东西唯一可说的好处就是让层层叠叠的布料离开了我的双腿，让我能够不怎么费劲地走路——前提是没有家具挡路，还必须走直线。但是，不管怎么说，我都应该学会行屈膝礼。弗朗索瓦丝快速教我如何行礼，同时解释如何使用亨利·珀西的不同称谓——虽然他姓珀西，是个伯爵，但是我应该称他“诺森伯兰勋爵”。

然而，我根本没有机会让刚学到的知识派上用场。我和马修刚走进大厅，一个瘦高的年轻人就突然站起来跟我们打招呼。他穿着棕色皮革旅行服装，上面还带着泥点子，一张宽脸上露出好奇的表情，一双浓浓的灰色眉毛高高挑起，直逼额头上方明显的美人尖。

“哈尔。”马修像个兄长一般，面带宠爱的笑容。伯爵却并没有理会他的老朋友，而是朝我走来。

“罗伊登夫……夫人。”伯爵的声音低沉而呆板，几乎没有起伏，也没有重音。下楼前，马修就已经告诉我，亨利从小患有轻微失聪和口吃，但他很擅长读唇语。跟他说话时，我不用因为自己的口音而感觉不自在。

“我明白了，基特又多管闲事了，”马修沮丧地笑着，“我本来想自己告诉你的。”

“谁来转达喜讯又有什么关系呢？”诺森伯兰勋爵鞠躬说道，“感谢您的盛情款待，夫人。这种状况下打扰您还请见谅。您能迁就您丈夫的朋友真是太慷慨了。得知您的到来，我们本应该立刻告辞，住旅馆会更合适。”

“您能光临舍下实在是我们的荣幸，大人。”这个时候我应该行屈膝礼，但是沉重的黑裙子不好摆弄，紧身胸衣也勒得我无法弯腰。我站到得体的位置，刚准备行礼就一阵踉跄。一只指尖有厚茧的大手飞快伸过来把我扶稳。

“就叫我亨利吧，夫人。其他人都叫我哈尔，所以我的本名就算很正式了。”像很多听觉不灵的人一样，伯爵有意用柔和的声音说话。他松开我，转向马修问：“胡子怎么没了？马特，你病了？”

“得了场疟疾而已，婚姻把我治好了。其他人在哪里？”马修扫了一眼四周，寻找基特、乔治，还有汤姆。

在 21 世纪，我只是在晚上来过这里，此时才发现白天的旧馆大厅和晚上看起来大不一样。那些沉重的镶板原来都是百叶窗，现在全敞开着，让人觉得整个房间明亮通风，尽管远处的墙上有个巨大的壁炉。大厅里装饰着零零碎碎的中世纪石雕工艺品，必定是马修从被拆除的修道院里抢救出来的，包括令人过目不忘的圣人的脸，盾形纹章，哥特式的四叶装饰。

“黛安娜？”马修带着笑意的声音打断了我对这房间和各种摆设的观察，“哈尔说，其他人都在客厅里打牌、看书。他觉得只有得到了女主人的邀请，他才可以加入他们。”

“当然，伯爵一定要留下来，我们也可以立刻加入他们。”正在这时，我的肚子开始咕咕叫。

“或者我们先给你找些吃的。”他眼带笑意提议。我与亨利·珀西的初次打交道没有出乱子，马修开始放心了。“你吃东西了吗，哈尔？”

“皮埃尔和弗朗索瓦丝跟以前一样周到。”他安慰我俩，“当然了，如果是和罗伊登夫人一起……”伯爵没把话说完，他的肚子开始和我的肚子一起叫唤。这个人高得像头长颈鹿，肯定需要大量食物来供应身体所需的能量。

“我也盼着一顿丰盛的早餐呢，大人。”我笑着说。

“亨利。”伯爵温和地纠正。他咧嘴一笑，露出脸上的酒窝。

“那您必须叫我黛安娜，如果诺森伯兰勋爵总称我‘罗伊登夫人’的话，我是无法对他直呼其名的。”虽然弗朗索瓦丝坚持认为，我有必要维持对伯爵高贵头衔的敬意。

“很好，黛安娜。”亨利伸出一条胳膊说。

他领我穿过一条冷风乱窜的走廊，走进一个天花板较低的温暖舒适的小房间。这个房间里只有一排朝南的窗户，面积虽小，却塞进了三张桌子和一些凳子、长条椅。耳边传来嘈杂声，还有锅碗瓢盆相互碰撞的声音，想来附近就是厨房。有人把一张日历撕下来，用图钉钉到了墙上；中间的桌子上铺着一张地图，一角用烛台压着，另一角用一个装满水果的锡制浅盘压着——像一幅荷兰静物画，充满生活气息。我停下脚步，那气味让我头昏。

“榅桲。”我伸手去摸。当我还在麦迪逊听马修描述1590年的旧馆时，这种水果的画面曾经浮现在我的脑海里。

一盘普通的水果竟让我产生这样的反应，亨利似乎为此大惑不解，不过他教养极好，没有说什么。我们在桌边坐下来，一名仆人又往我们面前的“静物画”里添加了新鲜面包、一盘葡萄、一碗苹果。看到熟悉的食物真是令人心安。我效仿亨利自己动手拿东西吃，并仔细观察他选的什么、吃了多少。一些细小的差异往往能让一个陌生人泄露身份，我想尽可能表现得跟这里的人一样。我和亨利把自己的盘子装满，马修给他自己倒了一杯酒。

用餐期间，亨利始终彬彬有礼。他不过问我任何私人问题，也不打听马修的私事。相反，他只讲他的狗、他的产业、他那重视纪律的母亲，惹得我们开怀大笑，同时不忘殷勤地为我们从火上取来烤面包片。他正要讲在伦敦搬家的故事时，院子里传来喧哗声。伯爵背对着门，并没有注意到。

“怎么会有她这样的人！虽然你们都警告过我，但是我仍然不相信她会如此忘恩负义。我想，在我把财富都投到她的国库里之后，她怎么也不可能——啊，马修，你病了吗？”来客的宽肩膀把门口都堵住了，只见他的一个肩膀上披着一件披风，颜色和他的卷发一样黑；头上戴着一顶华丽的、饰有羽毛的帽子。

亨利惊讶地转过身去：“你好，沃尔特，你怎么不在宫廷里呢？”

我努力咽下一口面包，这位刚到的来客无疑就是之前缺席的暗夜学派成员，沃尔特·雷利爵士。

“因为想讨一个官位，就被赶出了乐园，哈尔。这位是谁？”他的蓝眼睛敏锐地看着我，牙齿在黑色的胡须间闪闪发亮。“亨利·珀西，你这个狡猾鬼，基特可是说你一心想跟美丽的阿拉贝拉共度春宵。早知道比起十五岁的少女，你更喜欢成熟的女人，我就应该给你介绍一个风流寡妇。”

成熟？寡妇？我才刚满三十三岁。

“她勾住了你的脚，让你礼拜天也不去教堂。我们得感谢这位女士，她让你不用跪拜，可以骑马奔向你的自由天地。”雷利又接着说，他的口音像德文郡奶油一样浓。

诺森伯兰勋爵把烤面包叉放在壁炉上，看着他这位朋友，摇了摇头，然后接着烤。“出去，再进来。要问马修最近有什么好消息，别忘了脸上要有忏悔的表情。”

“噢，不。”沃尔特目瞪口呆地看着马修，“她是你的女人？”

“有戒指为证。”马修说着，用穿着靴子的长腿把一个凳子从桌子下面踢出来，“沃尔特，坐下来吧，喝点麦芽酒。”

“你可是发过誓的，说永远不结婚。”沃尔特明显很困惑。

“费了不少口舌。”

“我想是的。”沃尔特·雷利说着，又打量了我一眼，“真可惜呀，她在一个冷血的家伙身上浪费了时间。我是不会为你浪费一分钟的。”

“黛安娜知道我的本性，所以她并不介意你说的‘冷血’。另外，真正需要说服的人是她。我对她是一见钟情。”马修说。

沃尔特哼了一声。

“不要悲观，老朋友，丘比特也会光顾你的。”马修调皮地眨眨眼，因为他知道雷利的未来。

“丘比特必须得等一等才能把箭射向我，因为目前我要全身心对付女王和海军上将的挑衅。”沃尔特说着，把帽子扔到旁边的桌子上，打乱了正在进行中的双陆棋游戏。他咕哝了一声，在亨利旁边坐下来。“每个人都想从我这儿分一杯羹，但是殖民地的差事落到我头上后，谁也没想着给我升官。今年举行周年庆典是我提出的想法，那个女人却让坎伯兰来负责。”他又发起火来。

“洛亚诺克还是没有消息吗？”亨利温和地问，递给沃尔特一杯深棕色的浓啤酒。听他们提起雷利在新大陆注定要失败的投资，我顿时紧张起来。这是我第一次听到有人公开对事件的未来发展表示好奇，但也绝不会是最后一次。

“怀特上周返回了普利茅斯，因为天气实在恶劣。他还不得不放弃寻找自己的女儿和外孙女，”沃尔特喝了一大口酒，凝视着前方，“天晓得发生了什么事。”①

“春天一到，你就可以回去找到他们。”亨利说得很有把握，但是我和马修都知道，洛亚诺克的移民将永远下落不明，雷利也不会再踏上北卡罗来纳的土地。

“但愿你是对的，哈尔。但是尽管如此，我的麻烦也够多的啦。罗伊登夫人，话说您的家在什么地方？”

“剑桥。”我轻声说，尽可能让自己的回答显得果断、真实。我说的剑桥是马萨诸塞州的城市，而不是英格兰的。但是如果我现在就开始编故事，那我很快就会穿帮。

“那么，你是一个学者的女儿喽。抑或你的父亲是个神学家？马修会很高兴有人跟他谈论信仰，因为除了哈尔，他的朋友在这方面都无可救药。”沃尔特抿了一口酒，等待我的回答。

---

① 1587年，沃尔特•雷利奉伊丽莎白女王之命，策划在北美建立英国殖民地，任命约翰•怀特为洛亚诺克岛总督，后者在殖民地遭遇困难局面，回到英国求援。次年返回殖民地时，怀特发现包括他自己的女儿和外孙女在内的一百余名移民都消失得无影无踪。至今，失踪者的下落仍然是未解之谜。

“黛安娜还很小的时候，父亲就去世了。”马修拉着我的手说。

“对不起，黛安娜，失去父……父亲是很可怕的打击。”亨利低声说。

“那你的第一任丈夫呢？有没有留下儿子或女儿安慰你呢？”沃尔特不知不觉流露出一丝同情。

在这个年代，我这个年龄的女人应该早就已经结婚，生下三四个孩子了。我摇了摇头说：“没有。”

沃尔特皱了皱眉头，但是他没来得及往下追问，基特就来了，身后跟着汤姆和乔治。

“沃尔特，你终于来了，你得把他劝醒。马修不能一直在喀耳刻面前扮演奥德修斯。[①]”基特说完，抓起一只酒杯，在亨利对面坐下来。“嗨，哈尔。”

“把谁劝醒？”沃尔特性急地问。

“当然是马修了。这女人是个女巫，还有点不对劲。”基特眯起眼睛，“她在隐瞒着一些事。”

“一个女巫。”沃尔特警惕地重复。

一个抱着木头经过门口的女仆听见后吓呆了。

“正是，”基特点头肯定，“我和汤姆第一眼就看出来了。”

女仆把木头扔进篮子里，迅速跑开了。

“对于一个剧作家来说，基特，你掌控时间和地点的能力真是令人遗憾。”沃尔特的蓝眼睛看向了马修，“我们是到其他地方讨论此事，还是你来告诉我这只是基特的无聊幻想？如果是后者，我想待在暖和

① 喀耳刻是希腊神话中住在艾尤岛上的女巫。在《奥德赛》中，奥德修斯在返乡途中经过艾尤岛，他的船员被喀耳刻下毒变成了猪，奥德修斯利用草药在一夜间战胜了喀耳刻的魔法，让船员恢复人形。喀耳刻因此爱上奥德修斯，并在未来一年中帮助奥德修斯返回家乡。

的地方，喝完我的麦芽酒。”两人对视了一会儿，见马修毫不动摇，沃尔特低声骂了一句。皮埃尔像收到了信号似的，刚好在此时出现。

“老爷，客厅里的火已经生好了，”这只吸血鬼对马修说，“酒水和食物也都为您的客人准备好了，没有人会去打扰。”

客厅既没有我们吃早饭的房间舒适，也没有大厅气派。漂亮的雕花扶手椅、奢华的挂毯和装裱精美的油画都表明，这个房间主要用于招待最尊贵的客人。壁炉挂着霍尔拜因画的圣杰罗姆和他的狮子，旁边还有一幅他画的肖像，两幅画都是我没见过的，后者画的是长着小眼睛的亨利八世。这位国王手拿着一本书和一副眼镜，忧郁地看着赏画人；他面前的桌子上放满了珍宝；他的女儿——现任女王伊丽莎白一世，站在房间另一头傲慢地盯着他。画上的对峙丝毫不能缓解房间里的紧张气氛。马修双臂环胸站在壁炉旁，像画中人物一样令人敬畏。

“你还是要告诉他们真相吗？”我悄声问他。

“夫人，一般情况下，坦白来得更容易些，”雷利尖刻地说，“朋友之间更是如此。”

“沃尔特，你失态了。”马修带着怒意警告。

“我失态了！跟女巫搞到一起的人有资格说这话吗？”沃尔特发起火来丝毫不输给马修。他的语气里还带着切实的恐惧。

“她是我的妻子。”马修说，他用手拨了拨头发，“至于说她是个女巫，这个房间里，有谁可以说自己不受世人非议呢？不管是因为真事，还是出于人类的想象。”

“但是，娶她——你究竟在想什么呢？”沃尔特木然地问。

“我爱她。”马修说。基特翻了个白眼，拿起银壶重新给自己倒了一杯酒。我本来梦想和他一起坐在舒适的炉火边，讨论魔法和文学，可是在这 11 月刺目的晨光中，这个梦慢慢醒了。我来到 1590 年还不到二十四个小时，却已经极其厌恶克里斯托弗·马洛。

马修的回答让房间里陷入沉默，他和沃尔特还在看着对方，默默较劲。马修对基特的态度是既宽容又有些恼火，对乔治和汤姆则很有耐心，对亨利满怀兄弟情谊。只有雷利跟他旗鼓相当，不相上下的才智、影响力，甚至还有冷酷。这意味着马修只在乎沃尔特的意见，他们既相互尊重，又相互提防，犹如两匹互相较量的狼，证明谁才有能力当头狼。

“那么就这样了。”沃尔特终于服软，慢慢地说。

“就这样。”马修调整双脚，以更均衡的力道踩在壁炉旁。

“你有太多秘密，还有太多敌人，不适合娶妻。即使如此，你还是这么做了。”沃尔特看上去很吃惊，“其他人都说你过于倚赖自己的狡猾，我一直都不相信，但是现在我信了。好吧，马修，如果你真的诡计多端，就告诉我们，如果有人问起，我们应该怎么说。”

基特啪的一声把杯子搁在桌子上，红酒溅到他的手上。

“安静。”沃尔特恼怒地瞥了马洛一眼，“我们为你说的谎也不少了，我很惊讶你居然会反对。马修，继续说下去。”

“谢谢你，沃尔特。天底下只有你们五个会听我的故事，会认为我没有发疯。”马修用手理了理头发，“我们之前讨论过焦尔达诺·布鲁诺关于无数个世界和时光的言论，你们还记得吗？”

众人面面相觑。

“我不确定我们是否正确理解了你的意思。”亨利小心翼翼地说。

“黛安娜的确来自新大陆。”马修停了一下，马洛趁机露出胜利的嘴脸扫视众人。“来自未来的新大陆。”马修接着说。

房间里再次陷入沉默，所有的目光都转向我。

“她说她来自剑桥。”沃尔特茫然地说。

“不是这里的剑桥，我说的剑桥在马萨诸塞州。”因为长时间不开口，再加上紧张，我的声音嘶哑难听。我清了清嗓子，继续说：“再过四十年，洛亚诺克北边就会出现叫这个名字的殖民地。”

惊叹声此起彼伏，问题从四面八方向我抛过来。托马斯·哈里奥特伸出手，迟疑着摸向我的肩膀，刚碰到我实实在在的肉体就惊奇地把手缩了回去。

“我听说过有些生物能随心所欲地改变时间。基特，今天是神奇的一天，不是吗？你想过自己会认识一个时光编织者吗？当然了，我们在她身边的时候必须小心，否则就有可能被她织的网缠住，迷失方向。”哈里奥特一脸神往地说，仿佛对另一个世界充满期待。

“那么，罗伊登夫人，是什么让您选择来这里的呢？”沃尔特的低沉嗓音打断了叽叽喳喳的议论。

“黛安娜的父亲的确是个学者。”马修替我回答。耳边响起好奇的低语，被沃尔特举起的手制止了。“她的母亲也是个学者。他们都是巫师，也都死得很离奇。”

“我们同病相怜，黛……黛安娜。”亨利说。我还没来得及问伯爵他这样说是什么意思，沃尔特就摆摆手，示意马修继续说下去。

“她因此没有受到女巫通常应该受到的……教育。”马修接着说。

“这样的女巫很容易被欺负。”汤姆皱着眉说，“在那个未来的世界里，为什么她这种生物没有得到应有的关照呢？”

“魔法还有我的家族历史，对我来说都没有意义。我想挣脱与生俱来的枷锁。这种心情，我想你一定明白。”我看着基特，这个鞋匠的儿子，希望得到他的认可，哪怕是同情。他却背过脸去。

“无知是不可饶恕的罪孽。”基特摆弄从他黑色紧身上衣剪裁的几十道锯齿形开口的一条缝隙露出的一小截红绸。

“背叛也是。”沃尔特说，“继续说，马修。”

“黛安娜没有受过魔法训练，但她绝不无知，她也是个学者。”马修自豪地说，“酷爱炼金术。”

“女炼金术士不过都是厨房里的哲学家而已。”基特轻蔑地说，“比起大自然的奥秘，她们对如何改善肤色更感兴趣。”

“我在图书馆研究炼金术——不是在厨房。”我生气地反驳，竟然忘了控制自己的语调和口音——基特瞪大了眼睛。“我在一所大学里教这门课程。”

“他们会让女人在大学里教书？”乔治觉得既不可思议又反感。

“还会让女人注册入学。”马修摸着鼻尖带着歉意低声说，“黛安娜是牛津大学毕业的。”

“那么课上的出勤率肯定是提高了。”沃尔特一本正经地说，“如果牛津的奥里尔学院招收女人，那么就算是我也有可能再去读一个学位。在那个位于洛亚诺克北方的殖民地，女学者会受到攻击吗？”到目前为止，从马修的故事里得出这样的结论似乎是合理的。

“不，不会。但是，黛安娜在大学里发现了一本失落的书。”听到这句话，暗夜学派的成员们都在座位上挺直了背。对这群人来说，一本失落的图书远比无知的女巫或者女学者有趣得多。“这本书有超自然生物的秘密信息。”

“那本传说中讲述我们如何起源的神秘之书？”基特看起来惊讶至极，“你以前从不对这些传言感兴趣，马修，事实上，你还视其为迷信。”

“基特，我现在相信了。黛安娜的发现给她招来了敌人。”

“你跟她在一起，所以敌人就拉开门闩冲进来了。”沃尔特摇了摇头。

“马修看上她，怎么会导致这么严重的后果？”乔治问。他伸出手指去摸系着眼镜的黑色缎带。他穿着时髦的紧身上衣，在肚子上鼓起来，他一动，衣服里的填充物就会像装在袋子里的燕麦片一样簌簌作响。乔治把眼镜戴上，仔细打量我，好像我是一个有意思的、新奇的研究对象。

“因为禁止巫师和血族通婚。”基特立刻说。这是我第一次听到“血族”这个说法。

“精灵和血族同样不能通婚。”沃尔特按着基特的肩膀提醒他。

“真的吗？”乔治惊愕地看着马修，又看着我，“女王禁止这样的婚配？”

“是超自然生物之间的古老圣约，没有谁敢违反。”汤姆恐惧地说，“违反圣约的生物会被圣会追捕，受到惩罚。”

只有马修这么老的吸血鬼才知道圣约确立之前是怎样的时代，那时候超自然生物之间的交往，以及我们与人类的交往还没有被严格限制。“不得跨物种亲密来往”是圣约中最重要的规定，由圣会监督执行。当我们的天赋——创造力、体力、超自然的力量——集中出现时，人类是不可能忽视的。比如一个巫师的魔法会让其周围的精灵更显创造力，精灵的才华会让吸血鬼的美貌更加出众。在与人类交往时，我们应该保持低调，不参与他们的政治和宗教。

就在今天早上，马修还坚持认为，16 世纪的圣会有太多其他的问题要去处理——比如宗教战争；异端分子被处以火刑；印刷技术不断用奇闻轶事满足人类的猎奇心理，不会有时间管女巫和吸血鬼谈恋爱这种小事。可是从我在 9 月底遇见马修起，我们就不断遭遇险情，所以我很难被他说服。

“哪个圣会呀？”乔治好奇地问，“是一个新的教派吗？”

沃尔特没有理会这个朋友的问题，而是锐利地看了一眼马修，然后看着我说：“那么，这本书在你手上？”

“这本书不在任何人手上。我把它还给了图书馆。巫师们希望我帮他们再召唤一次。”

“所以说，你被追捕的原因有两个：有些人想让你远离吸血鬼，还有些人把你当做达到预期目的的必要工具。”沃尔特捏了捏鼻梁，疲倦地看着马修说：“你真会招麻烦，我的朋友。而且，这事发生得太不是时候了。还有不到三个星期就是女王的周年庆典了，你到时候应该出现在宫里。”

“女王庆典算什么！反正和一个时光穿越者待在一起是不会安全的。她能看到我们每个人的未来。这个女巫会毁掉我们的未来，带来不幸——甚至会加速我们的死亡。”基特从椅子上跳起来，站在马修的面前继续说，“上帝啊，你怎么能这样做？”

“基特，看来你一直鼓吹的无神论让你失望了。”马修平静地说，“开始担心遭报应了？”

“马修，虽然我不像你那样相信一个仁慈的、全能的上帝，但是我起码知道你的哲学书对这个世界的解释是不完整的。我绝对不允许这个女人——女巫——插足我们的生活。你可以受她摆布，我可没打算把自己的未来也交到她手上！”基特反驳道。

“等等，”乔治的脸上掠过更加吃惊的表情，“马修，你是从切斯特来到这里的，还是——”

“不，马特，不要回答。”汤姆突然清醒过来，“雅努斯[①]是带着目的降临的，我们不能干涉。”

“你要劝马修，汤姆——如果可以的话。”基特咬牙切齿地说。

“马修和黛安娜既看着过去，也看着未来。”汤姆没被基特干扰。

“但是，如果马特不是……”乔治话说一半就打住了。

“汤姆说得对。”沃尔特粗声粗气地说，“马修把我们当朋友才请我们帮忙，据我所知，他还是第一次这样做。我们知道这一点就足够了。”

---

① 在古罗马宗教信仰和神话中，雅努斯是掌管门户、时间和改变、开始和终结的神，有两副面孔，一副看向过去，一副看向未来。

“他要求太多。”基特反驳。

“太多？在我看来，是太少，而且太迟。马修给我买了一条船，挽救了亨利的房产，长期资助乔治和汤姆著书、追求梦想。至于你，”沃尔特从头到脚打量着马洛，“你从里到外——从你的观念到你刚才喝的那杯酒，再到你头上的帽子——都来自马修·罗伊登的慷慨。相对来说，在目前这场暴风雨中，为他的妻子提供一个安全的港湾，只不过是小事一桩。”

“谢谢你，沃尔特。”马修如释重负，但他的笑容仍带着紧张。赢得他的朋友——尤其是沃尔特——的支持，要比他预想的困难得多。

“我们需要编个故事，来向外人解释你的妻子是怎么来到这里的。”沃尔特若有所思地说，“一个能让人不因为她的怪异举止而生疑的故事。”

“黛安娜还需要一个老师。”马修接着说。

“当然，得教她一些礼仪。”基特咕哝。

“不，她的老师也得是个巫师。”马修纠正。

沃尔特轻笑一声说：“我看方圆二十英里之内不会有巫师，更不用说跟你们一起住在这里了。”

“那本书是什么样的，罗伊登夫人？”乔治说着，迅速从灯笼裤的隐藏口袋中拿出一根用线缠着的铅笔，舔了舔笔尖，满怀期待地握在手里。“您能告诉我那本书有多大，里面有什么内容吗？我会去牛津大学找找看。”

“书可以迟些时候再找。”我说，“首先，我需要合适的衣服。我出门的时候，不能穿着皮埃尔的上衣和马修姐姐参加珍·西摩[①]的

① 珍·西摩（Jane Seymour，1508—1537），亨利八世第三任妻子，是他唯一一位以王后之礼丧葬的妻子。亨利八世去世后被葬在温莎堡圣乔治教堂珍·西摩的墓旁。

葬礼时穿的裙子。”

“从这里出去？”基特嘲弄地说，“十足的疯子。”

“基特说得对。”乔治带着歉意说，在笔记本里记下一笔，“您一开口就知是个外国人。我很乐意教您一些说话的技巧，罗伊登夫人。”乔治·查普曼要扮演亨利·希金斯，教我这个伊丽莎·杜利特尔怎么说话，这个提议已足够让我满怀期待地望着门口。①

“你应该禁止她说话，马特，你得让她保持安静。”基特坚持。

“我们需要一个女人，一个能给黛安娜提建议的人。你们为什么没有一个女儿，一个妻子，或者一个情人呢？”马修问道。房间里一下子鸦雀无声。

“沃尔特？”基特调皮地问，逗得其他人哄堂大笑，缓解了仿佛暴风雨袭击后留下的沉重气氛，连马修也大笑起来。

笑声渐渐消歇的时候，皮埃尔进来了。他用脚踢散铺在地上防潮的灯芯草，还有夹在其间的几枝迷迭香与薰衣草。与此同时，十二点的钟声响了起来。和榅桲一样，此刻的钟声和气味也让我想起了麦迪逊。

过去、现在和未来相遇，不是像积水一样逐渐蔓延开，而是刹那间静止。时间仿佛停止，我顿时忘记了呼吸。

“黛安娜？”马修抓住我的手臂。

一个闪着蓝光和黄光的东西吸引了我的注意，它出现在只可能有蜘蛛网和灰尘的房间角落里。我着魔似地走了过去。

“她生病了吗？”亨利问，他的脸在马修的肩膀后方，逐渐定焦。

钟声停了，薰衣草的气味也逐渐淡去。蓝黄色慢慢变成灰白，然后消失。

① 在爱尔兰剧作家萧伯纳的作品《卖花女》中，亨利·希金斯是个语音学家，他与皮克林打赌，要把满口土话的卖花女伊丽莎·杜利特尔改造成大使馆舞会上的美丽公主。

“对不起，我以为角落里有什么东西，一定是光线引起的错觉。”我抚摸自己的脸颊。

“也许是穿越的副作用，我的心肝儿。”马修低声说，“我说过要陪你到庄园里散步，我们现在就去让头脑清醒清醒，怎么样？”

可能是时光穿越的后遗症吧，新鲜空气或许会有所帮助。但是，我们才刚刚抵达，而且马修已经四个多世纪没有看到这些人了。

“你应该跟你的朋友待在一起。”我说得很坚决，目光却飘向那些窗户。

“我们回来的时候，他们还在这里喝我的酒。”马修微笑着说。他转过身对沃尔特说：“我要陪黛安娜参观她的房子，确保她不会在庄园里迷路。”

“我们还得聊聊，”沃尔特提醒他，“有事要商量。”

马修点头，搂着我的腰说：“可以稍后再说。”

我们把暗夜学派成员们留在暖和的客厅里，然后转身朝门外走去。汤姆已经对吸血鬼和女巫的事情失去了兴趣，埋头读起书来。乔治也沉浸在他自己的思绪中，忙着在笔记本上写着什么。基特的目光很警惕，沃尔特的眼神很谨慎，亨利的眼睛里则装满了同情。他们三个都穿着黑衣服，表情都很专注，看上去像三只冷酷的乌鸦。这让我想起来，不久之后，莎士比亚就会在他的作品中发表对这个奇异团体的看法。

“怎么说的来着？”我低声说，“黑色是地狱的徽章？”

马修感伤地说：“黑色是地狱的徽章，地牢的颜色和黑夜的学校。”

“是友谊的颜色才对。”我说。虽然在牛津大学博德利图书馆里，我已经见过马修如何管理非人类读者，但是他对沃尔特·雷利和基特·马洛这些人的影响仍然超乎我的想象。“马修，有他们不愿意为你做的事吗？”

“愿上帝永远不要让我们知道答案。”他严肃地说。

3

周一上午，我被带到马修的办公室里。办公室两边分别是皮埃尔的房间和一个用来处理庄园事务的小房间，从窗户望出去可以看到门房和伍德斯托克路。

几位哥们儿——熟悉之后，觉得这样称呼他们比唬人的“暗夜学派”更合适——正窝在马修所谓的早餐厅里，喝着啤酒、葡萄酒，充分发挥想象力，编造我的来历。沃尔特向我保证，编好之后，立刻便向好奇的居民解释我为什么突然出现在伍德斯托克，而且我不用再为自己古怪的口音和说话方式提心吊胆。

他们迄今为止所编的故事都极其耸人听闻，鉴于主要情节是由两个剧作家——基特和乔治构思的，会有这个效果也不令人惊讶。故事里的角色包括已故的法国父母，欺凌孤儿（我）的贪婪贵族，还有侵犯我贞操的老色鬼。当我经历了一系列灵魂的考验，放弃天主教、皈依加尔文教时，故事已具有史诗的长度。我流亡到英国的新教地区，穷困多年，偶然被马修所救，他对我一见钟情。乔治（像女教师一样古板而严厉地）说，在他们完成最后的润色之后，就会训练我记住所有的细节。

我独享一份宁静，在这处伊丽莎白时代的热闹居所里，宁静可是个稀罕物。基特像个烦人的小孩，总是准确无误地踩着最不恰当的时机，送来信件、宣布开饭，或者要求马修帮他解决某个问题。当然了，马修也很珍惜跟他待在一起的时间，因为他从没想过还能再见到这位挚友。

现在，马修跟沃尔特在一起。我则利用等他回来的空当，把注意力放到一个小本子上。他的桌子放在靠窗的位置，上面横七竖八地放着几袋削尖的鹅毛笔和几瓶墨水。一边还放着其他文具：用来密封信函的封蜡，拆信的薄刀片，蜡烛，银质盐瓶。盐瓶里装的不是盐，而是沙子——早上被我当成盐撒在了鸡蛋上。

我的桌子上放着一个类似的瓶子，把里面的沙子撒在刚写的字上，墨水就不会糊成一团。除此之外，桌上还有一瓶墨水和三支笔的残骸。现在，我正在用第四支笔练习伊丽莎白时代的复杂字体。我想，列一个待办事项清单应该不是难事。作为历史学家，我有数年阅读古字体的经验，很清楚那些字的形状和最常见的词汇，而且在这个几乎没有字典和语法规则的时代，我可以选择不规则的拼写方式。

事实证明，我的不足不在知识，而是在实践上。我工作多年，是个历史学家，如今却不得不再次当回学生。这一次，我的目标不是弄懂历史，而是融入历史。目前为止，这是一次令人惭愧的实践，我费了半天劲，结果只是把本子的第一页弄得乱七八糟。这个小本子是马修在今天早上给我的。

“你可以把它当作伊丽莎白时代的笔记本电脑，”他递给我这个薄本子时解释道，“你是个学者，需要有个地方写东西。”

我打开这个装订牢固的本子，新鲜的制香散发出来。在这个时代，大多数良家妇女都用这种小本子记录她们的祷告。

黛安娜

我一下笔，一团浓墨就滴到了纸上，写完这个名字，刚蘸的墨水就用完了。尽管如此，我写的仍然是这个时期斜体字的典范。我写字的速度比马修要慢得多，他用的是潦草的秘书体，是律师、医生和其他专业人士常用的字体，对于现在的我来说，要掌握还太难了。

毕晓普

写得更好了。但是我很快收起笑容。我现在已经嫁人了，应该随夫姓。我划掉自己的姓，又把笔浸在墨水里。

德·克莱蒙

黛安娜·德·克莱蒙，别人可能会觉得我是一位伯爵夫人，而不是历史学家。一滴墨水渗到了下一页，让我想大声咒骂。还好我的名字没有被毁掉。事实上，这不是我现在的名字。我抹了抹“德·克莱蒙”，让字迹变得模糊，不过仍然能勉强读出来，然后握紧笔，小心翼翼地写出正确的姓氏。

罗伊登

这才是我现在的姓——黛安娜·罗伊登。我的丈夫是神秘的暗夜学派里最没有名气的成员。我审视着这页纸——糟糕透了，和我见过的化学家罗伯特·波义耳①和他优秀的姐姐凯瑟琳写的工整圆体字相比，完全是天壤之别。但愿 16 世纪 90 年代的女性在书法上远远不及 17 世纪 90 年代的女性。再写几个字就大功告成了。

她的书

有男人的声音从外面传来，我皱着眉头，放下笔，走到窗边。

马修和沃尔特站在下边，窗玻璃妨碍了我听清他们的话，但是从马修烦恼的表情和雷利竖起的眉头来看，谈话显然进行得很不愉快。马修做了一个果断的手势，转身往回走，却被沃尔特紧紧拉住。

马修从今天上午收到第一批信件开始，就一直忧心忡忡。他当时一动不动地站在那里，拿着邮袋却不打开。虽然他说都是些跟庄园事

---

① 罗伯特·波义耳(1627—1691)，英国著名化学家。主要科学成就有发明石蕊试纸，提出“波义耳定律”等。

务相关的信件，但是我知道那个袋子里肯定还装了税单和账单以外的东西。

我把手掌贴在冰冷的玻璃上，仿佛它是我和马修之间的唯一阻碍。手掌和玻璃的温差，让我想起了温血的女巫和冷血的吸血鬼之间的差异。我回到座位上，重新拿起笔。

“看来你已经决定了要在 16 世纪留下痕迹了。”马修突然出现在旁边。他颤动的嘴角表明他在开玩笑，却完全掩饰不了他的不安。

“我一直不确定，是不是该留下什么，来纪念我在这里度过的时光。”我承认，“未来的学者可能会意识到，我留下来的东西有点古怪。”就像基特会察觉到我不对劲。

“别担心了，这东西不会离开旧馆的。”马修说着，伸手去拿他那叠信件。

“你不能确定。”我反对。

“把历史就交给历史吧，黛安娜。”他说得很坚决，好像这事情已经了结。但是我无法放心，仍然担心我们出现在过去可能会影响到未来。

“我还是认为不应该让基特保管那枚棋子。”我常常想起马洛得意扬扬地显摆狩猎女神雕像的样子。那尊雕像在马修那副昂贵的银质象棋中担任白王后的角色，也是引导我们回到这里的物件之一。恰好在我们决定要穿越时光的时候，两个陌生的精灵——苏菲·诺曼和她丈夫纳撒尼尔·威尔逊——意外登门，将那尊小雕像送到了麦迪逊我姨妈的家里。

“那是昨晚基特光明正大地从我这里赢走的——原本也是如此。至少这一次，我看透了他的战术，他用他的车分散了我的注意力。”马修以令人嫉妒的速度写了一张纸条，折叠成一个整齐的小包。他在信纸边沿滴上红色封蜡，然后把戒指印章按上去。金色的印章上有木星图案，不是萨图烙在我身上那种更复杂的标记。封蜡在冷却过程中发出滋滋声。“冥冥之中，我的白王后会离开基特，出现在北卡罗来纳州一个巫师家庭里。我们不得不相信，不管我们是否动手干涉，它未来仍然会那样出现的。”

“基特以前不认识我，现在不喜欢我。”

“那就更不用担心了。只要黛安娜的雕像能让他感到痛苦，他就离不开它。克里斯托弗·马洛是头号受虐狂。”马修说着，拿起另一封信，用刀片拆开。

我打量一下桌子上的其他东西，拿起一堆硬币。读研期间，我没有学过在伊丽莎白时代要怎么用货币，怎么管理家务，怎么穿内衣，怎么称呼仆人，或者怎么制作一种药来治疗汤姆的头疼。与弗朗索瓦丝讨论我的衣服时，我暴露了自己对常用颜色名称的一无所知。我很熟悉“鹅粪绿”，但是不认识那种奇怪的名为“鼠毛”的灰棕色。我回去后，要掐死第一个我遇到的都铎历史学家，因为他们严重失职。

但是学习日常生活细节的过程非常有趣，所以我很快就忘掉了不快。我想从手里的硬币中挑出一枚银便士，以它为奠基石，我建立了不太牢固的知识体系。这枚硬币不比我的大拇指指甲大，像薄脆饼那么薄，跟大多数其他硬币一样，上面有伊丽莎白女王的侧脸肖像。我把其余硬币按照相对价值排列好，按顺序记录在本子的第二页纸上。

“谢谢你，皮埃尔。”马修低声说。他的仆人匆忙拿走密封好的信件，又把更多的信函放到了桌面上，马修几乎就没有抬头瞅一眼。

我们在舒适的沉默中，进行各自的笔头工作。我很快写好了硬币的面值，开始回想寡言少语的厨师查尔斯教给我的做酒汤的方法——或者是牛奶甜酒？

治疗头疼的酒汤

这行字写得比较工整，虽然有三处墨渍，但我已经很满意了，就继续往下写。

烧水。打两个鸡蛋，将蛋清和蛋黄分开。搅拌蛋黄。加白葡萄酒继续搅拌。水开后，放凉，倒入搅拌好的蛋黄和葡萄酒。再次加热，烧开后加入蜂蜜和藏红花粉进行搅拌。

成品看起来令人作呕——亮黄色，像水分过多的农家奶酪，但是汤姆没有一句怨言，啧啧作响地喝完了。后来，我向查尔斯打听酒与蜂蜜的比例，他对我的无知厌恶至极，甩甩手，一语不发，气呼呼地走了。

我一直暗自渴望生活在过去，但是这比我想象中要难得多。我叹了叹气。

“要想在这里无拘无束地生活，你需要的不只是那个小本子。”马修眼睛不离他的信函，“你还应该有个专用的房间，这一间就很好，不是吗？这里很明亮，足以当个图书室。你也可以把它变成一个炼金术实验室——不过，你也许会觉得应该在一个更隐秘的地方把铅变成金。厨房旁边那间房也可以当实验室。”

“厨房那边可能不理想，查尔斯看我不顺眼。”我回答。

“他看什么人都不顺眼，弗朗索瓦丝也一样——唯独查尔斯例外。她敬他为被误解的圣人，尽管他嗜酒。”

走廊里传来重重的脚步声，弗朗索瓦丝一脸不悦地出现在门口。“罗伊登夫人要找的人到了。”她大声说着站到一边，让身后的两个人露脸：一个是七十多岁的老人，头发花白，双手长了老茧；另一个男人年轻得多，正不安地把身体的重心从一只脚换到另一只脚。这两个男人都是人类。

“萨默斯，”马修皱皱眉头说，“那是小约瑟夫·比德韦尔？”

“是的，罗伊登先生。”年轻人摘下帽子说。

“你们现在可以给罗伊登夫人量尺寸了。”弗朗索瓦丝说。

“量尺寸？”马修看看我，又看看弗朗索瓦丝，要求我们给出解释——马上。

“鞋子、手套，给夫人置办行头。”弗朗索瓦丝说。和衬裙不一样，同一个鞋码可不是多数人可以通用的。

“是我让弗朗索瓦丝找他们来的。”我解释，并希望马修配合我。我的口音让萨默斯吃惊地睁大了眼睛，随后立刻恢复了平静、尊重的表情。

“我妻子经历了异常艰辛的旅程，”马修走到我身边，平静地说，“她的行李都丢了。比德韦尔，很遗憾，我们没有鞋子让你照着做。”他把手放在我的肩膀上，提醒我不要再解释下去了。

“罗伊登夫人，可以吗？”比德韦尔问，同时蹲下身，手停在我那双不合脚的鞋子的鞋带上。这双借来的鞋子可能暴露了我的伪装。

“请吧。”马修替我回答。弗朗索瓦丝同情地看了我一眼。她了解被马修·罗伊登压制着不能发表意见是什么感觉。

年轻人被温暖的脚和急促的脉搏吓了一跳，很显然，他以为自己会摸到一只冰凉的、不怎么有生命力的脚。

“做你的事。”马修厉声说。

“先生，大人，罗伊登先生。”年轻人吓得脱口喊出所有可用的称呼，就差没有喊出“尊贵的陛下”和“黑暗之王”了，不过也差不多了。

“你父亲呢，小伙子？”马修的声音柔和下来。

“卧病在床四天了，罗伊登先生。”比德韦尔从绑在腰上的袋子里拿出一块毛毡，把我的两只脚放上去，用一根木炭条画下轮廓。他迅速在那块毛毡上做了些记号，松开了我的脚，然后拿出一个稀奇古怪的本子——由各种颜色的皮革方块以皮绳缝在一起，交给我。

“比德韦尔师傅，现在最流行什么颜色？”我没有理会那些皮样，我需要的是建议，而不是选择题。

“出入宫廷的女士都爱用白色搭配金色，或用白色搭配银色。”

“我们不进宫。”马修立刻说。

“那就黑色搭配悦目的茶色。”比德韦尔说着，举起一块浅褐色的皮样征求我的同意。我还没有说话，马修就点头了。

接着，轮到那个年长的人。他拿起我的手，碰到我手掌上的老茧时，也吃了一惊。他一定认为会嫁给马修这类人的，必然是门第高贵的小姐，是不会去划船的。萨默斯还一眼看到我中指上鼓起的地方，小姐们也不会因为握笔太紧留下这样的凸块。他把一只肥大的软皮手套戴到我右手上，手套的褶边上插着一根穿着粗线的缝衣针。

“你父亲需要的东西都齐全吗，比德韦尔？”马修问鞋匠。

“是的，谢谢您，罗伊登先生。”比德韦尔不停点头。

“查尔斯会给他送些蛋奶沙司和鹿肉，”马修的灰绿色眼睛扫过年轻人单薄的身体，“还有葡萄酒。”

“比德韦尔师傅会对您感激不尽。”萨默斯说着，飞快地穿针走线，让手套变得合手。

“还有其他人生病吗？”马修问。

“雷夫·梅多斯的女儿发了一场高烧，我们本来担心爱德华老爹也会，但幸好他只是得了一场疟疾。”萨默斯简单利落地回答。

“我想梅多斯的女儿已经康复了。”

“没有。”萨默斯把线咬断，“三天前就下葬了。”

“阿门。”他们齐声说。弗朗索瓦丝挑起眉毛，猛然朝萨默斯的方向看去，我赶忙也跟着说了声“阿门”。

两个人量好尺寸，答应在一星期内将鞋子和手套做好，然后鞠躬离开。弗朗索瓦丝转身准备跟着他们出去，马修却把她拦了下来。

“别再为黛安娜约其他人了。”他严肃地说，“确保爱德华·坎伯维尔不会没人照顾，不会缺少食物。”

弗朗索瓦丝行屈膝礼表示听从，然后又同情地看我一眼，离开了。

“我担心镇上的人会发现我不属于这个时代。”我用颤抖的手擦了一下额头，“我的发音和语调都是问题。什么时候应该说‘阿门’呢？我需要有个人教我做祷告，马修。我得从某件事开始学，而且——”

“别急。”他伸手搂住我被勒紧的腰，即便隔了好几层衣服，他的抚摸也能令我感到安心。“这不是牛津大学的口试，也不是你的首次登台，死记资料和背台词是帮不上什么忙的。你叫来比德韦尔和萨默斯之前，应该先跟我打声招呼。”

“你一次又一次地换身份，是怎么做到的？”我问道。几个世纪以来，马修无数次装死，然后又以新的身份，说着不同的语言，出现在不同的国家。

“第一要诀就是不要装。”我困惑不解的样子一定很明显，他继续说：“记得我在牛津时对你说过不能活在谎言里，无论是作为女巫冒充人类，还是作为21世纪的人冒充伊丽莎白时代的人。尽量别把自己当成一个演员。”

“但是，我的口音，我走路的方式……”我自己也注意到，我的步子迈得比旧馆里的任何一个女人都大，更何况基特还当众模仿我阳刚的走路姿势。

“你会适应的，虽然人们会议论你，但是在伍德斯托克，任何人的意见都不重要。你很快就会熟悉这里，他们的闲话也会停止。”

我怀疑地看着他说：“你不太了解那些流言蜚语，对吗？”

“知道你是本周的话题人物就足够了。”他看了一眼我的小本子，只能看到墨渍和模糊的字迹。“你握笔太用力了，所以笔尖总是断，墨水也不流畅。你把新生活过得过于紧张了。”

“我没想过会这么难。”

“你学东西很快，只要你安全地待在旧馆，你的身边就全是朋友。

不过，暂时不要再请人上门了。对了，你一直在写什么呢？”

“主要是写我的名字。”

马修翻了几页，仔细查看我在上面写的东西。他挑起一边眉毛，说：“你一直在研究经济和烹饪，为什么不写一写发生在这里的事情呢？”

“因为我得了解在16世纪应该怎么用钱、怎么做饭，当然了，写日记或许也会有用。”我考虑过写日记，这个方法肯定可以帮我形成清晰的时间概念，在这一点上，我到现在还很糊涂。“我不应该用全名，在1590年，人们为了节省纸张和墨水，都用首字母缩写。也没有人反思自己的想法和情感，他们只记录天气和月亮的圆缺。”

“关于16世纪的英国，你的记录可以得满分。”马修大笑着说。

“女人会跟男人记一样的东西吗？”

他托着我的下巴说：“你真是无药可救，不要操心其他女人会做什么，继续做杰出女性吧。”我点头，他吻了我一下，回到他的桌子边。

我尽量松弛地握着笔，开始书写新的一页。我决定用星体符号代替星期，隐晦地记录天气和旧馆的生活。这样一来，将来就算有人读到这些记录，也不会发现异常，至少我希望如此。

♄ 1590年10月31日 雨转晴

这天，丈夫将我介绍给他的好友CM认识

⊙ 1590年11月1日 冷且干燥

今天清晨，我认识了GC。日出后，TH，HP和WH来了，他们都是我丈夫的朋友。满月。

未来可能会有学者推测这些首字母暗指暗夜学派的成员，尤其是第一页上还有罗伊登这个名字，但他们无法求证。再者，现代已经没有什么学者对这群知识分子感兴趣了。暗夜学派成员接受的是良好的文艺复兴教育，所以能以惊人的速度在现代和古代语言之间迅速转换。

他们所有人都对亚里士多德了如指掌。而且，当基特、沃尔特和马修谈论政治的时候，他们对历史、地理百科全书式的通晓，让其他任何人都几乎不可能跟得上他们的思路。乔治和汤姆偶尔也能插上话，但亨利由于有点口吃、耳聋，所以不可能完全参与到复杂的讨论当中。他大部分时间都在默默地带着羞涩的敬意看着其他人。考虑到他的社会地位比这栋房子里任何人的都要高，他的表现让人觉得很亲切。要不是他们人太多，说不定我也能跟得上他们的讨论。

至于马修，那个考虑试验结果、担心物种未来的爱思考的科学家面相消失了。我已经爱上了那个马修，但现在我发现自己又爱上了16世纪的这个马修。当他们为某个细微的哲学观点发生争论的时候，马修发出的每一个笑声及每次快速的反驳，都让我痴迷。马修在席间讲笑话，在走廊里哼歌曲，在卧室的炉火边和狗儿玩摔跤——两只毛茸茸的大驯犬，名字分别叫阿那克西曼德[①]和伯里克利[②]。无论是在现代的牛津大学，还是法国，马修似乎总是有点忧郁，但在这里，在伍德斯托克，他是很开心的，即使有时我看到他望着朋友们，好像他无法相信他们是真实存在的。

“你有没有意识到自己有多想念他们？”我禁不住打断他的工作问道。

“吸血鬼不能一直想着留在身后的那些人。”他回答说，“否则我们会发疯的。帮助我记住他们的方法比一般的方法要多：他们说过的话，他们的肖像。但是我会忘掉那些小事情——某个怪异的表达方式，他们的笑声等。”

---

① 阿那克西曼德（约公元前610—前545），古希腊哲学家，是“哲学史第一人”泰勒斯的学生，绘制了世界上第一张全球地图。

② 伯里克利（约公元前495—前429），古希腊奴隶主民主政治的杰出代表，古代世界著名政治家之一。

“我父亲口袋里经常放着牛奶糖。”我低声说，“一直到拉皮埃尔之后我才想起来这件事。”闭上眼睛的时候，我依然能闻到那些小糖果的味道，能听到那些玻璃糖纸与父亲柔软的平纹布衬衣摩擦而发出的沙沙声。

“所以现在你不想忘掉它了。”马修温柔地说，“即使是为了忘掉痛苦。”

他拿起另一封信，用笔在纸上写得沙沙作响。他脸上又恢复了全神贯注的表情，鼻梁上还显出一个小小的皱纹来。我模仿着他握笔的角度，揣度他写多长时间把笔在墨水中蘸一下。如果不把笔握得死死的，写起字来的确要容易得多。我握笔在纸上悬着，准备接着写下去。

今天是万灵节，是纪念亡灵的传统日子。房子里的人都在说，花园里的树叶上都结了厚厚一层霜。皮埃尔保证，明天甚至会更加寒冷。

1590 年 11 月 2 日 结霜

量鞋子和手套的尺寸。弗朗索瓦丝在做针线活。

弗朗索瓦丝在给我做一件御寒披风，还有一套暖和的衣服来对付即将到来的寒冷天气。她整个上午一直都待在阁楼里整理路易莎·德克莱蒙遗弃的衣柜。马修姐姐的衣服领口是方形的，袖子宛如钟的形状，在六十年前比较流行。但是，弗朗索瓦丝正在修改那些衣裙，改得更加符合沃尔特和乔治所坚持认为的时下流行款式，还得适应我不那么优美的身材。她很不情愿地把一件黑银两色的华丽衣服从接缝处撕开，但马修坚持要求那样做。有暗夜学派的人住在这里，我不仅需要实用的衣服，还需要正式的服装。

“但是，路易莎小姐是穿着这件衣服出嫁的，老爷。”弗朗索瓦丝抗议。

“是啊，嫁给一个八十五岁的老头子，那老头没有后代，心脏不好，名下倒有无数赚钱的房产。我觉得这衣服已经把家族投资都赚回来了。”马修回答，“就让黛安娜暂时穿这件衣服吧，直到你为她做出更好的为止。”

我当然不能把这次谈话内容收进本子。恰恰相反，我选择的措辞都很小心，这样的话，即便有人能想象出特定的人物、声音和谈话的生动画面，也还是无法了解其中的意义。如果这个本子能够保存下来，未来的读者会发现我记录的这些生活小片段非常枯燥，了无新意。研读这类文献的历史学家希望能透过这些只言片语看到一种丰富、复杂的生活，但结果会劳而无功的。

马修低声骂了一句。在这栋房子里，有秘密的人不止我一个。

我丈夫今天收到很多来信，还把这个本子给我，让我来保存记忆。

我正要举笔去蘸墨水，亨利和汤姆进来找马修。我的第三只眼睛瞬时睁开了，它突然有了意识，让我感到很惊讶。自打我们来到这里，我原来的其他法力——巫火、巫水和巫风——都奇怪地消失了。

有了第三只眼睛带来的意想不到的特殊洞察力，我不仅能够分辨出笼罩在马修周围强烈的暗红色气体，还能够看出汤姆周围的银色光亮，以及亨利周围闪烁着的几乎觉察不到的墨绿色光亮，每一个都像指纹那样独特。

回想起在老屋那个角落里看到的蓝色与琥珀色的丝线，我猜测这些力量或出现或消失可能表示的意义。今天上午也发生了那样的事……

角落里有什么东西吸引了我的注意，又是那个琥珀色的东西在微微闪着蓝光。这时，一个回声出现了，非常轻，与其说我听到了它，不如说是感觉到的。当我扭头去寻找它的来源时，那种感觉消失了。那些线条在我眼角边跳动着，就好像是时光在召唤我回家一样。

自从我在麦迪逊进行了第一次穿越之后，每次进行几分钟短暂的时光旅行时，我都认为时间是一种物质，由光线和色彩织成。只要你足够全神贯注，就会看到一根线，顺着它就能找到源头。现在，在穿越几个世纪后，我明白了简单的表面背后，可能存在着无数个节点，把数量多得无法想象的过去与数以百万计的现在及潜在的未来联系在一起。艾萨克·牛顿认为，时间是自然界中无法控制的一种基本力量。奋力回到 1590 年之后，我开始觉得他的观点是对的。

“黛安娜？你没事吧？”马修坚定有力的话语打断了我的遐想。他的朋友们都担心地看着我。

“我很好。”我机械地说。

“你不好。”他把鹅毛笔扔到桌子上说，“你的气味已经变了，我想你的巫术可能也在改变。基特说得对，我们必须尽快给你找一个女巫。”

“现在把女巫牵扯进来还太早吧。”我抗议说，“我的行为举止和说话方式要像这里的人一样，这才是重要的。”

“另一个女巫会知道你是一个时光穿越者。”他不屑地说，“她会包容的。不然，还有别的什么方法吗？”

我摇摇头，不想去看他的眼睛。

马修不必看到时光的丝线在角落里慢慢展开才发现事情不对劲了。如果连他都已经怀疑我的巫术发生了我不愿意透露的变化，那对一个也许很快就要来访的女巫隐藏秘密就更不靠谱了。

4

暗夜学派成员都热切地帮助马修寻找女巫。他们的建议反映出一种对女人、女巫以及没有接受大学教育的人的集体蔑视。亨利认为在伦敦最有可能会找到女巫，但沃尔特让他确信，在一个拥挤的城市，向迷信的邻居隐藏我的真实身份是不可能的。乔治说，不知道能否说服牛津的学者提供他们的专业知识，因为他们的智慧至少是有凭证的。汤姆和马修对那里的自然哲学家的长处和弱点进行了无情的批判，所以，这个想法也没有被采纳。基特认为，不管把这个任务交给哪个女人都不明智，他还列出了一个当地有身份的人的名单，那些人也许愿意为我制订一个培训计划。这个名单上有圣玛丽教堂的牧师，他对天上出现的世界末日迹象非常警觉；一个住在附近名叫斯迈森的地主，他对炼金术有所涉猎，一直在寻找女巫或精灵来给他帮忙；还有一个是基督教会学院的学生，他用给人绘制占星图挣的钱来偿还过期的购书账款。

马修把这些建议都给否决了，还叫来了比顿寡妇，伍德斯托克镇上一个狡黠的接生婆。她很穷，又是个女人——正属于暗夜学派所鄙视的那一类人——但是马修认为这反而会让她更加配合。再说了，比顿寡妇是传闻中数英里范围内唯一有魔法能力的人。他承认，其他的人早就逃离了，而不是住在*血族*的附近。

“召唤比顿寡妇前来也许不是个好主意。”之后我在我们准备上床休息时说。

“你已经这样提过了。”马修的回答掩藏不住心中的不耐烦，“但是，如果比顿寡妇帮不了忙，她也能推荐能帮上忙的人。”

“在 16 世纪末期公开打听一个女巫真的不合时宜，马修。”当我们跟暗夜学派成员待在一起的时候，对于将来要发生的女巫大搜捕事件我只能隐隐暗示，别无他法。虽然马修了解接下来发生的那些恐怖事件，却再一次对我的担心不加理会。

“切姆斯福德郡审判女巫事件现在只剩下了回忆，还要再过二十年，兰开夏郡的女巫大搜捕才会爆发。假如英格兰马上就要爆发对女巫的大规模搜捕，我是不会把你带到这里来的。”马修翻捡着几封皮埃尔放在桌子上的信件。

“说出这样的话，幸亏你是个科学家，而不是历史学家。”我直截了当地说，“发生在切姆斯福德郡和兰开夏郡的事件是民众普遍情绪的极端呈现。”

“你认为，和生活其中的人们相比，历史学家对这个时代本质的理解要更好吗？”马修扬起眉毛问，丝毫不掩饰他的质疑。

“是的。”我怒火上涌，“往往如此。”

“今天早上你可不是这么说的，当时你还搞不明白房子里为什么连一把叉子都没有。”他说。的确，我到处找叉子，找了有二十分钟，直到皮埃尔告诉我，现在那种器具在英格兰还不是那么常见。

“人们认为历史学家只是记记日期，熟悉一些鲜为人知的事实而已，你肯定不是那样认为的。”我说，“我的工作是弄明白过去的事情为什么发生。当某件事情就在你的面前发生时，你很难弄清它发生的原因，但是后见之明让人看得更为清楚。”

“那你就放心把，因为我既亲身经历，也有后见之明。”马修说，“黛安娜，我明白你的谨慎，但是召唤比顿寡妇前来是正确的选择。”辩论终了，他的口气很明显。

“16 世纪 90 年代，食物短缺，人们对未来充满忧虑。”我扳着手指头数说往事，“这就意味着，人们要找些替罪羊来为那个糟糕的年代负责。已经有人指控那些狡黠的女性和接生婆施行巫术，但是你的那些男性朋友们可能还没有意识到这一点。”

“我是伍德斯托克镇权力最大的人。”马修抓着我的肩膀说，“任何人都不会指控你的。”他的狂妄自大让我感到惊讶。

“我是个陌生人，而且比顿寡妇也不亏欠我什么。如果我引起了旁人的好奇心，她的人身安全就会受到严重的威胁。”我反驳说，“最起码，我得先变成一名伊丽莎白时期的女人，然后再请她帮忙。你就再给我几个星期吧。”

“这事不能等，黛安娜。”他语气粗暴。

“我不是在让你耐心等我学会刺绣，学会做果酱。我前面那样说是有充分理由的。”我不满地看着他。“就把那个狡黠的女人召唤过来吧，但如果出了差错，你可别吃惊。”

“相信我。”马修说着，低下头要吻我的嘴唇。他双眼朦胧，他追逐猎物并让其顺从的本能很强烈。这个 16 世纪的吸血鬼丈夫不但想要驾驭他的妻子，还想征服女巫。

“我觉得这些辩论并不会挑起情欲。”我说着，把头转开。但是，很明显马修有了欲望。我从他的身边挪开了一点。

“不是我在辩论。”马修在我的耳边轻轻地说道，“是你。如果你认为我会在生气的情况下碰你，老婆，那你就错得离谱了。”他用冰冷的目光把我逼到床柱上，转身一把抓起长裤。“我要去楼下，有人一直都醒着，跟我作伴。”说完，他大步走向门口。刚到门口，他又站住了。

“如果你真的想让自己的行为符合伊丽莎白时期的标准，那就不要再质疑我。”他粗声说道，然后离开了。

第二天，一个吸血鬼、两个精灵和三个人类走过宽宽的地板，默不作声地审视着我的外貌。圣玛丽教堂的钟声在报时，微弱的回音久久没有消散。榅桲、迷迭香和薰衣草的气味弥漫在空气中。我坐在一把很不舒服的木椅上，穿着一套束缚身体的衣服：宽袍、衬裙、袖套、裙子，还有勒得紧紧的胸衣。我 21 世纪式的以事业为重心的生活随着每一次艰难的呼吸，慢慢地消失了。我凝视着外面昏暗的日光，冰冷的雨水敲打着铅框窗上的玻璃，发出砰砰的声音。

“她来了。”① 皮埃尔通告，眼睛朝我瞟了一眼。“那个女巫来见夫人了。”

“终于来了。”马修说。他的紧身上衣线条非常简朴，让他的肩膀显得更加宽阔，而白色衣领边缘绣着的黑色橡子和橡叶，把他的肤色衬得更加苍白了。他头上长满黑发，侧着身上下打量我，看我是否达到了伊丽莎白时期一个令人尊敬的妻子的标准。

“怎么样？”他问，“这可以吗？”

乔治慢慢放下眼镜。“可以，和上一条相比，这条赤褐色的长裙更合适她，她的头发也显得更加悦目了。”

“乔治，罗伊登夫人看上去确实有一部分像，但是，仅仅说她来自某个国、国、国家，我们还是无法解释清楚她那很奇怪的说话方式。”亨利用他那平板单调的低音说。他走上前来，把我织锦裙子上的褶皱扯平。“还有她的身高，也掩盖不住，她甚至比女王还高。”

“沃尔特，你确定我们不能把她装扮成一个法国人，或者荷兰人吗？”汤姆用沾着墨水的手指把一个点缀着丁香的橘子放到鼻子下面闻着说，“罗伊登夫人也许最终能在伦敦生存下来，当然了，精灵们是不可能注意不到她的，但是，普通人可能不会看她第二眼。”

---

① 原文为法语 Elle est ici。

沃尔特好笑地哼了一声，从低低的高背长椅上伸展着身体说："罗伊登夫人身材曼妙，个子高得也不同寻常。十三到六十岁之间的普通男人都会有充分的理由，去仔细打量她的。汤姆，她跟比顿寡妇在一起，情况会更好。"

"我可以晚些时候去村子里单独会见比顿寡妇，行吗？"我建议道，同时希望他们中有人能变得明智起来，说服马修允许我按照自己的方式来行事。

"不！"六个男人一起发出惊恐的声音，大喊道。

弗朗索瓦丝出现了，手上拿着两块上浆的亚麻布和蕾丝花边，胸部就好像一只把好斗公鸡压在身下的愤怒母鸡胸部那么鼓。她跟我一样，对马修不断的干预很恼火。

"黛安娜不打算进宫，不需要穿那个飞边[①]。"马修打着不耐烦的手势说，"再说了，她的头发才是问题所在。"

"你压根不知道该穿什么。"弗朗索瓦丝驳斥说。尽管她是个吸血鬼，我是个女巫，但是，在男人很愚蠢这个认识上，我们却出人意料地达成共识。"克莱蒙夫人，您喜欢哪一个？"她递过来一套打着褶子的薄纱织物和一个月牙形的东西，这个月牙形的东西很像用暗针脚缝在一起的雪花。

那些雪花看上去会更加舒适，我指了指它们。

当弗朗索瓦丝把领子粘到我紧身胸衣的边上时，马修又伸出手，想把我的头发整得更加讨人喜欢。弗朗索瓦丝啪的一声把他的手拍开，"别碰。"

"她是我老婆，我想什么时候碰就什么时候碰。还有，别再叫黛安娜'克莱蒙夫人'了。"马修把手挪到我的肩膀上咕哝着，"我一

① 衣领周边的硬褶皱。

直都盼着我母亲能穿过这道门走过来。”他把我的领边拽开，松了松藏着弗朗索瓦丝别针的黑色天鹅绒带子。

“*夫人*是结了婚的，应该遮住胸部。关于她的八卦已经够多了。”弗朗索瓦丝抗议说。

“八卦？什么八卦？”我皱着眉头问。

“昨天你没去教堂，就有人说，你怀孕了，或者是得了天花。那个异教徒神父认为你是个天主教徒。其他人说你是西班牙人。”

“西班牙人？”

“*是的，夫人*。[①] 昨天下午，有人在马厩听到你说话了。”

“但我那是在练习法语呀！”我是个不错的模仿者，认为模仿伊莎波盛气凌人的语调，可以给我精心编造的掩护身份增加可信度。

“马夫的儿子可不那样认为呀。”弗朗索瓦丝的语气表明，那孩子的想法是有根据的。她满意地端详着我：“不错，你现在看上去像是一位可敬的女士了。”

“*外表是会骗人的*。”[②]基特带着一丝酸味说道，让马修的脸上又出现不悦的神色。“‘*外表是会骗人的*’，她的表现骗不了任何人。”

“这时候引用塞内加[③]的话，未免为时过早啊。”沃尔特递给马洛一个警告的眼神。

“斯多葛学派永远都不为时过早。”基特严肃地说，“你应该感谢我没有引用荷马的话。我们新近听到的一切都是对《*伊利亚特*》拙劣的解释。乔治，把希腊语留给懂它的人吧——比如马特一类的人。”

“荷马的著作我还没有翻译完呢！”乔治恼怒地反驳。

---

① 原文为法语 Qui, madame。
② 原文为拉丁语 Fallaces sunt rerum species。
③ 塞内加（约公元前4－公元65），古罗马时代著名斯多葛学派哲学家，主张禁欲主义。

他的回答让沃尔特用拉丁语说出了一连串的隽语箴言。其中有一句把马修逗得咯咯笑起来，笑完说了一句话，我猜是用希腊语说的。那个在楼下等待的女巫被忘到九霄云外了，这些男人们热情高涨地参与到他们最喜欢的消遣活动当中：打嘴仗。我又坐回到椅子上。

"当他们心情像这样好的时候，会让人叹为观止。"亨利低声说，"他们是全英国最聪明的人，罗伊登夫人。"

对于女王陛下殖民和探险政策的优缺点，马洛和雷利在对彼此大喊大叫。

"把一大把金子交给你这样一个冒险家，还不如撒进泰晤士河，沃尔特。"基特哈哈大笑。

"冒险家！你因为害怕碰到债主，大白天都不敢跨出房门一步。"雷利声音颤抖，"基特，你才是这种蠢蛋。"

马修一直在听着这一连串"子弹"，兴致越来越高。"你现在又惹上谁的麻烦了？"他问马洛，伸手去拿自己的酒杯。"得花多少钱才能让你摆脱那个麻烦？"

"我的裁缝师。"基特对身上昂贵的服装挥了挥手说，"《帖木儿》的印刷商。"他迟疑地说，心中在给那些款额排序。"还有霍普金斯，那个狗杂种还自称是我的房东。但是，我有这个。"基特举起一件黛安娜小雕像，那是周日晚上在跟马修下象棋时，他从马修手里赢走的。我一直担心这件雕像会从我的视线里消失，所以就一点一点地往前移动。

"你不至于经济困难到要去典当那个小玩意换现钱花吧。"马修说着，向我眨了眨眼睛，他的手微微动了一下，让我又坐回到椅子里。"我会处理这事的。"

马洛一跃而起，咧嘴笑着把银质女神像放进口袋里。"你一直都是可以信赖的，马修。我肯定会把钱还你的。"

"肯定的。"马修、沃尔特和乔治都低声说道，满腹怀疑。

“不过，你要留够钱给自己买一副胡子。”基特满意地捋着自己的胡子说，“你看上去糟透了。”

“买胡子？”我一定是听错了。马洛一定又在用俚语说话，尽管马修因为我的缘故，已经不让他再说那种俚语了。

“牛津的一位理发师其实是个巫师。你丈夫跟他那一类人一样，毛发长得很慢，他的脸还刮得那么干净。”我还是一脸茫然，基特继续极具耐心地说：“马特现在的样子会惹人注意的，他得蓄上胡子。很显然，你的巫术还不能让他长出胡子来，所以我们不得不找别人来做这个。”

我的目光瞟向榆木桌子上的那个空罐子，里面插满了弗朗索瓦丝从花园里剪下来的花枝：有圣橡枝，有棕色果实很像野玫瑰果的欧楂枝，还有几支白色的玫瑰花，这些花给房间带来了一些色彩和香气。几个小时之前，我将手指插进那些枝条，把玫瑰花和欧楂果拽到花瓶前面，这期间我心里一直想着花园。插花的效果让我只高兴了大约 15 秒的时间，那些花儿和果实在我眼前迅速枯萎了。那些植物从我指尖向周围一点一点地枯萎，我的双手还强烈地感到从那些植物涌出来的信息：阳光的感觉，雨水浇灌的感觉，植物根部抵抗风拉扯的力量，还有土壤的味道。

马修说得对。我们现在是在 1590 年，我的法力在发生变化。我遇见马修之后爆发出来的那些巫火、巫水和巫风，现在都消失了。我反而能看到那些明亮的时光丝线和五彩缤纷的光环围绕在四周生物旁边。无论什么时候在花园里散步，一只白色的雄鹿总是在橡树的树影下凝视着我。现在我却让花木枯萎了。

“比顿寡妇还等着呢。”沃尔特提醒我们，领着汤姆走向门口。

“要是她能听到我的想法怎么办？”我走下宽宽的橡木楼梯时担心地问道。

“我更担心的是你可能会大声说出什么东西来。任何有可能惹她嫉妒和仇恨的事情，你都不要做。”跟其他暗夜学派成员一起走在我们后面的沃尔特建议道，“如果别的办法都不行，你就撒谎。我和马修一直都在这样做。”

“女巫不能骗女巫。”

“这不会有好下场的。”基特阴沉地小声嘀咕，“我愿用钱打赌。”

“够了。”马修一个转身，抓住基特的衣领。那一对英国大驯犬嗅嗅基特的脚脖子，然后大声咆哮起来。它们对马修很忠诚——但很讨厌基特。

“我所说的一切——”基特接着说，还扭来扭去想要脱身出来。马修不给他把话说完的机会，举着他顶在墙上。

“我对你说的没有一点兴趣，而且你的意思也已经够清楚了。”马修抓得更紧了。

“把他放下来吧。”沃尔特一只手放在马洛肩上，另一只放在马修的肩上说。吸血鬼没有理会雷利，而是把他的朋友又往上举高好几寸。基特穿着黑红搭配的羽毛衣服，看上去就像是一只奇异的小鸟，陷进雕木镶板里的凹处无法动弹。马修又举了一会儿，亮明自己的观点后才放他下来。

“来吧，黛安娜，一切都会顺利的。”马修说话依然是那么自信，但是我大拇指的一阵刺痛提醒我，基特刚才说的可能没错。

“天啊！”当我们走进大厅时，沃尔特无法置信地低声说，“那就是比顿寡妇吗？”

在房间的那一端，一位典型的女巫站在阴影下面：身材矮小，弯腰驼背，年事已高。我们越走越近，那些细节也看得更加清楚了：她身穿褪色的黑裙子，头上的白发细长而稀疏，皮肤粗糙而坚韧。她的一只眼睛因患有白内障而呈乳白色，另一只则呈斑驳的浅褐色。患有白内障的那只眼球会在眼窝里吓人地转动，似乎变换不同的视角可以让她看得更清楚。就在我认为事情再糟糕不过的时候，我发现她鼻梁上有一个瘊子。

比顿寡妇朝我这个方向溜了一眼，然后不太情愿地低身行了个屈膝礼。我的皮肤几乎无法察觉的刺痛表明了她的确是个女巫。我的第三只眼没有任何预兆地睁开了，想寻找更多的信息。但是，比顿寡妇可不像大多数的女巫，她一点光都不发，全身上下都是灰色的。看到一个女巫这么努力地想隐藏自己，真是令人沮丧。我在接触《阿什莫尔 782 号》之前，也是这样苍白吗？第三只眼睛又慢慢地合上了。

“谢谢你来见我们，比顿寡妇。”马修说话的语调表明，他允许她进入这栋房子，她应该为此感到高兴。

“罗伊登先生。”这个女巫的声音很刺耳，听上去就像落叶在外面的石子路上打旋。

“扶比顿寡妇坐到她的位子上，乔治。”

听到马修的吩咐，查普曼向前跨出一大步，我们其他人则小心地保持着距离。当女巫患有风湿的四肢终于放进椅子里的时候，她疼得呻吟了一声。马修一直彬彬有礼地等她坐好，然后才开始说话。

“我们就直奔主题吧。这位女士——”他指的是我，“——现在受我保护，她最近遇到些麻烦。”马修没有提到我俩已经结婚。

“罗伊登先生，在您身边的都是有权有势的朋友和忠诚无逆的仆人，我一个穷老太婆对您这样的绅士是没一点用的。”比顿寡妇试图用虚假的谦恭语气掩饰话语中的责备之意，然而我丈夫的听力极好。他的眼睛眯了起来。

“别跟我耍什么把戏。”他不耐烦地说，“你不想与我为敌吧，比顿寡妇。这位女士显示出女巫的迹象，所以需要你的帮助。”

“女巫？”比顿寡妇流露出怀疑之情，但还是礼貌地问，“她的母亲是个女巫吗？还是说她的父亲是个男巫？”

“她还很小的时候，父母就去世了。我们不确定他们有什么法力。”马修半真半假地承认道，这是典型吸血鬼式的说话方式。他把一小袋子钱币扔到她的腿上。“如果你能帮她做个检查，我会非常感激的。”

“好吧。”比顿寡妇伸出粗糙的手指来摸我的脸，我俩的皮肤刚一接触，一股能量就在我们之间流转起来，这个老太太被突然吓了一大跳。

“怎么样？”马修问。

比顿寡妇把手放到腿上，抓住那一袋子钱，有一刹那她好像要把它扔回给马修，但之后还是恢复了镇静。

“正如我怀疑的那样，这位女士不是女巫，罗伊登先生。”她的声音很平静，不过，和刚开始相比稍微高点。我心里升起一股鄙夷之情，嘴里泛起一阵苦味。

“如果你这样认为，说明你的法力没有伍德斯托克镇的人想象的那样强。”我反驳说。

比顿寡妇愤愤不平地挺直身子说：“我是个受人尊敬的治病术士，知晓很多让人们不生疾病的草药，罗伊登先生知道我的本事。”

“那只不过是女巫的巫术，但是，我们的人还有其他本事。”我谨慎地说道。马修把我的手抓得生疼，要我噤声。

“我没听说过那样的本事。”她立刻回答。这个老太婆跟萨拉阿姨一样固执，还公开鄙夷那些根本没有认真学习过巫术就动辄使用法力的女巫，比如我。萨拉知道每种草药和植物的用途，还能把几百个魔咒都记得清清楚楚，但做一个女巫，光会这些还不够。比顿寡妇明白这一点，即便她不愿承认。

“除了简单碰一下，肯定还有别的方法来鉴定这位女士的能力大小。像你这样有本事的人肯定知道那些方法是什么。”马修说。他那满不在意的嘲弄语气明显是对她的一种质疑。比顿寡妇显得犹豫不决，手里掂量着钱袋子的重量，它的重量终于让她决定迎接这个挑战。她把酬金放进藏在裙褶子内的一个口袋里。

“想确定一个人是否是个女巫，是有一些考验方法的。可以让那个人朗诵一段祈祷文，如果背得磕磕绊绊，哪怕有片刻的迟疑，那就表明此人是个魔鬼。”她宣称道，语气非常神秘。

“伍德斯托克是没有魔鬼的，比顿寡妇。”汤姆说。他的语气听上去就像是一个父亲或母亲，正努力让自己的孩子相信，床下面真的没有什么怪物。

“先生，魔鬼无处不在。那些不相信魔鬼存在的人就会中了他的诡计。”

“这都是庸众的无稽之谈，目的就是要吓唬那些迷信和心智懦弱的人。”汤姆轻蔑地说。

“别说了，汤姆。”沃尔特小声咕哝着说。

“还有其他迹象的。”乔治说，一如往常地急着显摆自己的学识，“魔鬼会在女巫身上留下疤痕和污点，作为标记。”

“确实是这样，先生。”比顿寡妇说，“而且聪明的人知道要去找那些标记。”

我脑中的血液好像一下子都被抽光了，让我头晕目眩。假如有人那样做的话，就会发现我身上有那样的疤痕。

“肯定还有其他的方法。”亨利不安地说。

“是有其他的方法，大人。”比顿寡妇那只乳白色的眼睛扫视了一下房间。她指着那张放有科学实验仪器和一堆书的桌子说：“跟我一起到那边吧。”

比顿寡妇把手伸进裙子里放钱的地方，拿出来一只破旧的铜铃。她把铜铃放到桌子上说：“请拿一支蜡烛过来。”

亨利立刻照办，其他人也都围过来，兴致勃勃。

“有人说，女巫是游走于生死之间、光明和黑暗之间的一种人，她的法力源泉也在那里。她处于世界的十字路口，所以能逆转自然运行之道，解开连接万物的绳结。”比顿寡妇边说边抽出一本书，放在蜡烛和铜铃之间，使三者排成一排，那支蜡烛插在沉重的银质烛台上。她压低声音说：“过去，社区里一旦有人发现女巫，人们就把她逐出教堂，不断敲钟，象征她已死亡。”比顿寡妇举起那只铜铃，手腕一扭，铃铛就响了起来。然后，她把手松开，铃铛悬在桌子上方，还在响着。汤姆和基特慢慢向前靠近，乔治倒吸了一口凉气，亨利则在胸前画起了十字。比顿寡妇对他们的反应显得很满意，然后把注意力转到了那本希腊经典著作欧几里得的《几何原本》英译本上，那本书就在桌子上，和马修广泛收藏的数学仪器放在一起。

“然后，神父会拿起一本圣书——圣经——再合上书，表示那个女巫不可以接近上帝。”那本《几何原本》啪的一声合上了，乔治和汤姆吓得跳了起来。暗夜学派的成员自诩对迷信免疫，其实很受迷信影响，让人吃惊。

“最后，神父会掐灭一支蜡烛，表示那个女巫已经失去了魂魄。”比顿寡妇把手指伸进烛光里，去捏烛芯。蜡烛熄灭了，一缕灰烟升到空中。

男人们被迷住了，连马修也显得心绪不宁。房间里唯一的声响就是火发出的轻微噼啪声，以及铃铛一直发出的刺耳响声。

“一个真正的女巫会再次点着蜡烛、翻开书页、让铃声不响。在上帝眼里，她是完美的造物。”比顿寡妇为了制造更强的戏剧效果，就停顿了一下，用乳白色的眼睛朝我转了一下，然后才接着说：“姑娘，你能做到这些吗？”

现代女巫到了十三岁的时候，会去参加当地的女巫聚会，聚会上举行的那个怪异典礼会让人联想起比顿寡妇的这些测试方法。女巫们会摇响圣坛上的众多铃铛，欢迎新的女巫加入到这个团体中来，但是那些铃铛通常都是用银做成的，沉甸甸、亮闪闪，并代代相传下来。年轻女巫带来的不是圣经，也不是什么数学书，而是她家里的魔法书，来增加典礼的历史分量。萨拉唯一一次允许我把毕晓普家的魔法书带出家里，是在我十三岁生日那天。至于蜡烛，其安放位置和目的跟这个女巫说的一样。这就是年轻女巫从小就练习点燃、熄灭蜡烛的原因所在。

我在麦迪逊女巫大会上的正式出场是一场灾难，一场我所有亲戚都见证了的灾难。二十年后，我还会做那个怪异的噩梦：点不着蜡烛，翻不开书，其他女巫都能让铃铛响起来，只有我不能。“我没有把握。”我有点迟疑地回答。

“试试看！”马修鼓励我，声音显得很有信心。“就在几天前，你还点燃过一些蜡烛的。”

这是实话。万圣节那一天，我终于点燃了毕晓普家车道边挂着的南瓜灯，但是，那时候没有人看到我最初做的那些拙劣尝试。现在，基特和汤姆满眼期待地看着我。我几乎感觉不到比顿寡妇轻轻掠过的目光，却很清楚地感觉到马修那冷静的熟悉目光。我血管里的血液结成了冰，似乎在抗拒启动魔法所需要的火焰。我抱着最大的希望，把注意力集中在烛芯上，口中念着魔咒。

什么反应都没有。

“放松。”马修低声说，“书怎么样？你是不是应该先从那里开始？”

暂且不说事物的正确顺序在巫术中非常重要，我还不知道该怎么对付《几何原本》。我应该把注意力集中在纸张之间的空气上，还是应该召唤一股微风吹开封面呢？钟声响个不停，让我静心思考是不可能的。

“你先让铃声停下来，好吗？”我越来越焦急，恳求道。

比顿寡妇打了个响指，铜铃落到桌子上。最后，它发出当啷一声，震得变形的铜铃边缘不停抖动，然后沉寂下来。

“正如我告诉您的那样，罗伊登先生。”比顿寡妇带着胜利的语气说，“无论你以为自己看见了什么巫术，那都只不过是幻觉而已。这位女士没什么法力，村民们不需要害怕她。”

“也许她在给你下套，马修。”基特插嘴说道，“我相信她会的，女人都是两面三刀的动物。”

别的女巫说过和比顿寡妇类似的话，也都带着扬扬自得的语调。我突然产生一种强烈的欲望，要证明她说错了，还要抹掉基特脸上那无所不知的表情。

“我是不会点燃蜡烛，也没有人教过我如何翻开一本书、如何停止铃声，但如果我没有法力，你怎么解释这个？”一碗水果就在旁边，里面有许多刚从花园里采摘的榅桲果，它们在昏暗的灯光下发出金色的光芒。我选了一个，稳稳地放在手掌上，让大家都能看得见。

在我凝视掌心里的水果时，手掌上的皮肤感到阵阵刺痛。透过榅桲粗糙的果皮，我清楚地看到了那柔软的果肉，好像那水果就是用玻璃做的。我的双眼慢慢闭上，女巫之眼睁开了，它开始搜寻信息。一种感知力从额头中央向下匍匐到胳膊上，然后穿过指尖。它像树根一样伸展，触须伸进了那个榅桲果里。

我一个接一个地掌握了果实的秘密。果核里有一条虫子正用力地咬着柔软的果肉，试着咬出一条出路。那里潜藏的一股能量引起了我的注意，而我的舌头则强烈地感受到一股暖流，它有着阳光的味道。在我汲取着那无形的阳光时，眉毛里的皮肤都在愉快地跳动着。*有那么多的能量*，我心想。*生命*。*死亡*。观看我的人渐渐变得不再重要，此刻唯一重要的事情就是栖息在我手中有着无限可能的知识。

太阳在某种无声的邀请下离开了榅桲果，想潜入我的手指里，我本能地抗拒越来越近的阳光，让它待在它该待的地方——水果里——但是，那个榅桲果变成了棕色，开始枯萎、缩小。

比顿寡妇惊得倒抽一口气，分散了我的注意力。我吓了一大跳，变了形的水果掉下来，拍打着光滑的木地板。我抬起头，看到亨利又在胸前画十字，他凝视的双眼中明显透着震惊，一只手机械而缓慢地划动着。汤姆和沃尔特反而凝视着我的手指，那里有一缕缕极其细微的阳光，在徒劳地修补与榅桲果中断的连接。马修把我那噼啪作响的双手握在他的手里，遮盖住我那还没有驯化的法力。我的双手还在冒着火花，我试图抽出手，以免灼伤他。他摇了摇头，双手一动不动。他看着我的眼睛，好像在说他很强大，无论什么法力，他都能够化解掉。

“好了，不要再尝试了。”他说得很坚决。

“我能**尝到**阳光的味道，马修。”我的声音很尖，充满恐惧，“我能**看到**时间，它就在角落里等待着。”

“这个女人已经对一个**血族**施了魔法，这是魔鬼在捣乱。”比顿寡妇嘶哑着声音说。她小心翼翼地往后退着，交叉手指来抵挡危险。

“伍德斯托克镇没有魔鬼。”汤姆不容分辩地再次说道。

“你的那些书里都是些奇怪的魔符和魔法符咒。”比顿寡妇指着那本《**几何原本**》说。我想，幸好她没有听到基特朗读《**浮士德博士**》里的内容。

“那是数学，不是魔法。”汤姆争辩道。

“你愿意怎么叫就怎么叫吧，但是，我已经看到了真相。你跟他们一样，把我召到这里，拽我参加你们的邪恶计划。”

“跟谁？”马修厉声问道。

“大学里的学者，他们用一堆问题逼问两个邓斯图镇的女巫。他们想谋取我们的知识，却又谴责分享知识的女人。女巫们原来要在法灵登召开一次集会，但一引起你们这种男人的注意，她们就都散了。”女巫集会标志着安全、保护、团体。一个女巫如果没有加入一个集会团体，她很容易就会受到邻居的妒忌和恐惧。

“没有人想把你赶出伍德斯托克镇。”我只是想去安抚她，但朝她刚走了一步，她就往后退得远远的。

“这栋房子里有魔鬼，村里的人都知道。昨天，丹福思先生向教堂会众宣讲了让魔鬼在这里扎根的危险。”

“我是个跟你一样的女巫，孤孤零零，没有家人能帮我。”我说，试图获取她的同情，“在别人发现我身份之前，请可怜可怜我。”

“你跟我不一样，而且我也不想惹麻烦。当村民渴求血光的时候，没有人会可怜我。没有血族保护我，也没有贵族老爷和宫廷绅士会挺身而出，捍卫我的名声。”

“马修——罗伊登先生——是不会让任何人伤害你的。”我举起一只手保证道。

比顿寡妇表示怀疑。“不能信任血族，要是村民们发现了马修·罗伊登的真实面目，他们会怎么做呢？”

“这是你我之间的事，比顿寡妇。”我警告说。

“姑娘，你是从哪里来的，竟认为一个女巫会保护另一个女巫？这是个危险的世界，我们都不再安全了。”老太婆恨恨地看着马修，“女巫们成千上万地死去，圣会的胆小鬼们却无所作为、袖手旁观。血族，你说这是为什么？”

“够了。”马修冷冷地说，“弗朗索瓦丝，请送比顿寡妇出去。”

“我会走的，求之不得。”老太婆尽量挺直自己弯曲的老骨头。“但是，罗伊登先生，请记住我的话。一天行程以内的所有生物都会察觉，你是只吸血为生的残忍野兽。当他们发现你在窝藏一个拥有邪恶力量的女巫时，上帝是不会怜悯那些背叛他的人的。”

“再见，比顿寡妇。”马修背对着女巫说，但是，比顿寡妇还是下决心说出最后一句话。

“保重，小姊妹！”比顿寡妇离开时喊道，“在这个时候，你发的光也太过耀眼了。”

房间里的每只眼睛都在看着我。我挪动了一下身体，太多的关注让我感觉不适。

“你自己解释一下吧。”沃尔特冷冷地说。

“黛安娜不欠你任何解释。”马修回击。

沃尔特举起一只手，表示停战。

“怎么回事？”马修用较为冷静的语气问。很明显，我欠他一个解释。

“跟我预测的一模一样：我们吓跑了比顿寡妇。从现在起，她会尽其所能地远离我。”

“她应该会很听话，我帮了她很多忙的。”马修咕哝着说。

“你为什么不告诉她我们俩的关系？”我轻轻地问。

“你也没有告诉我你能对花园里的一个普通水果做什么，恐怕咱俩的理由是一样的。”他抓着我的胳膊肘反驳说。马修转过来对他的朋友们说：“我要和我老婆谈谈，私下里谈。”他领着我走到外边。

“现在我又成你老婆了？”我大喊着，从他手里挣脱出来。

“你一直都是我的老婆，但是，并不是每个人都需要知道我们私下生活的细节。现在告诉我，这究竟是怎么回事？”他站在花园里一丛修剪得很整齐的黄杨木旁。

“你以前说得对，我的法力是在变化。”我望着别处说，“比如我们卧室里的鲜花。我在重新摆放它们的时候，尝到了它们赖以生长的土壤和空气的味道。那些花儿一挨到我，就死了。我试着让阳光回到水果里，但是它不听我的。”

“比顿寡妇的行为应该能解释你释放出巫风的原因——你觉得受困了；也能解释你释放出巫火的原因——你感到了危险。还有一个可能是你的法力在时光穿越的时候受损了。”马修皱着眉头说。

我咬了咬嘴唇说：“我永远都不应该发脾气，也不该向她展示我的法力。”

“她知道你很强大，满屋子都是她恐惧的气息。”他眼神凝重，“也许让你面对陌生人还是太早了。”

但是，现在已经太迟了。

暗夜学派的成员们出现在窗前，他们的脸贴在玻璃上，就好像是无名星座上的星星一样。

“湿气会弄坏她的衣服的，马修，那可是唯一一件她穿上还像样的衣服啊。”乔治把头伸出窗外责备道。汤姆那顽童似的脸庞从乔治的肩膀旁边露出来。

“我真是太高兴了！”基特大喊，把另一扇窗也打开了，他用力过大，窗户发出格格的响声。“那个老巫婆是个地地道道的女巫，我要把她写进我的剧本里。她能用那个破铃做出那样的事！你们能想象得到吗？”

“马修，你没有忘记与女巫们周旋的过往吧。”沃尔特说。他和亨利走出来加入我们，把石子路踩得嘎吱嘎吱作响。“她会往外说的，像比顿寡妇那样的女人总是那样。”

“她可能会说出不利于你的话，马特，你难道就不担心吗？”

“哈尔，我们可是人类世界里的异类生物，永远会担心的。”马修担忧地说。

5

暗夜学派的成员会争论哲学问题，但有一点他们是一致的，那就是：还是需要找一个女巫。马修派乔治和基特去牛津大学打听，顺便也打听一下那本神秘炼金术手抄本的下落。

星期四，吃过晚饭后，我们在大厅里的壁炉旁坐了下来。亨利和汤姆在读天文学或数学方面的书籍，还时不时地争论。沃尔特和基特在一张长条桌上掷色子，互相交换着他们最近有关写作的想法。我在大声朗读沃尔特的那本《仙后》，来练习我的口音，伊丽莎白时期的大部分浪漫故事我都不喜欢，《仙后》也不例外。

“开头部分太突然了，基特，在第二幕之前你就会把剧院观众吓跑的。”沃尔特提出反对意见，“你要加入更多冒险元素。”他们一直在仔细剖析《浮士德博士》，已经持续好几个小时了。多亏了比顿寡妇，现在这个故事有了一个新的开头。

“沃尔特，你不是我的浮士德，因为你那知识分子式的装腔作势太严重。”基特尖刻地说，“在你的干预下，看看埃德蒙[①]的故事都被搞成什么样子了。《仙后》本来是一个有关亚瑟王的颇为有趣的故事，现在却成了一件马洛礼[②]和维吉尔[③]的糟糕混合体，故事没完没了，而

---

① 埃德蒙·斯宾塞（1552—1599），其代表作《仙后》是英国文艺复兴时期重要的长篇史诗。

② 托马斯·马洛礼（约 1395—1471），英国散文作家，著有散文传奇《亚瑟王之死》。

③ 维吉尔（公元前 70—前 19），古罗马诗人。

格罗丽安娜——算了吧。这仙后几乎跟比顿寡妇一样老，还跟她一样反复无常。你如果一直对埃德蒙指手画脚的，他要是能写完，我就见鬼了。如果你想在剧场里名垂千古，就去跟威尔[①]说，他一直就想不出什么主意来。”

“马修，这个你满意吗？”乔治催促说。他在告诉我们有关手抄本的最新消息，就是那本后来非常出名的《阿什莫尔 782 号》。

“不好意思啊，乔治，你刚说什么了？”马修那走神的灰色眼睛里闪出一丝内疚。我知道一心多用是什么样子的，正是它曾让我熬过很多系务会议。也许当他听着房间里的谈话的时候，又不断地在回味比顿寡妇这件事到底哪里出了岔子，还思考不断送来的邮件的内容。

“没有一个书商听说过城里流传着一本罕见的炼金术著作，我问过基督教堂学院的一个朋友，他也不知道。我还要继续打听下去吗？”

马修刚要张嘴回答，前面的门厅里传来一声巨响，厚重的前门突然打开了。他立刻站了起来，沃尔特和亨利也一下子跳起来，摸出他们从早到晚随身携带的匕首。

“马修？”一个低沉有力的陌生声音传了过来，让我胳膊上的汗毛本能地竖了起来。这声音太过清晰和悦耳，不像是人类的声音。“你在这儿吗，伙计？”

“他当然在这儿。”有人用威尔士本地人的轻快腔调抑扬顿挫地说，“用你的鼻子，还有谁闻着像当天刚从码头进来新鲜香料的杂货铺呢？”

不一会儿，有两个人拖着庞大的身躯，披着粗糙的棕色斗篷，出现在房屋的另一端，在那里坐着基特和乔治，他们依然在掷色子、读书。

① 指莎士比亚。

在我那个时代，职业橄榄球队就会招募这俩新来的人。他们的胳膊极度发达，肌腱突起，手腕粗大，肩膀健壮，腿部肌肉非常厚实。两个人慢慢走近，烛光照到他们明亮的眼睛上，在他们武器的利刃上熠熠生辉。他们一个是金发巨人，比马修还要高一英寸。另一个长着红头发，个子足足低了有六英寸，左眼有明显的斜视。两个人的年纪都不到三十岁。留着金发的那个人松了一口气，不过他很快就掩饰起来了。红头发的那个看上去怒气冲天，也不在乎被别人发现。

“原来你在这儿！你连个话也不留就消失了，可把我们吓坏了。”金发人温和地说着，把一把非常锋利的长剑插入剑鞘。

沃尔特和亨利也撤回了武器。他们认出了这两个人。

“加洛格拉斯，你怎么来这儿了？”马修向那个金发武士问道，语调戒备而困惑。

“我们当然是来找你啊。星期六那天，我和汉考克是跟你一起在——”加洛格拉斯没有得到预期的反应，把他那冷冰冰的蓝色眼睛眯了起来，看上去就像一个即将大开杀戮的海盗。“在切斯特。”

“切斯特。”马修的脸色慢慢变得恐惧起来。“在切斯特！”

“是呀，切斯特。”红头发的汉考克重复道。他一边怒目而视，一边把湿漉漉的长皮手套从胳膊上脱掉，扔到壁炉旁边的地板上。“你没有如约在星期天见我们，我们就开始打听。旅店老板说你离开了，这让人有点惊讶，当然也不仅仅是因为你没有结账。”

“他说你正坐在火边喝酒，突然就不见了。”加洛格拉斯说，“女招待——那个目光始终都无法离开你的黑发小姑娘——引起了一场骚乱。她坚持说，你是被鬼魂带走的。”

我闭上眼睛，突然明白过来了。16 世纪那个身处切斯特的马修•罗伊登消失了，因为从现代的牛津穿越过来的马修替代了他。等我们离开这里以后，16 世纪的马修就应该会重新出现。时间不允许有两个马修在同一瞬间出现在同一个地方。我们本来无意改变历史，其实已经改变了。

“那是万圣节前夜，所以她的故事有一定道理。”汉考克说，把注意力转到了他的斗篷上。他把褶层里的水抖出来后，把斗篷扔到近处一把椅子上，冬天的空气中顿时充满了春草的气息。

“马修，他们是谁呀？”我走得更近一点，想把这两个人看得更清楚。他转过身来，双手放在我的手臂上方，让我待在原处。

“他们是朋友。”马修说，看起来明显是在重新打起精神，这让我怀疑他是否在说实话。

“哟，哟，她不是什么鬼魂嘛。”汉考克从马修的背后看过来，我的皮肤一下子变得冰凉。

汉考克和加洛格拉斯当然是吸血鬼了，不然，什么样的生物能那么高大、那么凶残？

“她也不是来自切斯特。”加洛格拉斯若有所思地说，“她身边一直就有这么亮的闪光？”

最后这个词[①] 听上去很陌生，但它的意思再明显不过。我又发光了。我在生气或专注于某个问题的时候，这种现象有时就会发生。这是很常见的显示女巫法力的一种迹象，而吸血鬼用他们那超级敏锐的眼睛，就能察觉出那浅淡的光芒。我感到自己有些惹人注意，就退回马修的身影里。

“女士，那没什么用。我们的耳朵跟眼睛一样敏锐，你身上流淌着的女巫血液像小鸟一样发出唧唧啾啾的叫声。”汉考克没好气地看着伙伴，浓密的红色眉毛竖了起来。“麻烦总是与女人同行。”

① “闪光”的原文为 glaem。

“麻烦也不是傻瓜，如果有机会的话，我宁愿跟女人作伴，也不愿跟你。”金发武士对马修说。“这真是漫长的一天，汉考克的屁股酸痛，饥肠辘辘。如果你不告诉他你家里会有女巫的原因，我就没法保证她接下来的安全。”

“这肯定跟贝里克郡有关。”汉考克断言道，“该死的女巫，总是带来麻烦。”

“贝里克郡？”我的脉搏忽然猛跳了一下。我知道这个地名，它与不列颠群岛上最臭名昭著的一件女巫审判案有关。我努力去回忆事件发生的日期，它肯定是发生在 1590 年前后，否则马修就不会选择穿越回这个年代。但是，汉考克下面说的话让我把整个大事年表和历史忘得一干二净。

“和那个有关，要么就是和马修将要让我们处理的圣会新业务有关。”

“圣会？”马洛眯起眼睛问道，然后以审视的目光看着马修。“这是真的吗？你是这个神秘组织的成员之一？”

“当然是真的了！你想一想他是怎么让你为所欲为的，小马洛？”汉考克说着在房间里搜找起来。“除了葡萄酒，还有其他喝的没有？克莱蒙，我讨厌你这些装腔作势的法国货，麦芽酒有什么不好？”

“现在别说这个，戴维。”加洛格拉斯对他的朋友低声说，眼睛却在盯着马修。

我也在紧紧盯着马修，一种明显的恐惧感爬上心头。

“告诉我你不是。”我低语道，“告诉我，你没有对我隐瞒这件事。”

“我不能告诉你。”马修淡然说道，“我曾向你保证不撒谎，但可以保留秘密，你还记得吗？”

我感到不舒服。1590 年的马修竟然是圣会的成员，而圣会又是我们的敌人。

“那贝里克郡呢？你说过我不会有卷入女巫大搜捕的危险。”

“贝里克郡的事情不会影响到我们的。”马修向我保证。

“贝里克郡发生什么事了？”沃尔特不安地问。

“在我们离开切斯特之前，从苏格兰传出消息说，万圣节前夜，一大帮女巫在爱丁堡东面的一个村子里聚会。”汉考克说，“人们又说起了丹麦女巫去年夏天掀起的那场大风暴，汹涌喷薄的海水预示着一个拥有可怕力量的生物即将到来。”

“当局已经抓捕了好几十个倒霉鬼。”加洛格拉斯接着说道，他那北极蓝的眼睛依然盯着马修。“基斯镇的狡猾女人桑普森寡妇，正在荷里路德宫[①]的地牢里等候国王的审问。谁知道这个案子结束前，还会有多少人去和她作伴呢？”

“你是指国王的酷刑吧。”汉考克低声说道，“他们说那个女人被套上了一个箝口器[②]，这样她就不能对国王陛下施法了，她还被链条锁在墙上，不给吃喝。”

我突然一下子坐下来。

“那么，她也是被指控的女巫喽？”加洛格拉斯问马修，“如果可以的话，我也想跟这个女巫做个交易：不撒谎，但可以保留秘密。”

马修沉默了好久，才回答说：“黛安娜是我的妻子，加洛格拉斯。”

“你在切斯特丢下我们，就是为了这个女人？”汉考克感到很震惊，“但我们当时还有事要做啊！”

“你弄错状况的能力一直很强，戴维。”加洛格拉斯的目光转向了我。“你的妻子？”他小心地说，“那么，这只是一个法律层面的安排啦，既满足了人类的好奇心，赋予她出现在这里的资格，同时她

---

① 为英女王在苏格兰的行宫，詹姆士五世在1498年建造。

② 古代欧洲国家的一种刑具，外形是一个铁做的套子，一个铁条可以堵住受刑人的嘴巴。

的未来又掌握在圣会手里，对吗？”

“她不仅仅是我的妻子，”马修说，“还是我的伴侣。”如果双方之间充满爱意、相知相熟，彼此间充满爱欲、相互吸引，吸血鬼就会结为伴侣，他们之间的纽带会伴随一生，直到死亡让他们分离。吸血鬼可能会结很多次婚，但通常只有一个伴侣。

加洛格拉斯骂了一句，但他那位朋友的调侃声几乎把骂声淹没了。

“教皇宣称，神迹的时代已经过去了，”汉考克得意忘形地叫道，“但是马修·克莱蒙居然有了伴侣。但是，这伴侣既不是普通的温血女人，也不是有教养、清楚自己地位的女血族。她们都不对我们马修的胃口。既然他已经决定了要跟一个女人安定下来成个家，那个女人必须是个女巫。这样一来，和伍德斯托克镇的良民们担心的事情相比，我们要担心的事情会多出许多。”

“伍德斯托克镇怎么了？”我皱着眉头问马修。

“没什么。”马修轻快地说。但那个金发大块头说的话却引起了我的注意。

“有个老女巫在集会日那一天昏过去了，她说都是你的错。”加洛格拉斯从头到脚地打量我，好像在努力想象，如此不起眼的一个人怎么能带来这么多的麻烦。

“比顿寡妇。”我惊得无法呼吸。

弗朗索瓦丝和查尔斯的出现打断了我们的谈话。弗朗索瓦丝为温血动物端来了香喷喷的姜味饼干和香料葡萄酒。基特（品尝起马修酒窖里的收藏从不犹豫）和乔治（听了一下午的秘密，脸色有点儿发绿）自己动手开吃。两个人都一脸观众的样子，等着下一幕开场。

查尔斯的工作是维持吸血鬼们的生命，他这时端来一个精致的银柄酒壶和三只高脚玻璃杯，里面的红色液体比任何葡萄酒的颜色都要深暗、浑浊。他往一家之主走去，却被汉考克拦了下来。

“和马修相比，我更需要喝点这些。”说完他抓住一只高脚杯，查尔斯为这种失礼行为而惊讶得倒吸凉气。汉考克闻了闻酒壶里的东西，往外倒了一杯。“我有三天都没喝到新鲜血液了。克莱蒙，你对女人的品位很奇怪，但你的待客之道是无可挑剔的。”

马修示意查尔斯去招待正在痛饮的加洛格拉斯。加洛格拉斯喝完最后一口后，用手擦了一下嘴巴。

“怎么样？”他问道。“我知道你的口风很紧，但解释一下你介入此事的原因还是可以的吧。”

“这个私下讨论会比较好。”沃尔特看着乔治和两个精灵说。

“为什么，雷利？”汉考克用带有一丝挑衅的语气问。“克莱蒙需要解释很多事情，他的女巫也是如此，而且那些解释最好由她说出来。我们在路上遇见一个神父，跟他一起的还有两个财大气粗的绅士。根据我所听到的，克莱蒙的老婆还有三天的时间——”

“至少五天。”加洛格拉斯纠正说。

“也许是五天。”汉考克说着，把头歪向同伴，“在她被送去审判之前，我们有两天的时间来准备要对地方执法官说的话，还要用不到半小时的时间想一个让那个神父信服的谎言，所以，你最好现在就开始告诉我们实话。”

所有人都看着马修，他一言不发。

“一刻钟的时间很快就过了。”过了一会儿，汉考克提醒道。

我决定自己出面应付。“马修是在保护我免遭同类的伤害。”

“黛安娜！”马修吼道。

“马修插手巫师的事了？”加洛格拉斯双眼微张。

我点点头。“危险一过去，我们就结为伴侣。”

“而这一切就发生在星期六中午到黄昏那一段时间里？”加洛格拉斯摇摇头。“那你得编一个好点儿的故事了，婶婶。”

“婶婶？”我惊讶地转向马修。一开始是贝里克郡事件，然后是圣会，现在又是这个。“这个……狂战士[①]是你的侄子？让我猜猜，他是鲍德温的儿子！”加洛格拉斯几乎跟马修那个铜头哥哥一样肌肉发达——还同样执着。我还知道克莱蒙家族其他成员：戈弗雷、路易莎，还有休（只被简单、隐晦地提到过）。加洛格拉斯可能是他们中任何一位的后代——或者是马修那错综复杂的家谱中的其他人。

“鲍德温？”加洛格拉斯微微颤抖了一下，“在我还没有成为血族的时候，我就知道不能让那个怪物接近我的脖子。我父亲是休·克莱蒙。顺便告诉你，我的族人是狼皮战士[②]，不是狂战士。而且，如果你非要问的话，我也只有一部分挪威血统——非常微弱的那一部分，剩下的都是苏格兰血统，还是从爱尔兰过来的苏格兰人。”

“脾气很臭，苏格兰人。”汉考克补充说。

加洛格拉斯轻轻拽了一下耳朵，表示赞同。一枚金戒指在灯光下闪闪发光，上面雕刻着一副棺材，一个人从里面正要出来，戒指边沿还刻有一句格言。

“你们是骑士。”我在汉考克的手指上寻找着相似的戒指，发现他的那只很奇怪地戴在大拇指上。马修和拉撒路骑士团有牵连的证据终于出现了。

“咳——咳。”加洛格拉斯拖长声音，突然用他宣称的苏格兰口音说，“这件事一直有争议，我们并不是身披闪亮盔甲的那种骑士，对吗，戴维？”

“是啊，但克莱蒙家族财力雄厚，那么多的酬劳让人很难拒绝。”

---

① 原文 Berserker。源自古北欧语言，意为“披着熊皮的人”。在北欧神话传说中，狂战士在战场上异常勇猛，不会感到恐惧、疼痛。

② Úlfhéðnar 是古北欧语言，意为“披着狼皮的人”。

汉考克说，“尤其是他们还许诺你可以长命百岁，好好享受财富。”

“他们也是凶猛无比的斗士。”加洛格拉斯又一次摸了摸鼻梁。鼻梁很平，就好像断了后没有接好。

“哦，是啊。那些杂种先杀死我，然后再救活，顺便治好我那只坏掉的眼睛。”汉考克指着他受伤的眼皮，轻快地说道。

“那么，你们对克莱蒙家族是很忠诚的喽。”我突然感到如释重负。在灾难即将到来的情况下，我希望加洛格拉斯和汉考克是盟友，而不是敌人。

“也不一直都是。”加洛格拉斯阴郁地说。

“反正不会忠于鲍德温，他是个奸诈的混蛋。如果马修像个傻瓜一样做事，我们也不会理他的。”汉考克吸了吸鼻子，指着忘在桌子上的姜味饼，继续说道：“有人要吃这个吗？如果没有，我们能把它扔进火里吗？马修的气味加上查尔斯做的饭让我很不舒服。”

“既然有访客即将到来，我们把时间最好花在筹划行动方案上，而不是谈论家族历史。”沃尔特不耐烦地说。

“耶稣啊[①]，没有时间想方案了。”汉考克欢快地说。“马修和牧师应该祈祷，他们都是上帝的子民，上帝也许能听到他们的祈祷。”

“这个女巫也许可以飞走。”加洛格拉斯低声说。看到马修对他怒目而视，他举手投降，不再说话。

“嗯，但她不会飞。”所有人的目光都转向了马洛。“她甚至都不能给马修变出一副胡子来。”

“你违背圣会的所有禁令，跟一个女巫混在一起，而她却毫无用处？”听不出加洛格拉斯是愤怒还是狐疑。“如果你的老婆能召唤风暴，

---

① 原文为克罗地亚语Jesu。

或者能给你的敌人身上留下可怕创伤，我敢保证她肯定是有些用处的。但如果一个女巫连丈夫的头发都剪不了，她还有什么用呢？”

“只有马修才会娶一个不知从哪里冒出来、一点魔法都不会的女巫。”汉考克低声对沃尔特说。

“你们都给我闭嘴！”马修大发雷霆，“这些胡言乱语让我无法思考。比顿寡妇是个爱管闲事的老糊涂，黛安娜不会念咒施展魔法，那都不是黛安娜的错，我妻子的魔法是被封住了。此事到此为止。如果这个房间里再有人质疑我，或者说黛安娜的不是，我就会把他的心挖出来，在它还在跳动的时候，让他吃掉。”

“这才是我们的老爷和主人。”汉考克说着，嘲弄地行了个礼。

“有一刹那我还以为是你中了魔法，但是，等一下。她要是被符咒封住了，会怎么样？她很危险吗？会疯吗？会又疯又危险吗？”

蜂拥而至的侄子、狂躁的牧师，还有伍德斯托克镇即将到来的麻烦，让我心里发慌，我向背后伸手去摸椅子。由于还不太习惯身上的衣服，行动受到了限制，我一下子失去了平衡，向后倒去。一只粗糙的大手迅速伸过来，抓住我的胳膊肘，极其温柔地把我扶到椅子上。

“没事了，婶婶。”加洛格拉斯同情地柔声说道，“我不确定您的头脑出了什么差错，但是，马修会照顾您的，他尤其钟情孤苦无依的人，上帝保佑他。”

“我是头晕，不是精神错乱。”我反驳说。

他目光冰冷地凑近我的耳朵说：“您言语错乱，足以说明您疯了，我觉得神父无论如何都会发现的。考虑到您不是来自切斯特，也不是来自任何我去过的地方——我去过相当多的地方，婶婶——也许您要注意自己的行为举止，除非您想被关进教堂的地下室里。”

修长的手指紧紧抓住加洛格拉斯的肩膀，把他拽走了。“你还吓唬我的老婆——我向你保证，这毫无意义——你可以给我讲一讲路上碰见的那些人。”马修冷冰冰地说，“他们带武器了吗？”

“没有。”加洛格拉斯饶有兴趣地看了我很长时间，才转向他的叔叔。

“跟牧师在一起的是谁？”

“见鬼，我们怎么会知道啊。那三个人都是温血动物，根本不值得去瞅第二眼。一个头发花白，胖胖的，另一个中等身材，在抱怨天气。”加洛格拉斯不耐烦地说。

“比德韦尔。”马修和沃尔特同时说道。

“跟他一起的可能是伊弗雷。”沃尔特说，“这两个人总是在抱怨——路况、旅馆里的吵闹声，啤酒的质量，等等。”

“伊弗雷是谁？”我大声问道。

“他自诩为全英格兰最好的手套商，萨默斯在他手下干活。”沃尔特回答。

“伊弗雷师傅的确为女皇制作了精致的手套。”乔治承认说。

“二十年前，他给她做了一副打猎用的臂铠。这不足以让伊弗雷成为方圆三十英里内最重要的人物，尽管他非常渴望这个荣誉。”马修轻蔑地哼了一声。“这些人单独来说都不算聪明，凑在一块儿却是彻头彻尾的蠢蛋。如果这就是村民最大的能耐，我们大可以接着看书了。”

“就这样吗？”沃尔特的声音尖利，“我们坐等他们来找？”

“是的，但是黛安娜不能离开我的视线——或者你的视线。”马修提醒道。

“你没必要提醒我要有家庭责任感，叔叔。我保证让您那争强好胜的老婆今晚就能回到您的床上。”

“我争强好胜吗？我丈夫是圣会成员。一帮人正骑马奔来，指控我伤害一个孤独无助的老婆子。我身处一个陌生的地方，还不停地迷路，连自己的卧室都找不到。我一直都光着脚，住在一间满是青春期男孩的宿舍里，他们总是在喋喋不休！”我气冲冲地说道，“但是，你大可不必为了我而自找麻烦，我能照顾好自己。”

“照顾好自己？”加洛格拉斯对着我大笑，摇了摇头。“不，您不行的。战斗一结束，我们就要解决您的口音问题。您刚才说的话，我连一半都听不懂。”

“她肯定是爱尔兰人。”汉考克瞪着我说，“所以她才会被魔法禁锢并且言语混乱，她说的都是疯话。”

“她不是爱尔兰人。”加洛格拉斯说，“不管她说的是不是疯话，如果她真是爱尔兰人，我会听懂她的口音。”

“安静！”马修怒吼道。

“村里来的人已经到门房了。”皮埃尔在随后的一阵沉默中前来通报。

“带他们过来。”马修命令。他把注意力转向了我。“让我来和他们谈，你不要回答他们的问题，除非我让你回答。”马修接着语调轻松地说：“今晚，我们不能让任何……异常情况发生了，如果发生比顿寡妇在这里时的类似情况，我们是担负不起的。你还在头晕吗？要不要躺下来？”

“好奇。我只是好奇。”我双手紧握，“不要担心我的法力和健康问题，你还是想一想牧师走后，你要花多长时间来回答我的问题吧。而且，如果你还用‘那不是我要讲的故事’这个借口来逃避那些问题的话，我会揍扁你的。”

“看来你一切都好了。”马修强忍住笑。他吻了吻我的额头，“我爱你，我的小母狮[①]。”

---

① 原文为法语 ma lionne。

“您以后再告白爱情吧，现在先让婶婶镇定下来。”加洛格拉斯建议。

“为什么每个人都觉得有必要告诉我，该怎么对待我的妻子呢？”马修回击说。他开始显得沉不住气了。

“我真的说不上来原因。”加洛格拉斯平静地回答，“但她让我有点联想起奶奶。我们从早到晚都给菲利普出主意，告诉他如何管好她，他都没有听过。”

他们在房间四处就位，看上去明显随机的位置其实是一个漏斗阵势——宽阔的地方在房间的入口处，窄口处在我和马修就座的壁炉旁边。因为乔治和基特要担任招呼牧师及同伴的第一道关卡，沃尔特就把他们的色子和《浮士德博士》手抄本迅速拿走，换上了希罗多德[①]的《历史》一书。尽管那不是《圣经》，但雷利向我们保证，这会赋予场面一定程度的庄严感。当基特还在抗议这种不公平替换的时候，脚步声和说话声已经传了过来。

皮埃尔领着三个人进来了。其中一个很像那个给我量尺寸做鞋子的瘦高个年轻人，我一下子明白过来，他就是老约瑟夫·比德韦尔。身后关门的声音吓了他一跳，他不安地扭过头。他那双模糊的眼睛再次看向前方，看到那么多的人聚在一起等他，他又吓了一跳。与汉考克和亨利一起，沃尔特占据着房间中央一个战略上很重要的位置，他没有理会那个紧张的鞋匠，而是鄙夷地看了一眼那个穿着一身脏兮兮教袍的人。

“丹福斯先生，在这样的一个夜晚，是什么风把你吹来了？”雷利问。

① 希罗多德（约公元前480—前425），古希腊作家、历史学家，他把旅行中的所闻所见，以及第一波斯帝国的历史记录下来，著成《历史》一书，成为西方文学史上第一部完整流传下来的散文作品，希罗多德也因此被尊称为“历史之父”。

“沃尔特爵士。”丹福斯鞠着躬说道，把帽子从头上取下来，捏在手里。他看到了诺森伯兰勋爵，“伯爵大人，我不知道您还在我们这里。”

“你需要什么东西吗？”马修和蔼地问。他依然坐着，双腿明显很放松地伸开。

“啊，罗伊登先生。”丹福斯又鞠了一躬，这一次是对我们。他好奇地看了我一眼，突然感到一阵恐惧，目光重新回到他的帽子上。“我们在教堂和镇上没看到您，比德韦尔以为您可能身体不舒服。”

比德韦尔把身体重心在两只脚上来回倒换，脚上的皮靴好像在抱怨似地发出吧唧吧唧的声音。他的肺也加入了这场大合唱，呼哧喘气，大声咳嗽。蔫下来的衣领飞边挤压着他的气管，随着他每一次用力的呼吸而抖动。那打褶的亚麻布衣服破旧不堪，靠近下巴的位置沾了一块褐色油污，表明他晚饭吃的是肉卤。

“是的，我在切斯特生病了，但是，在神的恩典和我妻子的照顾下，我已经好了。”马修以符合丈夫身份的柔情拉住我的手。“我的医生认为，最好把我的头发剪掉来退烧，但正是黛安娜坚持让我洗冷浴才有了效果。”

“妻子？”丹福斯声音很微弱，“比顿寡妇没有告诉我——”

“我不会跟无知女人讲我的私事的。”马修厉声说。

比德韦尔打了个喷嚏。马修先是关切地仔细看着他，然后是小心装作恍然大悟似地看着他。今晚我真是领教了丈夫的多种才能，包括他可以成为一名出色演员的潜质。

“哦，但你来这儿当然是想让我夫人给比德韦尔治病的。”马修语带遗憾，“无聊的闲话真是太多了，我夫人会看病这消息已经传开了吗？”

在这个时代，医学知识和巫师传说相差无几。难道马修是想给我惹来麻烦吗？

比德韦尔想要回答，但只能发出咯咯的声音，并摇摇头。

“如果你不是来这儿看病的，那肯定就是来给黛安娜送鞋子的。”马修深情地望着我，然后看向牧师。“你肯定听说了，我夫人的所有东西都在我们的旅途中丢了，丹福斯先生。”马修看向那个鞋匠，带着一丝责备的语气说：“我知道你很忙，比德韦尔，但是我希望你至少把鞋样做好了吧。黛安娜决定这周去教堂，但通往礼拜室的路常常被雨水淹没。该有人好好修护一下了。”

自马修开始说话起，伊弗雷胸中就充满了怒火。此时这个人终于忍不住了。

“比德韦尔把你买的鞋子带来了，但我们现在到这里不是来听从你妻子的差遣，也不是讨论鞋样和水坑这些琐事的！”伊弗雷说着，把斗篷拽起来系到腰间，想做出一副很威严的样子，但他长着尖尖的鼻子，圆圆的小眼睛，身上湿漉漉的毛料衣服只能让他更像一只落水老鼠。“告诉她，丹福斯先生！”

丹福斯牧师看上去就好像宁愿在地狱里备受煎熬，也不愿站在马修·罗伊登的家里，与他的妻子当面对质。

“说下去呀，告诉她。”伊弗雷催促道。

“有人指控——”丹福斯刚说到这，沃尔特、亨利以及汉考克就围上去了。

“先生，如果您是来这里发起指控的，可以找我或者伯爵。”沃尔特厉声说道。

“或者找我。”乔治也开始说话了，“我法律学得很好。”

“哦……嗯……好的……不过……”牧师的声音越来越小，最后沉默不语了。

“比顿寡妇生病了，小比德韦尔也是。”伊弗雷说。他决定无视丹福斯的懦弱，发动攻势。

“毫无疑问，我得过的疟疾，现在又降临到这孩子的父亲身上了。”我丈夫温和地说着，把我的手指抓得更紧了。加洛格拉斯在我身后轻轻咒骂。“伊弗雷，你究竟要控告我妻子什么？”

“比顿寡妇拒绝跟她一起做恶事，罗伊登夫人就下咒让她关节疼，让她头疼。”

“我儿子已经听不见了。”比德韦尔控诉说，声音充满痛苦，喉咙里带有痰液。“他耳鸣很严重，好像脑袋里有个钟在敲个不停。比顿寡妇说，他中了魔法。”

“不。”我低声说。血液突然离开我的大脑，向下流动。加洛格拉斯迅速抓住我的肩膀，让我保持直立。

“**中了魔法**”这个词让我看见了一个熟悉的深渊。我最大的恐惧就是，人们一旦发现我是布里奇特·毕晓普的后代，就会开始好奇地打量我，怀疑我，我唯一的反应可能就是逃离。我使劲扭动着手指，想从马修的手里挣脱出来，但他就像石头一样纹丝不动，同时加洛格拉斯还一直抓着我的肩膀。

“比顿寡妇很久以来就患有风湿病，而比德韦尔儿子的咽喉反复糜烂，这往往会引起疼痛和耳聋。这些症状在我夫人来伍德斯托克镇之前，就已经出现了。”马修用另一只手懒懒地做出不屑的手势。“那个老太太嫉妒黛安娜的医术，而年轻的约瑟夫则对她的美貌很着迷，嫉妒我娶了她。这些都不是指控，而是无聊的想象。”

“作为一个牧师，罗伊登先生，我有责任认真对待这些指控。我读到一些东西。”丹福斯说着，把手伸进他的黑色长袍里，掏出一沓破烂的纸张来。它的厚度不超过几十张，被人用粗线粗略地缝在一起。由于时间久远和多次翻阅的缘故，纸张纤维已经变软，纸边已经磨破，纸张也变成灰色了。我离得太远，看不清书名。但是，三个吸血鬼都看见了。乔治也看到了，吓得脸色发白。

“那是《女巫之槌》[1]的一部分。我不知道你的拉丁文那么好，能够读懂这么难的著作，丹福斯先生。”马修说。那是影响力最大的猎巫手册，单那标题就会让一个女巫心中充满恐惧。

牧师看上去像是受到了侮辱。“我上过大学的，罗伊登先生。”

“这我就放心了，那本书不应该掌握在懦弱或迷信的人手中。”

“你知道这本书？”丹福斯问。

“我也上过大学的。”马修温和地说。

“那么，你明白我为什么必须讯问这位女士了吧。”丹福斯企图往房间里面走，汉考克一声低吼让他停了下来。

“我妻子的听力没有任何问题，你没必要再靠近了。”

“我告诉过你，罗伊登夫人是有法力的！”伊弗雷得意扬扬地说。

丹福斯紧紧地抓着那本书。“是谁教给您那些东西的，罗伊登夫人？”他的喊声在宽敞的大厅里回响。“您是从谁那里学会巫术的？”

疯狂的行为就是这样开始的：提出一些精心设计的问题，引诱被指控的人对他人做出谴责。女巫们陷进编织好的谎言大网，一个又一个地死去。因为这样的花招，成千上万的女巫受到折磨，被迫害致死。否认的字句涌上喉头。

“别。”马修冷冰冰地低声提醒。

“伍德斯托克镇发生了很多奇怪的事情。比顿寡妇在路上碰见一只白色雄鹿。”丹福斯继续说，“它停在路上，盯着她，直到她的肌肉变得冰冷。昨晚，有人看到比顿寡妇家的外面有一匹灰狼，它的眼睛在黑暗中闪闪发光，比挂在外面帮助旅人寻找躲避暴雨之地的灯还

---

① 史上最知名和最重要的关于巫术的论著，内容主要关于巫师的辨识方法。作者是天主教牧师海因里希·克雷默。于1487年出版后一度非常畅销。

要亮。那些动物中哪一个是你所熟悉的？是谁送给你的？”这一次，不需要马修提醒我要保持沉默了。牧师的问题遵循了一个常见的模式，我在研究生时期就已学过。

“这个女巫必须回答您的问题，丹福斯先生。”伊弗雷拉了拉同伴的袖子坚持道。“在尊敬上帝的社区里，黑暗生物竟如此傲慢无礼，这是不能容忍的。”

“没有我的允许，我妻子不会跟任何人说话。”马修说，“你当心一点，你说谁是女巫，伊弗雷。”村民们的挑衅越大，马修就越难克制自己。

牧师的目光从我身上转移到马修身上，又回到我身上。我忍住没有吭声。

“她已经和魔鬼订下契约，她不可能说实话的。”比德韦尔说。

“安静，比德韦尔师傅。”丹福斯呵斥道。“我的孩子，你想说什么？谁把你引向魔鬼的？是另外一个女人吗？”他问我。

“或者是一个男人。”伊弗雷小声说。“罗伊登夫人不是在这里发现的唯一黑暗后裔，还有一些怪异的图书和用具，这里还有人举行午夜集会来召唤幽灵。”

哈里奥特叹了口气，把他的书塞给丹福斯。“先生，那是数学书，不是魔法书。比顿寡妇看见的是几何课本。”

“你没有资格判断这里邪恶的程度。”伊弗雷气急败坏。

“如果你要找的是邪恶，就去比顿寡妇家。”马修虽然尽了最大的努力保持镇静，但还是很快就发火了。

“那么，您是在指控她施行巫术了？”丹福斯严厉地问道。

“不，马修，别那样说。”我低声说着，拽拽他的手，唤起他的注意。

马修转向我，他的脸看起来不像人类，瞳孔变得极大，像玻璃一样。我摇了摇头，他深吸一口气，努力让自己因住宅遭到侵犯而引起的怒火平息下来，也努力让保护我的强烈本能平静下来。

“不要听他的话，丹福斯先生，罗伊登也可能是魔鬼的工具。”伊弗雷提醒说。

马修面向这个代表团：“如果你有理由控告我夫人犯了某种罪，就去找法官指控她。否则的话，就给我滚出去。还有，在你回去之前，丹福斯，先考虑清楚跟伊弗雷和比德韦尔站在一条线上，是不是一个明智的做法。”

牧师吓得倒吸一口气。

“你们听到了。”汉考克吼叫道，“滚！”

“正义会得到伸张的，罗伊登先生——上帝的正义。”丹福斯退出房间时宣称道。

“除非我的正义解决不了问题，丹福斯。”沃尔特保证道。

皮埃尔和查尔斯从暗处现身，打开房门，领着那两个惊得睁大眼睛的温血人类出去了。外面正在狂风大作。蓄势待发的暴风雨非常猛烈，使他们更加认定我有超自然力量。

滚！滚！滚！有个声音一直在我的脑海里叫喊，我感到又恐惧又兴奋。加洛格拉斯和汉考克转向我，我身上毛孔里渗出来的恐惧气息让他们感到好奇。

“待在原地别动。”马修向吸血鬼们警告。他半蹲在我的前面。“黛安娜的本能在告诉她逃离这个地方，一会儿就没事了。”

“这种事永远也不会完的。我们来这里是寻求帮助的，但是，即便在这儿，我还是遭到了追捕。”我咬了咬嘴唇。

“没什么可怕的。丹福斯和伊弗雷再来找麻烦之前，会再三考虑的。”马修坚定地说着，把我那握紧的拳头放在他的手中。“任何人都不想与我为敌——其他的生物不会，人类也不会。”

“我现在理解了生物们都害怕你的原因。你是圣会的成员，也有力量毁掉他们。怪不得你命令比顿寡妇过来，她就来了。但是，这解释不了这些人类对你的反应。丹福斯和伊弗雷肯定怀疑你是个……血族。”我及时控制住了自己，没有说出“吸血鬼”这个词来。

“哦，他们威胁不到马修。”汉考克不屑地说，“这些人都是小人物。不幸的是，他们有可能会让这件事引起重要人士的注意。”

“别理他。”马修对我说。

“哪些人士？”我低声问道。

加洛格拉斯惊讶得倒吸了一口气。“我的天啊，马修，我见过你做出很多可怕的事情，但是你怎能不让你老婆知道这事呢？”

马修凝视着火光。当他的眼睛终于看向我的时候，里面满是懊悔。

“马修？”我催促他。自从第一包邮件送到的时候起，我的胃里就一直有个结。此时，这个结纠缠得更紧了。

“他们没把我当成吸血鬼。他们知道我是个间谍。”

6

“间谍？”我麻木地重复道。

“我们更喜欢被称作情报人员。”基特酸溜溜地说。

“闭嘴，马洛。”汉考克低声咆哮，“不然，我会让你那张嘴闭上的。”

“省省吧，汉考克。你这样唾沫飞溅的，没有人会把你当回事儿。”马洛将下巴伸进房间，接着说道，“而且，你要是再跟我说话不客气，舞台上所有的威尔士国王与士兵很快就会完蛋，我会让你们全都变成狡猾下贱的卖国贼和用人。”

“吸血鬼是什么意思？”乔治一手伸向他的笔记本，一手拿着一个姜味饼干问道。和往常一样，没有人对他太在意。

“这么说，你是伊丽莎白时期的詹姆斯·邦德喽？但是……”我惊骇地看着马洛。他将于三十岁之前在德特福德镇的一场刀战中遇害，那起谋杀案与他的间谍生涯有着密切的联系。

“你是说那个把帽檐做得非常整洁，住在圣邓斯坦教堂附近的伦敦帽商吗？那个詹姆斯·邦德？”乔治咯咯地笑着，又说道：“你怎么会认为马修是一个帽商呢，罗伊登夫人？”

“不，乔治，不是那个詹姆斯·邦德。”马修一直半蹲在我前面，又对我说：“这件事你最好不用知道。”

“狗屁。”我不知道这句咒骂是否适宜伊丽莎白时代，但我也不在乎。“我有权知道真相。”

“也许吧，罗伊登夫人，但是，你如果真的爱他，坚持知道真相没有任何意义。”马洛说，“马修现在已分不清孰是孰非了，这也是女王陛下极其看重他的原因。”

“我们来这儿是为了给你找个老师。”马修强调道，目光牢牢地盯住我。“我既是圣会的成员，也是女王的间谍，这会让你免受伤害。这个国家发生的事，没有我不知道的。”

“对一个自称无所不知的人来说，你幸好没有意识到我这些天一直都觉得这栋房子有问题。信件太多，你还一直和沃尔特不断争吵。”

“你看到的一切，都是我想让你看到的。如此而已。”尽管自从我们来到旧馆后，马修向专横转变的速度呈指数上升，但是他这种口气还是让我张口结舌。

“你怎么敢？”我缓缓说道。马修知道我一辈子都生活在秘密当中，我也为此付出了高昂的代价。我站起来。

“坐下。”他把牙齿咬得嘎嘎作响，“请！”他拉住我的一只手。

马修最好的朋友哈米什·奥斯本曾告诫我说，回到这里后，马修会跟原来不一样。当这个世界变得如此不同时，他怎么会保持不变呢？在这个时代，女人们应该毫不怀疑地接受男人告诉她们的事情。马修的周围都是老朋友，恢复原来的做事方法和思维模式实在是太容易了。

“你先回答我的问题。我想知道你要向哪个人汇报，还有你是如何卷入这件事的。”我向他的侄子和朋友们瞥了一眼，担心这些都是国家机密。

“他们已经知道我和基特的事了。”马修顺着我的目光看过去说道。他努力地寻找措辞，接着说："这一切都是从弗朗西斯·沃尔辛厄姆[①]开始的。

"我在亨利[②]当政晚期就已经离开了英国。我在君士坦丁堡待了一段时间，然后去了塞浦路斯，游历了西班牙，又在勒班托[③]参战——甚至在安特卫普创建了一家印刷公司。"马修解释道，"这是一个血族的常态。我们四处找寻悲剧，找一个闯入他人生活的机会。但是，我找不到合适的，就回家了。当时，法国濒临宗教内战爆发的边缘。当你活得跟我一样长久时，就会看出那些预兆了。一个胡格诺教派[④]的小学校长很乐意拿着我的钱财搬去日内瓦，他在那里可以安全抚养自己的女儿。我用他死了很久的堂兄的身份搬到了他在巴黎的家中，取名为马修·德·拉福雷，重新开始自己的生活。"

"意思是森林中的马修？"我挑着眉毛讽刺道。

"这曾是那个校长的名字。"他苦笑道，"巴黎很危险，身为英国大使的沃尔辛厄姆像磁铁一样吸引着这个国家里每一个感到幻灭的反叛者。1572 年夏末，所有积聚的愤怒即将沸腾。我保护沃尔辛厄姆活了下来，还有他一直庇护的英国新教教徒。"

"是圣巴托罗缪[⑤]大屠杀。"我打着寒战说，想起了法国那位信奉天主教的公主与她的新教教徒丈夫在血泊中举行的婚礼。

---

① 弗朗西斯·沃尔辛厄姆（约 1532—1590），英格兰政治家，受封为弗朗西斯爵士，1573—1590 年为伊丽莎白一世的首席秘书。长于外交，其语言知识和组织间谍活动的能力在推行伊丽莎白女王外交政策方面具有无可估量的作用。

② 此处指英王亨利八世。

③ 此处指勒班托海战。1571 年，奥斯曼土耳其帝国向欧洲发起进攻，由西班牙殖民帝国、罗马教廷和威尼斯组成的联合舰队与奥斯曼舰队在勒班托海角展开一场大战。最终奥斯曼土耳其帝国海军损失惨重，彻底失去了进军欧洲的能力。

④ 16 世纪至 17 世纪对法国新教徒的称呼。

⑤ 发生在公元 1572 年的法国巴黎，天主教徒发动了对新教徒的大屠杀。

“后来，女王将沃尔辛厄姆派回巴黎，我就成了她的特工。他那次去法国本来应该是要撮合女王陛下与一个瓦卢瓦王子[①]的婚姻。”马修轻蔑地说，“很显然，女王真正的兴趣不在于这场婚姻。正是在那次访法之旅中，我才知道沃尔辛厄姆有这么一个情报网。”

丈夫短暂地望了我一眼，又把眼光转向别处。他依然在对我隐瞒着什么。我重新审视了他讲的这个故事，发现他的叙述中出现了一些断层，通过那些断层，我得出了必然的唯一结论：马修是个法国人，天主教徒。无论是 1572 年还是 1590 年，他都不可能和伊丽莎白·都铎[②]进行政治结盟。如果那时他正在为英国皇室工作，一定有着更远大的目标。但是，圣会曾发誓不会介入人类的政治事务。

菲利普·德·克莱蒙和他的拉撒路骑士团没有发过那样的誓言。

“你为你的父亲工作，并且你不仅仅是个吸血鬼，还是新教国家里的天主教徒。”马修同时在为伊丽莎白女王和拉撒路骑士团工作，这大大增加了他的危险。在伊丽莎白时期的英国，不仅仅是女巫们会遭到搜捕并被处死——还有叛徒、拥有不寻常力量的生物和具有不同信仰的人。“如果你参与了人类的政治事务，就休想圣会伸出援手。你的家人怎么让你去做风险这么大的事情？”

汉考克咧嘴一笑。“那就是圣会里总是有一个克莱蒙的原因——确保崇高的理想不会妨碍赚钱的生意。”

“这不是我第一次为菲利普工作，也不会是最后一次。你很擅长揭穿秘密，我很擅长保守秘密。”马修简单地说道。

科学家，吸血鬼，勇士，间谍。又一块马修的拼图到位了。有了它，

---

① 瓦卢瓦王朝是 1328—1589 年统治法国的封建王朝。由卡佩家族的旁支瓦卢瓦伯爵查理之子腓力六世继承王位 (1328—1350)，建立瓦卢瓦王朝。

② 即伊丽莎白一世（1533—1603），都铎王朝的最后一位君主。她的宗教信仰是新教中的圣公会。

我更能理解他那根深蒂固的习惯：从不透露任何事——无论大事还是小事——除非被迫。

“我不在乎你经历过多少事情！你的安全仰赖于沃尔辛厄姆——但你却在欺骗他。”他的话让我更加气愤。

“沃尔辛厄姆已经死了，我现在是向威廉·塞西尔①通报情况。”

“全世界最狡猾的活人。”加洛格拉斯轻轻说道，“当然，菲利普除外。”

“那基特呢？他是为塞西尔工作还是为你工作？”

“什么都不要告诉他，马修。”基特说，“这个女巫靠不住。”

“为什么？你这只狡猾的博格特②。”汉考克语气轻柔，“就是你一直在鼓动村民。”

这两句指责让基特内疚得满脸通红。

“天啊，基特。你做了什么？”马修吃惊地问道。

“什么都没有做。”马洛绷着脸说。

“你又在瞎编。”汉考克晃动着手指警告说，“我之前就警告过你，我们不会容忍这种事，马洛先生。”

“伍德斯托克镇已经被马修老婆的传闻闹得乱哄哄了。”基特抗议道，“谣言一定会把圣会招来的。我怎么应该知道这里已经有圣会的人了？”

“现在你一定要让我杀了他，克莱蒙。很久以来，我就想这样做了。”汉考克说着，把指关节弄得嘎嘣嘎嘣响。

“不，你不能杀他。”马修伸出一只手摸了摸自己疲惫的脸，“会带来太多的问题，我现在没耐心想出一个令人信服的答案。那只是乡

---

① 威廉·塞西尔（1520—1598），伊丽莎白一世的首席政治顾问。
② 传说中的一种变形生物。碰到人类后，它会变成那个人心中最惧怕的形象。

村谣言罢了，我会处理的。”

“这个谣言出现的真不是时候。”加洛格拉斯轻轻说道，“它不仅仅出现在贝里克郡，你知道切斯特的人们有多畏惧女巫。我们往北进入苏格兰时，那里的情况更加糟糕。”

“如果这事向南传到英格兰的话，她将成为我们的死神。”马洛指着我断言。

“这个问题只会局限在苏格兰境内。”马修反驳道，“而且，你以后不准再去那个村子了，基特。”

“刚有人预言一个可怕的女巫即将来临，结果她就在万圣节前夜出现了。你难道就看不出来吗？你的新任妻子掀起了反对詹姆士国王[①]的风暴，现在，她又把注意力转移到了英格兰。这事必须告诉塞西尔，她给女王带来了危险。”

“安静，基特。”亨利拉了拉他的胳膊警告道。

“你不能封我的口，我有责任向女王报告。要在以前，你会同意我的观点，亨利。但是，自从这个女巫来了以后，一切都改变了！她迷惑了这个房子里的所有人。”基特的眼神疯狂。“你对她像妹妹一样宠爱，乔治几乎爱上了她，汤姆赞扬她的才智，沃尔特要不是害怕马特，就会把她按到墙上，撩起她的裙子。把她送回原本属于她的地方吧，我们从前是那么快乐。”

“从前马修并不快乐。”汤姆已经被马洛愤怒的力量驱赶到了房间的角落。

“你说你爱他。”基特转向我，脸上全是乞求之情。“你真的知道他是怎样的一个人吗？你见过他进食的样子吗？有温血动物在旁

① 指苏格兰国王詹姆士六世。1603 年，英格兰女王伊丽莎白一世去世后，他即位为英格兰国王，史称詹姆士一世。

边，他的饥饿感你能感受得到吗？你能像我一样完全接受一个灵魂中光明与黑暗共存的马修吗？你还可以从魔法中得到安慰，但是，没有了他，我的生命是不完整的。他不在的时候，所有的诗歌都从我的脑海里烟消云散。只有马修才能看到我身上仅有的优点。把他让给我吧，求求你。”

“我做不到。”我直截了当地回答。

基特用袖子擦了一下嘴，好像这个动作会让我消失得无影无踪一样。“如果圣会的其他成员发现了你对他的感情——”他说。

“如果我对他的感情是种禁忌，那么你对他的感情也同样如此。”我打断他。马洛瑟缩了。“但我们没有人能选择自己爱的对象。”我又说道。

“伊弗雷和他的朋友们不会是最后一批指控你施行巫术的人。”基特带着胜利的语调酸酸地说，“罗伊登夫人，你给我好好记住，精灵们通常可以像女巫一样清楚地预见未来。”

马修把手伸到我的腰上。他的手指顺着那条标志我属于某个吸血鬼的曲线，从我肋骨的一侧滑到另一侧，这种触碰的感觉冰冷而又熟悉。对于马修来说，它强烈地提醒着他早些时候没能保护好我的安全。基特看到这么亲密的动作后，发出了绝望的惨叫，一半的声音卡在喉咙里。

“要是你真的那么有先见之明，就应该预知到你的背叛对我来说将意味着什么。”马修慢慢站起身说，“滚出我的视线，基特，否则，上帝保佑我会让你尸骨无存。”

“你宁可要她，不要我？”基特目瞪口呆。

“马上出去。”马修重复道。

基特离开房间时，步调还很缓慢镇定，但一进入走廊，他的步调便加快起来。他向楼上的房间走去，双脚踩到木楼梯上，发出阵阵回声，脚步越来越快。

“我们得看着他。”加洛格拉斯将他那敏锐的目光从基特的背影上转到了汉考克身上。“现在不能信任他。”

“永远都不能信任马洛。”汉考克低声咕哝着。

皮埃尔从那道敞开着的门溜进来，发愁地看着他手上的一封信件。

“现在不行，皮埃尔。”马修叹息道，坐下来伸手去拿酒。他的肩膀垂下来，靠到椅背上。“今天实在没有时间再处理什么紧急事件了——无论是女王的、国家的，还是天主教的，不管是什么，都要等到明天早上。”

“但是……老爷[①]，”皮埃尔举着那封信结结巴巴地说。马修看了一眼横过信封的果断字迹。

“基督和全体圣人啊。”他伸手去拿信，手指却静止在空中。他的喉咙抽搐了几下，然后努力控制自己。一种明亮的红色物质出现在他的眼角，顺着脸颊滑落下来，最后洒落进衣领上的褶皱里。一滴吸血鬼的血泪。

“那是什么，马修？”我从他的肩膀上看过来，很想知道究竟是什么让他如此悲痛。

“啊，这一天还没完。”汉考克向后退，心神不安地说道。“有一件小事儿你需要注意：你父亲认为你已经死了。”

在我的那个时代，死去的是马修的父亲菲利普——他的死亡是那样的可怕、悲壮而又无可挽回。但是，现在是1590年，他还活着。自从我们抵达这里后，我就一直担心与伊莎波或马修的实验室助手米丽娅姆相遇的概率，还担心那样的相遇会给未来带来的涟漪。我已经不止一次地思考过，遇见菲利普会给马修带来什么。

---

① 原文为法语 milord。

过去、现在与未来相互碰撞。我要是凝望那些角落，肯定会看到在这些碰撞中，时间的线轴在松散开来。但我的目光却定在马修身上，看着停留在他喉咙部位雪白亚麻布上的血泪。

加洛格拉斯唐突地接过话。“听到苏格兰传出的消息，你又突然消失了，我们担心你已经去了北方为女王办事，陷入那场疯狂的暴乱当中。我们找了你两天。我们找不到你的踪迹，见鬼，马修，我们除了告诉菲利普你消失的消息之外，别无选择。我们只能那样，否则就会引起圣会的警觉。”

“还不止这个，*老爷*。”皮埃尔将信翻了过来。它上面有个印章，让我想起那些拉撒路骑士团的印章——只是这封信上所用的封蜡呈旋涡状，黑红相间，非常鲜艳，上面没有盖章而是放着一枚古老的银币，银币边缘又旧又薄。这枚银币上刻有克莱蒙家族的两个象征：十字架与月牙图案。

“你告诉他什么了？”银白色的月亮漂浮在黑红两色的海洋里，马修惊呆了。

“既然这封信已经来了，我们说什么都无关紧要了。你下个星期必须踏上法国的土地，否则菲利普就会出发来英格兰。”汉考克咕哝道。

“我父亲来不了这儿，汉考克。那是不可能的。”

“那当然是不可能的。他之前在英国政坛搅来搅去，要是过来，女王会砍了他的头。你得去见他，只要你日夜兼程，时间够用。”汉考克向他保证道。

“我不能去。”马修盯着那封没有打开的信件说。

“菲利普会派出马队等着，你很快就会回来的。”加洛格拉斯一只手搭在叔叔的肩膀上，小声说道。马修抬起头，突然瞪大了眼睛。

“不是距离的问题。是——”马修突然不说了。

“老兄，他可是你母亲的丈夫呀！你当然可以信任他——除非你一直也在对他撒谎。”汉考克的眼睛眯了起来。

“基特说得很对，任何人都不能信任我。”马修突然站起身说，“我的人生就是一堆谎言。”

“在这个时间，这个场合，不该讨论你的狗屁哲学，马修。即便是现在，菲利普还在想他是否又失去了一个儿子！”加洛格拉斯大声说道，“把这个姑娘交给我们，骑上你的快马，按你父亲的命令去做。如果你不去的话，我就会把你打晕，然后汉考克会把你送到那里。”

“你一定是太自信了，加洛格拉斯，敢对我发号施令。”马修说，语气充满威胁。他双手撑在壁炉架上，凝视着里面的炉火。

“我是对爷爷有信心。伊莎波把你变成了一个血族，但我父亲身上流的是菲利普的血。”加洛格拉斯的话深深伤害了马修。听到咚的一声响时，马修猛地抬起了头，那种原始的情感让他惯常的冷静一下子消失了。

“乔治，汤姆，去楼上看着基特。”沃尔特低声说着，向站在门口的朋友示意。雷利朝皮埃尔的方向点点头，马修的仆人就领着两人出去了。添酒加菜的喊声从门厅里传了过来。皮埃尔把那两个人交给弗朗索瓦丝，回来后紧紧关上门，还用身体顶住。屋里只有沃尔特、亨利、汉考克和我见证了下面的谈话——还有默不作声的皮埃尔——加洛格拉斯继续努力说服马修。

“你必须前往塞图尔城堡。除非找回你的尸体埋葬，要么你活生生地站在他的面前，否则他是不会安心的。菲利普不信任伊丽莎白——也不信任圣会。”加洛格拉斯这一次说的话是想安慰马修，但马修丝毫不为所动。

加洛格拉斯恼怒地大声说：“如果你非要欺骗的话，就欺骗他人——还有你自己吧。如果你想去的话，那就用一个晚上讨论可行的方法。但是，婶婶说得对，一切都是狗屁。”加洛格拉斯又降低了声音，

“你的黛安娜发出的气味不对劲，而且你的气味表明你和上周相比老了一些。我知道你俩正在保守的秘密，他也会知道的。”

加洛格拉斯已经推断出我是个时光穿越者，看一眼汉考克就明白，他也推断出来了。

“够了！”沃尔特怒吼道。

加洛格拉斯和汉考克立刻不作声了，原因就是沃尔特小拇指上闪烁着的东西：一枚图章，上面刻着拉撒路[①]的轮廓和他的棺材。

“这么说，你也是个骑士啊。”我惊讶地说。

“是的。”沃尔特说得很简洁。

“而且，你的职位在汉考克之上。那加洛格拉斯呢？”屋里的人谁向谁效忠，谁对谁忠诚，他们的关系层层叠叠，相互交叉，非常繁杂，我很想把这种关系弄成易于理解的架构。

“我的职位高过在座的每个人，夫人，但你的先生除外。”雷利告诫说，“也高过你。”

“你管不了我。”我回击道，“沃尔特，你在克莱蒙家族的事务当中到底扮演什么样的角色？”

雷利的蓝色眼睛越过我的头顶，生气地看着马修：“她总是这个样子吗？”

“经常是这样。”马修不露声色地说，“这需要一段时间习惯，但是我很喜欢。假以时日，你可能也会喜欢的。”

“我的生活中已经有了一个难伺候的女人，不需要再来一个了。”沃尔特嗤之以鼻，“罗伊登夫人，如果你非要问的话，我的作用就是统领英格兰的骑士团。因为马修在圣会任职，这项工作他不能做。这

---

① 《圣经·约翰福音》中记载的人物，他病危时没等到耶稣的救治就死了，但耶稣一口断定他将复活，四天后拉撒路果然从山洞里走出来，证明了耶稣的神迹。

个家族的其他成员都有其他职务，有的还拒绝了这个职位。”沃尔特的眼睛瞟向加洛格拉斯。

“那么，你是骑士团八个分团长中的一个，直接向菲利普汇报。”我若有所思地说，“我很惊讶，你竟然不是第九个骑士。”第九个骑士是骑士团中的神秘人物，他的身份向所有的人保密，只有最高层人士才知道。

雷利咒骂得非常激烈，以至于让皮埃尔倒吸一口气。“你既是间谍，也是圣会成员，这些你都不让你妻子知道，却把骑士团中最隐秘的事情告诉了她？”

“是她问的。”马修简单地回答，“但是我觉得今晚谈论拉撒路骑士团的事情已经足够了。”

“如果现在打住的话，你妻子是不会满意的，她会紧追不放，就像猎狗牵挂骨头一样。”雷利双臂交叉放在胸前，紧绷着脸。“好吧，如果你非要问的话，亨利就是第九个骑士。他不愿意皈依新教，这让他在英格兰很容易就被控叛国罪，而在欧洲大陆，他是那些叛乱分子利用的明显目标，那些人都想看到女王陛下失去王位。菲利普给他提供这个职位是为了保护他，免得他那轻信他人的天性被人利用。”

“亨利？叛乱分子？”我目瞪口呆地看着那个温柔的巨人。

“我不是叛乱分子。”亨利坚决地说，“但是，菲利普·克莱蒙的庇护已经不止一次救了我的命。”

“诺森伯兰勋爵很有影响力，黛安娜。”马修轻轻说道，“这让他成为无耻小人手中一枚很有价值的卒子。”

加洛格拉斯咳嗽了一下。“我们能不能不谈骑士团，回到更加紧急的事情上来呢？圣会将召唤马修去平定贝里克郡的乱局，女王会让他去进一步搅乱那里的局势，因为只要苏格兰只顾忙着女巫的事情，就不能在英格兰策划任何事端。马修的新任妻子正面临着国内对她的巫术指控，而他的父亲召他前往法国。”

“天啊。”马修说着，掐了掐鼻梁骨，“真是一团乱麻！”

“你打算让我们如何解开这团乱麻？”沃尔特问，“加洛格拉斯，你说菲利普不能来这儿，但是，恐怕马修也不该去那里吧。”

“没有一个人说过，同时侍奉三个主人——还有一个老婆——的生活会是舒适的。”汉考克尖酸地说。

“那么，你会处理哪件麻烦事呢，马修？”加洛格拉斯问。

“如果菲利普没有从我手中接过嵌在那封信上封蜡里的银币，他很快就会来找我的。”马修木然地说，“这是对忠诚的一次考验，我父亲喜欢考验人。”

“你父亲并没有怀疑你，你们一相见，误会就会消除的。”亨利坚持道。马修没有回答，亨利接着打破沉默：“你一直都对我说，一定要有计划，否则就会陷入别人设计的圈套中。那你就告诉我们一定要做什么吧，我们会做到的。”

马修没有说话，默默地做着选择，一个接一个地放弃。其他人要花费好几天的时间才能精选出可能的做法和对策，马修只用了几分钟。他脸上没有一点吃力的表情，但肩膀上的肌肉紧绷，他还心烦意乱地用手捋着头发，却透露出不一样的信息。

“我会过去的。”他终于说道，“黛安娜要跟加洛格拉斯和汉考克一起待在这里，沃尔特得要找个借口敷衍一下女王，我自己来应付圣会。”

“黛安娜不能待在伍德斯托克镇。”加洛格拉斯坚决反对，“既然基特一直在村里搞鬼，到处散布谎言，打听她的事情，她就不能待在这里。你要是不在这里，女王和圣会就没有动机去阻止地方法官对你妻子的传唤。”

“我们可以去伦敦，马修。”我建议，“我们一起去，那是个大城市，有很多女巫，所以没人会注意到我的存在——那些女巫也不会害怕我的法力——然后再派信使去法国，告诉他们你现在很安全，所以就没必要过去。”你不需要再和你父亲见面。

“伦敦！”汉考克嘲弄道，“夫人，在那里你连三天都待不下去。我和加洛格拉斯将带你去威尔士的阿伯加文尼城。”

“不。”我的目光被马修脖子上的那滴猩红所吸引。“如果马修打算去法国，我就跟他一起去。”

“绝对不行，我不想把你拖入一场战争。”

“那场战争已经随着冬天的到来平息了。”沃尔特说，“带黛安娜去塞图尔城堡可能就是最好的办法。没有谁有胆量敢跟你为敌，马修，更是没有人敢跟你父亲作对。”

“你可以自己选择。”我恶狠狠地对马修说。他的朋友和家人不能利用我强迫他去法国。

“好，那我就选择你。”马修用拇指摸了摸我的嘴唇。我的心一沉，明白他要去塞图尔城堡了。

“别这样做。”我恳求他。我不敢多说，害怕自己会泄露菲利普在我们那个时代已经去世的事实，也害怕马修再次看到活着的父亲而备受折磨。

“菲利普告诉过我，与谁结成伴侣是注定的。我一旦找到了你，就只能接受命运的安排，但其实不是那样的。在我生命里的每时每刻，我都会选择你——而不是选择我的父亲、我的自身利益，甚至克莱蒙家族。”马修吻着我的嘴唇，封住了我的抗议。他的吻明显透露了他的心意已定。

“那就这样定了。”加洛格拉斯轻声说道。

马修看着我的眼睛，点了点头。“是的，我要和黛安娜回家，我俩一起。”

“有什么活儿要干，有什么安排要做，”沃尔特说，“都留给我们吧。你妻子看起来疲倦不堪，旅途一定很劳神，你们两个应该休息一下。”

他们离开去了客厅，之后我们两个都没有朝床边走动一步。

“这1590年的生活一点都不如我愿。”马修承认，“本来应该是很简单的。”

“怎么可能会简单？圣会、贝里克审判案、伊丽莎白的情报工作，还有拉撒路骑士团，这些你都要操心。”

“圣会成员和间谍的身份应该有所帮助——而不应成为累赘。”马修凝视着窗外说道，“我原来以为，我们回到旧馆，利用比顿寡妇的巫术，在牛津大学找到手抄本，几个星期内就会回去。”

我咬了咬嘴唇，忍着不指出他的行动计划存在的缺陷——今天晚上，沃尔特、亨利和加洛格拉斯已经反复这样做过了——但是，我的表情把我出卖了。

“是我短视了。”他叹了口气，说道，“不仅让这个时代的人对你产生信任都成了难题，连避免诸如女巫审判和战争这样明显的陷阱都成了问题。我也不堪重负。我为伊丽莎白和圣会做的宏伟计划——以及我代表父亲采取的反制行动——都很清晰，但是所有的细节都记不起来了。我记得日期，却不知道是星期几。这意味着，我不确定来的是哪个信使，下一次送信是什么时候。我发誓在万圣节之前，我就与加洛格拉斯和汉考克分开行动了。”

“细节决定成败。”我低声说着，伸手去擦拭他眼泪留下的那道乌黑的干血印。他的眼角附近有很多小血点，顺着脸颊形成了一条细丝。“我本来应该意识到，你父亲有可能会联系你的。”

“收到他的信件只不过是个时间问题，不管皮埃尔什么时候把信件带来，我都做好了心理准备。但是今天信使已经来过，后来又走了。他的字迹让我感到很惊讶，不过也仅此而已。”他解释道，“我已经忘了那笔迹曾经是多么得有力。1944 年，当我们把他从纳粹那里接回来时，他的身体碎裂到即便是吸血鬼的鲜血也无法修复的程度。菲利普连一支笔都握不住，他曾经那么爱写字，但当时只能画一些没人能看懂的线条。”我听说过菲利普在二战中被逮捕和囚禁的事情，但他在纳粹手中所受的折磨我却知之甚少，那些纳粹是想看看一只吸血鬼到底能承受多大的痛苦。

“女神让我们回到 1590 年，也许不仅仅是为了我好。再次见到菲利普有可能会重新揭开你的那些旧伤疤——然后再治愈。”

“那只会让我更加痛苦。”马修垂下了头。

“但最终会治愈的。”我说着，把他那结实、倔强的脑袋上的头发抚平了。“你还没有打开你父亲给你的信呢。”

“我知道里面说的是什么。”

“也许吧，你无论如何都应该打开的。”

最终，马修还是把手指插到封蜡下面，弄掉封蜡。那枚硬币滚了出来，他握在手里。当他展开厚厚的信纸时，一丝微弱的月桂和迷迭香的气味散发出来。

“那是希腊语吗？”我越过马修的肩膀看着那行字，下面还有一个螺旋状的字母 phi[①]。

“是的。”马修逐字读着那封信，这是他第一次怯生生地阅读父亲来信。“他命令我回家，立刻回家。”

“再次见到他，你能承受得住吗？

“不能，能，”马修把信纸团起来握在拳头里，“我不知道。”

我从他手里拿过那张纸，把它展平回长方形。那枚硬币在马修的手掌上闪闪发光，这么小的一块银质金属竟带来这么大的麻烦。

---

① 即希腊语的第 21 个字母 Φ。

“你不会一个人面对他的。”他会看着其实已经死去的父亲，站在他身边算不了什么，但为了能减少他的悲伤，我能做的也就这些了。

“我俩都要单独面对菲利普。有人认为，我父亲能看透一个人的灵魂。”马修小声说，“带你去那里，我很担心。对于伊莎波，我能料到她会如何反应：冷淡，生气，然后默许。但对于菲利普，我毫无头绪。没有人能明白他是如何思考的，也不知道他掌握着什么信息，设下了什么圈套。如果说我惯于掩藏自己，那么我父亲则是高深莫测。甚至是圣会，也都不知道他在搞什么名堂，上帝才知道他们花了多少时间试图去弄清楚。”

“没事的。”我安慰他说。菲利普会把我接纳进克莱蒙家族的。他会跟马修的母亲、哥哥一样，别无选择。

“别认为你能胜过他。”马修提醒说，“就像加洛格拉斯说的那样，你可能和我的母亲很像，但即便是她，也会时不时地被他给骗了。”

“你现在还是圣会的成员吗？因为这样，你才知道诺克斯和多梅尼科也是圣会成员？”从我在牛津大学博德利图书馆召唤出《阿什莫尔 782 号》手抄本的那一刻起，彼得·诺克斯巫师就一直在跟踪我。至于多梅尼科·米凯莱，他是个吸血鬼，和克莱蒙家族结有旧仇。圣会的另一个成员在拉皮埃尔折磨我的时候，他也在场。

“不是。”马修回答得很简短，转过脸去。

“那么，汉考克说克莱蒙家族中有一个人一直会是圣会成员，就是假的了？”我屏住呼吸，*快说是*，我心里默默地催促道，*撒谎也好*。

“是真的。”他平静地说道。我的希望破碎了。

“那么，谁……？”我的声音越来越小。“伊莎波？鲍德温？肯定不是马库斯！”我觉得如果马修的母亲、哥哥或儿子加入了圣会，不可能没有人走漏消息。

“我家家谱上有些人你是不知道的，黛安娜。不管在什么情况下，我都不会随意泄露担任圣会成员的那个人的身份。”

“我们其他人必须遵守的规则，也都适用于你的家族吗？”我问，“你介入政治——我看过那些账本，证明了这一点。你难道希望我们回到现代的时候，这位神秘的家庭成员能让我们躲开圣会的怒火吗？”

“我不知道。”马修紧绷着脸说道，“我什么都不确定，再也不能了。”

我们启程的计划很快就安排好了。沃尔特和加洛格拉斯讨论着最佳路线，马修将手头上的事安排就绪。

汉考克奉命跟亨利一起去伦敦，并带上用皮革裹着的一包信函。作为这个王国的贵族成员，伯爵需要在11月17日那天进宫出席女王的登基庆典。乔治和汤姆准备带着一笔巨款和名誉扫地的马洛前往牛津大学。汉考克提醒他们说，这个精灵要是再引起麻烦的话，后果会很严重。马修可能离得很远，但汉考克就在剑锋可及的地方，只要有正当理由，他将会毫不犹豫挥刀相向。另外，马修还明确指示乔治在向牛津学者打听炼金术手抄本时该提出哪些具体的问题。

我自己的事情安排起来就简单多了。我只有几件私人物品需要收拾：伊莎波的耳环，我的新鞋子，几件衣服。弗朗索瓦丝把所有的精力都用来给我做一件结实的肉桂色旅行长袍。高高的毛皮领子可以系得很紧，用来遮风挡雨。弗朗索瓦丝给我的披风衬里缝上丝绸般的狐狸皮，也是出于同样的目的，还有她给我的新手套绣花边上添加的皮毛边也是如此。

我在旧馆做的最后一件事就是把马修给我的那个小本子拿到书房。这种东西很容易在去塞图尔城堡的途中丢失，而且我想让自己的日记尽可能远离窥视的目光。我弯下腰从地上的灯芯草中捡起几枝迷迭香和薰衣草，然后走到马修桌子边，挑了一支鹅毛笔和一罐墨水，写下最后一则日记。

1590 年 11 月 5 日 冷雨

家里传来消息。我们准备启程。

我冲那些字轻轻吹气，让墨水凝固，然后把迷迭香和薰衣草放进纸页之间的缝隙里。我的阿姨用迷迭香来制作记忆咒，用薰衣草来控制爱情咒的威力——二者的组合很适合我们现在的情形。

“祝我们好运吧，萨拉。”我低语着，把小本子放到书架底部，希望我们回来后，它还在那里。

7

丽玛·哈恩很讨厌 11 月。白昼缩短了，在对抗黑暗的战争中，每天都提前几分钟败退。这个时候的塞维利亚[①]很糟糕，因为整个城市都在为即将到来的旅游旺季和雨季做准备。居民们平时的驾车习惯都不好，现在变得更加糟糕了。

丽玛已经在桌子上埋头工作好几个星期了。她的老板决定要把阁楼上的库房清理出来。这栋房子年久失修，房顶上的瓦片很破旧，而且已经裂缝。去年冬天，雨水透过那些裂缝渗了进来。天气预报说随后几个月的天气甚至会更加糟糕。因为没有钱，维修人员正把发霉的纸箱拖下楼梯，以确保贵重的东西不会在未来的暴风雨中毁坏。其他东西也被人用类似的方式悄悄地处理掉了，如此一来，任何有意捐钱的赞助者都不会发现异样了。

丽玛认为这是个肮脏、骗人的事情，但又不得不做。这座小图书馆专门用来存放档案，但馆藏量很小。核心藏品都来自于安达卢西亚地区一个显赫的家族，这个家族的祖先可以追溯到收复失地运动[②]时期，那时基督教徒从穆斯林战士手中夺回了伊比利亚半岛，而这个半

① 西班牙的一座城市。

② 又称再征服运动、列康吉斯达运动，是公元 718—1492 年间，西班牙人反对阿拉伯人占领，收复失地的运动。从 718 年的科瓦东加战役开始，到 1492 年格拉纳达战役结束。

岛在 8 世纪时就被穆斯林战士占领了。没有几个学者愿意去检视那些怪诞的书籍和物件，那些都是贡萨尔维斯家族多年来收集的。大多数研究者都在西印度群岛档案馆所在的那条街上，争论着关于哥伦布的事情。她的同事塞维利亚诺斯希望他们的图书馆能购进最新的恐怖小说，而不是破旧的18世纪耶稣会士修行手册和19世纪的女性时尚杂志。

丽玛拿起放在桌子角落的一个小本子，然后把头上那副颜色亮丽、用来箍黑发的眼镜移下来。她一周前就注意到了这本子，当时一个维修工人还不满地嘟囔着，将一个木箱扔到了她面前。从那时起，她就把这本子收入《贡萨尔维斯 4890 号》手抄本一类的收藏品当中，还写上“**英语摘录簿，作者匿名，16 世纪末**”的说明。跟大多数摘录簿一样，它的大部分内页也是空白的。丽玛就曾经见过这样一个西班牙摘录簿，它曾属于贡萨尔维斯家族的一个后人，1628 年被送到了塞维利亚大学。它装订精美，有格线，页码是用五颜六色的墨水写出来的圆体数字，非常优美，但里面连一个字都没有。即使是在过去，人们也并不总能一直履行自己当初的想法。

类似的摘录簿用来记录圣经段落、诗歌片段、格言以及经典作家的名言名句，里面通常会有涂鸦和购物清单，以及淫秽歌曲的歌词和对奇怪的重要事件的记录。丽玛认为，这个本子并没有什么不同。遗憾的是，有人把可能曾经写有主人名字的第一页撕掉了。没有它就几乎不能确认主人的身份，也无法确认书中用姓名缩写代表的人们的身份。历史学家对这类既无署名，也无脸孔的资料是没什么兴趣的，好像无名无姓会让作者变得无足轻重似的。

剩下的篇幅中有一个图表，上面罗列了 16 世纪使用的所有英国硬币及其相对价值。后面有一页是一个匆忙写下的笔迹潦草的服装清单：一件披风、两双鞋、一件毛皮镶边的长袍、六件宽袍、四条衬裙和一双手套。本子里有几条没有任何意义的带有日期的记录，还有一服治疗头疼的药方——用葡萄酒和牛奶做成的酒汤。丽玛笑了，不知道她偏头痛的时候这种酒汤是否会有效果。

她本应该把这个小本子送回到三楼上锁的那个房间里，那里存放着很多手抄本，但不知它的哪一点让她想把这本书放在手边。很明显这是一位女人写的。那些圆体字看上去摇摇晃晃，作者下笔时犹犹豫豫，墨水任意滴在弯弯曲曲的字里行间，但看上去招人喜爱。在 16 世纪，不管哪个博学的男人都不会那样写字，除非他得了病或是上了年纪。这个本子的作者两种情况都不符合，因为里面记录的内容有一种奇特的活力，而这种活力与犹豫不定的笔迹很不和谐，很是奇怪。

她已经把这个小本子拿给哈维尔·洛佩斯看过。他很有魅力，却一点都不称职。贡萨尔维斯家族的最后一代传人雇他把家族的房子和私人物品改装成图书馆和博物馆。他的一楼办公室很豪华，用上等的红木装修，还装有这座房子里唯一管用的暖气设备。在她和哈维尔·洛佩斯之间简短的面谈中，她建议应该更加认真研究这个小本子，但他没有采纳。他还禁止她拍照，防止她把这些图片发给英国同行。至于她提出的本子主人是个女人的看法，这个负责人则咕哝了几句女权主义者什么的，然后就摆手让她离开了办公室。

因此，这本子就一直放在她的桌子上。像这样的摘录簿在塞维利亚总是无人问津、无关紧要的，没有人会为了寻找英语摘录簿而来到西班牙，他们会去大英图书馆或者美国的福尔杰莎士比亚图书馆。

有个奇怪的男人，时不时地会过来在这些收藏里翻来找去。他是法国人，他那品评似的凝视目光令丽玛很不舒服。他叫埃尔贝·康塔尔——或者可能是热尔贝·康塔尔，她记不大清了。他上次过来时，留下了一张名片，鼓动她说，如果发生了什么有趣的事情，要和他联系。丽玛问他究竟什么事情才算有趣，他说他对一切事情都感兴趣。这种话等于没说。

现在就发生了一些有趣的事情。遗憾的是，那个男人的名片却不见了，尽管为了找到它，她已经把桌子清理了一遍。丽玛将不得不等这个男人重新出现，跟他讲一讲这个小本子的事情。也许和她的老板相比，他对这本书更感兴趣。

丽玛快速地翻着纸页。有一小枝薰衣草和一些迷迭香碎叶夹在两张纸之间。她之前从未见过它们，就小心地把它们从装订缝中拿了出来。刹那间，一丝淡淡的花香散发出来，把她和一个生活在几百年前的人联系在一起。丽玛想着那个她永远也不会认识的女人，露出惆怅的微笑。

“更多的垃圾[①]。”丹尼尔修好房子回来了，他身上穿的灰色工作服因为从阁楼往下搬运箱子而沾满了尘土。他又把几个箱子从破旧的台车上搬到地面上。尽管天气凉爽，额头上还是出了很多汗水，他用袖子擦去汗水，留下了一道黑色的灰尘痕迹。“咖啡[②]？”

这已经是他这周第三次约她出去了。丽玛明白，他认为她很有魅力。她母亲遗传给她的柏柏尔人血统对一些男人很有吸引力——这不足为奇，因为这种血统赋予了她柔软的身体曲线、温暖的皮肤和杏仁状的眼睛。丹尼尔一直对她说些猥亵的话，趁她去收发室的时候蹭她的背，还色眯眯地看着她的胸部，这都有好几年了。他比她矮五英寸，年龄却是她的两倍，然而这并没有让他望而却步。

“我很忙[③]。”丽玛回答。

丹尼尔低哼一声，声音中充满怀疑。他离开的时候，回头瞟了一眼那些箱子。最上面的那个箱子上放着一只残破的皮手筒和一个固定

① 原文为西班牙语 Más basura。
② 原文为西班牙语 café。
③ 原文为西班牙语 Estoy muy ocupado。

在雪松上的鹪鹩标本。丹尼尔摇了摇头，她宁愿把时间花在死动物身上，也不愿和他在一起，这让他很吃惊。

“谢谢[①]。”丹尼尔离开的时候，丽玛小声说道。她轻轻地合上书本，把它放回桌子上原来的地方。

当丽玛把箱子里的东西拿到旁边的桌子上时，她的眼睛再度回到那个有着简单皮革封面的小本子上。四百年后，能证明她曾经存在的证据只有一页日历、一个购物清单和一张写有祖母*夹心饼干*配方的废纸。它们都放在一个标有“*无名作者，不重要*”的档案里，而这个档案则保存在一个谁也没有进去过的档案室里。仅仅如此吗?

如此阴暗的想法一定会带来厄运。丽玛打了个寒颤，摸了摸穆罕默德先知的女儿法蒂玛的掌形护身符。这个护身符用一根皮绳绑着挂在她的脖子上，在她这个家族的女人中代代相传，已经不知传了几代。

“法蒂玛之手[②]。”她小声说着，希望自己的话能阻挡住她无意中召唤出来的恶灵。

---

① 原文为西班牙语 Gracias。
② 原文为阿拉伯语的音译 Khamsa fi ainek。这是一种流行于中东地区的护身符，形状为一个手掌，掌心有一只眼睛。

第二部分

PART II

塞图尔城堡及圣吕西安村

Sept–Tours and the Village of Saint–Lucien

8

“是老地方吗？”加洛格拉斯放下双桨，扬起独帆，轻声问道。虽然离日出还有四个多小时，但黑暗中的其他船只已经依稀可辨。我辨认出了一艘帆船模糊不清的轮廓，它邻船船尾的杆子上，一盏提灯正不停地摇摆着。

“沃尔特说我们要前往圣马洛[①]。”我不安地转过头来说。从旧馆到朴茨茅斯[②]的路上，雷利一直和我们同行，他还驾船把我们送到了根西岛[③]。我们把他留在了圣彼得港村附近的码头，因为他不能再往前走了——欧洲天主教正在悬赏他的人头。

“婶婶，我记得雷利告诉我要去哪里。不过他是个海盗，还是一个英国人，而且他现在也不在这儿。我问问马修。”

“*无边的海洋在颤抖。*[④]”马修凝视着波涛起伏的海水，低声说。他越过黑色的海水极目远望，脸上的表情像极了一尊木雕的艏饰像[⑤]。马修对侄子问题的回答显得非常古怪——*无边的海洋在颤抖*[⑥]。我不知道我是否曲解了那句拉丁文。

“潮水会对我们有利，并且骑马去富热尔比去圣马洛快些。”加

---

① 法国城市，位于布列塔尼半岛上。
② 英国港口城市。
③ 英国海外属地，位于英吉利海峡，靠近法国海岸线。
④ 原文为拉丁语 Immensi tremor oceani。
⑤ 装饰船头的雕像。
⑥ 此处原文为英语。

洛格拉斯接着说，好像马修已经说得很清楚似的，“在这种天气里，她走水路不会比走陆路更冷，而且之后还要骑马走很远的路。”

“而且你会离开我们。”这不是提出一个问题，而是对一个事实的宣称。马修的眼睑垂了下来。他点点头说：“好吧。”

加洛格拉斯收起了船帆，船的航向从南转为东。马修坐在甲板上，背靠弧形船身。他把我圈在怀里，用他的斗篷紧紧地裹着我。

要真正入睡是不可能的，但我还是靠着马修的胸膛打起盹儿来。到目前为止，这次旅途已经让人累得精疲力竭了，马已疲惫不堪，船是征用过来的。此刻，气温急剧下降，我们的英国羊毛衣物上已下了一层薄霜。加洛格拉斯和皮埃尔在用某种法语方言不断地说着话，马修却保持沉默。他虽然也回答他们提出的问题，却将自己的思绪隐藏在异常镇定的表情之下，令人害怕。

黎明时分，空中下起雾状的小雪。加洛格拉斯的胡子变成了白色，让他看起来跟圣诞老人有几分相似。皮埃尔遵照他的命令调整了船帆，法国西海岸灰白相间的景观出现在眼前。不到三十分钟后，潮水开始向岸边奔涌。海浪将我们的船托高。透过薄雾，我们可以看见一座尖塔直插云霄。尖塔与我们的距离近得惊人，塔座被雾雪遮住了，根本看不到。我倒吸了一口凉气。

“抓牢。”皮埃尔放开船帆的时候，加洛格拉斯厉声道。

船飞也似的穿过薄雾。海鸥的啼叫声和海水拍打岩石的声音告诉我，我们距离海岸越来越近，但是船并没有减速。加洛格拉斯把一支船桨猛地塞进急流中，我们突然转了个方向。有人在大声呼喊，不知是在警告还是在打招呼。

“是克莱蒙骑士！[①]”皮埃尔双手拢在嘴边，向对方回喊道。没有

---

① 原文为法语 Il est le chevalier de Clermont!

人回应他，随后一阵急促的脚步声从冰冷的空气中传来。

“加洛格拉斯！”我们正在朝一堵墙直奔过去。我伸手去摸船桨，想拿它来抵挡某种灾难。但我的手还没有握住，马修就把桨抢走了。

“他在这里靠船上岸，已经好几百年了，而他的手下比他的经验还要丰富。”马修将船桨轻轻握在手中，镇定自若地说道。船头不可思议地向左急转，船身横对着粗糙的花岗岩。在高处，出现了四个拿着铁钩和绳索的人，他们套住船，把它固定下来。海水以惊人的速度继续上涨，直到我们上升到与一个小石屋同样的高度。一道阶梯通往看不见的地方。皮埃尔跳上岸，一边与他们快速地低声交谈，一边朝我们的船打着手势。两个全副武装的士兵过来看了一下，然后快步朝阶梯走去。

“**夫人**，我们到圣米歇尔山[①]了。”皮埃尔伸出手说。我扶着他的手下了船。“**老爷**和修道院长谈话期间，您可以在这里休息。”

我的一些朋友每年夏天都会去怀特岛[②]周围划船游玩，我对这座岛的了解也就仅限于从他们那里听来的故事：潮落时，岛被流沙包围，潮涨时，则被激流包围，激流非常危险，能把船只冲到岩石上撞得粉碎。我扭头看看我们的小船，不禁打了个寒战。我们还活着，真是个奇迹。

我在努力熟悉周围情况的时候，马修在仔细地打量着侄子，他的侄子站在船尾一动不动。“如果你跟我们一起的话，黛安娜会更加安全。”

“要是你的朋友们不给你妻子带来麻烦的话，她好像能照顾好自己。”加洛格拉斯抬头看着我微笑道。

---

① 法国著名古迹和天主教圣地。
② 英国南部岛屿，靠近英吉利海峡的北岸。

“菲利普会问起你的。”

“告诉他——”加洛格拉斯停下不说了，目光看向远方。这个吸血鬼的蓝色眼睛里充满了深深的向往之情。“告诉他，我还没有忘记过去。”

“为了他，你也得试着去原谅。”马修轻轻地说。

“我永远都不会原谅。”加洛格拉斯冷冷地说，“而且，菲利普也从不会要求我那样做的。我父亲死在法国人的手里，而且，没有一个人敢与国王抗争。除非我与过去达成和解，否则我是不会踏足法国一步的。”

“休已经走了，愿上帝让他的灵魂安息。你爷爷还健在，珍惜跟他共处的时光吧。”马修抬脚走下船。他一句道别的话都没说，转身拉住我的胳膊肘，朝一片杂乱茂密的树林走去。那片树林湿漉漉的，树枝光秃秃的。我感觉到了加洛格拉斯凝视的冰冷目光，就转过身，定定地看着这个盖尔人。他举着一只手，默默告别。

我们走向台阶，马修默不作声。我看不出台阶通向何处，也很快忘记数的台阶数，转而集中注意力走在破旧而光滑的台阶上。冰屑从我裙子的下摆上掉落下来，寒风在宽大的兜帽里飕飕地吹着。一道很结实的门在我们面前打开了，门上钉着装饰用的厚重铁条，铁条锈迹斑斑，满是咸海水溅到上面而形成的小洞小坑。

更多台阶。我紧紧地闭着嘴，拽着裙子，一直在走。

更多士兵。我们走近时，他们紧紧地贴着墙，腾出空间让我们通过。马修把我的胳膊肘抓得更紧了，同时他似乎不把这些人放在眼里，就当他们是幻影。

我们走进一个房间，许多柱子如森林一般支撑着拱顶，墙上都镶嵌着大大的壁炉，房间里一片温暖。我舒了一口气，抖抖披风，上面的海水与冰块四处飞溅。一声轻轻的咳嗽把我的注意力引向一个站在一团烈火前面的男人身上。他穿着红衣主教[1]的红袍，看上去不到三十岁——在天主教的等级制度里，上升到如此高的位置，实在过于年轻。

“哎呀，**克莱蒙骑士！**[2]现在，我们该喊你别的什么称呼呢？你离开法国的时间太长了，也许你已经承袭了沃尔辛厄姆的名字和职位，因为他已经去了他该去的地狱。”红衣主教说的英语虽然无可挑剔，但口音非常重。“我们按照**领主**的指示，已经等你三天了。没有人告诉我你还带了一位女士。”

马修放开我的胳膊，走向前去。他膝盖一弯，单膝跪拜，吻了一下那个男人伸出的手上戴的戒指。“**主教大人**[3]，我还以为您在罗马为我们选出新任教皇。在这里能见到您，我真是太高兴了！”马修听上去并不高兴。我心神不安地在想，我们没有按照沃尔特的计划前往圣马洛，而是来到了圣米歇尔山，会落入什么境地呢？

“现在的法国比选举会议更需要我。最近这些对国王和女王的诸多谋杀让上帝很不喜欢。”红衣主教的眼睛里闪烁着警告的光芒。“伊丽莎白见到上帝后，很快就会明白这一点。”

“茹瓦约斯大主教，我来此不是为了英国的事务。这是我的妻子，黛安娜。”马修用食指和中指拿着他父亲薄薄的银币，“我要回家。”

“我接到的通知也是如此，你父亲送来这个以确保你的通行安全。”茹瓦约斯说着，抛给马修一个闪闪发光的东西，马修很利落地一把接住。“菲利普·克莱蒙忘了自己的真实身份，像法国国王一样行事。”

---

① 即枢机主教，是天主教教皇的主要助手和顾问。
② 原文为法语 Chevalier de Clermont!
③ 原文为法语 Éminence，是天主教内对枢机主教的敬称。

“我父亲没必要当国王，因为他就是一把锋利宝剑，既可成就国王，也可废掉国王。”马修温和地说着，把那个沉重的金戒指戴在手套外面的中指关节上，戒指上面镶嵌着一颗雕刻的红宝石。我敢肯定，刻在戒指上的图案与我背上的疤痕是一模一样的。“您的神父们都知道，要不是我的父亲，天主教就会在法国失势。不然，您也不会站在这里。”

“现在坐在王座上的是一个新教徒。领主要真是国王就好了，这将对所有相关人员都有好处。不过，这个话题我们可以私下讨论，”茹瓦约斯疲惫地说道。他朝站在门口阴影里的一个仆人打了个手势，说道：“带**骑士**的夫人去她的房间。我们必须失陪了，**夫人**。你丈夫在异教徒那里待得太久了，在冰冷的石地板上多跪一会儿会让他想起来自己到底是谁。”

听到要一个人待在这样一个地方，我的脸上肯定露出了惊慌的表情。

“皮埃尔会跟你待在一起。”马修安慰我说，弯身吻了一下我的嘴唇。“潮落时，我们就骑马离开这里。”

那是我最后一眼看到科学家马修·克莱尔蒙特。这个大步走向门口的男人从此不再是那个牛津大学的老师，而是文艺复兴时期的一个王子。这种变化体现在他的举止和双肩的姿态中，体现在他满身力量的样子以及冰冷的目光中。哈米什曾提醒我说，马修来到这儿后，将不再是同一个人了。看来他说得很对。如今，在马修平静的外表之下正发生一种深刻的变化。

在高处的什么地方，报时的钟声响了。

科学家，吸血鬼，战士，间谍。钟声停了一下，敲响最后一声。

王子。

我嫁给了这个男人，不知道接下来的旅途会揭露出多少他的真实面相。

“茹瓦约斯主教，我们还是别让上帝等了吧。”马修冷然道。茹瓦约斯紧跟在他的后面，就好像圣米歇尔山属于克莱蒙家族，而不是这个教堂。

我身边的皮埃尔轻轻出了口气。“**老爷恢复原来的样子了，**[①]”他欣慰地轻声说道。

老爷恢复原来的样子了[②]，但他还属于我吗？

马修也许是个王子，谁是国王却毫无疑问。

随着敲打在冰冻道路上的每一声马蹄，马修父亲的势力和影响越来越强大。我们离菲利普·克莱蒙越来越近，他的儿子反而变得越来越遥远，越来越专横——这让我咬牙切齿，并引发了几次激烈的争吵。马修一旦消了火气，就总是为他的蛮横行为向我道歉。他即将与他父亲团聚，我知道他有多大的压力，所以就原谅了他。

我们趁着潮落走过圣米歇尔山周围裸露的沙滩，之后再朝内陆前进。克莱蒙的盟友们把我们迎进了富热尔城，让我们住进一座设施完善的塔楼，塔楼就在城墙上，俯瞰着法国的乡村。两天后的晚上，男仆们拿着火把在博热城外的路上迎上了我们。他们的制服上的徽章让人眼熟：菲利普的十字—月牙徽章。我以前在塞图尔城堡翻马修桌子的抽屉时，曾看到过这类徽章。

“这是什么地方？”在男仆们把我们领进一个废弃的庄园之后，我问道。一处无人居住的住宅竟然如此出奇地暖和，而且空旷的走廊里还飘散着饭菜的香味。

---

① 原文为法语 Milord est lui-méme。
② 此处原文为英语。

“一个老朋友的房子。”马修费力地把我的鞋子从冻僵的脚上脱下来。他用大拇指揉搓我冰冷的脚底，血液开始流回双脚，我疼得呻吟了一声。皮埃尔把一杯暖暖的香料酒放到我的手里。“这是勒内最喜欢的猎舍。他住在这里的时候，这里充满了活力，每个房间里都住着艺术家和学者。现在，这里由我父亲管理。因为不断发生战争，就没有机会好好管理这座庄园。”

我们还在旧馆的时候，马修和沃尔特就已经给我讲过，法国的天主教与新教正在争夺王权以及国家的控制权。在富热尔城里，我通过房间窗户看见远处浓烟滚滚，那里是新教徒军队最近驻扎过的营地，还看到路上到处都是毁坏的房屋和教堂。那毁坏的程度让我感到震惊。

由于这种冲突，我那曾经仔细编造出来的身份背景就不得不进行改变了。在英格兰，我是个法裔新教徒，为了保命和坚守自己的信仰，从母国逃到英格兰。但在这里，我必须是个饱受磨难的英国天主教徒。马修已经设法记住了所有的谎言以及真假参半的说法，让我们的多重身份不至于被拆穿，更不用说他还记住了我们沿途经过的每个地方的历史细节。

“我们现在是在安茹省。”马修低沉的声音把我的思绪带了回来。“因为你说英语，无论我们编什么故事，你遇见的人都会怀疑你是个新教徒间谍。法国这个地方不承认现任国王的登基资格，更愿意接受天主教的统治。”

“菲利普也会怀疑吧。”我嘟哝着说。从菲利普的势力中获益的不仅仅是茹瓦约斯红衣主教，沿途上那些双颊凹陷、眼神迷离的天主教神父们停下来跟我们说话，提供一些消息，并感谢马修的父亲对他们的帮助。他们离开时没有一个人是空着手的。

“我父亲不在乎基督教信仰的细微差别，在法国的其他地方，他也支持新教。”

“这是基督教各派大联合的观点，真了不起。”

“菲利普所在乎的就是避免法国自取灭亡。今年 8 月，我们的新国王纳瓦拉的亨利[①]试图强迫巴黎居民信奉他的宗教和政治主张，但巴黎人宁愿饿死，也不会向一个新教国王屈服。”马修用手指梳理着头发，这表示他很烦恼。“成千上万的人死了，我父亲现在不相信人类能收拾这个烂摊子。”

菲利普也不打算放手让儿子独自处理自己的事务。快天亮时，皮埃尔把我们叫醒，说新换的马已经套上马鞍，准备好了。他已经接到信息，我们要赶到 160 多英里外的一个城镇——在两天之内。

“这不可能，我们不可能以那么快的速度走那么远！”在 11 月于乡村荒野每天骑马奔驰一百多英里，我体能还行，但没有哪种现代运动项目会和这种运动一样劳累。

“我们没得选择。”马修严肃地说，“如果我们延误了时间，他只会派来更多的人沿路催促我们，最好就按他的要求做吧。”那天晚些时候，当我累得要哭的时候，马修没有问我就直接把我放到他的马鞍上，一直骑到马累得再也跑不动。我太累了，没有发出一点儿抗议。

我们按照菲利普的命令，如期来到了圣伯努瓦的木质房屋和石墙边。到了这个地方，我们离塞图尔城堡已经足够近了，近到皮埃尔和马修可以不用太在意礼节，所以我就双腿分开骑在马身上。虽然我们严格遵守菲利普的计划，但他还是继续增加侍从的数量，让他们陪着我们，就好像他很害怕我们可能改变主意而返回英格兰。有些仆从一路紧随其后，有的在前面开道，有的在繁忙的旅店中、偏僻的房子里、建有堡垒的修道院内为我们提供食物、马匹和房间。我们爬上奥弗涅

① 即法王亨利四世，1553—1610 年在位。

死火山留下的石山后，经常能看见骑马者在望而生畏的山峰上骑行的侧影。他们一看到我们，就立刻掉转马头，回塞图尔城堡报告我们的行程。

两天后，夜幕降临之时，我和马修、皮埃尔停在一座陡峭的山巅。克莱蒙家族的城堡在阵阵翻腾的雪花中隐约可见。中央堡垒的笔直线条很是熟悉。除此之外，我几乎认不出来这座城堡。周围的城墙完好无损，六座圆形塔楼也是如此，每座塔楼上面盖的都是圆锥形的铜屋顶。那些铜屋顶由于年代久远，颜色都褪变成了柔和的深绿。烟雾从塔楼垛口后看不见的烟囱里冒出来。垛口锯齿状的轮廓让人觉得，好像有个疯狂的巨人，手持花齿剪，把每堵墙都修剪了一遍。围墙里有一个白雪覆盖的花园，再过去还有长方形的花床。

即使放在现代，堡垒也令人生畏。如今，四处都在发生宗教内战，它的防御力更加明显。一座令人畏惧的门楼守护在塞图尔城堡和村庄之间，里面的人忙碌地走来走去，其中很多人都是全副武装。在昏暗的灯光下，我透过那些雪花仔细察看，发现在围起来的院落里，遍布着木质建筑物。它们的小窗发出亮光，在铺着灰色地板的雪地上，形成了很多暖色调的小方块。

我骑的母马呼出了一口温暖而湿润的气息。从出发的第一天到现在，她是我骑过的马中最好的一匹。马修现在的坐骑个头很大，毛发墨黑，脾性很差，除了骑在它身上的那个人，见谁靠近就咬谁。这两匹马都是来自克莱蒙家的马厩，不用指路就能直接回到家，迫不及待地想奔回暖和的马厩，奔向燕麦桶。

“上帝，这是全世界我最想不到自己会来的地方。”马修说完，慢慢地眨了眨眼睛，好像在盼望这个城堡会在他面前消失。

我伸出手，拉住他的胳膊说：“即便是现在，你还是有选择的，我们可以回去。”皮埃尔同情地看着我，马修则惨然一笑。

“你不了解我的父亲。”他又凝视着城堡。

我们终于进入城堡，一路上火把通明，用铁箍加固的厚重木门已经打开了。一个四人小队在我们经过大门的时候，默默地站在那里。大门在我们身后砰的一声关上了，小队中有两个人从墙上隐蔽的地方拖出一根长木，把门闩上，确保入口的安全。在法国境内骑马六天的经历让我明白这是很聪明的预防措施。人们对陌生人存有疑心，害怕再来一批四处抢劫的士兵，害怕坠入血腥暴力的地狱，害怕要取悦新的庄园主。

在里面等待我们的是一支名副其实的军队——既有吸血鬼又有人类，其中有六个人牵着马。皮埃尔把一小包信函递给了一个人，其他人小声地向他发问，还偷望着我。没有一个人走近或提供帮助。我坐在马背上，浑身发抖，又累又冷，在人群里寻找菲利普。他肯定会派人扶我下马的。

马修注意到了我的窘态，于是翻身下马，那流畅的优雅动作让人嫉妒。他迈出几大步，走到了我的身边，温柔地把我已经没有知觉的一只脚从马镫上拿出来，再轻轻转动几下，让它恢复行走能力。我很感激他，因为我不想让自己在塞图尔城堡的首度出场就是滚落在踏满脚印的积雪里和院子里的泥土中。

“这些人当中，哪一个是你的父亲？”马修把手从马脖子下面伸过去拉我的另一只脚，我低声问道。

“都不是，他在里面。他让我们骑得那么快，好像后面有地狱犬在追赶似的，却似乎一点都不急着见我们。你也应该去屋里。”马修开始用法语发出简短的命令，命令那些呆呆看着的士兵向四处散开，最后只剩下一个吸血鬼，站在通向庄园大门的螺旋形木台阶下面。我回想起自己在爬此时还没有建好的石台阶，还有第一次遇见伊莎波的情景，产生了一种过去与现在碰撞在一起的违和感。

“阿兰。”马修松了口气，脸色柔和起来。

“欢迎回家。”这个吸血鬼说的是英语。他有点蹒跚地走近，外表渐渐清晰起来：头发花白，和善的眼睛周围布满皱纹，身体清瘦结实。

“谢谢你，阿兰。这是我妻子黛安娜。”

“克莱蒙夫人。”阿兰鞠躬，小心保持着恭敬的距离。

“很高兴见到你，阿兰。”我们从没有见过面，但我已经把他的名字跟始终不渝的忠诚和支持联系起来了。在21世纪的塞图尔城堡，马修在半夜里想确定是否还有给我吃的食物，叫醒的就是这个阿兰。

“您父亲正在等候。”阿兰说着，跨向一边，让我们过去。

“让他们把吃的送到我的房间里——简单的就可以。黛安娜又累又饿。”马修说着，把手套递给阿兰。“我马上去见他。”

“他要您们马上过去。”阿兰说话的时候，表情审慎而自然。“夫人，一定要小心楼梯，踏板结冰了。”

“是吗？”马修抬头向上看着那个长方形的城堡主楼，紧抿嘴唇。

有马修紧紧地拉着我的胳膊肘，楼梯才没有那么难走。但是，爬完楼梯后，我的双腿颤抖得很厉害，以至于在进门处碰到了凸凹不平的石板，这让马修一下子发起火来。

“菲利普真是不讲理。”马修扶住我的腰，怒道。

“少爷，他很清楚自己的命令。”阿兰拘谨的态度是一种警告。

“我没事的，马修。”我从脸上拉开风帽，打量着上面的大厅。我在21世纪看到过的那些盔甲和长矛都不见了，取而代之的是一扇木雕屏风，可以在门开的时候挡风。那些仿中世纪的装修、圆桌、瓷碗也都没有了。只有石墙上的挂毯，在壁炉里的暖空气与外来冷空气相遇时，会轻轻摇曳。剩余的空间中放了两张长桌，四周围绕着低矮的长凳，男女仆从往来穿梭，摆放晚餐的杯盘。这里大得足以让十几个生物齐聚一室。上面高高的艺人平台现在不是空无一人，而是挤满了正在准备乐器的乐师。

“真神奇啊！”我蠕动冻僵的嘴唇说。

冰冷的手指抓住我的下巴，让我转了过去。“你冻得脸色都发青了。”马修说。

“我会拿个火盆，让她暖暖脚，再拿些温酒。”阿兰答应说。

一个温血人出来，拿去了我的湿披风。马修突然转身，望向一个方向，据我所知，那里通往早餐厅。我听了一下，但什么都没听到。

阿兰歉意地摇了摇头：“他心情不好。”

“明显不好。”马修低下头说，“菲利普在大吼着召唤我们。黛安娜，你确定吗？你今晚要是不想见他，就让我去面对他的盛怒吧。”

但这是马修六十多年来第一次去见父亲，我不会让他独自一人的。在我面对鬼魂时，他陪在我的身边，现在我也会那样陪着他。然后，我再上床休息，打算就在床上一直躺到圣诞节。

“咱们去吧。”我坚决地说着，提起裙子。

塞图尔城堡太古老了，根本没有像走廊那样的现代设施，所以我们钻过一道拱门，走到壁炉右边，然后走到了一个房间的角落，这个房间之后会成为伊莎波的大沙龙。它现在还没有塞满精美的家具，却与我沿途看到的其他任何地方的装饰一样朴素。沉重的橡木家具既让偶然光顾的小偷搬不走，也能经得起偶发战争带来的不良后果。一个大箱子上斜砍的深深切口就是证明。

从那里，阿兰把我们领进了一个房间，将来有一天我和伊莎波会在这里共进早餐。到那时，房间四周墙壁的颜色是温馨的赤褐色，桌子上放着陶器和沉重的银餐具。现在，这个房间和那时相比简直就是天壤之别，只有一张桌子和一把椅子。桌面上摊着很多纸和其他文书用品。我还没来得及细看，就开始沿着一段破旧的石楼梯，爬向城堡中一个我不太熟悉的地方。

楼梯在一个宽阔的平台处戛然而止，一条长长的走廊通向左边，里面放着各种怪异的小玩意、钟表、兵器、肖像，还有家具。一顶破旧的金皇冠随意地放在一个古代神祇的大理石头像上，皇冠中心有一块鸡蛋大小的鸽血红宝石，在向我凶狠地眨着眼睛。

“这边走。”阿兰说，示意我们朝前走，进入下一个房间。这里又有一段向上不向下的楼梯，紧闭的房门两边搁着几把很不舒服的长凳。阿兰不说话，在那里耐心等待着里面对于我们已经到达的反应。终于，一句拉丁语通过厚重的木门传了出来。

“进！[①]”

听到那个声音，马修吓了一跳。阿兰担心地看了看他，然后去推门。结实的合页润滑良好，门没有发出一点声响就打开了。

有一个男人坐在对面，背对着我们，头发在闪闪发光。即便坐着也能看出他个子很高，有着运动员般的宽阔肩膀。一支笔在纸上写得沙沙作响，形成了一个连续的高音符，与壁炉里木柴燃烧时偶尔发出的噼啪声和外面阵阵呼啸的风声和谐地融在一起。

一个低沉的声音轰隆隆地融进这里的音乐里：“坐！”

这次轮到我吓得跳起来。由于没有房门的缓冲，菲利普的声音一直回荡，刺痛我的耳朵。这个男人已惯于让人服从，并且还要毫不犹豫、毫无质疑。我双脚朝那两把备好的椅子走去，准备听从命令坐下。刚走出三步，我才意识到马修还在门口，就赶紧回到他身边，拉住了他的手。马修困惑地盯着地下，抖动了一下，从往事的回忆中挣脱出来。

没多久，我们就穿过房间走到另一头。我坐到一把椅子上，上面放有答应给我的温酒，还有一个用来暖脚的镂空金属暖脚器让我搁脚。

---

① 原文为拉丁语 Introite!

阿兰同情地看了我一眼，点点头，出去了。然后我们就等待着，这对我来说很难，马修更是难以忍受。他越来越紧张，压抑的情绪几乎让他整个人都颤抖起来了。

这时，他的父亲才理会我们的存在。我的焦虑和脾气都已濒临爆发的危险边缘。我低头看着双手，想知道它们是否强壮得足以掐死他。此时，我感到有两个极冷的点在我低着的头上绽放。我抬起下巴，发现自己在凝视着一位希腊神祇的黄褐色双眼。

我第一次看到马修的时候，本能反应就是逃跑。但是，马修——在那个9月的夜晚，博德利图书馆里的他显得那么巨大和令人不安——露出来的迥异常人的程度还不及一半。但这并不是因为菲利普·克莱蒙是个怪物，正好相反，他其实是我见过的最令人惊叹的生物——相较于任何超自然生物、精灵或人类而言。

任何人看到菲利普·克莱蒙时，都不会认为他是个肉体凡胎。这只吸血鬼的容貌太过完美，还出奇地匀称。眉毛又黑又直，下面的金黄色眼睛清淡、善变，还有少许绿色斑点。阳光下的棕色头发会掺入金、银、铜三种颜色的闪亮发丝。菲利普的嘴唇柔软而性感，但因为今晚的怒火而绷得很紧。

我紧闭双唇，免得下巴掉下来，看着他评估的目光。我一这样做，他就把目光缓慢而从容地转向马修。

“你自己解释。”话语平静，但却掩饰不住心中的怒火。不过，这里并非只有一只发怒的吸血鬼。乍看到菲利普时的震惊消失后，马修试着抢占上风。

“你命令我来塞图尔城堡。我来了。不像你孙子那可笑的消息说的那样，我没有死，还很健康。”马修说着，把那枚银币扔到父亲的桌子上。它落到桌子边缘，沿着一个无形的轴心旋转了一会儿，然后平平静止。

“让你妻子在一年中的这个时候待在家里，那肯定是再好不过了。”菲利普跟阿兰一样，英语说得就像他的母语一样毫无瑕疵。

“黛安娜是我的伴侣，父亲。我不可能仅仅因为可能会下大雪，就把她留在英格兰，与亨利和沃尔特待在一起。”

“退下，马修。”菲利普大吼，吼声跟身上其他部分一样让人想起狮子。克莱蒙家族就像一群可怕的野兽。在马修面前，我总是想起群狼；跟伊莎波在一起，我总想起鹰隼；加洛格拉斯让我想起一头熊；菲利普则类似于另外一种致命的捕食动物。

“加洛格拉斯和沃尔特告诉我，这个女巫需要我的保护。”这头狮子伸手去拿信件，用信纸的边沿轻轻地敲着桌子，盯着马修说，“我认为，既然你在圣会中占有家族的席位，保护弱小的生物就是你的职责。”

“黛安娜并不弱小——并且她已经嫁给了我，需要的保护已经超过圣会所能提供的。您会给予那样的保护吗？”现在，马修不仅是语气上，姿势中也充满了挑战的意味。

“首先，我得听听她的说法。”菲利普说。他看着我，挑起了眉毛。

“我们是偶然相遇的。我知道她是个女巫，但我们之间的关系是不可否认的，”马修说，“她自己的人突然攻击她——”

一只有可能被误认为是爪子的手举了起来，发出噤声的命令。菲利普重新把注意力转到马修身上。

“**马提欧斯**。[①]”菲利普慵懒而拖长的声音犹如一根慢慢举起的鞭子，让他的儿子马上安静了。“我是不是要理解为，你需要我的保护？”

“当然不是了。”马修愤愤地说道。

“那就闭嘴，让那个女巫说话。”

---

① 原文为希腊语 Matthaios。

我决心要把马修父亲想知道的一切都告诉他，这样我们就能尽快离开这个令人紧张不安的人，所以我就考虑如何用最好的方式讲述我们最近的冒险经历。重新演练每个细节会耗费大量的时间，在此期间，马修的情绪极有可能会爆发。我深吸一口气，开始讲述。

“我的名字叫黛安娜·毕晓普，父母都是很强大的巫师。他们远离家乡的时候，被其他的巫师害死，当时我还是个孩子。他们临死前，给我施了魔咒。我妈妈能预言未来，知道会发生什么事。”

菲利普怀疑地眯起了眼睛，我理解他的审慎。我现在还是很难理解，为什么两个爱我的人会违反巫师的道德准则，锁住他们唯一女儿的法力。

“长大后，我就成了家族的一个耻辱——一个连一支蜡烛都点不着，也不会施展巫术的女巫。我背叛了毕晓普家族，去上了大学。”讲到这里的时候，马修在座位上不安地扭动起来。“我攻读炼金术的历史。”

“黛安娜攻读的是炼金术的*艺术*。”马修纠正道，警告地看了我一眼。但是他的话半真半假，复杂难懂，是不会让他父亲满意的。

“我是个时光穿越者。”这句话在我们三人的上空飘荡。“你们称之为*时光编织者*。①”

“哦，我很清楚你是干什么的。”菲利普还是用那慵懒的语气说道。马修的脸上闪过一丝惊异的表情。“我已经活了很久了，*女士*，也知道很多生物。你不是来自这个时代，也不是来自过去，所以你一定来自未来。*马提欧斯*跟你一起穿越回来了，所以他现在不是八个月前的那个他了。我认识的那个马修对女巫从不会看第二眼。”这只吸血鬼深深地吸了一口气。“我孙子提醒我，你们两个都散发着很怪异的气味。”

---

① 原文为法语 fileuse de temps。

“菲利普，让我解释一下——”但是，马修今天晚上注定一句话都说不完整的。

“虽然这种情况在很多方面都很棘手，但我很高兴在未来几年里，我们可以期待大家在剃须这件事上能有一个理智的态度。”菲利普漫不经心地摸了摸自己那修剪得很整齐的络腮胡和八字胡。“说到底，胡子象征着虱子，而不是智慧。”

“有人告诉我，马修看起来像个病人。”我疲倦地叹了口气说，“我却不知道用什么魔咒可以改变他的外貌。”

菲利普挥挥手，不让我说下去。“胡子这个问题很容易解决。你刚才说你对炼金术感兴趣。”

“是的，我发现了一本书——很多人都在找的一本书。我遇见马修的时候，他就是想从我这里把那本书偷走。但是，他没有偷成，因为当时它已经不在我手上了。那时，方圆数公里之内的生物都在追逐我。我不得不中断工作！”

可能是菲利普抑制不住的笑声，使得他下巴上的肌肉都跳动起来。我发现，跟狮子在一起的时候，很难区分他们是觉得好笑，还是要猛扑过来。

“我们认为它就是那本起源之书。”马修说。他脸上露出自豪的表情，尽管我是在完全偶然的情况下才召唤出那本手抄本的。“它是来找黛安娜的，等其他生物意识到她找到的东西是什么的时候，我已经爱上了她。”

“所以你们交往了一段时间。”菲利普把手肘撑在桌子边上，手指交叉呈帐篷状，托着自己的下巴。他坐在一个四条腿的简陋凳子上，虽然旁边空摆着一张异常华丽的王座般的椅子。

“没有。”我计算了一下，“只有两个星期。但是马修过了很长一段时间才承认自己的感情——直到我们来到塞图尔城堡后。但是，那里也不安全。有天晚上，我离开了马修的床铺，来到外边，一个女巫把我从花园里带走了。”

菲利普飞快地把目光从我身上转向马修。“在塞图尔城堡的围墙之内，有个女巫？”

“是的。”马修简洁地回答。

“从天而降。”我轻声纠正，再次引起他父亲的注意力。“我并不认为曾经有女巫踏上这片土地，如果这一点很重要的话。不过，我当然是踏过了。”

“那是当然了。”菲利普轻轻点头，表示认同，“接着说。”

“她把我带到拉皮埃尔，当时多梅尼科在场，热尔贝也在。”菲利普脸上的表情告诉我，他既熟悉那座城堡，也熟悉我在里边遇到的那两只吸血鬼。

“一报还一报，早晚逃不掉。”菲利普低声说道。

“绑架我的幕后主使是圣会，还有一个名叫萨图的女巫想强迫我使用魔法，她没有成功，就把我扔进了地下密牢。”

马修跟以往提起那个夜晚的时候一样，用手抚摸着我的后腰。菲利普看到了这个动作，但什么也没说。

“我逃脱之后，就不能再待在塞图尔城堡了，那样会把伊莎波置于危险之中。你知道，所有从我身上发出的魔法和力量，我都控制不了。我和马修一起回家，回到我阿姨的家里。”我停了一下，想着怎么才能解释清楚我阿姨的家在什么地方。“加洛格拉斯的族人中有一个传说，往西跨过大洋后会看到大陆，您听说过吗？”菲利普点点头，“那里差不多就是我阿姨们住的地方。”

“你那些阿姨也是女巫吗？”

“是的。后来，一个食血族人来杀马修——是热尔贝的一个手下——她差一点就成功了。圣会的势力无远弗届，我们无处可躲，只能穿越回过去。”我停了一下，菲利普看着马修的恶毒目光把我吓了一跳。“但是，我们在这里也找不到避难所。伍德斯托克镇的人知道我是个女巫，苏格兰审判案也有可能影响到我们在牛津郡的生活。于是，我们就再次开始逃亡了。”我把经过大概讲了一遍，确定没有漏掉什么重要的信息。“我的事情就是这样。”

“女士，你有一种快速把复杂的信息简明扼要地串在一起的才能。如果你可以好心地把这些方法告诉马修，那就太好了，那将是对家族的一大贡献。我们耗费了过多的笔墨和纸张。”他凝视了一会儿自己的指尖，然后腾地一下站了起来，以吸血鬼的效率让一个简单的动作变得很有爆发力。前一分钟他还在那里坐着，下一分钟全身的肌肉就运作起来，六英尺高的身体突然就可怕地耸立在桌子上。这只吸血鬼牢牢地盯着自己的儿子。

“马修，你在玩一个非常危险的游戏，一个会让你失去一切却什么也得不到的游戏。你出发后，加洛格拉斯就向我发了一封信。送信人走的是另一条路线，赶在你之前到达。就在你赶路期间，苏格兰国王逮捕了一百多个女巫，并囚禁在爱丁堡。圣会肯定认为你正在赶路，要去那里劝说詹姆士国王放弃。”

“你就更该保护黛安娜了。”马修紧接着说道。

“凭什么？”菲利普表情冰冷，看马修敢不敢把话说完。

“因为我爱她，也因为你告诉过我，拉撒路骑士团的使命就是保护那些无法保护自己的人。”

“我保护的是其他食血族人，不是女巫！”

“也许你该把范围扩大。”马修固执地说道，“食血族人一般能照顾好自己。”

“你很清楚我不能保护这个女人，马修。整个欧洲都在为宗教信仰而争斗不休，温血人在为他们目前的问题寻找替罪羊，不可避免地会找周围生物的麻烦。但你明知如此，还把这个女人——一个你称之为伴侣，血统上是个女巫的女人——卷入这场疯狂。不，我不能保护她。”菲利普使劲摇着头。“你可能认为可以厚着脸皮为自己辩护，但我不会去招惹圣会，也不会无视圣约，那样会让整个家族陷入危险。”

“菲利普，你必须——”

“不要对我用这个词。”一根指头朝马修的方向戳过来。“把你的事情处理好，回到原来那个地方。你可以在那里向我求助，或者找她的阿姨们帮忙，那样更好。不要把你的麻烦带回过去，你的麻烦不属于过去。”

但 21 世纪的马修没有菲利普可以依赖。菲利普那时已不在人世——死了，葬了。

“到目前为止，我从没有向你求过任何事情，菲利普。”屋里空气中的危险下降了几度。

“你应该会预料到我的反应，**马提欧斯**，但你还是跟以往一样，不会思考。要是你母亲在这里怎么办？要是恶劣的天气没有侵袭到特里尔[①]怎么办？你是知道她瞧不起女巫的。”菲利普盯着他的儿子说，“要阻止她把这个女人撕碎，得有一小支军队，但现在我一个人都派不出来。”

首先是伊莎波希望我远离她儿子的生活，鲍德温丝毫没有掩饰他的轻蔑，马修的朋友哈米什对我很是提防，而基特则公开讨厌我，现在又轮到了菲利普。我站在那里，等着马修的父亲看过来。当他看向我的时候，我径直迎向他的目光，他眼中闪过一丝惊讶。

“马修不可能预料到这一点的，克莱蒙先生。他相信您会跟他站在一起，但是，在这件事上他信错了人。”我深吸了一口气，平静下来，

① 今德国西部城市。

“如果今晚您让我待在塞图尔城堡，我将不胜感激。马修已经好几个星期都没睡过觉了，他在熟悉的环境里会睡得比较好。明天我就回英格兰——必要的话，不带马修也可以。”

我的一绺卷发翻到左边的太阳穴上，我伸手把它拨到一边，却发现菲利普·克莱蒙紧紧地抓住了我的手腕。等我重新站稳的时候，马修已站在他父亲身边，把双手放在他的肩膀上。

“你从哪里得到这个的？”菲利普盯着我左手中指上戴的戒指问道。*伊莎波的戒指*。菲利普目光非常凶猛地看着我，他的手指把我的手腕都快抓断了。“在我们都活着的时候，她永远都不会把我的戒指送给别人的，她不会的。”

“她还活着，菲利普。”马修说得又快又粗鲁，只传达信息，不提供安慰。

“但如果她还活着，那么……”菲利普渐渐沉默了。有一瞬间，他看起来很困惑，然后恍然大悟。“所以，我终究还是会死的。你在某个地方、某个时候惹了这些麻烦，却找不到我了。”

“是。”马修从嘴唇里硬挤出这个字。

“但是，你竟留下你的母亲去面对敌人？”菲利普的表情凶蛮。

“玛尔特跟她在一起，鲍德温和阿兰会确保她不会受到任何伤害。”马修的话像一股清流，但他父亲还抓着我的手指，它们都开始发麻了。

“伊莎波会把我的戒指送给一个女巫？真奇怪。不过，戒指戴在她手上还真是漂亮。”菲利普把我的手转向火光，心不在焉地说。

“*妈妈*认为它会很漂亮的。”马修柔声说道。

“什么时候——”菲利普用力吸了一口气，摇了摇头，“不，别告诉我。任何生物都不该预知自己的死亡。”

可是我母亲却预见了她和我父亲的可怕死亡。我又冷又累，还被自己的回忆纠缠，开始颤抖起来。马修的父亲似乎视而不见，还在低头看着我们的手，但他的儿子却看到了。

“放开她，菲利普。”马修命令。

菲利普看着我的眼睛，失望地叹了口气。尽管有这个戒指，我却不是他的爱人伊莎波。他把手松开了，我向后退到他够不着的地方。

“听完了黛安娜的故事，你会保护她吗？”马修在父亲的脸上寻找答案。

“这就是你想要的吗，女士？”

我点点头，用手指抓住旁边一把椅子的雕花扶手。

“那好吧，拉撒路骑士团会确保她安然无恙。”

“谢谢您，父亲。”马修紧紧地握了一下菲利普的肩膀，然后朝我走过来。“黛安娜累了，我们明早再见。”

“绝对不行。”菲利普的声音从房间另一头传来，“你的女巫是在我的家里，归我所管。她不能和你睡一张床。”

马修拉住了我的手。“菲利普，黛安娜远离家乡，她对城堡的这个地方不熟悉。”

“她不能待在你的房间，马修。”

“为什么不能？”我皱着眉头看看马修，又看看他的父亲。

“因为你们两个还没有结为伴侣，不管马修对你说了什么美丽的谎言。感谢上帝，幸亏是这样。也许，我们最终会避免一场灾难的发生。”

“没有结为伴侣？”我茫然问道。

“互许终身，接受食血族人的承诺，并不能达成一个不可侵犯的协定，女士。”

“从任何有意义的角度而言，他都是我的丈夫。”我说着，脸颊红了起来。我告诉马修我爱他之后，他就向我保证说，我们已经结为伴侣了。

“你们并没有正式结婚——至少没有采用经得起检验的方式。”菲利普接着说，“而且如果你们继续这样装下去，还会面临更多的检验。马修在巴黎时，花在形而上学中的时间总是比研究法律的时间多。在这件事上，儿子，即便你的知识没有告诉你，你的本能也应该告诉你，什么才是必不可少的。”

“我们离开前曾经彼此许下誓言，然后马修才把伊莎波的戒指送给了我。”在麦迪逊的最后时刻，我们举行了一种仪式。我的大脑快速地排列着那些事件，寻找那个漏洞。

“当教士、律师、敌人、情敌齐聚一堂时，如果食血族人想平息所有的反对声音，他要做的事情和人类是一样的——肉体的结合。”菲利普翕动着鼻翼说。“你们还没有以这种方式结合。你们发出的气味不仅古怪，而且完全不一样——就像两个独立的个体，而不是一个整体。任何一个食血族人都会知道，你们没有完全结合。黛安娜一出现在热尔贝和多梅尼科的面前，他们肯定就会知道这一点。毫无疑问，鲍德温也知道。”

“我们结婚了，也结合了。有我的保证，不需要其他证明。至于别的事情，与你无关，菲利普。”马修站在我和他的父亲之间，坚定地说道。

“哦，马提欧斯，这事情没那么简单。”菲利普听上去很疲倦，“黛安娜没有嫁人，也没有父亲，而且这房间里也没有她的兄弟替她出头。她完全不关我的事。”

“在上帝眼中，我们已经结婚了。”

“但是你要等以后再圆房。马修，你在等什么？一个预兆吗？她想要你，从她看你的样子就能看出来。对于大多数男人来说，这就足够了。”菲利普看着他的儿子，然后又看看我。这让我想起了马修在这一方面奇怪的迟疑，忧虑和怀疑像毒液一样在我体内蔓延。

“我们彼此相识的时间还不长。即便是这样，我也知道自己要和她一起——而且只和她——度过我的一生。她就是我的伴侣。你知道戒指上写的字，菲利普：付出我所有的真心所有的生命。”[①]

“把你的生命献给一个女人，却不付出真心，是没有任何意义的。你更应该把心思放在这句爱情箴言的前半部分，而不是后半部分。”

“她拥有我的真心。”马修说。

“不是全部的真心。如果真是那样的话，圣会的成员会死光，圣约将受到永远的破坏，而你们也会待在原来那个地方，不会出现在这个房间里。”菲利普直言不讳，“我不了解在你们的那个未来里，婚姻是什么样子的，但现在来说，婚姻值得为之献出生命。”

“为了黛安娜而流血，这并不能解决我们眼下的困难。”尽管马修与他的父亲相处了几百年，他还是固执地否认我已经了解到的事实：与菲利普·克莱蒙辩论是没有胜算的。

“女巫的血不算数吗？”他们两个都惊讶地回头看我。“马修，你已经杀死了一个女巫，而我也杀掉了一只吸血鬼——食血族人——因为不想失去你。既然今晚我们会分享秘密，你父亲也应该知道真相。”因我们相恋而快速恶化的敌对中，吉莉恩·张伯伦和朱丽叶·迪朗先后丧命。

“而你竟以为还有时间去求爱？对于一个自认为博学的人来说，马修，你的愚蠢令人窒息。”菲利普厌恶地说道。马修并没有为父亲的辱骂所畏惧，接着打出了他的王牌。

“伊莎波把黛安娜当作女儿。”他说。

但是，菲利普是不会这么轻易动摇的。

---

① 原文为法语 a ma vie de coer entier。

“无论你的上帝或你的母亲，都没能让你面对自己的行为后果。显然这件事还没有改变。”菲利普两手撑在桌子上，叫阿兰进来。“既然你们还没有结为伴侣，那就没有造成永久性的破坏。在有人发现以及家族被毁灭之前，这事还可以改正。我会派人去里昂找个女巫过来，帮助黛安娜更好地了解自己的魔法。在这期间，马修，你可以打听她的那本书。然后，你们两个就回家。回到家后，你们就会忘掉这种鲁莽的行为，分道扬镳，去过自己的生活。”

“我和黛安娜要去我的房间。一起。要么，就帮我——”

“你在威胁我之前，要先确定自己有足够的力量去付诸实践。”菲利普不动声色地说，“这个姑娘一个人睡，并且要在我附近。”

一股气流告诉我，门打开了。这股气流里夹杂着明显的一股蜡油和辣椒粉的气味。阿兰冰冷的眼睛四处转动，他看到了愤怒的马修，还有菲利普一脸的无情。

“你输了，**马提欧斯**。”菲利普对自己的儿子说，“我不知道你是怎么搞的，但你变得懦弱了。好了，认输吧，吻吻你的女巫，道声晚安去吧。阿兰，把这个女人带到路易莎的房间去。路易莎现在在维也纳——或者是威尼斯。我跟不上那个丫头了，弄不清她永远飘忽的踪迹。”

“至于你。”菲利普用琥珀色的双眼看着马修，接着说，“你去楼下的大厅里等我，等我写完给加洛格拉斯和雷利的信。你到家已有些时间了，你的朋友们都想知道，伊丽莎白·都铎是不是像大家认为的那样，是一个长着两个脑袋、三个乳房的怪物。”

还不愿彻底放弃的马修用手托着我的下巴，凝视着我的眼睛，尽情地亲吻我，这显然是他父亲意料不到的。

“行了，黛安娜。”菲利普在马修吻完的时候，明显不屑地说。

“跟我来，**夫人**。”阿兰说着，向门口示意。

我独自躺在另一个女人的床上，毫无睡意。我听着外面呼啸的风声，翻来覆去地想着所有发生的事情。花招、伤害、背叛，太多了，难以厘清。我知道马修是爱我的，但他肯定知道，其他人会挑战我们的盟誓。

几个小时过去了，我放弃了入睡的希望。我走到窗边，对着黎明，试着想明白我们的计划为什么会在这么短的时间里如此分崩离析，以及菲利普·克莱蒙——和马修的秘密——在其中又起着什么样的作用。

9

第二天，我的房门打开的时候，马修就靠在对面的石墙上。看他的样子，他也一点都没有睡。他嗖地一下站了起来，逗得两个站在我身后的年轻女仆咯咯地笑。她们还不习惯看到他这个乱糟糟的样子。他皱着眉，一副怒容。

“早上好。”我走上前去，蔓越橘色的裙子摆动起来。这套裙子，和我的床铺、仆人以及一切我碰到的东西一样，都属于路易莎•克莱蒙。昨天夜里，她留下的玫瑰及麝猫香的气味从绣花的罩篷上散发出来，浓得令人窒息。我深深地吸了一口清澈、凛冽的空气，却闻到了一些丁香和肉桂的气息，这毫无疑问是马修特有的。我一闻到这些气息，骨头里的疲倦就消失了几分。这些熟悉的气息让我非常欣慰。我在女仆搭在我肩膀上的那件无袖黑色羊毛长袍里抖动了一下身体。它让我想起了学位服，还另有一层保暖。

马修把我拉到他跟前，深情地吻着我，此时，他的脸色明朗起来。女仆们继续咯咯地笑起来，还说出几句他认为是鼓励的话来。我的脚踝上突然感到一阵风刮过，这表明又有一个人来了。我们的嘴唇分开了。

“你年龄也不小了，还在前厅虚耗时光，**马提欧斯**。”他父亲从隔壁的房间里探出黄褐色的脑袋。“12 世纪不适合你，我们让你读的诗太多了。在人们看见你之前，让自己平静下来，然后带黛安娜下楼。她闻起来就像仲夏里的蜂箱，家里人得过一段时间才能适应这气味。

我们可不想有任何不幸的流血事件发生。”

“只要你停止干预，那种事发生的可能性就会变小。让我们分开睡真是荒谬。”马修抓住我的胳膊肘说，“我们是夫妻。”

“你们不是夫妻，感谢诸神。下去吧，我很快就去找你们。”他带着遗憾摇摇头，离开了。

我俩在寒冷的大厅里隔着一条长桌面对面坐着，马修的嘴唇闭得紧紧的。在这个时间，屋里没有什么人，还待在这里的人一看到马修脸上吓人的表情，就马上离开了。我面前的桌子上摆着刚从烤箱里拿出来、冒着热气的面包，还有香料酒。这虽然不是茶，但还凑合。马修等到我先喝了一大口，才开始说话。

“我已经见过我父亲了。我们马上离开。”

我把杯子握得更紧了，没有回答。几片橘子皮漂浮在酒里，因温暖的液体浸泡而变得肥厚丰满。里面的果肉让它似乎更像早餐饮料。

马修环视了一下房间，满面愁容。“来这里真是不明智。”

“那我们该去哪里呢？天还在下着雪。伍德斯托克镇的村民时刻准备要把我送到法官面前，控告我施行巫术。在塞图尔城堡，我们不得不分开睡，还要忍受你的父亲，但也许他能够找到一个愿意帮我的女巫。”到目前为止，马修草率做出的决定还没有什么好的结果。

“菲利普爱管闲事。说到找女巫，和妈妈相比，他也没有更加喜欢你们这样的人。”马修仔细看着伤痕累累的木桌，从一个裂缝里拿出一个流进去的蜡块。“我在米兰的房子或许可以，我们可以在那里过圣诞节。意大利巫师的巫术相当有名，还以神秘的预知能力而著称。”

“肯定不能去米兰。”菲利普带着一股飓风般的力量出现在我们面前，然后坐在我身边的长凳上。马修考虑到我那温血动物的承受能力，就小心地减缓了自己的速度和力量。米丽娅姆、马库斯、玛尔特，甚至是伊莎波也都会这样做。他父亲则没有这么体贴。

“我已经尽到了孝道，菲利普。”马修直截了当地说，“没有理由再逗留在这里了，而且我们在米兰会过得很好的。黛安娜懂托斯卡纳语。”

如果他指的是意大利语，我的意大利语就只能在餐馆里点意大利扁面条，在图书馆里借几本书。我怀疑这够不够用。

“她这么有用啊！那你们不去佛罗伦萨就太遗憾了。但是你上次在那里搞了一场恶作剧，恐怕要过很长一段时间，那座城市才会欢迎你回去。”菲利普和颜悦色地说，“**你会说法语吗，女士？**[①]”

“**是的。**[②]”我警觉地说，确信这场多语种的对话会变得更糟。

“哦。”菲利普皱皱眉头。“**他们说你是语言学者。**[③]”

“她是个学者。”马修不耐烦地插话，“如果你想看她详细的文凭证明，吃过早饭后，我会很乐意私下提供给你的。”

“**会说拉丁语吗？**[④]”菲利普问我，仿佛他儿子压根就没有说话。“**会说希腊语吗？**[⑤]”

“**我拉丁语说得不好。**[⑥]”我一边回答，一边把酒杯放下。菲利普听到我的那些语言说得就像一个女学生般蹩脚，双眼睁大，他的表情一下子让我回想起学习初级拉丁语的恐怖时期。要是把一篇用拉丁文写的炼金术文章放在我面前，我就能看懂，但用拉丁文交谈是不行的。我鼓起勇气，推断他第二个问题是想听听我的希腊语，希望我没猜错。“**我希腊语说得更糟糕。**[⑦]”

---

① 原文为法语 Parlez-vous français, madame ?
② 原文为法语 Oui。
③ 原文为拉丁语 Dicunt mihi vos es philologus。
④ 原文为拉丁语 Loquerisne latine?
⑤ 原文为希腊语 Milás elliniká?
⑥ 原文为拉丁语 Mea lingua latina est mala。
⑦ 原文为希腊语 Tamen mea lingua graeca est peior。

“那我们也不要用希腊语交谈了。”菲利普用痛苦的口吻低声说，他气恼地转向马修，“**在未来难道不让女人接受教育吗？**[①]”

“在黛安娜的时代，女人接受的教育比你认为合理的要多很多，父亲。”马修回答，“只不过不是用希腊语授课的。”

“将来，他们不需要亚里士多德了？那肯定是一个非常奇怪的世界。很高兴我还要再等一些时间才会生活在那个时代。”菲利普狐疑地用鼻子嗅了嗅酒壶，决定不喝。“黛安娜的法语和拉丁语必须要说得更加流利，我们只有几个仆从会说英语，那些做家务的用人更是一个也不会。”他把一串沉重的钥匙扔向桌子，我的手指自动张开，接住了它。

“绝对不行。”马修说，伸手抢去了我紧抓的那些钥匙。“黛安娜在这里不会待很久，不会自找麻烦去打理这个家的。”

“她是塞图尔城堡里地位最高的女人，所以这是她的职责所在。我觉得你应该从做饭开始。”菲利普指着最大的那把钥匙说，“那把钥匙可以打开粮食库房，剩下的可以打开烘焙房、酿酒房，除我卧室外的所有卧房，还有地窖。”

“哪一把是图书室的钥匙？”我饶有兴趣地摸着那些破旧的钥匙问道。

“在这座房子里，书籍是不上锁的。”菲利普说，“我们只锁食物、啤酒和葡萄酒。读一读希罗多德和阿奎那[②]的书很少让人学坏。”

“凡事总有第一次。”我声音很低地说，“那么，厨师叫什么？”

“元帅[③]。”

---

① 原文为希腊语 Den tha ekpaidéfsoun gynaíkes sto méllon?

② 托马斯·阿奎那（约 1225—1274），中世纪经院哲学的哲学家和神学家，著有《神学大全》。

③ 原文是 chef，除了有“厨师”的意思外，还有“元帅”的意思。

“不，我是问他的名字。”我困惑地说。

菲利普耸耸肩膀。“是他在管事，所以他就叫元帅，我从没有叫过他别的。你呢，**马提欧斯**？”父亲和儿子相互看了一眼，那目光让我有点担心放在他俩之间的那张搁板桌的下场。

“我觉得是你在管事。如果我把厨师称呼为元帅，那么我该称呼你什么？”我尖锐的语气暂时分散了马修的注意力，他正要掀翻桌子，用自己那长长的手指去掐他父亲的脖子。

“大家都称呼我‘先生’，要么叫我‘父亲’。你喜欢哪一个称呼呢？”菲利普的问题圆滑而危险。

“你就叫他菲利普。”马修低沉地说道，“他还有很多其他的称呼，但最适合他的那一个会烫伤你的舌头。”

菲利普对儿子咧嘴一笑。“我明白，你就算失去了理智，也不会失去好斗的秉性。把家交给你的妻子，跟我一起去骑马吧。你看上去太孱弱了，需要好好锻炼锻炼。”他摩拳擦掌，充满期待。

“我不会离开黛安娜的。”马修反驳说。他在紧张地把玩着一个特大号银质盐罐，它是我纽黑文市的家中火炉旁放着的那个朴素盐缸的祖先。

“为什么？”菲利普哼了一声，“阿兰会照顾她的。”

“爸爸？”我嗲着声音说，插进他们的对话，“在我丈夫去马棚与你会合之前，我可以私下跟他说几句话吗？”

菲利普的眼睛眯了起来。他站在那里，朝我慢慢欠身。这是这只吸血鬼第一次用算是正常的速度做出的一个动作。“当然可以，**女士**。我会派阿兰来照顾你。享受你们的隐私吧——趁你们还能拥有的时候。”

马修看着我，一直等到他父亲离开了房间。

“黛安娜，你在打什么主意？”我起身慢慢绕到桌子的另一头，他轻声问道。

“伊莎波为什么会在特里尔？”我问。

“这重要吗？”他闪烁其词。

我像一个水手那样骂了句脏话，那句话有效地去掉了他脸上装作无辜的表情。昨天夜里，我独自躺在路易莎那满是玫瑰花香味的房间里，有很多思考的时间——多得足够我把这几个星期发生的所有事件都连接在一起，与我对这个时代的知识进行比照。

“很重要，因为在1590年的特里尔，除了搜捕女巫，人们无事可做！”一个仆人匆忙穿过房间，跑向前门。火边还坐着两个男人，于是我就压低了声音，“无论是这个时间，还是这个地方，都不适合讨论这些话题——你父亲在近代早期的地缘政治中扮演的角色；为什么一个天主教派的红衣主教，竟被你在圣米歇尔山呼来喝去，好像那是你的私人岛屿似的；加洛格拉斯的父亲如何惨死。不过，你会告诉我的。而且，我们肯定会需要更多时间私下相处，以便你进一步说明吸血鬼结合技术上的细节。”

我猛然转身离去。他一直等到我以为走得够远足以逃脱的时候，才灵巧地抓住我的胳膊肘，把我拽了回来。这是肉食动物的本能反应。“不，黛安娜。离开房间之前，我们要谈一谈我们的婚姻。”

马修猛然扭头，看向最后那伙吃早饭的仆人，他们迅速离开了。

“什么婚姻？”我问。一点危险的火花在他眼睛里闪现，然后消失了。

“你爱我吗，黛安娜？”马修温和的问题让我吃了一惊。

“是的。”我立刻回答，“但是，如果爱你是唯一重要的事情，那可就简单了，我们现在也会待在麦迪逊。”

“是简单。”马修站起身，“如果你爱我，那么我父亲说的话就不足以解除我俩之间互发的誓言，并且圣会也不能强迫我们遵守圣约。”

“如果你真的爱我，就会把自己交付给我，不仅是身体，还有灵魂。”

“没有那么简单。”马修伤感地说，“我从一开始就提醒过你，爱上吸血鬼会很复杂。”

“菲利普似乎不这么想。”

“那就跟他上床吧。如果你要的是我，就得等待。”马修很平静，但这种平静犹如结冰的河水，表面坚硬平滑，下面激流奔涌。自打我们离开旧馆，他就一直把话语当作武器。他已经为自己起初说的那几句尖酸刻薄的话道过歉，但对这句话他是绝不会道歉的。再次回到父亲身边的马修，只剩下一层彬彬有礼的单薄外壳，容不下像懊悔这种现代且富有人性的观念。

“菲利普不是我喜欢的类型。”我冷冷说道，“不过，劳您大驾，请解释一下我为什么要等你。”

“因为吸血鬼没有离婚这回事。我们一旦结为伴侣，就会至死不渝。有些吸血鬼——包括我的母亲和菲利普在内——要是……”他停了一下，“有了分歧，就会分居一段时间。他们还会有其他的情人。在时间和距离的作用下，他们之间的分歧一得到解决，就会复合。但我不会这样做。”

“很好。婚姻也不是我的首选，但我还是不明白，为什么你会因此而不肯与我圆房。”他已经用爱人的细腻专注，了解到了我的身体以及它的反应。让他犹豫不决的不是我，也不是性观念。

“现在限制你的自由还太早了。一旦我在你的世界里迷失了自己，就不会有别的情人，也不会分居。你需要确定，嫁给一个吸血鬼是不是自己真正想要的。”

“你可以选择我，一遍又一遍，但是我要做同样的事，你却认为我不清楚自己的内心想法？”

“我有很多机会知道自己想要什么。你对我的喜欢可能只是为了减轻对未知的恐惧或者为了满足对超自然生物世界的好奇心，而这个世界长期拒你于门外。”

“喜欢？我爱你。两天还是两年，对我没有区别。我的决定会是一样的。”

“区别在于我不会像你的父母那样对待你！”他大发雷霆，从我身边挤了过去，“与吸血鬼结合所受到的限制和因为巫师的魔咒受到的限制没有差别。你现在是生平第一次按照自己的想法生活，却准备用新的约束代替旧的约束。但是，我对你的限制不是童话故事中的那些魔法，即使有一天你会因这限制而痛苦，也没有什么魔咒可以消除这种限制。”

“我是你的爱人，不是囚犯。”

“我是只吸血鬼，不是温血人。想要结合的本能是原始的，也很难控制。结合之后，我的全部生命都会以你为中心。没有人应该承受那么残酷的专注，尤其不该是我爱的女人。”

“所以，我要么不跟你一起生活，要么就被你锁进塔里。”我摇摇头，“你说这话是因为恐惧，而不是出于理性。你害怕失去我，和菲利普在一起让情况变得更糟。把我赶走不会减轻你的痛苦，但把话说清楚可能会有所帮助。”

“既然我现在和父亲重逢了，那伤口就裂开流血了，是不是我伤愈的速度没有你希望的那么快呢？”冷酷无情又回到了马修的语气中，让我不寒而栗。他的脸上闪过一丝懊悔，但很快又坚硬起来。

“你宁愿去任何地方，也不想在这里。这我知道，马修。但汉考克说得对：在伦敦或巴黎那样的地方，我是待不长的，尽管在那里可能会找到一个愿意帮我的女巫。其他的女人会一下子看出我的不同之处，她们也不会像沃尔特或雷利那样宽容。过不了几天，我就会被送到当局——或者圣会那里。”

马修犀利的目光让我体会到成为吸血鬼独一无二的关注对象会是什么感觉，这加重了他警告的分量。“其他女巫是不会注意到的。”他固执地说着，松开我的胳膊，转过身去，“而且，我能对付圣会。”

我和马修相隔不过几英尺，但感觉距离不断扩大，直到我们好像分处世界的两头。孤独，我的老伙伴，现在感觉不再像是朋友了。

“马修，我们不能这样下去。我没有家人，也没有住处，要完全依赖于你。”我接着说道。对于过去，历史学家们有些观点是对的，包括把身为女性、没有人脉、没有钱都视为结构上的弱点。“我们必须留在塞图尔城堡，直到我可以走进一个房间而不引来任何好奇的目光。我必须要能独立生活。就先从这个开始吧。”我举起这座城堡的钥匙说道。

“你想玩过家家？”他怀疑地问道。

“我不是在过家家。我是来真的。”马修听到我的话，嘴唇咧了一下，但那只是个假笑。“去吧，去跟你的父亲待着吧，我会很忙，没时间想你的。”

马修去了马厩，没有吻我，也没有道别。他没有像以往那样安慰我，让我有一种莫名的不知所措。他的气味消失后，我轻声呼唤阿兰，他和皮埃尔立刻出现，速度快得可疑。他们俩肯定一字不落地听完了刚才的对话。

“凝视窗外并不能隐藏你的想法，皮埃尔。这是你家主人少数会露出的底牌，而且他每次这样做的时候，我就知道他在遮掩着一些东西。”

“底牌？”皮埃尔看着我，大惑不解。纸牌游戏这时候还没有发明。

“一种内心活动的外在表现。每当马修感到焦虑，或者有话不愿意告诉我，就会向一边看去。当他不知所措的时候，就会用手梳理头发。

这些就是底牌。”

“夫人，他确实如此。”皮埃尔看着我，肃然起敬，“你用女巫的卜算法力窥视老爷的灵魂，他知道吗？克莱蒙夫人知道老爷这些习惯，他的兄弟和父亲也都很清楚。但是，你却能在这么短暂的时间里就了解他了，还了解得这么多。”

阿兰咳嗽了一声。

皮埃尔显得非常恐惧。“我忘了自己的身份，夫人。请您原谅。”

“好奇是一种福气，皮埃尔。不过，我是用观察的方法去了解我的丈夫，而不是什么卜算巫术。”没有道理不在奥弗涅这个地方种下一些科学革命的种子。“我觉得，在图书室谈论事情会更加舒适的。”我指着一个方向，希望没有指错。

存放克莱蒙家族大部分图书的那个房间，最能代表我在16世纪的塞图尔城堡拥有的主场优势。我一旦沉浸在纸张、皮草和石头的气味之中，寂寞就会少几分。这是一个我熟悉的世界。

“我们要做的事情有很多。”我转向这个家仆，轻轻说道，“首先，我想请你们两个先答应我一件事。”

“要发誓吗，夫人？”阿兰满腹狐疑地看着我。

我点点头，“如果我要求的事情需要老爷的帮助，或者更重要的，需要他父亲的帮助，就请告诉我，我们会立即改用别的方式。他们没必要操心我们的小问题。”这两人显得很警惕，但又很好奇。

“好。[①]”阿兰点头同意。

尽管开始很顺利，但我们的第一场小组会议进展还是很崎岖。皮埃尔在我面前坚决不坐，而阿兰则非要我先坐下来，他才肯坐下。但

① 原文是欧西坦语 Òc。

是我们又不能这么坐着不动，因为我对自己在塞图尔城堡要尽的责任越来越焦虑。于是，我们三个人就绕着图书室转了一圈又一圈。转的过程中，我挑出那些要搬进路易莎房间里的书，一口气说出许多必需品，还命令他们把我那件路上穿的衣服送到裁缝那里做样式，缝制一些基本的衣装。我准备再穿两天路易莎·克莱蒙的衣服。之后，我还威胁说，要到皮埃尔的衣柜里去拿他的短裤和紧身长裤。看到我是如此无礼的一个女人，他们的心中显然充满了恐惧。

我们在接下来的两个小时里讨论城堡内部的运行。要管理这么复杂的一个大家庭，我没有一点经验，但我知道该问什么问题。阿兰向我一一详述了主要人员的名字和工作内容，简单介绍了村里的领头人物，还讲到了目前住在每户里的人，并估计我们在接下来的几周里要拜访的人。

然后，我们把阵地转移到厨房。在那里，我第一次和元帅见面。他是个人类，又瘦又高，像一根芦苇，但没有高过皮埃尔。他像大力水手一样，所有的肌肉都集中在前臂上，那前臂像火腿一样粗壮。当他把一个巨大的面团举起来放到面粉上，再揉搓光滑时，长成这样的胳膊的原因就很明显了。元帅跟我一样，只有在动起来的时候，才能够思考。

传言已经在用人中传开，说那个温血的客人住在城堡主人旁边的一个房间里。也有人在根据我的气味及饮食习惯，猜测我与老爷的关系，以及我是哪类生物。当我们走进地狱般热火喧天的厨房时，我听到了 sorciere 和 masca 这两个词——它们在法语和欧西坦语中，就是女巫的意思。元帅把厨房人员都集中起来，他们人数众多，编制就像拜占庭的官僚体系一样复杂。这是他们第一手研究我的机会。他们有些是吸血鬼，有些是人类，还有一个是精灵。我在心里特地留意那个名叫卡特里内的年轻姑娘，她扫视我脸颊的目光中带有明显的好奇。

我提醒自己要善待、照顾她，直到自己更加了解她的优点和弱点为止。

我已经决定仅仅在必要时才说英语，尽管对象只有跟马修、他的父亲、阿兰和皮埃尔。因此，当我与元帅及其同伴交流时，产生了一堆误会。幸运的是，当我说的法语和他们口音浓重的欧西坦语打结的时候，阿兰和皮埃尔会轻轻解开。我曾经非常擅长模仿，现在是重新发挥那些才能的时候了。我仔细聆听当地方言的高低转折。我还把几种字典的名字写在购物单上，让人下次去附近的里昂城时带着。

我夸赞元帅的烘焙技术很高明，表扬他把厨房管理得井井有条，还对他说，在施展他的魔法般的烹饪技艺时，不管需要任何东西，都可以告诉我。之后，他就对我很亲切。不过，当我问起马修最喜欢喝什么、吃什么的时候，我们之间的友谊才算得以确立。他变得活跃起来，在空中挥舞着沾满面糊的双手，滔滔不绝地讲着**老爷**怎么会如此骨瘦如柴。他把这都怪罪到英格兰人头上，还说他们的厨艺非常糟糕。

“我不是已经把查尔斯派去照顾他了吗？”元帅用欧西坦语快速地问着，把面团举起来，啪的一声再摔下来。皮埃尔尽可能快地低声翻译出来。“我失去了最好的助手，但英格兰人根本不当一回事！**老爷**的胃很娇贵，必须要哄他吃东西，否则他就会开始变瘦的。”

我代表英格兰人向他道歉，问他如何才能让马修恢复原来健康的状态，尽管让丈夫变得更加强壮这个想法让我吃惊。“他喜欢吃生鱼和鹿肉，不是吗？”

“**老爷**需要的是血，而且只喝用特定方法准备的血。”

元帅领我来到了猎物室，几具动物的尸体悬挂在银质水槽上方，血液从动物割开的脖子上滴落下来。

“只能用银杯子、玻璃器皿或陶器来采集血液，否则他不会喝的。”元帅竖起一根手指说。

“为什么？”我问。

“其他的容器会污染血，掺进不好的气味和味道。这个很纯，来闻一闻。”元帅把杯子递给我说道。我一闻到金属的气味，胃就翻腾起来，于是赶紧捂住嘴和鼻子。阿兰示意把血拿走，但我用目光拦住了他。

“请继续说，元帅。”

元帅赞许地看了我一眼，开始讲马修喜欢吃的其他美食。他告诉我马修爱喝加了葡萄酒和香料的牛肉冷汤。倘若是少量的山鹑血，而且是在一天中不太早的时候，他也爱喝。克莱蒙夫人不太挑食，元帅伤感地摇摇头说，但她没有把好胃口遗传给儿子。

“是啊。”我想起跟伊莎波一起打猎的情景，紧张地说。

元帅把一个指尖放进银杯子里，然后举了起来，指尖在光线下闪着红光，随后他把指尖放进嘴巴，让那血液在舌头上滚动。“当然了，雄鹿血才是他的最爱，它没有人血浓郁，但味道相似。”

“让我试一下可以吗？”我把小拇指伸向杯子，迟疑地问道。鹿肉让我反胃，也许鹿血会有所不同。

“**老爷**不会高兴的，克莱蒙夫人。”阿兰的语气带有明显的担心。

“但他现在不在这里。”我说。我把小拇指尖插进杯子。那血液很稠密，然后我像元帅那样，把指头放到鼻子下嗅了嗅。马修能嗅到什么气味？他能尝到什么口味呢？

指头一通过双唇，各种信息如洪水一样在感官中泛滥：陡峭山峰上呼呼刮着的寒风，落叶在两树之间的洼地上堆成一张舒适的床，还有那自由奔跑的喜悦。而伴随这一切的是连续不断的、雷鸣一般的跳动声。**脉搏，心跳**。

我对这头鹿的生命体验很快就消失了。渴望了解更多的强烈欲望让我再度把指头伸出去，但阿兰用手拦住了我。对信息的强烈渴望吞噬着我，不过随着我嘴里最后一点血液的消失，渴望也变弱了。

“**夫人**现在该回图书室了吧。”阿兰警告地看了厨师一眼，建议道。

我们走出厨房时，我吩咐元帅在马修和菲利普骑马回来后要做的事情。当我们穿过一个石头长廊时，我看到了一扇敞开着的矮门，就突然停了下来。皮埃尔差一点撞到我身上。

“这是谁的房间？”我问。我一闻见椽子上挂着的药草发出的气味，就赶紧屏住呼吸。

“这房间属于克莱蒙夫人的女仆。”阿兰解释道。

“玛尔特。”我低声说着，迈过门槛。陶罐在架子上一排排地摆得很整齐，地面扫得也很干净。空气中有股浓浓的药味——薄荷？它让我想起了管家身上偶尔散发出来的气味。我转过身来，看到他们三个人正挡在门口。

“这里不允许男人进来，**夫人**，”皮埃尔说。他扭头看了看，好像很害怕玛尔特随时会出现。“只有路易莎小姐和玛尔特才能进这个蒸馏室，甚至克莱蒙夫人都不来打扰这个地方。”

伊莎波是不赞成玛尔特用草药治病的——这一点我知道。玛尔特不是女巫，但她调配的很多药方跟萨拉的秘方也差不了多少。我扫视这个房间。厨房里可做的事情，远不止烹饪。可以在16世纪学到的不只是管理家务以及我自己的魔法，还有很多很多。

“我想在塞图尔城堡期间使用这个蒸馏室。”

阿兰严厉地看着我：“使用？”

我点点头。“用来试验炼金术。请派人送来两桶葡萄酒供我使用——酒的年份要尽可能久远，但还没有变成醋。请让我单独在这里待几分钟，我想检查一下这里的存货。”

这个突发情况让皮埃尔和阿兰紧张地不断在双脚之间挪动。元帅看到我很坚决，其他人却迟疑不决。他权衡之后，就采取主动，把那两个人往厨房推去。

皮埃尔的抱怨声渐渐远去后，我开始打量周围环境。我面前有一张布满刀痕的木桌，是数百把刀削下茎上的叶子累积的效果。我触摸其中一条刀痕，然后把手指凑到鼻子下面。

迷迭香。有助记忆。

“**记得吗？**”我听见彼得•诺克斯的声音，那个现代巫师曾经用我父母的死来嘲弄我，还想把《阿什莫尔 782 号》据为己有。过去与现在再一次碰撞在一起，我偷偷地瞅了一眼火炉旁的角落。如我预期的那样，那些蓝色和琥珀色的丝线果然就在那里。我还感觉到别的东西，其他时代的其他生物。我伸出散发着迷迭香气味的手指去碰触，但已为时太晚。不管那是谁，都已经消失不见了。那个角落又恢复满是尘埃的正常状态。

记住。

现在，我的记忆中回响的是玛尔特的声音，叫出那些草药的名字，教我如何每样草药都撮一点，然后做成茶。它可以预防受孕，虽然我第一次喝这种热饮的时候，还不知道它有这种作用。它的制作成分肯定就在这里，在玛尔特的蒸馏室里。

最高层的架子上有一只朴素的木盒，安全地搁在人够不到的地方。我踮起脚尖，举起胳膊，把意念对准那只木盒，就像我以前在博德利图书馆把书从书架上唤走一样。木盒很听话地向前滑动，碰到我的手指，停了下来。我接住它，轻轻地放在桌子上。

打开盒盖，里面有十二个同等大小的格子，每个格子里装着不同的东西。**欧芹、姜、小白菊、迷迭香、鼠尾草、野胡萝卜籽、艾蒿、薄荷、白芷、芸香、艾菊、刺柏根**。玛尔特帮助村里的女人抑制生育力，装备很齐全。我挨个儿地摸了一遍，很高兴我还记得它们的名字和气味。但我的得意很快变为羞愧，因为我除此之外，一无所知——不知道它们该在哪种月相采集，也不知道它们可能还有别的什么魔法效用。

萨拉应该知道，任何一个16世纪的女人也知道。

我摇头甩掉羞愧。因为现在我知道，如果把那些草药浸泡在热水或者酒里，它们会起到什么样的作用。我把木盒夹在腋下，去厨房找其他人。阿兰站在原地。

“您这里的事儿完了吗，夫人？”

“完了，阿兰。谢谢你[1]，元帅。”我说。

我回到图书室，小心翼翼地把木盒放在桌子一角，然后拿来一张白纸。我坐下来，从笔架上拿起一支鹅毛笔。

“元帅告诉我，星期六那天就是12月了。我不想在厨房里说起这件事，但有谁能给我解释一下我把11月的后半段弄到哪里去了呢？”我把笔蘸进一罐黑黑的墨水里，满怀期待地看着阿兰。

“英格兰人拒绝使用教皇的新历法。”他说得很慢，就好像在对一个孩子说话似的。“所以那里现在是11月17日，但在法国这里是11月27日。”

我的时光穿越跨过了四百多年，一个小时都没失去，但从伊丽莎白时期的英格兰来到饱受战火肆虐的法国，却用掉了几乎三周的时间，而不是十天。我忍住一声叹息，在纸页的最上端写下正确的日期，然后停笔。

“这就是说，基督降临节[2]将从周日开始。”

“是的。村民——当然还有老爷——会进行斋戒，一直到平安夜才会结束。全家会在12月17日跟领主一起开斋。”吸血鬼怎么斋戒呢？我掌握的基督教庆典方面的知识完全帮不上忙。

---

① 原文为加泰罗尼亚语 Mercés。

② 基督教的重要节日，自圣诞节前第四个星期的星期日起，至圣诞节止。

“17 日那天会有什么事发生？”我问，同时也写下那个日期。

“**夫人**，那一天是农神节[1]。”皮埃尔说，“是纪念丰收之神的，菲利普**先生**还遵循旧风俗。”

用“古老”这个词才更为准确，因为自罗马帝国末期以来就没有人庆祝农神节了。我捏了捏鼻梁，觉得头昏脑胀。“我们从头说吧，阿兰。这个周末，这个家里到底会有什么事情发生？”

经过三十分钟的讨论，又写了三页纸之后，屋里才只剩下我自己，对着书和纸，脑袋发痛。不知过了多久，我听到大厅里一阵骚动，接着又传来一阵大笑。一个熟悉的声音在大声地打着招呼。不知为何，这声音比我所知道的那个声音更加低沉、更加温暖。

马修。

我还没来得及收起纸张，他就进来了。

“你究竟有没有注意到我出去了呢？”马修满面红光。他抓住我的脖子吻我嘴唇的时候，用手指拉松了一缕卷发。他的舌头上没有血，只有风和户外的味道。马修骑了马，却没有进食。“**我的心肝儿，我**为之前发生的事向你道歉。”他在我的耳边喃喃说道，“请原谅我那糟糕的行为。”骑马让他的精神好了许多，而且他第一次用自然而不勉强的态度面对他的父亲。

“黛安娜。”菲利普说着，从他儿子身后走了出来。他伸手去拿离他最近的那本书，然后拿到火炉边，翻阅起来，“你在读《**法兰克人史**》——我想这已经不是第一遍了吧。如果这本书是作者格雷戈里在他母亲的监督下写成的，它肯定会更加有趣。阿门塔的拉丁语最是优美，收到她的来信总让人非常开心。”

---

① 古罗马祭祀农神的节日，一般在每年的 12 月 17 日至 12 月 24 日之间举行。

② 法国中西部城市。

我从没有读过图尔[②]的圣格雷戈里写的著名的法国历史书籍，但菲利普没有必要知道这个。

“马修和他在图尔一起上学的时候，你们那个有名的格雷戈里还只是个十二岁的孩子。马修比老师还要大得多，更不用说其他学生了。当他们一起玩耍的时候，马修还让男孩子们像骑马那样骑在他身上。”菲利普翻着那些书页，“有关巨人的那部分在哪里呢？那是我最喜欢看的。”

阿兰进来了，他用托盘端着两只银杯，然后放在炉火边的那张桌子上。

“**阿兰，谢谢你**。”我指着那个托盘说，“你们两位肯定饿了，元帅把你们的饭送到这里了。为什么不给我说说你们上午都做了些什么呢？”

“我没必要——”马修开口说话。我和他父亲都发出恼怒的声音。菲利普轻轻点头，示意我先说。

“是的，你必须喝下去。”我说，“这是山鹑血，这个时间你应该能喝得下的。不过，我希望你明天去打猎，星期六也去。如果你想在接下来的四个星期里进行斋戒，就必须趁着还能进食的时候吃点东西。”我对阿兰表示感谢，他鞠个躬，飞快朝他的主人偷看一眼，然后快步离开。“你那份是雄鹿血，菲利普，是今天上午才弄好的。”

“你对山鹑血和斋戒了解多少？”马修轻轻地拽着我那蓬松的卷发。我抬起头看着我丈夫灰绿色的双眼。

“比昨天了解得多。”我抽出头发，递给他一个杯子。

“我去别的地方吃饭，”菲利普插嘴说，“你们尽管吵吧。”

“我们没有吵。马修必须保持健康。你们去哪骑马了？”我端起那杯雄鹿血，递向菲利普。

菲利普的目光从那只银杯转到他儿子的脸上，然后又转向我。他向我粲然一笑，带着不容误解的赞许表情。他接过我递过来的杯子，然后举杯致意。

“谢谢你，黛安娜。”他的声音充满友善。

当马修描述早上活动的时候，菲利普那双超自然的眼睛一直看着我。当菲利普把目光转向他的儿子时，我有一种春天回暖时的感觉。我禁不住地看向他，想知道是否可能看出他现在的想法。我们的目光撞到一起，目光里的警告意味再清楚不过了。

菲利普·克莱蒙在盘算着什么。

“你喜欢厨房吗？”马修把话题转到我身上。

“很有意思。”我挑衅般地迎上菲利普的机警目光，“绝对是很有意思。”

10

菲利普可能是非常迷人，但也非常令人恼火，还让人难以理解——正如马修说过的那样。

第二天早上，我和马修正在大厅，我的公公突然出现，似乎是从稀薄的空气中现身，怪不得人类总是认为吸血鬼能变成蝙蝠。我拿起一块蘸了半熟蒸蛋金色蛋黄汁的吐司面包。

“早上好，菲利普。”

“黛安娜。”菲利普点点头，“来吧，马修，你一定得吃东西。既然你不愿当着你妻子的面进食，那我们就去打猎。”

马修犹豫不定，不安地看看我，又移开目光。“或许明天吧。”

菲利普低声嘟哝着什么，摇了摇头。“你一定要照顾好自己，**马提欧斯**。一个饥饿难耐、精疲力竭的吸血鬼对任何人来说都不是个理想的伴侣，对温血女巫就更不用说了。”

两个人走进了大厅，他们跺着脚，震掉靴子上面的雪。冬天寒冷的空气从四面八方涌向木屏风，穿过雕花的缝隙。马修满怀渴望地看向门口。在冰冻的原野上追逐雄鹿不仅能喂养他的身体，还会净化他的心灵。而且，如果以昨天为准，他回来的时候，心情将会好很多。

“别担心我，我有好多事要做呢。”我拉起他的手轻轻捏了捏，让他放心。

早餐后，我和元帅商量了一下周六基督降临节前的宴会菜单。之后，我跟村里的男女裁缝讨论我需要穿的服装。凭我的法语水平，我担心自己会订购到马戏团的帐篷。临近中午的时候，我急需呼吸一下新鲜空气，于是说服阿兰带我去院里的作坊里转一转。城堡居民所需要的一切，从蜡烛到饮用水，几乎都可以在这里找到。我努力记住铁匠冶炼金属的每一个细节，因为我知道，在回归历史学家的正常生活后，这种知识会非常有用。

除了在铁匠铺花的那一小时之外，到目前为止，我这一天过得就和这个时代的典型的贵妇一样。我的目标就是要融进这里的生活，现在我觉得自己在这方面取得了很大进展，于是就花了几个小时开心地读书和练习书法。当我听到乐师们在为长达一个月的斋戒前的最后宴会进行准备的时候，就让他们给我上了一节舞蹈课。后来，我犒赏了一下自己，跑到蒸馏室里冒险，在精美的双层加热锅、铜质蒸馏器和一小桶陈年葡萄酒中开心地忙来忙去。从厨房里借来的两个年轻仆人用一对皮风箱，让还在发光的余烬重新燃烧起来。托马斯和艾蒂安一压风箱，它就发出轻轻的叹息。

身处过去给我提供了一个绝佳的机会，可以把理论付诸实践。我把玛尔特的设备检查了一遍后，制订了一个制作酒精的计划，酒精是用在炼金术程序中的基本物质。但不久我就开始骂人了。

“这永远也不会凝结。”我看着水蒸气从蒸馏器里冒出来，怒气冲冲地说。那两个厨房里的仆人不会说英语，当我在查阅一本从图书室里拿来的大部头时，他们发出同情的声音。那些书架上放着各种有趣的书卷，其中肯定会有一本可以说明修补裂缝的方法。

“夫人？”阿兰在门口轻轻喊道。

“什么事？”我转过身来，在宽松式亚麻衬衣的褶子上擦了擦手。

阿兰打量着房间，惊得目瞪口呆。我的黑色无袖袍子扔在附近一把椅子的靠背上，厚重的天鹅绒套袖搭在一个铜锅的锅沿上，还有我的胸衣从天花板上垂下来，挂在旁边的一个锅钩上。尽管按照16世纪的标准，这基本上算是赤身裸体，但我还穿着紧身胸衣、一件高领长袖的亚麻宽松衬衣、几条衬裙，以及一件肥大的裙子——比我通常授课时穿的衣服要多得多。不过我仍然自觉赤裸，于是扬起了下巴，挑衅地看阿兰敢说什么。他很明智地看向一边。

“元帅不知道今天的晚餐该做什么。”阿兰说。

我皱皱眉头，元帅一直都知道该做什么的。

“全家人又饿又渴，但如果你不在，他们就不能坐下吃饭。只要有一个家庭成员在塞图尔城堡，那个人就必须主持晚餐。这是传统。”

卡特里内拿着毛巾和水盆进来了，我把手指放进散发着薰衣草香味的温水里。

“他们等多长时间了？”我从卡特里内的胳膊上拿过毛巾。满大厅饥饿的温血动物和同样饥肠辘辘的吸血鬼是不可能保持理智的。我刚刚建立的管理克莱蒙家事务的信心又慢慢消失了。

“一个多小时了。他们会接着等，一直等到村里捎来罗歇要打烊的消息。罗歇开了一家酒馆。天气非常寒冷，而且离早饭还有好几个小时。菲利普**先生**让我认为……”他声音越来越低，最后陷入歉意的沉默。

“**快**。[①]”我说着，指向那些乱放的衣服。“你必须帮我穿好衣服，卡特里内。”

“**当然**。[②]”卡特里内说着，把水盆放下来，走向我挂起来的那件胸衣。上面的那一大块墨迹终结了我想穿着体面的希望。

我一走进大厅，长凳上将近四十个生物同时起身，长凳与石地板

---

① 原文为法语 Vite。
② 原文为法语 Bien sûr。

摩擦而发出了刺耳的声音，仿佛是在责备我。他们一坐下来，就津津有味地大嚼这顿延误的晚餐来，而我只撕下一条鸡腿，对其他食物统统挥手谢绝。

在过了似乎永无止境的一段时间后，马修和他的父亲回来了。“黛安娜！”马修绕过木屏风，看我坐在餐桌的上位，非常困惑。“我还以为你会在楼上或者图书室呢。”

“考虑到元帅花了那么大的功夫才做好这顿晚餐，我觉得坐在这里才比较有礼貌。”我看向菲利普，“打猎打得怎样，菲利普？”

“够用了，但动物的血液就只有那么一点营养。”他向阿兰招手示意，冰冷的目光在我那高高的衣领上打转。

“够了。”马修的声音尽管很低，但明显带着警告的语气。很多脑袋都扭过来看着他。“黛安娜，我们不在家的时候，你应该让他们开始吃饭的。我现在带你上楼去。”那些脑袋又扭回来看着我，等着我的回答。

“我还没有吃完。”我指着我的盘子说，“其他人也没有吃完。坐到我身边来，喝点酒吧。”马修或许在外表和本质上都是一位文艺复兴时期的王子，但我可不会听到他一打响指，就跑过去。

马修坐到我旁边，我强迫自己吞下一些鸡肉。当这种紧张气氛再也无法承受的时候，我站了起来。人们再一次站起来，那些凳子又摩擦着石地板发出了刺耳的声音。

“这么快就吃完了？”菲利普吃惊地问道，“那就晚安吧，黛安娜。马修，你要马上回来。好奇怪，我现在很想下棋。

马修没有理会他的父亲，而是伸出一只胳膊。在我们穿过大厅、走向楼上房间的过程中，我俩没有说一句话。到我门口时，马修终于控制好自己，冒险开口。

“菲利普把你当成了一个管家，真是令人无法忍受。”

“你父亲只是把我当作这个时代的女子看待。我应付得了，马修。”我停下来，鼓起勇气，“你最后一次从两脚生物身上进食是什么时候？”我们离开麦迪逊之前，我强迫他吸我的血，他在加拿大也喝过一些不知名的人类的血液。在那之前的几个星期里，他在牛津杀死了吉莉恩·张伯伦，也许也喝过她的血。我认为在这几个月里，除了动物的血，没有其他血液流过他的嘴唇。

“你为什么这样问？”马修的语气很严厉。

“菲利普说，你不像你该有的那么强壮。”我紧紧地拉住他的手，“如果你需要进食，不要喝陌生人的血。我想让你喝我的。”

马修还没来得及回答，一阵咯咯的笑声从楼梯传了过来。“小心点，黛安娜，我们**食血族人**的耳朵是很灵的。你要是在这栋房子里让人喝你的血，就别想让那些狼按兵不动了。”菲利普站在那里，双臂撑在雕花石拱门的两边。

马修转过头，怒气冲冲。“走开，菲利普。”

“这个女巫太鲁莽了，我有责任约束她的冲动，否则她会毁了我们的。”

“这女巫是我的。”马修冷冷地说道。

“还不是。”菲利普说着，遗憾地摇了摇头，走下楼梯。“可能永远不会是。”

这次事件后，马修变得更加警戒、更加冷漠了。到了第二天，马修对他父亲还是很生气，但他没有把气出在真正惹火他的人，而是撒到了其他每个人身上：我、阿兰、皮埃尔、元帅以及碰到他的任何一个倒霉人。全家都因为这个宴会而处于高度焦虑的状态中，菲利普对儿子的恶劣行为忍受了几个小时后，让儿子自己选择，要么睡一觉消除糟糕的心情，要么就喝点血。马修哪个都没选，而是跑去克莱蒙家族的档案室，寻找有关《阿什莫尔 782 号》目前下落的线索。我恢复自由，就回到了厨房。

菲利普在玛尔特的房间里找到了我，我正趴在故障的蒸馏器前面，高高卷起袖子，房间里满是蒸汽。

“马修有没有从你身上喝血？”他突然问道，眼睛在我的前臂上看来看去。

我举起左胳膊，作为回答。那柔软的亚麻袖子落到我的肩膀周围，露出我胳膊肘内侧上锯齿状的粉红色疤痕。我曾经在那里切割出很深的伤口，好让马修轻松畅饮我的血液。

“还有别的地方吗？”菲利普望着我的身体。

我用另一只手让脖子露出来，那里的伤口更深，但因为是吸血鬼咬出来的，所以要整齐得多。

“你真是太傻了，竟然让一个昏了头的食血族人吸血，不光从胳膊上吸，还从脖子上吸。”菲利普震惊地说，“圣约禁止食血族人吸食女巫或精灵身上的血。马修是知道的。”

“他当时快要死了，只有我的血可以吸！”我恶狠狠地说，“如果你听了感觉能好些，是我强迫他喝的。”

“原来如此。毫无疑问，我儿子说服自己相信，如果他只喝你的血，不占有你的身体，就能让你离开。”菲利普摇摇头，“他错了，我一直在观察他。你永远摆脱不了马修，无论他和你上没上床。”

“马修知道我是永远不会离开他的。”

“你当然不会离开他。将来有一天，你在地上的生命会走到尽头，会走完最后的旅途而进入地下世界。到时候，马修宁愿随你而亡，也不愿独自悲伤。”菲利普的话道出了真相。

马修的母亲曾经给我讲过把他变为吸血鬼的过程：他在帮忙给村

里的教堂铺石头时，是如何从脚手架上摔落下来的。甚至在我第一次听到这个故事的时候，我都会怀疑，因为失去妻子布兰卡和儿子卢卡产生的绝望会不会驱使马修自杀。

“马修是个基督徒，真是太可惜了，他那位上帝从来都不会满足。”

“怎么说？”话题突然变了，让我感觉非常困惑。

“你或我做错了事，我们会跟众神和解，然后再接着生活，希望未来会更好。伊莎波的儿子却一再悔罪，一再求赎——为他的生命求赎，为他吸血鬼的身份求赎，为他做过的事求赎。他总是回首过去，而且没完没了。”

“那是因为马修是一个有着坚定信仰的人，菲利普。”马修的人生有一个信仰核心，这个核心影响了他对科学和死亡的态度。

“马修？”菲利普听上去不信，“他是我认识的最没有信仰的人。他拥有的只不过是信念，那和信仰是不一样的，而且依靠头脑，而不是心灵。马修向来头脑机敏，能够应付诸如上帝之类的抽象概念。正因如此，马修在伊莎波让他成为我们家族的成员之后，他才接受了自己的改变。这件事对每个食血族人的意义都不一样。我的儿子们选择了其他方式——战争、爱情、配偶、征服，获得财富。马修总是选择观念。”

“现在还是那样。”我轻轻说道。

“但是，观念很少强大到能为勇气提供基础，还要对未来满怀希望。”他的表情变得若有所思，“你对自己丈夫的了解还不够。”

“没有你了解得多。我们是一对吸血鬼和女巫，尽管被禁止相爱，但还是相爱着。圣约禁止我们公开示爱，也不允许我们月下漫步。”我越说越激动，“走出这个院墙之外，我不能拉他的手、抚摸他的脸，因为我担心会有人看到，他会受到惩罚。”

“马修中午去了村里的教堂，你还以为他是在帮你找那本书，其实他今天就只去了那里。”菲利普这句话莫名其妙，跟我们的对话没有联系，“哪天你可以跟踪他，也许到那个时候，你才会更加了解他。”

周一上午十一点，我去了那个教堂，希望那里空无一人。但是，马修就在那里，跟菲利普说的一样。

他不可能听不见我进来后沉重的大门关闭的声音，也不可能听不到我走过地板时响起的脚步声，但他没有转身，而是依然跪在圣坛右侧。虽然天气很寒冷，但马修只穿了一件单薄的亚麻衬衣，以及马裤、长袜和鞋子。单单看着他，我就感觉冻僵了。我把披风裹得更紧了。

“你父亲告诉我，我可以在这里找到你。”我的声音在空中回荡。

这是我第一次来这个教堂，我好奇地看了看四周。跟法国这个地区的很多宗教建筑物一样，圣吕西安礼拜堂在 1590 年就已经非常古老了。它线条简单，迥异于那些直上云霄、有着花边石雕的哥特式教堂。半圆形的后殿和正厅之间隔着一个宽大拱门，拱门周围装饰着色彩鲜艳的壁画，高窗之下、回廊之上的石饰带也绘有壁画。大多数窗户都敞开着，什么都没有装，任由风雨侵蚀，只有最靠近大门的窗户上简单装了一些玻璃。上面的尖顶纵横交叉着结实的木梁，显示出木匠和泥瓦匠高超的技艺。

我第一次去旧馆的时候，就觉得马修家的房子让我想到他本人。他的个性特点在这里也很明显，体现在这座教堂屋梁嵌合的几何细节以及柱子之间配置得当的空间。

“这是你盖的。”

“一部分是。”马修抬头看着弧形的后殿，那里有基督坐在宝座上的画像。基督一只手举着，随时准备伸张正义。“正厅的大部分。在我……离开的期间，后殿完工了。”

一个男圣徒沉静的面孔从马修右边肩膀的上方严肃地看着我，他手里握着一个木匠用的直角尺和一枝茎秆很长的白百合花。他是约瑟，什么问题都没有问，就把一个怀孕的处女娶为老婆。

“我们得谈谈，马修。”我又一次打量着教堂，“也许我们应该回城堡里谈，这里没有坐的地方。”我从来都不觉得长木椅有什么诱人之处，直到我走进了一个没有长木椅的教堂。

“教堂不是为了舒适而建。”马修说。

“确实，但让信徒难受也不是它唯一的目的。”我在壁画中搜寻。如果信仰和希望像菲利普说的那样紧密地交织在一起，那么这里也许会有什么东西能让马修的心情开朗起来。

我发现了诺亚和他的方舟。一场全球性的大灾难和险些发生的全物种灭绝不会有所帮助。一个圣徒勇敢地杀死了一条龙，但这种行为和狩猎太过接近，让我感觉不适。教堂入口处的壁画是末日审判的场景，上面一排排的天使们吹着金色的喇叭，翅膀尖掠过地板，但下面的地狱图像——这样的布置让人在离开的时候能看到那些被罚入地狱的灵魂——却让人毛骨悚然。拉撒路复活是不会让吸血鬼感到一点安慰的，圣母玛利亚也帮不上什么忙。她站在约瑟的对面，超然脱俗，平静安详，又会让马修想起自己失去的一切。

“它至少很隐秘，菲利普很少来这里。”马修疲倦地说。

“那我们就在这里吧。”我朝他走了几步，开门见山地说道，“你怎么了，马修？最初我以为你回到过去后感觉很震撼，然后是再次见到父亲却要保守他死亡的秘密。”马修依然跪着，头低着，背对着我。“但是，你父亲现在知道他的未来了，所以这一切想必有其他的原因。”

教堂里的空气很沉重，好像我的话把这里的氧气都抽走了。这里没有一点声响，只有塔楼上鸽子发出的咕咕声。

“今天是卢卡的生日。”马修终于说话了。

他的话对我犹如一记重击，让我在他身后跪下来，蔓越橘色的裙子聚拢在我周围。菲利普说得对，我对马修了解的程度还不够。

他举起一只手，指着他和约瑟之间地板上的某一点。“他就埋在那里，跟他的母亲埋在一起。”

石头上没有镌刻任何文字去标明下面安放的长眠者，只有光滑的凹陷，是脚步经常走在台阶上而形成的那种凹陷。马修伸出手指，指头正好可以放进凹陷处，停了一会儿，然后缩回。

“卢卡死的时候，我的一部分也死了，布兰卡也是如此。她的身体又捱了几天，但是她的眼神空洞，灵魂已经飞去。卢卡的名字是菲利普给取的，是希腊语‘明亮’的意思。卢卡在夜里出生，是那样的白皙和苍白。当接生婆在黑暗中抱起他的时候，他的皮肤在火光下闪闪发亮，就像月亮因太阳而发光一样。真奇怪，这么多年过去了，我对那个夜晚还是记忆犹新。”马修喃喃自语，停下来擦了擦眼睛。他的手拿开时，手指一片殷红。

“你是什么时候认识布兰卡的？”

“她来到这个村子的第一个冬天，我用雪球砸她。为了吸引她的注意，我会做任何事。她敏感而淡漠。我们很多人都想与她为伴。春天来临的时候，布兰卡会让我从集市上送她回家。她喜欢浆果。一到夏天，教堂外面的树篱上就长满了浆果。”他仔细地看着手上那些红印。“菲利普一看到我手指上沾的那些果汁，就大笑起来，还预言秋天就会举行婚礼。”

“我觉得他说得对。”

“我们在 10 月结婚了，就在丰收过后。当时，布兰卡已经有两个多月的身孕了。”我们结婚后一直不圆房，马修说可以等，但他却抗拒不了布兰卡的魅力。这远远超出了我对他们之间爱情的了解。

“我们在炎热的 8 月第一次做爱。”他接着说道，“布兰卡总是想着取悦别人。回想起来，我怀疑她小时候受过虐待，不是惩罚——

我们都受过惩罚，而且惩罚的方式是现代父母做梦都想不到的——而是更过分的事情。这摧垮了她的意志。我妻子已经学会了服从任何比她大、比她强壮、比她凶暴的人的任何要求，而我具备这所有的条件。在那个夏天晚上，我要她说好，她就说了。”

“伊莎波告诉我你们俩爱得很深，马修。你没有强迫她做任何违背她意愿的事情。”我想尽我所能地来安慰他，尽管他的往事在深深地刺痛着我。

“布兰卡是没有什么意愿的，直到我们有了卢卡。甚至在那之后，只有当卢卡有危险的时候，或者是我对他发火的时候，她才会表达自己的意愿。她一辈子都渴望保护比她弱小的人，但却经历了一连串她认为的失败。卢卡不是我们的第一个孩子。每经过一次流产，她就变得更加温柔顺从，更受人摆布，更不可能说不了。”

除了梗概大体上一致，伊莎波口中她儿子的早期生活不是这样的。她讲的是一个深深相爱、共渡悲伤的故事，马修讲的却是一个充满悲伤和失落的故事。

我清了清嗓子。“然后，你们有了卢卡。”

“是的，在度过充满死亡的几年后，我给她带来了卢卡。”他沉默下来。

“你做不了什么，马修。那是 6 世纪，瘟疫流行。你救不了他们中的任何一个。”

“我可以让自己不占有她，这样就不会有孩子死去了！”马修大喊，“虽然她不会拒绝我，但是在我们做爱的时候，她的眼神总有些勉强。每一次我都向她保证宝宝会活下来。我愿意放弃任何事情——”

知道马修对已故的妻子和儿子依然深深眷恋，让我伤心。她们的幽灵萦绕在这个地方，也萦绕在他心里。但是，至少我现在明白他回避我的原因了：这么多世纪以来，他一直背负着这种深深的悲伤和罪恶感。也许有一天，我能解开布兰卡对马修的桎梏。我起身向他走去。我的手放在他的肩膀上，他瑟缩了一下。

“还没讲完。”

我僵住了。

“我也试图放弃自己的生命，但上帝不接纳我。”马修抬起头，盯着他前面那块磨损而有沟槽的石头，然后又望向屋顶。

“哦，马修。”

“好几个星期，我都想去跟卢卡和布兰卡团聚，但我担心他们会在天堂，而上帝会因为我的罪孽让我待在地狱。”马修语气平静，“我请教村里的一个女人，她认为我被鬼魂附体了——布兰卡和卢卡因为我的原因才被束缚在这个地方。我在脚手架上朝下看的时候，认为他们的灵魂有可能是困在这块石头下面。如果我摔在上面，上帝也许会别无选择，只能释放他们，要么就让我跟他们待在一起——无论他们去了哪里。”

这是一个处于绝境的男人充满漏洞的逻辑，我认识的那个思路清晰的科学家是不会这样想的。

“我好累。”他疲惫地说，“但上帝不让我长眠，在我做了那种事后就不行。因为我的罪孽，上帝送来一个生物，那个生物把我变成了一个求生不能，求死不能，甚至在梦中都找不到片刻宁静的人。我唯一能做的就是铭记。”

马修再次精疲力竭，而且浑身冰冷。他的皮肤摸起来比我们身边寒冷的空气还要冰冷。萨拉知道一种安抚他的魔咒，但我能做的就是把他抗拒的身体拉进怀里，尽我所能地给他一点温暖。

“从那以后，菲利普就一直瞧不起我。他认为我很懦弱——懦弱得不配娶你这样的一个人。”终于找到了马修感觉自己无用的关键了。

“不。”我粗鲁地说，“你父亲是爱你的。”我们待在塞图尔城堡中的短暂时间里，菲利普已经向他儿子流露了很多感情，其中没有一丝的厌恶。

“勇敢的人是不会自杀的，除非是在战场上。当我刚成为吸血鬼的时候，他对伊莎波这样说。他还说我缺乏成为一个血族的勇气。我父亲一有机会，就把我送到战场上。‘如果你决定结束自己的生命，’他说，‘至少是为了达到某种更加伟大的目的，而不是出于自怜。’我永远都不会忘记他说的这些话。”

希望、信仰、勇气是菲利普简单的人生信条的三元素。马修以为自己只有怀疑、信念和逞强，但我知道并非如此。

“你用这些往事一直折磨自己，已经折磨了这么久，以至于再也看不到真相了。”我转过身对着马修跪了下来，“你知道我看着你的时候，在你身上看到了什么吗？我看到一个和你父亲很像的人。”

“我们所有人都想在自己心爱的人身上看到菲利普的影子，但我一点都不像他。加洛格拉斯的父亲休很像他，如果他还活着，就会——”马修把脸扭向一边，一只手在膝盖上颤颤发抖，还有别的他没有透露的秘密。

“我已经允许你对我隐瞒了一个秘密：目前任职于圣会的克莱蒙家族成员的名字。你不能保留两个秘密。”

“你想让我告诉你我犯下的最深重的罪孽吗？”一段好似无尽头的时间过去了，马修终于愿意吐露，“我夺走了他的生命，他乞求伊莎波来做，但她做不到。”马修转过脸去。

“休？”我低声说道，为他和加洛格拉斯感到心碎。

“菲利普。”

我们之间的最后一道屏障倒塌了。

“纳粹用痛苦和剥夺把他折磨得发疯。要是休还活着，也许能说服菲利普，靠那具残破的身躯，仍然有希望维持某种程度的生活。但是，菲利普说他太累了，不能再战斗了，他想安眠，而我……我知道想闭上眼睛忘掉一切是什么感觉。上帝帮了我，我做了他要求的事情。”

马修现在浑身发抖。我不顾他的反抗，再次把他抱在怀里，知道在回忆的巨浪袭来之时，他需要的是某件东西——某个人。

“伊莎波拒绝了他的请求之后，我们发现菲利普在使劲割自己的手腕。他连刀都拿不稳，无法自我了断。他反复地割着自己，到处都是他的鲜血，但那些伤口非常浅，很快就愈合了。”马修语速很快，终于把那些话都倾吐出来，“菲利普流出的鲜血越多，他就变得越疯狂。在集中营待过后，他看见血就受不了。伊莎波夺过那把刀，说她会帮助他结束生命，但如果那样，妈妈永远都不会原谅她自己的。”

“所以你帮他割腕。”我迎着他的目光。我知道他作为吸血鬼为生存必须要做的事情，我不会因此而离弃他。我也不可能因他作为丈夫、父亲、儿子犯的罪而离弃他。

马修摇摇头。“不是，我把菲利普身上的血喝得一滴不剩，这样他就不用看着自己的生命从体内喷溅出来。”

“但这么一来，你就看见……”我掩饰不住声音里的恐惧。当一只吸血鬼喝另一个生物的血液时，那个生物的记忆会随着血液，以捉摸不定、令人困扰的画面浮现。马修帮助父亲摆脱折磨的同时，也分担了菲利普承受的所有痛苦。

“大多数生物的记忆都像一条稳定的溪流，犹如一条在黑暗中展开的丝带。但是菲利普那次给我的感受，却像是在吞咽玻璃碎片。即便我略过了近期发生的事件，他的记忆还是那么支离破碎，让我几乎进行不下去。”马修颤抖得更厉害了，“我花了很长时间。菲利普那时破碎了、迷失了、吓坏了，但是心依然凶猛。他最后想的全是伊莎波，也只有那些记忆依然完整，依然属于他。”

“没事了。”我紧紧地抱住他，一遍又一遍地低声说着，直到他的四肢终于安定下来。

“你在旧馆那里问过我是谁。我是个杀手，黛安娜。我杀过好几千人。”马修最后说到，声音含糊不清。“但是，我再也不必面对他们任何人了。伊莎波一看见我就想起我父亲的死。现在我必须面对你。”

我捧起他的头，把他移开些，这样我们就可以相互看着对方。马修那张完美的脸庞通常掩盖了时光和经历对他的摧残，但如今都显露出来了，而对我来说，那只能让他显得更加英俊。我终于明白了这个我深爱的男人：他为什么坚决要求我应该面对自己；他为什么不愿杀死朱丽叶，哪怕是为了救他自己；他为什么坚信我一旦真正了解他，就不可能再爱他了。

“我爱你的一切，马修：战士与科学家，杀手兼治疗者，黑暗和光明。”

“你怎么能？”他难以置信地低语道。

“菲利普不能一直那样过下去。你父亲会继续尝试自杀，而且根据你说的一切，他已受尽了痛苦。”我无法想象是多大的痛苦，但我心爱的马修见证了一切，“你的行为完全是出于仁慈。”

“那件事情结束后，我想从此消失，离开塞图尔城堡，再也不回来。”他坦诚道，“但是菲利普让我承诺，要维系家族和骑士团的团结。我还发誓要照顾好伊莎波。所以，我就留在这里，坐在了他的椅子上，幕后操纵他想操纵的政治事务，打完他为之献出生命的那场战争。”

“菲利普是不会把伊莎波的幸福交到他看不起的人手里的，也不会让一个懦夫来掌管拉撒路骑士团。”

“鲍德温指责我对菲利普的遗愿没说实话，他认为骑士团应该交给他来管理。没有人理解我们的父亲把拉撒路骑士团交给我掌管的原因，也许这是他最后的疯狂行为。”

“那是信心。”我柔声说道，把手伸下去，与他的手指交叉在一起，“菲利普相信你，我也相信你。你用这双手建造了这座教堂。这双手非常强大，足以支撑你的儿子和父亲度过他们生命中的最后时刻。现在，它们还有要做的事情。”

高处传来了翅膀扑打的声音，一只鸽子从窗户处飞进来，在裸露的房梁间迷了路。它挣扎着，挣脱后俯冲进教堂。鸽子就落在那块石头上，那块标志着布兰卡和卢卡最终安息之地的石头上，挪动双脚走出一个圆形，最后在我和马修的对面停了下来。它昂起头，用一只蓝色眼睛审视着我们。

这突如其来的侵犯，让马修猛然站起，受惊的鸽子则向后殿另一侧飞去。它拍打着翅膀，在圣女像前慢了下来。当我确信它要撞向那面墙的时候，它却迅速掉转方向，沿着进来的路线飞了出去。

一片长长的白色羽毛从鸽子的翅膀上飘落，随着气流盘旋着，最后落在我们面前的石板上。马修弯腰捡起来，举在面前，一脸的茫然。

“我以前从没有在教堂里看过白鸽。”马修看着后殿的半圆形穹顶，那里画了一只相同的鸟，盘旋在基督的头顶。

“那是复活和希望的征兆。你知道，女巫是相信征兆的。”我合拢他的手，让他紧握着那根羽毛，轻轻地吻了吻他的额头，然后转身离开。也许他讲出了往事，就会找到平静。

“黛安娜？”马修喊道。他站在家人的坟墓边一动不动，“谢谢你倾听我的告白。”

我点点头。“家里见，别忘了那根羽毛。”

他注视着我从折磨和救赎的画面前走过，跨越分隔神域与人间的入口。皮埃尔正等在外面，他一言不发地领我回到了塞图尔城堡。菲利普听到我们走近了，就在大厅里等着。

“你在教堂里找到他了吗？”他悄悄地问。看到他那么健壮豪迈，我的心一沉。马修是怎么承受这一切的呢？

“找到了，你应该告诉我今天是卢卡的生日。”我把披风递给卡特里内。

“我们都已经学会预期，马修每次想起儿子，心情会非常恶劣。你也将学会的。”

“不只是卢卡的事情。”我担心说得太多，赶紧闭上了嘴巴。

“马修也给你说了自己自杀的事。”菲利普用手指梳理着头发，这个动作与他儿子的习惯动作基本上一样，只是更加粗犷。“我理解悲痛，但不理解这种罪过。他什么时候才会忘记过去呢？”

“有些事情永远都不会忘记。”我径直看着菲利普的眼睛，“不管你认为自己有多理解他，如果你爱他，就让他跟自己的魔鬼作战吧。”

“不，他是我儿子，我不会放弃他。”菲利普紧闭嘴巴，转身大步走开了。“我接到里昂传来的消息了，女士。”他回头喊道，“一个女巫很快就会来帮你了，正好像马修希望的那样。”

11

“你从村里回来后，去干草棚见我。”菲利普又恢复了以往令人恼火的习惯：在一眨眼的工夫，忽然出现又消失。现在，他出现在图书室里，站在我们面前。

我从书本上抬起头，皱了皱眉。“干草棚里有什么？”

“干草。”教堂里的倾诉让马修更加不安、更加暴躁了，“我正在给新教皇写信，父亲。阿兰告诉我说，枢机会今天就会宣布可怜的尼科洛当选教皇，尽管他乞求让他免受公职的重担。和西班牙的菲利普与菲利普·克莱蒙的愿望相比，个人的心愿又算得了什么呢？”

菲利普把手伸向他的腰带。从马修那边传来一声响亮的拍掌声。马修双掌夹着一把匕首，刀尖顶着他的胸骨。

“教皇阁下可以等等。”菲利普斟酌着那把武器的位置，“我刚刚应该对准黛安娜的，那样你会移动得更快。”

“请原谅我破坏了你的游戏。”马修愤怒而冷酷，“好久都没有人对我划刀子了，我担心自己已经疏于练习。”

“如果钟声敲响 2 点的时候，你还没有到干草棚，我就会过来找你，到时候我带着的可不只是这把匕首了。”他从马修的手里夺过匕首，吼叫着阿兰的名字，但阿兰就在他的身后。

“除非另行吩咐，否则任何人都不得去下面的草棚。”菲利普说着，猛地把武器放进皮质刀鞘里。

“我已经听得很清楚了，**先生**。”这可能是阿兰说出的最接近责备的一句话了。

“我已经厌倦了跟这么多的男性荷尔蒙生活在一起。无论伊莎波对女巫有什么成见，我都希望她能在这里。而且，如果你要问什么是男性荷尔蒙的话，那就是你了。”我说着，猛地把手指指向菲利普，“而且，你儿子也好不到哪里去。”

“想要女人们的陪伴，是吗？”菲利普捋着胡子，看向马修，显然在盘算还能给他的儿子施加多大的压力。“我以前为什么没有想到？在我们等待黛安娜的女巫从里昂来到这里的期间，我们应该把她送到玛戈[①]那里，让她学习如何做一个正派的法国淑女。”

“玛戈和路易斯在于松做的那些事情比他们在巴黎做的任何事情还要糟糕。那个女人不适合当任何人的典范，更不用说教导我的妻子了。”马修狠狠瞪着他父亲，“除非他们更加小心，否则人们就会知道路易斯精心策划的代价昂贵的暗杀其实是一个骗局。”

“对于一个娶了女巫的人来说，你论断他人激情的速度可真快，**马提欧斯**。路易斯可是你的哥哥。”

上帝保佑！又一个哥哥。

“激情？”马修扬起了眉毛，“你是指与一连串男人和女人上床吗？”

“爱的方式多得数不胜数。玛戈和路易斯的事情不用你操心，路易斯的身上流着伊莎波的血，所以我永远都不会背叛他——你也一样，虽然你多次越界。”菲利普一瞬间就又消失了。

“到底有多少个克莱蒙？还有，为什么都是男人？”当屋里再次安静下来时，我问道。

---

① 玛戈王后，即玛格丽特·德·瓦卢瓦，法王亨利四世的第一任王后。

“因为菲利普的女儿们太恐怖了，以至于我们召开过一次家庭会议，恳求菲利普不要再创造女儿了。斯塔夏只是看一眼墙壁，上面的漆就会脱落，而韦兰则装得非常温顺，至于弗蕾娅……这样说好了，菲利普出于某种原因给她起了一个北欧神话中战争女神的名字。”

“听起来她们都很厉害。”我敷衍地亲了一下他的脸颊，“以后再给我讲她们的事吧。我现在要去厨房，想办法让那口玛尔特称作蒸馏器的大锅不再漏气。”

“我可以帮你看看，实验室的设备我很在行。”马修提议。任何能让他摆脱菲利普和那间神秘干草棚的事情，他都急着去做。我很理解这一点，但他是无法避开他父亲的。菲利普会直接闯入我的蒸馏室去骚扰他。

“这倒没必要。”我离开的时候扭头说道，“一切都在控制之中。”

结果是一切都*不*在控制之中。负责拉风箱的两个八岁男孩让火着了起来，但在那之前的火焰已经冒得很高，在蒸馏器底端留下厚厚的黑色残迹。我在克莱蒙家的一本炼金术图书的空白处做了一些笔记，记录了什么地方有故障、可以如何修理等，同时那两个小助手中更可靠的托马斯把火熄灭了。我不是第一个利用这本书宽大、干净空白的人，之前的记载也非常有用。假以时日，我写下的东西可能也会很有用处。

我另一个当差的助手艾蒂安跑进房间，在伙伴的耳边低声说了什么，收到了一些闪闪发光的东西。

“*又是老爷*。”那个伙计低声回答。

“你们在打什么赌，托马斯？”我问。他们两个茫然地看着我，然后耸耸肩。他们故意装出什么都不知道的样子，让我担心马修的状态。“干草棚。在哪里？”我说着，扯下了围裙。

托马斯和艾蒂安极不情愿地领着我，穿过城堡的前门，走向一个有着尖屋顶的木石结构建筑物。关着的宽阔大门前，有一条斜坡。那两个伙计反而指着另一端靠着的一把梯子，那梯子的横档隐没在充满芳香气味的黑暗之中。

托马斯先爬上了梯子，做了一个噤声的手势，然后用堪比默片演员的丰富表情求我一定要安静。艾蒂安在我往上爬的时候扶着梯子，村里的那个铁匠把我拉上满是灰尘的阁楼。

塞图尔城堡一半的员工对我的出现都感到了好奇，而不是惊讶。我刚才还觉得奇怪，因为前门只有一个值班的卫兵，原来其余的人都在这里，包括卡特里内，她的姐姐热埃娜，大部分厨房人员，那个铁匠以及马夫们。

一种轻微却尖锐刺耳的嚓嚓声吸引了我的注意，这声音与我以前听到的任何声音都不一样。那响亮的哐啷声以及金属相撞发出的叮当声更容易辨识。马修与他父亲已经不再冷言冷语地相互指责，而是发展到兵刃相见了。当菲利普的剑尖刺中马修肩膀的时候，我举起手捂住嘴巴，没有发出惊呼。他们的衬衫上、马裤上和长筒袜上满是道道血痕，很明显他们已经打斗了一段时间，而且绝不是什么优雅的击剑比赛。

阿兰和皮埃尔靠着墙默默地站着，他们周围的地面上插满了各种废弃的武器，看起来就像一个针垫子。克莱蒙家的这两个仆人都很清楚地意识到周围正在发生的事情，也意识到我也来了。他们略抬眼皮，瞄一眼阁楼，然后担心地互望对方。马修对外界浑然不觉。他背对着我，草棚里其他强烈的气味掩盖了我的存在。菲利普面向我，但他似乎不在意，也不在乎。

马修的剑锋直接穿过菲利普的胳膊。菲利普向后退缩，他的儿子低声嘲笑道：“不要认为痛苦对你没有好处。”

“我不应该教你希腊语——或者英语，你的那些知识给我带来了无尽的麻烦。”菲利普泰然自若地回答。他缩起手臂，让剑划出伤口。

两把剑不停地相击、碰撞、飞转。马修的身高稍微有点优势，他的胳膊和腿更长，所以他攻击和击刺的范围也更广。他用的是一把锥形长剑，有时单手执剑，有时双手。剑柄不断在他手中变换位置，格挡来自父亲的进攻。但是菲利普力气更大，用的那把剑单手就可轻易挥动，剑身较短，不时还会发出惩戒的重击。菲利普还拿着一面圆形盾牌，用来挡开马修的攻击。马修之前可能也拿着这样的防卫武器，但是现在却不见了。虽然这两个人在体格上势均力敌，但剑风却大相径庭。菲利普很享受，一边出击，一边不停发表评论。马修则相反，大部分时间都沉默不语，非常专注，听父亲说话的时候连眉毛都不会皱一下，不会泄露自己的真实想法。

“我在想着黛安娜。土地和海洋都制造不出女人那样野蛮而骇人的怪物。”菲利普伤心地说。

马修刺向菲利普，那把剑以惊人的速度带着呼呼的风声，在空中划了一个很大的弧，刺向他父亲的脖子。我眨了一下眼睛，菲利普就在这中间闪到了剑锋之下，倏地跳到马修的另一侧，刺向他儿子的小腿肚。

“今天上午你的技巧紊乱，出了什么问题吗？”菲利普问。这个直接的问题吸引了他儿子的注意力。

“天啊，你真是不可救药。是的，有问题。”马修咬牙切齿道。他再次挥剑，剑锋从菲利普立刻举起的盾牌上滑过。“你不停地干涉，快把我逼疯了。”

“神若想毁灭一个人，就先让其疯狂。”这句话让马修愣了一下。菲利普趁此机会，用剑面拍向他的后背。

马修骂了一声。“你最好的台词都讲完了吗？”他问道，然后就看见我了。

接下来的事情就发生在一瞬间。马修从战斗的蹲姿直起身来，将注意力集中在我站着的干草棚里。菲利普一剑刺下来，旋了一圈后一挑，让马修的剑脱手飞出。两把剑都在菲利普的手中，他把其中一把扔向那面墙，另一把对准马修的咽喉。

“我可不是这么教你的，**马提欧斯**。你不动脑，不眨眼，不呼吸。你想求生，却处处被动。”菲利普提高了音量，“下来吧，黛安娜。”

铁匠懊恼地扶着我去爬另一架梯子。他的表情好像在说，**你现在麻烦大了**。我下到地面上，站到菲利普身后。

“她就是你战败的原因吗？”他问，用剑压着儿子的皮肉，直到一丝黑血流了出来。

“我不明白你这是什么意思，放开我。”某种奇异的情感涌现，马修的双眼变得墨水般漆黑。他伸手抓向他父亲的胸膛。我朝他走了一步。

一件发光的物体呼啸着向我飞来，从我的左胳膊和身体之间的空隙穿了过去。菲利普不用回头确认目标就扔过去一柄凶器，却连我的皮肤都没有划伤。那把匕首把我的袖子钉到了那架梯子的横档上。当我挣脱手臂的时候，胳膊肘处衣服布料扯裂了，露出那条参差不齐的伤疤。

“这就是我的意思。你的眼睛离开过对手吗？你就是这样差点丢掉自己的性命，还有黛安娜的性命吗？”我从未见过菲利普这么愤怒。

马修的注意力又回到我身上。充其量不过一秒钟，却足够让菲利普抽出另一把插在靴子里的匕首。他把匕首猛地刺进马修大腿上的肌肉里。

“要注意用剑指着你喉咙的人。不然的话，她就死定了。”然后，菲利普头都也不回地对我说，“至于你，黛安娜，在马修打斗的时候，一定要离得远远的。”

马修抬起头看着他的父亲，一双漆黑的眼睛露出绝望，瞳孔放大。我以前见过这种反应，通常表示他就要失控了。“放开我，我必须要跟她在一起。求求你。”

“你必须停止畏首畏尾，接受现在的身份——一个肩负家族责任的食血族战士。你把你母亲的戒指戴到黛安娜的手上时，有没有花时间考虑过那承诺的是什么？”菲利普的声音越来越大。

“那承诺就是我全部的生命，直到终点，还有提醒我要铭记过去。”马修想踢他一脚，但菲利普已经料到了这一招，就把手伸下去，扭动那把仍然插在儿子腿上的匕首。马修疼得嘶嘶大叫。

“你总是看到事物的黑暗面，看不到光明。”菲利普骂道。他把剑丢在地上，踢到马修够不着的地方，然后用手指紧紧地掐着儿子的喉咙。“黛安娜，你看见他的眼睛了吗？”

“看到了。”我低声说。

“向我再走近一步。”

我迈出脚步，马修开始扭动起来，尽管他父亲使劲压迫着他的气管，力道大得足以捏碎骨头。我大喊起来，马修挣扎得更加厉害了。

“马修的血怒爆发了。我们食血族人比其他生物更接近本性——纯粹是捕食动物，无论我们会说多少种语言，或者穿多么好的衣服。你现在看到的就是他体内的那头狼在试图获取自由，开始杀戮。”

“血怒？”我的声音像是在耳语。

“并不是所有的食血族人都有这个倾向。伊莎波的血液里有这种病，是从她的创造者那里遗传下来的，还遗传给了她的孩子们。伊莎波和路易斯没有得这种病，但马修和路易莎未能幸免，马修的儿子本杰明也有这种病。”

尽管我对他这个儿子一无所知，但马修已经给我讲过一些有关路易莎的毛骨悚然的故事。马修身上也看得出这种由血液传承的极端倾向——他还可能把它遗传给我们也许会有的孩子身上。我以为自己已经知道了马修不愿跟我上床的所有秘密，这时又来了一个：对遗传疾病的恐惧。

“什么事情会让它发作？”我从发紧的喉咙里挤出这句话。

“很多事情，而且当马修感觉疲惫或饥饿的时候，情况会更糟糕。马修在盛怒之下就不属于他自己了，会做出违背自己真正本性的事情来。”

*埃莉诺。是否就是因为这个原因，当年在耶路撒冷，马修深爱的那个女子才会把自己夹在暴怒的马修和鲍德温之间，从而命丧黄泉呢？*他曾经反复警告我，他的占有欲很强，可能会带来危险，现在看来，这话似乎也不是随口说说的。这跟我经常发作的恐慌症一样，是马修永远都不能完全控制的一种生理反应。

“这就是你今天命令他来这里的原因吗？强迫他当着全世界暴露他的弱点？”我愤怒地质问菲利普，“你怎么能这样？你是他的父亲！”

“我们是一个奸诈的种族。也许有一天，我会与他反目。”菲利普耸耸肩，“我也可能会攻击你，女巫。”

听见这句话，马修掉转了他们的位置，把菲利普推向另一头的那面墙。他还没有占据上风的时候，菲利普就抓住了他的脖子。于是他们两个就站在那里，鼻子对着鼻子。

“马修。”菲利普厉声叫道。

他儿子继续推着他，全无一点人性意识。马修唯一的愿望就是击败他的对手，或者是杀死他，如果有必要的话。在我们短暂的交往期间，骇人听闻的吸血鬼传说在有些时候是有道理的，例如现在。但是，我想让我的马修回来。我朝他迈了一步，但这只有让他更加狂怒。

“不要走过来，黛安娜。”

“您不是真的想这样做，*老爷*。”皮埃尔说着，走到他的主人身边，伸出一只胳膊。我听到啪的一声，那只胳膊因为肩膀和胳膊肘处的骨折而无力地垂到身体的一侧，鲜血从他脖子上的伤口喷了出来。皮埃尔赶紧后退，举起手指按着被咬得皮开肉绽的伤口。

“马修！”我大喊。

这种做法是不对的。我痛苦的声音让他更加疯狂。皮埃尔现在对他来说只不过是挡在面前的一个障碍而已。马修猛地把他从房间一头扔到另一头，让他撞到干草棚的墙上。他做这些的时候，一只手还在掐着他父亲的咽喉。

“安静，黛安娜。马修现在失去了理智。**马提欧斯！**”菲利普大声喊着他的名字。马修停下来，不再试图把他父亲从我身边推开，但还是没有松手。

“我知道你做了什么。”菲利普等着这句话渗进马修的意识，“你听到我说的话了吗，马修？我知道我的未来了。你要是能听到的话，就能战胜狂怒。”

菲利普已经推断出他的儿子杀死了他，却不知道原因或方法。他能想到的唯一解释就是马修的疾病。

“你不知道。”马修麻木地说道，“你不可能知道。”

“你表现得就像杀戮后一贯的懊悔：罪恶感，鬼鬼祟祟，心神不定。”菲利普说，“**恕你无罪，马提欧斯。**[①]”

“我要带走黛安娜。”马修突然清醒了，“让我们俩离开，菲利普。”

“不，我们要一起面对，我们三个人。”菲利普说着，脸上充满了怜惜。我错了，菲利普并不是一直想要摧毁马修，而是要摧毁他的罪恶感。菲利普终究没有放弃他的儿子。

---

① 原文为拉丁语 Te absolvo, Matthaios。

“不！”马修大喊道。他想挣脱出来，但菲利普的力气比他的大。

“我原谅你。”他父亲不停地说着，伸出双臂，猛烈地抱着儿子，“我原谅你。”

马修颤抖了一下，他从头到脚都在发抖，然后突然瘫软下来，好像邪灵已经逃走。“**对不起**。”他低语道，声音因为激动而含糊不清，“真是对不起。”

“我已经原谅你了，现在你必须把它抛到脑后。”菲利普松开他儿子，然后看着我，“过来吧，黛安娜，动作要小心，他还没有恢复本性。”

我没有理会菲利普，冲向马修。他把我抱在怀里，呼吸着我的气息，好像其中有支撑他的力量。皮埃尔也向前走过来，他的胳膊已经愈合。他递给马修一块布让他擦拭满手黏滑的鲜血。马修目露凶光的样子让他的仆人待在几步之外。那块白布摆动着，像一面投降的旗帜。菲利普后退了几步，这突如其来的动作让马修迅速看过去。

“那是你父亲和皮埃尔。”我双手捧着他的脸说道。他眼中的黑色渐渐消散，深绿色的虹膜最先出现，然后是一丝灰色，最后瞳孔周围泛起一圈浅灰绿色。

“天啊。”马修声音里带着厌恶。他伸手握住我的手，将它们从脸上拿开，“我好多年都没有像这样失控了。”

“你很虚弱，马修，而且血怒也快要爆发了。如果圣会对你跟黛安娜生活在一起的权利提出异议，而你如此反应，你就输定了。我们不能让她作为克莱蒙家族一员的资格受到怀疑。”菲利普把大拇指放在下排牙齿上慢慢地划着。紫黑色的血液从伤口涌出，“到这里来，孩子。”

“菲利普！”马修拉住我，惊得目瞪口呆，“你从来没有——”

“从来的意思就是很长的一段时间。不要装得和实际比更加了解我，**马提欧斯**。”菲利普郑重地端详着我，“没什么可怕的，黛安娜。”

我看了看马修，想确定这不会引发另一场狂怒。

“去吧。”阁楼上的生物都在全神贯注地看着，他放开了我。

“食血族人通过死亡和血液创造家族。”我来到菲利普面前，他开口说道。他的话让我从骨髓里产生本能的恐惧。他用大拇指在我脸上画了一条弧线，它从我额头中心接近发际线的地方开始，慢慢延伸到太阳穴附近，最后停在眉毛处。“有了这个标记，你已经死了，成为生者之中的一道阴影，没有家族，也没有亲属。”菲利普的大拇指又回到开始的地方，然后循着反方向画了一个对应的记号，停在双眉之间。我的女巫第三只眼睛在冰凉的血液下隐隐刺痛，“有了这个标记，你获得重生，成为我的血誓女儿，永远成为我的家族一员。”

干草棚里也有角落。菲利普的话让那些角落亮起闪烁的彩色线条——不仅有蓝色和琥珀色，还有绿色和金色。那些线条发出噪声，表达低柔而强烈的抗议。毕竟还有另一个家族在另一个时光里等着我呢。但仓库里一片低低的赞许声淹没了那个噪声。菲利普抬起头看着阁楼，好像第一次发现他有观众。

“至于你们——夫人有很多敌人。当老爷无法保护她的时候，你们当中谁准备保护她呢？”懂英语的人把这个问题翻译给了其他人。

“他正站在那里。[①]”托马斯指着马修反对说。菲利普看到了马修直立这个事实，就对准儿子那条伤腿的膝盖踢了一脚，结果马修扑通一声仰面躺在地上。

“谁去保护夫人？”菲利普再问一遍，用穿着靴子的一只脚小心地踩在马修的脖子上。

“我去。[②]”我的助手和女仆卡特里内最先说话，她还是一个精灵。

---

① 原文为法语 Mais il est debout。
② 原文为法语 Je vais。

“还有我。[①]”热埃娜尖声说道。尽管她是姐姐，但妹妹干什么，她就跟着干什么。

见姑娘们宣布效忠，托马斯和艾蒂安也下注在我身上，还有铁匠和提着一篮干豆到阁楼来的元帅。元帅瞪了一眼他的手下，他们也都勉强顺从了。

“夫人的敌人会毫无预警地过来，所以你们必须随时做好准备。卡特里内和热埃娜会分散他们的注意力，托马斯负责撒谎。”人群里的成年人都发出会意的笑声，“艾蒂安，你得跑出去寻求帮助，最好去找老爷。至于你，你知道要干什么。”菲利普严厉地注视着马修。

“那我干什么呢？”我问。

“思考，就像你今天做的这样。思考——然后活下来。”菲利普拍了拍手，“娱乐活动到此结束，回去干活。”

在一片善意的抱怨声中，干草棚里的人们纷纷散开，回去接着干活了。菲利普昂着头打发阿兰和皮埃尔出去跟上他们。菲利普接着也离开了，边走边把衬衣脱了下来。意外的是，他又回来了，把一团衣服丢到我的脚边，里面包了一块雪。

“处理一下他腿上的伤，还有他肾脏上那个比我预期的还要深的伤口。”菲利普吩咐道。说完他也走了。

马修翻身跪起，开始浑身颤抖。我抓住他的腰，把他轻轻地放到地上。马修使劲挣脱出来，反而把我抱在怀里。

“不，你这个固执的男人。”我说，“我不需要安慰，这一次就让我来照顾你吧。”

我先从菲利普说的那些部位开始查看伤口。在马修的配合下，我从他大腿伤口处剥下破碎的紧身裤。那把匕首插得很深，但多亏吸血

① 原文为法语 Et moi。

鬼的血液有疗伤的特性，那个伤口已经快愈合了。不过我还是把一团雪压在伤口周围——马修向我保证，这一定有用，尽管他精疲力竭的身体摸起来也没有暖和到哪里去。他肾脏上的伤口也正在愈合，但周围的瘀青让我心疼得蹙眉。

“我想你会活下去的。”我说着，把最后一个冰块放在他左肋腹上。我把他额头上的头发撩到一边。他的一只眼睛附近有一个黏糊糊的半干血点，上面粘着几根黑色头发，我轻轻地把它们拽了出来。

“谢谢你，*我的心肝儿*。既然你都给我进行了清理，作为回报，我把菲利普留在你额头上的血迹擦掉，你介意吗？”马修看上去像绵羊一样腼腆，“是那种气味，你明白的。我不喜欢让它留在你身上。”

他害怕血怒会再次爆发。我自己擦了擦额头，拿开手指，见上面沾了黑色和红色。“我看上去肯定像个异教女祭司。”

“比平常更像，是的。”马修从他的大腿上抓起一些雪，然后用自己的衬衣下摆蘸着雪，把我被收养的残余证据消灭了。

“给我讲讲本杰明的事吧。”当他替我把脸擦干净时，我说道。

“我是在耶路撒冷把本杰明变成吸血鬼的。我把我的血给他，以为能救他一命。但是那样做让他失去了理智，让他失去了灵魂。”

“所以他也会像你这样有发怒的倾向吗？”

“倾向！你说得好像高血压。”马修惊讶地摇摇头，“过来。你如果还是待在这里，会被冻僵的。”

我们慢慢走向城堡，手拉着手。这一次，我们俩都不在意谁会看到，也不在意看到我们这样的人会怎么想。天上飘着雪花，让令人生畏、处处坑洞的冬季景象再次显得柔和起来。在渐渐暗淡下去的光线中，我抬头看了看马修，在他棱角分明的脸上又一次看到了他父亲的影子，看到了他在各种重担的压力下挺直胸膛的样子。

第二天就是圣尼古拉节[①]，阳光照耀在几天前飘落下来的积雪上。虽然现在还处于降临节期间，而这是一个反省和祈祷的肃穆时刻，但天气转好后，整个城堡都上下振作。我轻声哼着，前往图书室去拿那里的炼金术藏书。我虽然每天拿几本到蒸馏室里，但都很小心地归还回去了。有两个男人在满是书籍的房间里说话。我听出了菲利普平静而近乎慵懒的语调，但另一个声音却很陌生。我推开了门。

"现在她来了。"菲利普在我进去的时候说道。和他站在一起的那个男人转过来，我的皮肤一阵刺疼。

"她的法语恐怕不是太好，拉丁语更是糟糕。"菲利普歉意地说道，"你会说英语吗？"

"还够用。"那个巫师回答。他的目光扫过我全身，让我全身起了一层鸡皮疙瘩。"这姑娘似乎很健康，但她不应该待在这里跟你们的族人一起，**先生**。"

"尚皮耶先生，我也很乐意摆脱她，但她无处可去，还需要一个巫师同类的帮助，这就是我派人请你来的原因。过来，罗伊登夫人。"菲利普说着，示意我走过来。

我走得越近，就感觉越不舒服。空气里有一种被塞满的感觉，带着几乎像电流一样的刺疼。我几乎以为能听到隆隆雷声，这空气实在是太厚了。彼得·诺克斯会入侵心灵，萨图在拉皮埃尔带给我巨大的疼痛，但这个巫师却迥然不同，在某种程度上来说，甚至更加危险。我飞快地走过他身旁，用求助的目光默默看着菲利普。

"这位是安德烈·尚皮耶。"菲利普说，"他是一位印刷商，来自里昂。也许你听说过他的一个表亲，那位受人尊敬的内科医生，

① 基督教节日，在每年的12月6日。圣尼古拉也即传说中的圣诞老人。圣尼古拉节盛行于俄罗斯、希腊、瑞士、德国、法国、荷兰等国家。

现在已经离开人世，再也不能与我们分享他在哲学和医学方面的智慧了。”

“没有听说过。”我低声说道。我看着菲利普，希望能获得一些我应该做什么的暗示，“我想没有。”

尚皮耶扬扬头，表示接受菲利普的赞美。“我不认识那位表亲，**先生**，因为他在我出生前就去世了，但听到您对他有这么高的评价，我也感到很荣幸。”这个印刷商看上去比菲利普至少要大二十岁，所以肯定知道克莱蒙一家都是吸血鬼。

“他是一个了不起的魔法学者，和你一样。”菲利普的评语是典型的就事论事，让人听不出一丝奉承的意思。他对我解释说：“这就是你一来我就派人去请的巫师。我觉得他也许能帮你揭开你的魔法之谜。他说他在距离塞图尔城堡很远的地方，就感觉到了你的法力。”

“我的直觉似乎让我失望了。”尚皮耶低声说，“如今我就站在她身边，但她好像没有一点法力。也许，她不是在利摩日[①]人们谈论的那个英国女巫。”

“利摩日啊？她的消息传得那么快，那么远，真是不可思议。但是，幸好罗伊登太太是我们不得不收留的唯一一个流浪的英国女人，尚皮耶先生。”菲利普给自己倒酒的时候，脸上的酒窝露了出来，“每年这个时候，法国充斥着流浪者，除了那些外来的，光法国本国的流浪者就已经够糟糕的了。”

“战争让很多人都流离失所。”尚皮耶的一只眼睛是蓝色，另一只则是棕色，这是强大预言家的标志。这个男巫身上有一股坚韧的能量，源自他周围空气中跳动着的力量。我本能地退了一步。“你也遇到过这样的事情吗，**女士**？”

---

① 法国中南部城市。

“谁能说得清她看到或经历了什么可怕的事情呢？”菲利普耸耸肩，“我们在一家偏远的农舍里发现她的时候，她丈夫已经死了十天。罗伊登太太可能遭受过各种掠夺者的侵害。”这个老克莱蒙编造生活经历的才能绝不亚于他的儿子或克里斯托弗·马洛。

“我会查明她到底发生了什么事。让我看看你的手。”我没有立刻配合，尚皮耶开始不耐烦了。他的手指轻轻一弹，我的左胳膊就飞快地送到他面前。他抓住我的手，尖锐而痛苦的恐慌感涌遍我的全身。他抚摸我的手掌，在每一根手指中探索，逐步搜寻私密的信息。我的胃翻腾起来。

“她的身体告诉你她的秘密了吗？”菲利普的语气中只有少许好奇，但他脖子上有一块肌肉在跳动。

“女巫的皮肤是可以读的，就像一本书那样。”尚皮耶皱了皱眉，把手指放到鼻子下闻了闻。他的脸色一下子阴沉下来。“她跟*食血族人*待在一起的时间太长了。谁在一直吸她的血？”

“这是不允许的，”菲利普柔声说道，“在我的家里，是没有人让这个姑娘流血的，不管是出于娱乐，还是为了生计。”

“*食血族人*可以读懂一个生物的血液，就像我读懂她的皮肤一样容易。”尚皮耶猛地拉住我的胳膊，把我的袖子撸上去，扯开将袖口固定在手腕上的细绳。“你看见了吗？有人一直在享用她。想更加了解这个英国女巫的人不止我一个。”

菲利普弯下身，仔细地查看我裸露的胳膊肘，他的呼吸像一阵冷风吹到我的皮肤上。我的脉搏跳得就像军乐队中的鼓点。菲利普想干什么？马修的父亲为什么不阻止这种事？

“她身上的这个伤口很旧，不可能是在这里受的伤。正如我所说，她来圣吕西安村才一个星期。”

思考。*活下去*。我从昨天就开始重复菲利普的这些指示。

“谁喝你的血了，姑娘？”尚皮耶问。

“这是刀伤。”我迟疑地说，“我自己割伤的。”这不是谎言，但却也不是全部的事实。我向女神祈祷，让这事过去吧。但我的祈祷没有得到回应。

“我认为罗伊登太太在向我隐瞒什么事情——也向你隐瞒了。我必须汇报给圣会。这是我的职责，**先生**。”尚皮耶用期盼的目光看着菲利普。

“当然了。”菲利普低语道，“我做梦都没有想要妨碍你履行自己的职责。我可以帮忙吗？”

“如果你能控制住她，我就非常感激了。我们必须深入探究真相。”尚皮耶说，“大多数生物会觉得这种探查非常痛苦，而且，即便是那些无所隐瞒的人也会本能地抗拒巫师的触碰。”

菲利普把我从尚皮耶的手中拽过来，粗鲁地让我坐在他的椅子上。他一只手紧紧抓住我的脖子，另一只手放在我的头顶上。“像这样？”

“这样最好了，**先生**。”尚皮耶站在我面前，对着我的额头皱起眉来，“但这是什么？”沾满墨水的手指抚过我的额头。他的双手感觉就像手术刀，我呜咽着扭动身体。

“你的触摸为什么会让她这么痛苦？”菲利普好奇地问道。

“是阅读这种行为让她感觉疼痛。你可以把它想象成拔掉一颗牙齿。”尚皮耶解释道，他的手指松开了片刻，这短暂的一刻让我感到幸福。“我会把她的想法和秘密连根取出来，而不是任由其腐烂。这样会更加疼痛，但更为彻底，对她在试图隐藏的东西提供了一幅更加清晰的画面。这就是魔法和大学教育了不起的好处，你明白的。女人学习的巫术和传统魔法是粗糙的，甚至是迷信的，而我的魔法是精准的。”

“等一下，**先生**。你一定要原谅我的无知。你是在说，这个女巫会不记得你做了什么，也不记得你给她带来的痛苦，对吗？”

“是的，除了会一直觉得曾经拥有的什么东西现在没有了。”尚皮耶的手指又开始轻抚我的额头。他皱了皱眉头。“但是这非常奇怪，一个食血族人为什么把他的血抹到这里呢？”

被菲利普的家族所收养是我不想让尚皮耶得到的一个记忆，我也不想让他细查我在耶鲁大学教书以及萨拉、埃姆、马修、我父母的相关记忆。一个吸血鬼抓住我的脑袋，一个巫师准备清查并偷走我的思想，我的手指如爪子一样抓进椅子的扶手里。然而，没有轻声的巫风或闪烁的巫火来帮我，我的法力完全静止。

“在这个女巫身上打上印记的人是你。”尚皮耶严厉地说，眼神中充满控诉。

“是的。”菲利普没有做任何解释。

“这太不正常了，先生。”他的手指在继续探查我的思想。尚皮耶惊奇地睁开了眼睛。“但这是不可能的。她怎么能是一个——”他倒吸了一口气，低头看了看自己的胸口。

一把匕首插在尚皮耶的两条肋骨之间，刀刃深深地陷进他的胸膛。我的手指紧紧地握着匕首柄。他一阵乱抓，要把匕首拔出来，但我又把匕首刺得更深。男巫的膝盖开始瘫倒。

“松开，黛安娜。”菲利普发出命令，伸手过来拉开我的手。“他快要死了。他一死，就会往下倒，你无法承受一个死人的重量。”

但我不能松开匕首。这个人还活着，只要他在呼吸，他就能拿走属于我的东西。

一张长了一双墨迹斑点眼睛的苍白面孔很快出现在尚皮耶身后，然后一只有力的手把他那颗耷拉着的脑袋扭到了一边，骨头和肌肉发出咔嚓的声音。马修深深咬进这个男人的喉咙，开始狂饮。

“你去哪里了，马修？”菲利普怒气冲冲，“你行动一定得快。

他还没有思考完，黛安娜就动手了。”

当马修吸血的时候，托马斯和艾蒂安跑了进来，不知所措的卡特里内紧随其后。他们停下来，目瞪口呆。阿兰、皮埃尔、铁匠、元帅以及通常守在前门的两个士兵在走廊里徘徊。“你们做得很好。[①]”菲利普安抚他们，“事情已经结束了。”

“我应该要思考的。”我的手指麻木了，却好像还是无法让他们松开那把匕首。

“还要活下来。你的表现令人赞赏。”菲利普回答。

“他死了吗？”我声音沙哑。

马修从那个巫师的脖子上移开。

“绝对死了。”菲利普说，“好吧，我想这么一来，我们就少了一个需要担心的爱管闲事的加尔文教徒了。他有没有告诉过他的朋友，他要来这里？”

“据我所知没有。”马修说。马修在仔细端详我的时候，眼睛又慢慢地变成了灰色，“黛安娜，亲爱的，让我来拿这把匕首吧。”远处的某个地方，某种金属撞在地板上，紧接着传来了较为柔和的扑通声，安德烈·尚皮耶的尸体落地。幸好一双熟悉而冰凉的手兜住了我的下巴。

“他在黛安娜身上发现了让他吃惊的东西。”菲利普说。

“我也看到了他的表情。但我还没来得及发现那是什么，刀刃就已刺进了他的心脏。”马修温柔地把我搂在怀里，我的胳膊已经瘫软无力，所以没有一点抗拒。

“我没有——无法——思考，马修。尚皮耶要拿走我的记忆——

① 原文为法语 Vous avez bien fait。

把它连根拔起。父母留给我的就只有那些记忆了。还有，我要是忘掉自己学到的历史学知识怎么办？我还怎么能回去教书呢？”

“你做得很对。”马修一只手揽着我的腰，另一只手环在我的肩膀上，让我把脸侧着贴在他的胸口上，“你从哪里拿的那把刀？”

“我的靴子里。她昨天一定是看到我拔匕首了。”菲利普回答。

“看，你在思考，**我的小母狮**。”马修用嘴唇贴着我的头发，“是什么鬼东西把尚皮耶引到圣吕西安的呢？”

“我。”菲利普回答。

“你把我们出卖给尚皮耶？”马修转向他父亲，“他是全法国最不道德的生物！”

“我得确定她可靠，**马提欧斯**。黛安娜知道我们太多的秘密了。我必须知道她可以信赖，即便是在她的同类之中。”菲利普毫无歉意，“我不能拿我的家族来冒险。”

“那么你会在尚皮耶偷走她的思想之前阻止他吗？”马修质问道，双眼瞬间变黑了。

“那要看情况了。”

“看什么情况？”马修爆发了，把我抱紧。

“如果尚皮耶三天前抵达这里，我就不会干涉。那将是巫师之间的事情，不值得劳烦骑士团。”

“你竟然让我的伴侣遭受折磨。”马修的语气透露出他对此难以置信。

“不过就在昨天，为自己的伴侣挺身而出还是你的责任。你要是做不到，就足以证明你对这个女巫做出的承诺还不够坚定。”

“那今天呢？”我问。

菲利普打量着我，“今天你是我的女儿。所以，不会的，我不会让尚皮耶得寸进尺。但是我也没必要做任何事，黛安娜。你救了自己。”

“这就是你把我变成你女儿的原因——因为尚皮耶要来？”我低声问道。

“不是。你和马修在教堂里通过了一次考验，在干草棚又通过了一次。血誓只是使你成为克莱蒙家族一员的第一步，现在该是完成整个程序的时候了。”菲利普转向他的副手，“把神父叫过来，阿兰，再通知村民们星期六的时候去教堂集合。*老爷*要在圣经、神父和圣吕西安全体村民的见证下举行婚礼，这场婚礼的方方面面都不是无足轻重的。”

“我刚刚杀了一个人！现在可不是谈论我们婚姻的时候。”

“胡扯。在流血事件中举行婚礼是克莱蒙家族的传统。”菲利普轻快地说，“我们似乎只想和别人也想得到的对象结合。真是一团糟。”

“我——杀了——他。”为了确保我的信息清楚无误，我指着地上的那具尸体说道。

“阿兰，皮埃尔，请把尚皮耶先生搬走。他让*女士*心烦意乱。你们其他人还有很多事情要做，不能一直在这呆呆地看着。”菲利普一直等到只剩下我们三个人，才接着说下去。

“好好听着，黛安娜：因为你爱我儿子，很多人会丧命。有些人会自愿牺牲，其他人之所以会死是因为必须有人要死。死的这个人是你、他们，还是你爱的某个人，这取决于你。所以你肯定会问自己：那致命的一击由谁发出，有什么关系呢？如果你不动手，马修就会动手。你想让马修为杀死尚皮耶而良心不安吗？”

“当然不想。”我立刻说道。

“那皮埃尔呢，或者是托马斯呢？”

“托马斯？他只是个孩子！”我抗议道。

“那个*孩子*已经承诺要为你抵挡敌人。你看到他手里握的是什么吗？是蒸馏室里的风箱！托马斯把金属尖端磨利，当作武器使用。

你要是没有杀死尚皮耶，那个孩子一有机会就会把那武器插入他的肚子里。”

“我们不是野兽，是有教养的生物。”我反驳道，“我们应该能够通过协商而不是流血来解决争端。”

“有一次，我坐在桌子边，跟一个人——一位国王——讨论了三个小时。你和其他很多人无疑会认为他是个文明人。讨论结束后，他下令处死了成千上万的男人、女人和孩子。话语跟刀剑一样会杀人。”

“她还不习惯我们的方式，菲利普。”马修提醒道。

“那么她得习惯。用外交手段解决问题的时代已经过去了。”菲利普的声音没有提高，也没有失去他一贯的平和。马修偶尔会露出底牌，但他的父亲还不曾流露深层的情感。

“不用再讨论了，这个星期六，你就和马修举行婚礼。因为你在血统和名义上都是我的女儿，所以你不仅要作为一个虔诚的基督徒出嫁，还要按照我的先祖们及他们的众神都引以为荣的方式出嫁。现在是你可以说不的最后机会。如果你经过再三考虑，不想嫁给马修，不想面对婚后的生活——还有死亡，我会把你安全地送回英格兰。”

马修推开了我。虽然我们只相隔了几英寸，但象征的意义却远远不止于此。即便是现在，他还是给我留下了选择的余地，尽管他早就做出了选择。我也是如此。

“你愿意娶我吗，马修？”因为我现在是个杀人犯，似乎由我提出这个问题比较好。

菲利普呛咳了一声。

“我愿意，黛安娜。我会和你结婚。虽然我们已经结婚了，但我还是很高兴再娶你一次让你开心。”

“第一次结婚我就很满足了，这次是为了你的父亲。”我双腿还在颤抖，地上血迹斑斑，在这种情况下，再过多考虑婚姻问题是不可能的。

“那我们都同意了。把黛安娜带到她房间去。她最好待在那里，直到我们确定尚皮耶的朋友们已不在附近。”菲利普往房间外面走去，顿了一下，“你找到了一个配得上你的女人，一个富有勇气和充满希望的女人，马提欧斯。”

“我知道。”马修拉着我的手说。

“你也要知道：你也配得上她。不要再悔恨自己这样的生命了，重新开始生活吧。”

12

菲利普为我们安排的婚礼要持续三天。从星期五到星期天，城堡里的工作人员、村民以及方圆几英里的所有人都会来参加这场他坚持认为只是小型家庭聚会的活动。

“距我们家上次举办的婚礼已经有段时间了，而且冬天是一年中最乏味无趣的时候。这是我们对村民应尽的义务。”菲利普就这样无视我们的抗议。马修指出，如今食品库存日益减少且基督教徒奉行饮食有度的原则，赶在最后一刻筹办三场盛宴不太可行。这话把元帅也惹怒了。他嘲弄说，就算身处战争或者要庆祝基督降临节，盛宴也照办不误。那不是拒绝举办派对的理由。

整栋房子一片欢腾，没有人要我们帮忙，所以我和马修只能自己想办法打发时间。

“婚礼上要做些什么呢？”当我们俩躺在图书室火炉前边的时候，我问他。我穿着马修送给我的结婚礼物：他的一件长至膝盖的衬衣，还有他的一条旧紧身裤。两条裤腿都沿着内缝撕开了，然后被马修缝起来，做成了一条有点类似于女式紧身裤的衣服——只是少了束腰带，也没有弹性。本应该是束腰带的地方现在是一条很窄的皮带，那是马修用从马厩里找到的一副旧鞍辔做成的。这是自万圣节以来我穿过的最舒适的衣服，而最近很少看到我双腿的马修一下子被迷住了。

“我心里也没有数啊，**我的心肝儿**，我以前从没有参加过古希腊婚礼。”马修的手指在我膝盖后面的凹处游走。

“神父肯定不会让菲利普公然做出任何异教的事情，婚礼必须是天主教式的。”

“家里人从不会把‘肯定’和‘菲利普’这两个词放在一句话里，否则结果总是会很糟糕。”马修吻了一下我的屁股。

“至少今晚的重头戏就是宴会了。我应该能撑过去，问题不大。”我叹了口气，把头枕在手上。“新郎的父亲通常要承担彩排晚宴的费用，我猜菲利普现在正在做那件事。”

马修笑了，“几乎一模一样——只不过菜单上有烤鳗鱼和一只镀金孔雀。再说了，菲利普不仅是新郎的父亲，还兼任新娘的父亲。”

“我还是不明白我们为什么要这样大做文章。”萨拉和埃姆就没有举行过正式的婚礼，而是请麦迪逊巫师团的一位长老为她们主持握手礼。回顾过去，我想起了我和马修在时光穿越之前交换的誓言：简单、亲密，而且快速结束。

“婚礼不是为了新郎和新娘。大多数夫妇都跟我们一样，喜欢按照自己的方式进行：说几句话，然后就去度假。婚礼是一种属于全社区的成人仪式。”马修翻了个身仰面躺着，我用胳膊肘撑着。

“只不过是个空洞的仪式而已。”

“没这样的事。”马修皱了皱眉，“你如果受不了，一定要说出来。”

“不，就让菲利普玩他的婚礼吧，只不过让人有点……无所适从。”

“你一定希望萨拉和埃米莉在这里与我们分享这一切吧。”

“她们要是在这里，会对我没有私奔感到很惊讶的。我的独行侠风格是出了名的，我以前认为你也是一个独行侠。”

“我？”马修大笑，“除了在电视上或电影里，吸血鬼很少独自一人。我们喜欢与他人相伴。在个别时候，也可以和巫师们在一起。”他吻了我一下，来证明这一点。

“那如果这场婚礼在纽黑文举行，你会邀请谁呢？”过了一会儿，他问。

“当然是萨拉和埃姆了，还有我的朋友克里斯。”我咬了咬嘴唇，“也许还有我的系主任。”屋里一片沉默。

“就这些？”马修看上去很吃惊。

“我的朋友不多。”我不安地站了起来，“我觉得炉火快灭了。”

马修把我拽回来躺下，“火旺得很，而且你现在有很多亲戚朋友了。”

家人是我一直等着要说的话题。我的目光转到床尾的那个箱子上，玛尔特的盒子就藏在里面，用干净的亚麻布包着。

“有些事我们需要谈谈。”这一次他放开我，没有阻拦。我把那个盒子取出来。

“那是什么？”马修皱着眉头问。

“玛尔特的草药——她用来配制她的茶。我是在蒸馏室里找到的。”

“我知道了，你一直在喝吗？”他的语气尖锐。

“当然没有，我们要不要孩子，不是我一个人可以决定的。”我打开盖子，干草药中的泥土芳香弥漫到空气中。

“无论在纽约的时候马库斯和米丽娅姆都说了什么，都没有任何证据能证明我和你可以生出小孩。即使是这样的避孕草药也会有不安全的副作用。”马修语气冷静，如临床医生一般。

“就这样假设好了，如果你的某一个科学实验表明我们能生小孩，那么你愿意让我喝这种茶吗？”

“玛尔特混合成的药茶不太可靠。”马修把脸扭到一边说道。

“好吧，那还有别的选择吗？”我问。

“禁欲、体外射精。还可以用安全套，但也不太可靠。这个时代可以用的安全套尤其不可靠。”马修说得没错，16 世纪的安全套是用亚麻、皮革或者动物肠子做的。

“那么，如果这些方法中有一种是可靠的呢？”我的耐心越来越少了。

“如果——*如果*——我们能够怀上孩子，这将会是个奇迹。所以说，任何避孕方式都是无效的。”

“不管你父亲怎么想，你在巴黎都没有虚度时光。你这论调可以赶得上中世纪的神学家了。”我还没来得及合上盖子，马修就按着我的双手。

“如果我们能怀上孩子，而且如果这种药茶有效，我还是希望你把这些药草留在蒸馏室里。”

“哪怕你会把血怒症遗传给另一个孩子？”我强迫自己和他开诚布公，尽管我的话会伤及他。

“是的。”马修考虑了一下，继续说，“我研究物种灭绝的模式，并且在实验室里看到我们快要灭绝的证据，未来似乎毫无希望可言。但是，在我以为一个物种已经灭绝了的时候，如果发现了一个变异的单一染色体，或者是发现了一个意想不到的后裔，那种无法避免的毁灭感就会消失。我现在就有那种感觉。”每当马修采用科学的客观立场上看待问题的时候，我往往会感到困惑，但这一次却没有。他从我手里拿过那个盒子，“你怎么看？”

马库斯和米丽娅姆带着我的 DNA 检测结果来到萨拉的家里，第一次提出了孩子的问题，自那之后的几个星期以来我一直都在考虑生育的问题。我对于自己跟马修的未来很有信心，但对于未来会发生的事情却没有什么把握。

“但愿我有更多时间来做决定。”这快成为我的口头禅了，“要是我们还在 21 世纪，我就会服用你给我开的避孕药。”我迟疑了一下，

“即便是那样，避孕药对我们是否有效，我也没有把握。”

马修仍然在等我的回答。

“当我把菲利普的匕首捅进尚皮耶的身体时，我能想到的就是他要把我的思想和记忆都拿走，那么我回到现代的时候就会变成另外一个人了。但是，即使我们在现在这个时刻回去，我们也已经变了。所有我们去过的地方、遇见的人、透露的秘密——我已经不是原来的那个黛安娜，你也不是原来的那个马修·克莱尔蒙特了。一个婴儿将使我们发生更大的变化。”

“所以你想避孕。”他小心地说道。

“我不太确定。”

“那就是肯定的回答了。如果你不确定要不要做父母，我们必须采取一切可以采取的避孕措施。”马修的声音很坚决，下巴也显得很坚毅。

“我的确想做母亲，想的程度都让我感到惊讶，如果你想知道的话。”我用手指压着太阳穴，“我喜欢和你一起抚养一个孩子的念头，只是感觉太快。”

“的确太快。所以我们一定要做些事情来限制这种可能，直到——如果——你做好了准备。但是，不要抱太大的希望，黛安娜。科学讲得很明白：吸血鬼靠复活繁衍后代，而不是通过生育。我们的爱情可能会与众不同，但不会特殊到足以颠覆数千年来的生理规律。”

“《阿什莫尔 782 号》手抄本中描绘的炼金术婚礼——讲的就是我们，这一点我很确信。米丽娅姆是对的：金和银结合后，炼金术的下一步就是受孕。”

“受孕？”菲利普在门口拖着长腔说道。他推门走了进来，靴子发出嘎吱嘎吱的响声，“没有人提到过那种可能。”

“因为就没有那种可能。我曾经跟其他温血女人发生过关系，但她们从没有怀孕过。正如黛安娜所说，化学婚礼这个图画可能就带有某种信息，但是这种象征变成现实的可能性微乎其微。”马修摇了摇头，“以前，从没有一个食血族人以这种方式成为孩子的父亲。”

“马修，正如我对你说过的那样，‘从没有’代表很长的一段时间。至于说不可能，我活在这个地球上的时间要超过人类的记忆，看到过很多事情，那些事情被后来一代又一代的人们看作不可信的神话。曾经有很多生物在海中像鱼一样游泳，还有其他生物使用的武器是闪电，而不是长矛。现在他们都消失了，为新的物种所取代。‘世界上唯一可靠的事情就是变化’。”

“赫拉克利特[①]。”我低声说。

“最聪明的人类。”菲利普说。见我知道这句名言，他感到非常高兴，“众神喜欢在我们自鸣得意的时候，让我们大吃一惊，这是他们最喜欢的娱乐方式。”他仔细地打量着我的奇怪服装，“你怎么穿着马修的衬衣和紧身裤？”

“这些是他送给我的，比较接近我那个时代穿的衣服，他想让我穿得舒适些。我觉得是他自己把裤腿缝好的。”我转动身体，炫耀着整套衣服，“有谁知道克莱蒙家的男人会穿针引线，更别说裤缝还缝得很直了？”

菲利普的眉毛一扬。“你以为我们从战场上归来的时候，是伊莎波给我们缝补那些破旧的衣服吗？”

想到伊莎波一边等待家里的男人们归来，一边默默地缝补着衣服，我咯咯地笑了，“几乎没那样想过。”

“我明白，你很了解她。如果你决心穿得像个男孩子，至少得把

---

① 赫拉克利特（约公元前535—前475），古希腊哲学家，著有《论自然》。

马裤穿上。要是神父看见你这样，他的心脏会停止跳动的，明天的婚礼将不得不往后推迟。”

“但我又不到外面去。”我皱了皱眉头说。

“在你出嫁前，我想带你去一个上古众神的圣地。它离这不远。”马修吸了一口气要发出抱怨，菲利普又说，“而且，我希望你不要跟着，马提欧斯。”

“我们马棚见。”我毫不犹豫地同意了。花点时间呼吸一些新鲜空气，会给我一个清醒头脑的好机会。

来到外面，刺痛脸颊的寒风和冬天里宁静的田野都让我心情欢畅。不久，我和菲利普来到了一个山顶。它比塞图尔城堡四周的大多数山脊都要平坦得多，地面上时不时有凸起的石头，呈奇特的对称排列。这些石头虽然古老，还杂草丛生，却不是天然形成，而是人造出来的。

菲利普飞身下马，然后示意我也下马。我刚一落地，他就拉着我的胳膊肘，领我穿过两堆怪石，来到一片白雪覆盖的空地上。洁白地面上只有一些野生动物的足迹——有心形的鹿蹄，有熊的五爪印，还有三角形和椭圆形混合在一起的狼爪印。

“这是什么地方？”我轻轻地问道。

“这里曾经是一座献给黛安娜女神的神庙，它俯瞰着下面雄鹿喜欢奔跑其中的树林和山谷。敬畏女神的人们沿着那些原生的橡树和桤木种下神圣的柏树。”菲利普指着守卫这个地方的绿色细柱，“我想把你带到这里，是因为在我小时候，远在我成为食血族人之前，新娘们在出嫁前都会来参拜这样的神庙，向这位女神献上供品。那时候，我们把她称作阿耳忒弥斯[①]。”

① 希腊神话中的狩猎女神，也是罗马神话中的月亮女神黛安娜。

“献上供品？”我的嘴里一阵发干。血已经流得够多了。

“无论我们变化有多大，牢记过去，敬畏过去，都是非常重要的。”菲利普递给我一把刀和一个袋子，袋子里面的东西晃动着，发出丁零丁零的响声。“改正过去的错事也是很明智的，众位女神对我的行为并不总是满意。在明天我儿子娶你之前，我想确保阿耳忒弥斯会收到她应得的供品。这把刀是用来割下你的一绺头发。它象征着你的处女之身，也是按习俗应该有的礼物。这些钱象征着你的价值。”菲利普把声音压低，仿佛和我同谋似地悄声道，“本来应该有更多的钱，但我得省出一些来献给马修的上帝。”

菲利普领我来到了废墟中心一个小小的台座前，上面放着几样供品——一个木偶，一只童鞋，一碗被雪花泡湿的谷物。

“现在还有人会来这儿，真让我惊讶。”我说。

“全法国的女人看到满月就行屈膝礼。这样的习俗是很难消失的，尤其是支撑人们度过艰难时期的那些习俗。”菲利普走到那个临时祭坛前，没有鞠躬，没有跪下，也没有做出其他任何敬神的动作，但当他开口说话的时候，声音非常低，我不得不竖起耳朵才能听清。那种希腊语和英语的奇怪组合很难理解。不过，菲利普严肃的诉求却很清楚。

“阿耳忒弥斯，著名的狩猎女神啊，阿尔喀德斯·里昂托西摩斯请您用双手守护黛安娜这个孩子。阿耳忒弥斯，狼之夫人啊，请您全力保护她吧。阿耳忒弥斯，我先祖的女神啊，请您赐她以子女，让我的血脉延续下去吧。”

菲利普的血脉。我已通过婚姻和发下的血誓成为这血脉的一部分。

“阿耳忒弥斯啊，请您在她身处黑暗之中的时候，赐她智慧的光明吧。阿耳忒弥斯啊，在她行走于这个世界时，请您照顾这个与您同名的人吧。”菲利普祈祷完，示意我走到前面来。

我小心翼翼地把那袋钱币放在那只童鞋旁边，然后伸手从脖子后面拽出一绺头发。那把刀非常锋利，只一挥就轻松割下了那绺卷发。

我们默默地站在午后昏暗的阳光下，一股力量穿过我脚下的土地涌了出来。女神已经来了。有一刹那，我能够想象出这座神庙原来的模样——完好无损，颜色灰白，光芒闪烁。我偷偷瞥了一眼菲利普。他肩上披着一张熊皮，看上去像是一个失落世界残存下来的野蛮人。他在等待着什么。

一只长着一对弯角的白色公鹿从柏树林中走了出来，然后站在那里，鼻孔呼着热气。那只公鹿迈着轻轻的步子，朝我走来。它那双巨大的棕色眼睛挑衅地看着我，离我如此之近，以至于我都能看到那对弯角上锋利的边沿。公鹿傲慢地看着菲利普，然后发出吼叫，这是一只野兽在与另一只野兽打招呼。

“**谢谢**。[①]”菲利普手放在胸口上庄重地说道。他转过来对我说，“阿耳忒弥斯已经接受你的礼物，我们可以走了。”

马修一直在等，同时倾听我们回来的声音。我们骑着马进入庭院的时候，他一脸没有把握地等在那里。

“去为宴会做准备吧。”菲利普在我下马的时候，提醒我说，“我们的客人很快就要到了。”

我抛给马修一个我希望是自信的微笑，然后走上楼去。夜幕降临，一片嘈杂声让我明白城堡里挤满了人。不久，卡特里内和热埃娜来给我梳妆打扮。她们设计的礼服是迄今为止我穿过的最华丽的衣服。那

① 原文为海地克里奥尔语 Sas efharisto。

深绿色的布料让我想起神庙旁边的柏树，而不是城堡里为庆祝基督降临节而装饰的冬青树；礼服上半身绣的银白色橡树叶在烛光下熠熠生辉，就像那公鹿的双角在落日余晖中熠熠生辉。

姑娘们给我装扮好之后，她们的眼睛都在闪闪发亮。我在路易莎那面光滑的银镜里只能看到我的头发（绑成了辫子，盘了起来）和苍白的面容，但她们的表情告诉我这种装束很适合婚礼。

“**好**。”热埃娜轻声说。

卡特里内用夸张的姿势打开了门，礼服上面的银色针脚在大厅里火把的照耀下仿佛活了起来。我屏住呼吸，等待着马修的反应。

“**耶稣啊**，”他目瞪口呆地说，“你太美了，**我的心肝儿**。”马修拉着我的双手，又把我的胳膊抬起来，看看整体的效果。“老天啊，你穿着两层袖子吗？”

“我觉得是三层。”我笑着说。我穿着一件亚麻宽松式衬衣，袖子和袖口都很紧束，袖口处还绣有蕾丝，这和我的胸衣、裙子很搭配，还有一簇簇的绿色丝绸从我的肩膀上顺着胳膊垂下来，一直到胳膊肘、手腕处。去年在巴黎服侍过路易莎的热埃娜向我保证这种款式**非常时尚**[①]。

“但有这个挡在中间，我该怎么亲吻你呢？”马修用一根手指在我的脖子周围拽了拽。我的衣领飞边凸出来足足有四英寸那么多，被马修拽得一颤一颤的。

“你要是把它给压软了，热埃娜会心脏病发作的。”他小心翼翼地捧着我的脸，我低声说道。她用了一个类似于卷发器的奇怪装置，花了好几个小时，才把几米的亚麻布料卷成几个线条分明的“8 字”形结构。

---

① 原文为法文 à la mode。

“别担心，我是个医生。”马修说着，身体前倾，吻住了我的嘴唇。“看，连一个飞边都没弄乱。”

阿兰轻轻地咳了一声。“大家在等你们。”

“马修。”我抓着他的手说道，“我有事要跟你说。”

他向阿兰打个手势，走廊里就只剩下了我俩。

“什么事？”他不安地问道。

“我派卡特里内去蒸馏室把玛尔特的草药收起来了。”我在萨拉的谷仓里服用的那种草药把我们带到了这里，而玛尔特的草药会把我们带到更远的未知世界。

“你确定要那样做？”

“我确定。”我说着，想起了菲利普在神庙里说过的话。

我们一走进大厅，人们就发出一阵低语，他们都朝我们看过来。我的外表变化得非常明显，人们频频点头。这让我明白，我终于看上去像一个配得上**老爷**的人了。

“他们来了。”菲利普洪亮的声音从家庭主餐桌那里传了过来。有人带头鼓掌，大厅里很快就响起一片掌声。马修一开始是非常腼腆地微笑着，但随着掌声越来越响，他满脸都是骄傲的笑容。

我们坐在菲利普两边的主座上。随后，菲利普吩咐仆人端上第一道菜，下令演奏音乐。元帅做的每样东西都分给我一小份。那些菜品非常丰富：有用鹰嘴豆做的汤、烤鳗鱼、美味的扁豆泥、蒜汁鳕鱼，还有一条全鱼。那条鱼好像畅游在胶状的肉冻海水里，里面的水草是薰衣草和迷迭香。菲利普解释道，这份菜单是经过元帅和村里神父的激烈讨论才定下来的。两人对几个重点相互交流之后，最终一致同意今晚的饭菜将严格遵守周五禁食肉类、牛奶和奶酪的规矩，而明天将会是没有任何禁忌的盛筵。

相应于新郎的身份，马修的那份比我的要丰盛点——这样实在没有必要，因为他什么都不吃，也几乎不喝东西。邻桌的人跟他开玩笑说，要加强体力来迎接未来的考验。

人们开始畅饮香料甜酒，享用分送到每一桌用核桃和蜂蜜做成的美味果仁脆糖，说出粗俗不堪的话，而马修的回答也是尖酸刻薄。幸亏大部分的冒犯和建议是用我一点都听不懂的语言说的，但即便如此，菲利普还是偶尔在我的耳边拍巴掌，不让我听到那些话。

笑声和音乐声越来越大，我也心情舒畅。今晚，马修看上去不像个一千五百岁的吸血鬼，而是跟婚礼前夜的其他新郎一样：局促不安、开心，还有一点焦虑。这就是我的爱人，无论他什么时候看我一眼，我都会刹那间停止心跳。

最后，元帅把精选出来的葡萄酒和茴香蜜饯、豆蔻子端上来，歌声开始响起来。大厅另一端的一个男人以低沉浑厚的声音高唱起来，他的邻座们打起节拍，很快所有人都加入了，我们一起跺着脚、拍着巴掌，你都无法听到乐师拼命跟上节奏而奏出的乐声。

在客人们都忙着编新曲的时候，菲利普起来敬酒，叫着每个人的名字问候。他把小婴儿抛到空中逗耍，询问牲口的情况，仔细聆听老人一一诉说自己身体的不适。

“瞧瞧他。”马修拉着我的手惊叹，“菲利普让每个人都觉得自己是这里最重要的客人，他是如何做到的呢？”

“你说呢？”我笑着说。马修一脸的迷茫，我摇了摇头。“马修，你跟他一模一样。你只要走进一个房间，就可以主导房间里所有的人。”

“如果你想要一个菲利普这样的英雄，那么我会让你失望的。”他说。

我捧起他的脸，“作为送给你的结婚礼物，我希望自己有一种魔法能让你看到别人眼中的你。”

“我可以从你眼睛中看到自己，看来我也没有什么变化。也许我看上去有点紧张，因为纪尧姆刚才告诉我年龄大的女人如狼似虎。”马修开了个玩笑，想转移我的注意力，但我丝毫没有听进去。

“如果你没看到一个领袖，那就是看得还不够仔细。”我们的脸挨得那么近，他呼吸中的香料味我都闻得到。我想都没想，就把他拉过来。菲利普一直试着告诉马修，他是个值得爱的人。或许一个吻会更有说服力。

我听到远处传来一片喊声，还有更多的掌声，接着是兴奋的叫喊声。

“给这个姑娘留点什么吧，让她明天有所期待，**马提欧斯**，不然她明天有可能就不去教堂了！”菲利普高声喊道，引来人群中更多的笑声。我和马修幸福而难为情地分开了。我四处搜寻着大厅，发现马修的父亲正在炉火旁调试一把七弦乐器。马修对我说，那是基萨拉琴。大家都充满期待地安静下来。

“我小的时候，在这样的宴会最后，人们总要讲一些故事，还有一些有关英雄和伟大勇士的传说。”菲利普说着，拨了一下琴弦，琴声纷落如雨，“跟所有男人一样，英雄也会坠入爱河。”他继续弹着琴弦，吸引听众们跟上他的故事节奏。

“一个长着黑发、绿眼，名叫珀琉斯的英雄，离开家乡去闯天下。他的家乡很像圣吕西安，隐藏在群山之中，但珀琉斯很久以来就梦想着大海，梦想有朝一日能去异国冒险。他把朋友们召集起来，然后一起去大海远航。有一天，他们来到一座岛屿上，这座岛以美丽的女人闻名，她们会使用强大的魔法。”我和马修意味深长地看着对方。菲利普用低沉的嗓音唱道：

那时呀，男人的时代快乐无比，

现在呀，人们深情地渴望！
英雄们啊，白银时代诸神的后裔，
我用魔法歌曲召唤您。

房间里所有的人都为菲利普空灵的男低音所深深陶醉。

“在那里，珀琉斯第一次遇见西蒂斯，她是从不撒谎、能看见未来的海神涅柔斯的女儿。西蒂斯从父亲身上继承了预知未来的天赋，还能变化身形，能把自己从流动的海水变成燃烧的大火，再变成空气。虽然西蒂斯非常美丽，但没有人愿意娶她为妻，因为有个神谕预示说，她的儿子会比他的父亲更为强大。

“珀琉斯不顾那个预言，爱上了西蒂斯。但是娶这样的一个女人，他要具备足够的勇气，能在西蒂斯变形的时候抱住她。珀琉斯把西蒂斯从那座岛屿上带走了，并在她从水变成火、变成蛇、变成母狮子的过程中，一直把她紧紧抱在胸口。当西蒂斯再次变回女人之后，珀琉斯把她带回家中，和她结婚。”

“那个孩子呢？珀琉斯的儿子有没有像预言说的那样，杀死珀琉斯呢？”菲利普沉默下来，手指还在弹奏基萨拉琴的时候，有个女人低声问道。

“珀琉斯和西蒂斯的儿子是个伟大的英雄，生前死后都得到神明的祝福，他的名字叫阿喀琉斯。”菲利普对那个女人微笑了一下，“但他的故事要留到另外一个晚上再讲。”

我很高兴，马修的父亲没有把婚礼以及特洛伊战争的起因全都讲出来，我更加高兴的是，他没有继续讲述阿喀琉斯小时候的故事：他母亲想让他跟她一样永生不死，于是施了一个可怕的魔咒；还有那个年轻人身上无法控制的狂怒——这些给他带来的危险远高过他那著名的致命脚踵。

“这只不过是一个故事而已。”马修意识到我的不安后，低声说道。

但正是这些人们反复讲述却不知其意的故事才往往是最为重要的，就像荣誉、婚姻和家庭等古老的规范，好像经常被忽视，实际上在所有人心目中都拥有最神圣的地位。

“明天是个大喜的日子，我们大家都很期待。”菲利普拿着琴站起来，“按照习俗，新郎和新娘在举行婚礼前应该分开住。”

这又是一个习俗：先是最后一次正式的道别，然后是终其一生的厮守。

“不过，新娘可以送给新郎一件爱情信物，确保新郎在孤独的长夜里不会忘记她。”菲利普说，眼睛里闪现着调皮的光芒。

我和马修站了起来。我抚平裙子，专心盯着他的紧身上衣。我注意到那上面的针脚缝得非常漂亮，又小又整齐。马修温柔地把我的下巴轻轻抬起，然后我就迷失在他那棱角分明、线条柔和的微笑之中。我们凝视彼此，忘了自己置身于大庭广众之下。我们站在大厅里，身处婚礼宾客当中，我们的吻如一个魔咒一般，把我们带到一个只有我俩存在的温馨世界里。

“明天下午见。”我们嘴唇分开时，马修轻声说道。

“我会戴上面纱的。”16 世纪的新娘大多数都不戴面纱，但这是个古老的习俗。菲利普说过，他的女儿不会不戴面纱就走进教堂。

“无论在什么地方，我都会认出你。”他冲我一笑，“不管你戴不戴面纱。”

阿兰护送我出去的时候，马修的目光一刻都没有离开我。走出大厅很久后，我还是能感觉他的目光在抚摸我，冰冷而坚定。

第二天早上，卡特里内和热埃娜非常安静，我一直睡到她们做完家务才醒。她们终于拉开床帷提醒我沐浴的时候，太阳已经完全升了起来。

一队女人拿着水罐来到我的房间。她们像喜鹊一样叽叽喳喳地说笑着，把一个巨大的铜盆灌满水。我怀疑那铜盆平时是用来做葡萄酒或苹果汁的。铜盆里热气腾腾，保温效果绝佳，因此我决定不吹毛求疵，高兴地哼了一声，沉到水的下面。

那些女人让我泡在水里。我注意到自己的少许私人物品——用来记录炼金术和欧西坦语词组的笔记本——不见了，还有用于装衣服的又长又矮的箱子也不见了。我问卡特里内，她解释说所有的东西都搬到城堡另一端马修的房间里了。

我不再是菲利普假定的女儿，而是马修的妻子。因此，我的财物也相应地搬走了。

卡特里内和热埃娜非常忠于自己的职责。钟声敲响一点的时候，她们就扶我从浴缸里出来，擦干我的身体。监督她们干活的是圣吕西安最好的女裁缝玛丽，她过来对服装做最后的润饰。村里的裁缝师傅菲斯先生对我婚服的贡献却无人提及。

公平地讲，玛丽做的这套**礼服**[①]（只有用大写的法语才能对得起这件衣服）十分漂亮。她是如何在如此短的时间里做成这套衣服，这是个深埋的秘密，但我怀疑附近的每一个女人都可能帮忙缝了至少一针。菲利普宣布为我举办婚礼前，我原来的计划是做一套比较简单、庄重的深蓝灰色丝绸裙子。我一再要求只做一层袖子，不要两层，领口要高，用来遮挡冬天的寒风。我对玛丽说，没有必要再费事绣花了。我还不让她做那些撑开裙子的裙撑，它们跟鸟笼子似的，令人无法忍受。

---

① 原文为法文 La Robe。

菲利普告诉玛丽穿着这套礼服的合适时间和地点，但在此之前，她就已经发挥她的误解能力和创造力，修改了我最初的设计要求。之后，这个女人就一发不可收拾了。

“**玛丽，这礼服很好看。**[①]”我抚摸着大片的绣花对她说。丝绸上绣得满满的都是流行的山羊角——众所周知的富饶的象征，用金色、黑色和玫瑰色的线织成。绣满鲜花的羊角周围装饰着玫瑰花和枝叶，袖子两边也带着绣花。礼服上半身处也装饰有图案——蜿蜒的涡卷、月亮和星星。肩膀上是一溜叫做**雕花花边**的方形盖片，把连接袖子和上半身的蕾丝给遮藏了起来。尽管这些装饰都很复杂，但裙子上半身那优美的曲线非常合身，而且我对裙撑的要求也至少得到了满足。裙子鼓囊囊的，但那是因为布料繁多，而不是由于用金属丝做的奇怪玩意儿。我衬裙后穿着的东西只有屁股上甜甜圈形状的东西及丝质长袜。

“线条分明，也很简单。”玛丽安慰我说，拽了拽裙子上半身的底部，让它更为平展。

她们刚刚梳好我的头发，敲门声就响起来了。卡特里内急忙冲过去开门，不小心踢翻了一篮子毛巾。

进来的是菲利普。他穿着一套咖啡色衣服，看上去意气风发，后面站着阿兰。马修的父亲目瞪口呆。

“黛安娜？”菲利普听上去没有把握。

“怎么了？有什么不对劲吗？”我打量着裙子，着急地拍拍头发，“我们没有大镜子，我看不到——”

“你很漂亮。等马修看见你时，你就会知道，他的表情会比任何镜子照的都要清楚。”菲利普坚定地说。

---

① 原文为法文 La Robe est belle。

“你真是舌灿莲花，菲利普·克莱蒙。”我笑了一声说道，“您有什么事情？”

“我是来给你送结婚礼物的。”菲利普说着，伸出一只手来，阿兰把一个很大的丝绒袋子放到他手掌里。“恐怕来不及找人做了，这些都是家传的东西。”

他把袋子里的东西倒在手里，一道光芒迸发出来：金子、钻石、蓝宝石。我吃惊地倒吸一口气。但是，那丝绒袋子里还藏着更多的珍宝，有一串珍珠，一些镶嵌着猫眼石的月牙，还有一个形状奇特的金色箭头，边沿因年代久远已变得圆滑。

“这些东西是干什么用的？”我好奇地问道。

“当然是让你戴的。”菲利普轻声笑着说道，“那条项链是我的，但当我看到玛丽做的礼服时，我就想黄色钻石和蓝宝石会很搭配。虽然样式老旧，有人还可能会说，新娘戴这个显得太男子气了，但那条项链垂在你的肩膀上会很服帖。原本中间是个十字架坠子，但我想你可能更喜欢挂一个箭头。”

“我不认识这些花。”那些纤细的黄色花蕾让我想起了小苍兰，花蕾中间还点缀着蓝宝石镶边的金色鸢尾花。

“那是金雀花。安茹王朝①把它当作他们的象征。”

他指的是金雀花王朝：英国历史上最强大的皇室家族。金雀花王朝扩建了威斯敏斯特大教堂，还屈服于贵族而签署了大宪章，建立了议会，支持牛津大学和剑桥大学的建立。金雀花王朝的统治者参与了十字军东征，经历了与法国进行的百年战争。他们中的一个王室成员

---

① 英国安茹王朝，亦称“金雀花王朝”，是12—14世纪统治英国的封建王朝，1154年由亨利二世开创；王朝名称的由来，一说亨利二世的父亲安茹伯爵杰弗里经常在帽子上饰以金雀花枝，故有此名。

把这条项链送给菲利普，以此表示对他的青睐。再没有别的原因可以解释它的奢华了。

“菲利普，我可能无法——”他把其他珠宝递给卡特里内，然后把那条项链套过我的头顶，我不再抗拒了。就像马修不再是科学家一样，从那面模糊不清的镜子里看着我的那个女人也不再是个现代的历史学家了。“哇！”我惊叹一声。

“令人窒息啊。”他很满意，但是表情中带着柔和的遗憾，“真希望伊莎波也能来这里欣赏你现在这副模样，见证马修的幸福。”

“有一天我会把这一切都告诉她的。”卡特里内把那个金色箭头系到项链前面，然后把那串珍珠穿过我的头发。我从镜中看着菲利普凝视的目光，柔声承诺：“今晚我会好好照顾这些珠宝，明天早上就还给你。”

“这些东西现在都是你的了，黛安娜，你爱怎么着就怎么着。这个也是。”菲利普说着从腰带上又拽下一个袋子递给我，袋子是用上等的皮革做的。

这个袋子很沉，非常沉。

“我们家族里的女人自己理财，伊莎波很坚持这一点。这里只有英国钱币或者法国钱币，都没有威尼斯金币值钱，但是花这些钱却不会给你带来麻烦。如果你需要更多的话，只要去找沃尔特或其他骑士团成员就可以了。”

我刚到法国的时候全靠马修。在不到一周的时间里，我已经学会如何待人处事、与人交谈、如何持家、如何酿造葡萄酒。现在，我拥有自己的财产，菲利普·克莱蒙还公开声明我是他的女儿。

“谢谢您为我做的这一切。”我轻轻说道，“我以前以为您不想让我做您的儿媳妇。”

“也许刚开始是不想。但即便是老年人，也会改变主意的。”他冲我一笑，“而且我最终总是会得到我想要的。”

女仆给我披上披风。在最后一刻，卡特里内和热埃娜把一块薄如蝉翼的丝绸罩在我的头上，用猫眼石月牙别进我的头发里，那月牙后面有几个抓得很紧的小爪子。

托马斯和艾蒂安自愿担任我的卫士，跑在前头，带领我们穿过城堡，声嘶力竭地宣告我们的到来。很快，我们就排成一支队伍，在暮光中走向教堂。一定有人在钟楼上瞭望，一看到我们，钟声立即敲响。

走到教堂的时候，我有点畏缩。全村的人跟神父一起，都聚集在教堂大门外。我搜寻着马修，发现他正站在一段短短的台阶上面。透过透明的面纱，我能感觉到他注视的目光。此刻，我俩就像太阳和月亮，丝毫不在意时间、距离和差异，唯一重要的是我们对应的位置。

我提起裙子，朝马修走去。那短短的楼梯让我觉得永无尽头，难道时光就是这样捉弄所有的新娘吗？我很好奇，还是说只对女巫如此呢？

神父在门口笑容满面地看着我，却没有让我们进入教堂的表示。他双手捧着一本书，却没有打开。我茫然地皱皱眉头。

“还好吗，**我的心肝儿**？”马修低声说。

“难道我们不进去吗？”

“婚礼要在教堂门口举行，以免日后对仪式是否如实举行而产生流血争议。没有暴风雪，我们要感谢上帝。”

“**开始！**[①]”神父向马修点点头，发出了命令。

在整个婚礼中，我扮演的角色只要用法语说十一个字，马修要说十五个。菲利普已经告知神父，随后我们要用英语重复誓言，因为新

① 原文为法语 Commencez!

娘要完全明白自己誓言的内容是非常重要的。这么一来，我们结为夫妻要说的全部字数加起来就是五十二个。

“就是现在！[①]”神父冷得直打哆嗦，一心想着晚餐。

“我，马修，借着忠贞的婚姻将自己的身体交托于你，黛安娜。[②]”马修双手握着我的手说：“我，马修，借着忠贞的婚姻将自己的身体交托于你，黛安娜。”

“我接受。[③]”我回答，“我接受。”

我们现在完成了一半。我深吸一口气，继续这个仪式。

“我，黛安娜，借着忠贞的婚姻将自己的身体交托于你，马修。[④]”艰难的部分就要结束了。我很快说出我的最后一句话，“我，黛安娜，借着忠贞的婚姻将自己的身体交托于你，马修。”

“我接纳你，满心欢喜。[⑤]”马修把我的面纱拉下来说道，“我接纳你，满心欢喜。”

“这些话不对。”我狠狠地说道。我已经背会了誓词，里面根本就没有“满心欢喜”这几个字。

“对的。”马修低下头坚决地说。

我们结成伴侣的时候，按照吸血鬼的风俗结了一次婚；在麦迪逊的时候，马修把伊莎波的戒指戴到我手上，依照普通法再结一次婚；现在，我们是第三次结婚。

后来发生的事就有些记不清了。一条长长的路通向小山，路上火光通明，路两边站着祝福的人们。元帅的宴席已经摆好，人们兴高采

① 原文为法语 Maintenant!
② 原文为法语 Je, Matthew, donne mon corps à toi, Diana, en loyal mariage。
③ 原文为法语 Et je le reçois。
④ 原文为法语 Je, Diana, donne mon corps à toi, Matthew。
⑤ 原文为法语 Et je le reçois, avec joie。

烈地大吃起来。我和马修独自坐在餐桌旁，菲利普则四处给人倒酒，还确保小孩子们能够得到他们应得的那份兔肉烤串和奶酪炸饼。他偶尔用自豪的目光朝我们这个方向看一看，就好像我们在这个下午杀了一条恶龙似的。

“我从没有想过会看到这一天。”菲利普在我们面前放下一片蛋奶馅饼，对着马修说。

男人们开始把桌子挪到大厅边上，宴会似乎快要结束。高处的乐师席上鼓乐齐鸣。

“按照传统，第一支舞应该属于新娘的父亲。”菲利普对我鞠躬说道。他把我领到了舞池。菲利普舞跳得很好，但即便如此，我还是会绊到他。

“换我可以吗？”马修拍着他父亲的肩膀问。

“请吧，你老婆把我的脚都要踩坏了。”菲利普眨了眨眼睛，抵消了话里面的刺。然后他就离开了，让我和马修共处。

其他人仍在跳着，但他们也离开了，只剩下我俩留在屋子正中央。一个乐师弹起鲁特琴，有意让音乐慢下来，一种管乐器奏出优美的伴奏。我们俩分开、结合，一遍、两遍，再一次，屋里令人分心的一切活动都消失了。

“不管你母亲怎么说，你都比菲利普跳得好多了。”我对他说道。尽管我们跳得很慢，但我还是累得气喘吁吁。

“那是因为你跟着我的步子。”他打趣说，“你和菲利普跳舞的时候，每一步都在对抗。”

舞曲又让我们跳到一起，他拉着我的胳膊肘，使我紧贴着他的身体，然后吻了我。“现在我们结婚了，你会原谅我的罪孽吗？”他又跳回正常的舞步。

“那要看情况了。”我警觉地说，“你做了什么？”

“我把你的衣领飞边压得无法复原了。”

我大笑起来，马修再次吻住我，这个吻短暂而激烈。鼓手把这个当作暗示，加快音乐的节奏。其他一对对的舞伴在舞池中飞快地旋转。在我们被他们踩着之前，马修带着我跳到了壁炉旁边一个比较安全的地方。一会儿，菲利普也过来了。

“带你老婆去上床吧。”菲利普低声说。

“但是客人们……”马修抗议道。

“快带你老婆上床，儿子。”菲利普重复道，“趁其他人还没有决定陪你们一起上楼，以确保你们尽到新婚夫妻的本分，你们现在就偷偷溜走吧，这里一切由我负责。”他转过身，很正式地吻了吻我的双颊，然后用希腊语低声说了一些话，把我们赶到了马修的塔楼上。

虽然在我那个时代，我就对塔楼很熟悉了，但却没有见过它在16世纪时的辉煌。马修的房间布置完全不一样了。我满指望能在挨着第一段楼梯平台的那间房子里看到书籍，结果却看到一张有顶盖的大床。卡特里内和热埃娜拿出一个雕花盒子，把我的新首饰放进去，再往水盆里盛满水，然后就忙着更换新床单。马修坐在火炉前，脱掉靴子，拿起一杯酒。

“您的头发，**夫人**？”热埃娜用疑问的眼神看着我丈夫，问道。

“我来处理。”马修眼睛看着炉火，粗声说道。

“等等。”我说着，把那个月牙形的首饰从头发上拿下来，放到热埃娜翻开朝上的手掌里。她和卡特里内把我的面纱取下来，然后离开了。我站在床边，马修懒洋洋地躺在火边，双脚放在一个衣服箱子上。

门一关上，马修就放下酒杯，走到我身边，用手指在我的头发里绕来绕去，轻轻地扯着，片刻间就把姑娘们花了将近三十分钟才做好的头发松开。他把那串珍珠扔到了一边。我的头发垂到了肩膀上，马修翕动着鼻翼闻着我身上的香味。他一声不吭地把我拉向他，紧紧地抱着我，然后低头吻我的嘴唇。

但是，有一些问题需要先问一问，还要得到答案。我往后退缩。

“马修，你确定……？”

冰凉的手指滑到我衣领飞边的下面，找到连接飞边和裙子上身的绳结。

啪嗒，啪嗒，啪嗒。

硬邦邦的亚麻衣服从我的脖子上落下来，掉到地上。马修解开紧扣的衣领，低下头吻我的喉咙。我抓住他的上衣。

“马修。”我又一次问道，“这是要……”

他再一次吻住我，不让我说话，同时把那条沉重的项链从我的肩膀上拿了起来。我们暂时分开，让马修把它从我的头上拿下来。然后，他双手撕开了**雕花花边**的齿状线，那里是袖子与上衣的连接处。他的手指沿着那些衣缝滑动，寻找衣服上的防御薄弱点。

“找到了。”他喃喃说着，食指勾住边沿，使劲一拉。一条袖子，接着另一条，从胳膊上滑下来，掉到地上。马修好像完全没有在意，但那可是我的结婚礼服，是不好修补的。

“我的礼服。”我在他的怀里扭动身体。

“黛安娜。”马修扭回头，双手搂住我的腰。

“怎么了？”我气喘吁吁，试着用拖鞋鞋尖够到那条袖子，然后踢到一边，防止踩坏。

“神父主持我们的婚姻，全村人都祝愿我们百年好合。有美食，也有舞会。我确实觉得应该用做爱为这个美好的夜晚画上句号，你却似乎对自己的衣服更感兴趣。”马修说着，在我肚脐下方大约三英寸的地方又找到了一些绳结，那些绳结把我的裙子与凸起来的上半身礼服连接了起来。马修的大拇指在我的耻骨和上衣边缘之间轻轻移动。

“我不希望我们第一次亲热就只是为了让你的父亲称心。”我虽然嘴上反对，但他不停地疯狂挥动大拇指，就像天使扇动着翅膀，我的屁股朝他靠过去，发出隐秘的邀请。他轻轻地发出了一声满足的声音，解开了那里藏着的一个蝴蝶结。

咔嚓嚓，咔嚓嚓，咔嚓嚓。

马修的手指灵巧地拉开交错的丝带，将其从一个个隐秘的孔洞中抽出来。一共有十二个孔洞，他的力道让我的身体前俯后仰。

“终于完了。”他满意地说道，但随即又抱怨起来，“天啊，还有很多。”

“啊，还早着呢，我被捆得跟只圣诞节的烧鹅。”他把上衣拆下，露出里面的紧身胸衣，“或者更准确地说，像基督降临节的一只烧鹅。”

但是马修并没有在意我说的话，反而把注意力都放在我半透明的高领衬衣和缝了好几层的紧身胸衣交接的地方。他把嘴唇贴在那高高凸起的地方，虔诚地低下头，发出粗重的呼吸声。

我的呼吸也变得粗重起来。不知为什么，他的吻因为隔着一层细麻布而让我变得更加春心荡漾。我不知道他为什么暂时放弃非把我剥光不可的决心，只好用手捧着他的头，等他采取下一步行动。

终于，马修拿起我的双手，放在雕刻精美的床柱上，上面是一片顶篷。“抓住。”他说。

咔嚓嚓，咔嚓嚓。马修还没有把线绳都解开，偷空将手伸进我的胸衣。他的手顺着我的肋骨，摸到了乳房。他冰凉的手指隔着衬衣摸着我温暖而圆挺如鹅卵石的乳头，我轻轻地呻吟了一声。他又把我拉回他的怀里。

“难道你认为，除了你之外，我还会取悦其他人吗？”他在我的耳边喃喃低语。我并没有立刻回答，他一只手慢慢滑到我的腹部，把我搂得更紧，另一只手还在原处，握着我的乳房。

“没有。”我把头向后仰起来靠在他的肩膀上，脖子露了出来。

“那么就不要再提我父亲了。还有，你如果现在停止担心那些礼服袖子，明天我就给你买来二十套一模一样的礼服。”马修忙着掀起我的宽袍，把下摆拉到我大腿上。我的手松开了床柱，抓住他的一只手，按在我两腿之间。

“不提了。”我同意道。当他的手指分开我的肉体时，我轻呼一声。

马修吻着我，让我平静下来。他的手缓慢的动作却造成相反的效果，因为我的身体越来越紧张。

“衣服太多了。”我喘息着说。他虽然没有表示同意，但从他剥除紧身胸衣的速度看来，他也深有同感。现在那些系带都已松开，我可以把衣服拉到地上，直接走出来。马修自己解开他的上衣纽扣，我解开他的马裤。这两件衣服在他的臀部处用交叉系带连接，跟我的胸衣和裙子一样繁复。

等我身上只剩衬衣和袜子，马修也只有衬衫和袜子时，我们停了下来，尴尬的感觉又回来了。

“你愿意让我爱你吗，黛安娜？”马修说。这个谦恭有礼的简单问题让我的焦虑一扫而光。

“我愿意。”我小声说。他跪下来，小心翼翼地把系着我长袜的丝带解下来。那些丝带是蓝色的，卡特里内说蓝色象征着忠贞。马修把裤管沿着我的腿卷下来，沿着它的轨迹亲吻我的膝盖和脚踝。他脱掉自己袜子的速度很快，我都没来得及看清他袜带的颜色。

马修把我稍微抱起，让我的脚尖挨着地面，这样他就刚好嵌入我的两腿之间。

“我们可能来不及去床上了。”我抓住他的肩膀说。我想让他进入我的身体，马上。

但我们还是朝着那张柔软、幽暗的床走去，一路上把衣服脱光。一躺到床上，我的身体就迎接他进入我腿间的月弯，同时伸出手抓住他的肩膀，把他拉到我身上。即便如此，当我们的身体融为一体的时候——温暖与冰冷，光明与黑暗，女人与男人，女巫和吸血鬼交织在一起，成为一个相互对立的混合体——我还是惊讶地轻呼。

我们沉浸在恋人那特有的节奏里，一起摇晃，用嘴和手的温柔触摸相互取悦，合为一体，直到我们只剩心灵与灵魂给予对方。我们深情地看着对方，用肉体和灵魂交换了最后的誓言，颤抖得像新生的婴儿一样。

“让我永远爱你吧。”马修吻着我湿漉漉的额头，喃喃低语。我们躺着交缠在一起，他一点点吻过我的额头、眉毛，留下冰凉的痕迹。

“我愿意。”我再次承诺，依偎过去，让我们的身体贴得更加紧密。

13

“我喜欢结婚。”我昏昏欲睡。自从捱过最后一天的宴会和收礼——大多数礼物不是哞哞叫就是咯咯叫，一连好几天，我们什么都没做，除了做爱、聊天、睡觉、读书。元帅偶尔会给我们送来一些食物和饮料，让我们用来维持体力。除此之外，我们俩就自己待着，就连菲利普都没有来干扰我俩的二人世界。

“你似乎适应得很好。”马修用冰凉的鼻尖磨蹭着我的耳朵背后。我脸朝下，双腿伸开趴着，这个房间位于铁匠铺上面，本来用来储藏多余武器。马修趴在我身上，为我挡住从木门裂缝处刮进来的寒风。尽管我不确定如果有人进来，能看见多少我的身体，但肯定能看见马修的臀部和裸露的双腿。他挑逗似地蹭着我。

“你不可能还想做那个吧。”当他反复地做着那个动作的时候，我开心地笑了。我在想如此旺盛的性活力是吸血鬼共同的特征，还是马修独有的特色。

“你已经开始批评我的创造力了吗？”他把我翻过来，趴到我的两腿之间，“更何况，我想要的是这个。”他凑到我的嘴唇上，然后温柔地滑入我的身体。

“我来这里是学习射箭的。”过了一会儿，我说，“这就是你说的射箭练习吗？”

马修大笑起来，“‘做爱’在奥弗涅语中有上千个委婉的说法，但我确定‘射箭’并不是。我来问问元帅有没有听过。”

“不许问。”

“你变矜持了吗，毕晓普博士？”他假装惊讶，从我背上凌乱的头发里捡起一根稻草，“别多心了。没有人会对我们消磨时间的方式存有任何幻想的。”

“我明白你的意思。”我把他以前的长袜拉到我的膝盖上，“既然你把我引诱到这里了，那就不妨看看我有什么地方做的不对吧。”

“你是个新手，不能指望每次都能射中目标。”他说着，站起来去找自己的长袜。一只袜子还连在旁边的马裤上，另一只却不知去向。我把手伸到肩膀下面，递给他已经卷成一团的袜子。

“有好的指导，我能成为一个高手。”现在我已经见识了马修的射箭技术，他的胳膊很长，手指灵巧有力，是个天生的弓箭手。我拿起那把弯弓，那是用动物的角和木头做成的，像个月牙般锃亮，靠在附近一堆干草上。揉搓过的皮革弓弦轻轻颤动。

“那你应该花时间向菲利普学射箭，而不是跟我。他的箭法是传奇级的。”

“你父亲对我说，伊莎波的箭术更好。”我用的弓就是她的，但到目前为止，她的技术一点也没有传到我身上。

“那是因为我母亲是唯一能把箭射到他身边的人。”他指着那把弓说，“我给你装上弓弦。”

从我第一次尝试把弓弦装上弓环以来，脸颊上已经留下了好几道粉红色的印痕。要具备巨大的力量和娴熟的手法，才能把弓弯成正确的弧度。马修用大腿顶住弓的下半部，一只手把上半部压下来，另一只手把弓弦系上。

“你看上去非常轻松。”在现代的时候，他曾在牛津大学旋开一瓶香槟的瓶塞，当时看上去也非常轻松。

“是很轻松——如果你是个吸血鬼，而且练习了大约一千年的时间。”马修微笑着把那把弓递给我，“记住，双肩要保持一条直线，不要考虑太久，放箭的动作要轻柔流畅。”

他这么说听上去很简单。我转过身来对着靶子。马修已经用几把匕首把一顶柔软的帽子、一件上衣和一条裙子固定在干草堆上了。一开始我以为要击中某样东西：帽子、上衣、裙子。但是马修解释说，目标是要射中我所瞄准的东西。他先做了示范，把一支箭射到一个干草堆上，用另外五支箭以顺时针方向围着那支箭射了一个圈，然后用第六支箭把中心那支箭杆从中间射成两半。

我从箭筒里抽出一支箭，搭到弓上，沿着左臂向前看去，然后拉开弓弦。我有点迟疑。弓已经偏离方向了。

“放箭。”马修突然大声说道。

我松开弓弦，那支箭嗖的一声从那堆干草旁边飞过，落在地上。

“让我再试一下。”我说着，把手伸向脚边的箭筒。

“我见过你向一只吸血鬼发射巫火，在她胸口烧了个大洞。”马修轻轻说道。

“我不想谈朱丽叶。”我想把箭搭上，双手却在发抖，索性就把弓垂了下来，“也不想谈尚皮耶，不想谈魔法似乎完全消失的这个事实，也不想谈我怎么能让水果枯萎，怎么能看到人们周围的色彩和光亮。难道我们就不能不提这个事——哪怕只有一个星期呢？”我的魔法（或没有魔法）经常成为话题。

“学箭本来是为了激发你的巫火。”马修指出，“谈论朱丽叶也可能有帮助。”

“为什么就不能单纯地做些运动呢？”我不耐烦地问。

“因为我们需要知道你的魔法发生变化的原因。”马修平静地说，“把弓拿起来，向后拉箭，然后射出去。”

“至少这一次我射中了干草。”那支箭落在草堆的右上角。

“可惜你瞄准的位置其实是在低处。”

“你这么说就不好玩了。”

马修的表情严肃起来，“求生可不是说着玩儿的。这一次你把箭架好，闭上眼睛再瞄准。”

“你想让我运用本能的力量。”我搭弓拉箭，笑声发虚。目标就在我的面前，但我还是按照马修的建议闭上眼睛，把注意力集中在那个靶子上。我刚闭上眼睛，空气的重量就让我分心。空气压在我的胳膊上、大腿上，还像一件沉重的披风披在我的肩膀上。空气把箭头抬高了。我调整了一下姿势，撑开肩膀，把空气推到一边。一阵微风轻抚，如抚慰般回应，吹开我耳畔几缕发丝。

你想要什么？我恼怒地问那阵微风。

你的信任。微风轻轻回答。

我惊讶得张开嘴巴。我的心灵之眼张开了，我看到那箭头被锻炉的火力和铸造的压力烧灼成金色。困在里面的火渴望再次自由飞翔，但除非我让心中的恐惧随风而去，否则它就会一直待在原处。我轻轻呼出一口气，为信心腾出空间。我的呼吸穿过箭杆，然后我松开了弓弦。那支箭随着我呼出的气息在空中飞了起来。

“我射中了。”我仍然闭着眼睛，但不用看都知道箭已经射中目标了。

“是射中了，问题是你是如何做到的呢。”马修趁那张弓还没来得及从我的手中掉落就拿了过去。

“火被困在箭里，空气的重量缠绕着箭杆和箭头。”我睁开眼睛说道。

“你感觉到了元素，就像你在麦迪逊萨拉的果树下感觉到了水，在旧馆的榅桲上感觉到了阳光一样。”马修若有所思地说。

“有时候，这个世界好像充满了无形的能量，可我就是无法掌控。如果我能像西蒂斯一样随意变化身形，也许就会知道如何处理这一切了。”我说完就伸手去拿那张弓，又抽出一支箭。我只要闭上眼睛，就能射中目标，但一偷看周围，就会射偏，或者弓箭中途落地。

“今天练够了。”马修抚摸着我右肩胛骨旁边紧绷的肌肉，“元帅预报说这周晚些时候会下雨，也许我们应该趁还能骑马的时候回去。”元帅不仅是个厨艺高手，还是个出色的气象学家。他平常送早餐的时候，还会送来天气预报。

我们策马向乡间野外走去。在回家的路上，我们还看到田野里燃起了好几堆篝火，塞图尔城堡上更是火光通明。今晚是农神节，城堡正式开始过节的第一天。主张各宗教大团结的菲利普不想让任何人感觉冷落，所以不管是罗马风俗还是基督教风俗，分配到的时间都一样多。这个节日中甚至还混有北欧圣诞节的气息，我猜那一定是为了目前缺席的加洛格拉斯着想。

“你们两个不可能这么快就厌倦彼此了吧！”我们回来的时候，菲利普从大厅上面的乐师席里大喊。他头上戴着一对华丽的鹿角，看上去像狮子和雄鹿的神奇合体。“我们还以为再过两个星期才能看到你们呢。不过既然你们回来了，那就做点有用的事吧。去拿一些星星和月亮来，哪里空着，就挂到哪里。”

大厅装饰得绿意盎然，简直就像一片森林，充满森林的气息。好几个酒桶都无人看管，摆设酒宴的人什么时候想喝都能喝上一杯。大厅里响起一片欢呼声，欢迎我们归来。装饰大厅的人员想让马修爬上壁炉架，把一根巨大的树枝绑到一个横梁上。他一下子就跳上了石墙，身手灵活，显然他不是第一次做这种事了。

节日的气氛令人无法抗拒，晚宴如期开始的时候，我们俩就主动为客人上菜。这是一个身份颠倒的老游戏，主人变成了仆人，仆人变成了主人。我的卫士托马斯抽到了幸运签，要作为失序之王[①]来主持这次庆祝活动。他戴着昂贵的镶着红宝石的金王冠，好像这无价之宝不过是一个演出的道具。他从楼上走下来，坐到菲利普位置上，屁股下是一堆垫子。无论他提出什么样的愚蠢要求，都会得到扮演宫廷小丑的菲利普的允许。菲利普今晚的使命包括跟阿兰跳一支浪漫的舞（菲利普扮演女子）；吹奏哨笛让小狗们狂舞；还要在小孩子们的尖叫声中表演影子龙爬墙。

菲利普也没有忘记那些成年人。他在逗乐小臣民的时候，让大人们来玩精彩的赌博游戏。他发给每个成年人一袋豆子用来下注，并许诺晚会结束时给赢得最多的人一袋钱。很有生意头脑的卡特里内用亲吻对方来换取豆子，大有斩获。我要是有筹码的话，就会全部押在她身上，赌她会赢得最后的奖金。

整个晚上，我一抬头都会看到马修和菲利普并肩站着，他们时而交谈几句，时而分享着什么笑话。当他们的头挨在一起时，一明一暗，外表上的差异非常醒目。但是，他们在其他诸多方面都很相似。每一天，菲利普身上抑制不住的快活劲儿就会磨掉马修身上一些棱角。哈米什说得很对，来到这里后，马修变得不一样了。他变得更好了。虽然我在圣米歇尔山上害怕担心过，但他还是我的马修。

马修感受到我凝视的目光，投来一个询问的眼神。我微笑，从大厅这头给了他一个飞吻。他低下头，有些羞涩，但很高兴。

午夜前五分钟，菲利普掀开壁炉旁边一件东西的盖子。

“天啊，菲利普曾发誓说他会修好那座钟，但当初我不相信。”大人和小孩们都高兴地尖叫起来，马修来到了我的身边。

我从未见过这样的钟。一个雕花镀金的柜子里放着一个水桶，一

① 圣诞节时主持狂欢之人。

根长长的铜管从桶里伸出来，把水滴进一个漂亮的轮船模型里，轮船模型用一根套在圆柱上的绳子悬吊空中。当船因注水而越来越重的时候，那个圆柱就会转动，带动钟面上一根独一无二的指针，沿着一个有刻度的转盘移动，从而指示时间。整个结构几乎跟我一样高。

“午夜时会发生什么事？”我问。

“毫无疑问，不管发生什么事，都跟他昨天要的火药有关。”马修担忧地说。

菲利普郑重地摆好那座钟，然后开始按照古代敬神庆典的规矩，向过去和现在的朋友及家族的新旧成员送上致辞。他把过去一年中，这个团体失去的每一位成员的名字都报了一遍，其中还包括（刚才失序之王曾提到过的）托马斯那只不幸意外丧生的小猫普吕内尔。那个钟上的指针正一点点地向十二点迈进。

正好子夜，那个轮船模型发出震耳欲聋的爆炸声，之后四分五裂。那座钟在破碎的木箱中摇晃着停摆了。

“**妈的**。[①]”菲利普悲伤地看着那座被炸坏的钟。

“菲内先生，愿上帝让他的灵魂安息。看到你对他的设计做出了改动，他是不会高兴的。”马修弯身仔细察看，挥手驱散眼前的浓烟，“菲利普每年都会尝试新花样：喷水口啦、响铃啦、可以报时的机械猫头鹰啦。弗朗索瓦国王玩纸牌时把这个钟表输给了他，之后他就一直在鼓捣。”

“那个大炮本该只发射些小火星，再冒些烟，用来逗小孩子玩的。”菲利普恼怒地说道，“你的火药有问题，**马提欧斯**。”

马修大笑起来：“从那些残骸来看，很明显火药没有问题。”

“**太可惜了**。[②]”托马斯同情地摇了摇头。他蹲在菲利普旁边，

---

① 原文为希腊语 Skata。
② 原文为法语 C’est dommage。

歪戴着皇冠，脸上露出大人般的关切表情。

“没事[①]，明年我们会做得更好。”菲利普轻松地安慰着托马斯。

不久我们就离开了，留下圣吕西安的村民们在那里继续赌博、狂欢。到了楼上，我在火边磨磨蹭蹭，一直等到马修熄灭蜡烛钻进被窝。我一爬上床，就撩起睡袍，骑在他身上。

“你要干什么？”马修吃惊地发现自己仰躺在床上，妻子俯视着他。

“失序游戏不能只是男人们的事。”我说着，用指尖在他的胸部轻轻滑动，“我在研究院读过一篇文章，名字叫《女人在上》。”

“你一向喜欢主导一切，我想象不出你会从中学到什么东西，**我的心肝儿**。”我调整重心，把马修稳稳地卡在大腿之间，他露出压抑的表情。

“马屁精。”我的指尖在他身上慢慢游走，从他优雅的臀部，到小腹肌肉处，再到他肌肉发达的肩膀。我向他俯下身体，把他的胳膊按在床上，让他通过我解开的领口把我的身体看得一清二楚。他发出一声呻吟。

“欢迎来到颠倒世界。”我松开他，以最快的速度脱掉睡袍，然后握住他的双手，俯身在他的胸口上，让我裸露的乳尖轻触他的皮肤。

“天啊，你要搞死我啊。”

“你现在不准死，吸血鬼。”我引导他进入我的身体，轻轻晃动，承诺要给更多，却不马上兑现。马修低声呻吟。“你喜欢这样。”我温柔地说道。

他催促我采取更用力、更快的节奏，但我还是保持缓慢、平稳的动作，陶醉于我们融在一起的姿势。马修是我身体核心中一个冰凉的

---

① 原文为法语 Pas de problème。

实体，是一种妙不可言的摩擦的来源，让我热血沸腾。他达到高潮时，我凝视着他的眼睛深处，那目光中不加掩饰的脆弱让我随着他猛冲起来。我整个人瘫软在他身上，当我移动着要爬下来的时候，他紧紧地抱住了我。

“别动。”他轻声说。

我确实没动，几个小时后马修叫醒了我。在黎明前的静谧中，他再次和我做爱，让我从火变为水再变成风，然后又回到梦乡。在整个过程中，他一直抱着我。

星期五是一年中最短的一天，要庆祝圣诞节了。村民们还没有从农神节的狂欢中恢复过来，又要过圣诞节了，但菲利普激情不减。

“元帅宰了一头猪。”他说，“我怎么能让他失望呢？”

天气转好的时候，马修去村子里帮忙人们修缮一个倒塌的房顶，那是最近的一次降雪压塌的。我让他待在那里，在房梁上和别的木匠把铁锤抛来抛去，对于在冰冻气温中做一上午耗费体力的劳动，感到开心。

我把自己关在图书室里，身边放着几本精美的炼金术藏书和几张白纸。一张纸上胡乱地画着什么，还有一些图表，这些东西只有我才能看得懂。因为城堡里一片喧闹，我已经放弃了酿酒的尝试。托马斯和艾蒂安想跟朋友们一起到处玩耍，想把手指头伸进元帅新拌出来的蛋糕糊，不想帮我做科学实验。

“黛安娜。”菲利普走得飞快，半个人都进了房间时才注意到我。“我还以为你跟马修在一起。”

“我不忍心看他爬那么高干活。”我坦白道。他点点头表示理解。

“你在忙什么呢？”他从我身后看过来。

“想弄清楚我和马修与炼金术有什么关系。”我的大脑因为缺乏睡眠和长期不用而昏昏沉沉的。

菲利普把一把折纸放到桌子上，拉过一把椅子坐下。那把折纸中有三角形的，有四方形的，还有卷起来的。他指着我画的一幅素描说：“这是马修的印章。”

“是的，它还是金和银、太阳和月亮的象征。”因为要过农神节，大厅里装饰了很多这些天体亮闪闪的化身。“我从周一晚上起就一直在思考这件事。我知道为什么要用月牙和白银象征女巫——它们都与女神相关，但为什么会有人用太阳和金子来代表吸血鬼呢？”这和民间流行的传说完全相反。

“因为我们永生不变。我们的生命没有盛衰枯荣，我们的身体像金子一样不会受到死亡和疾病的侵蚀。”

“我应该想到这一点的。”我说着，把这个写了下来。

“你心里还想着其他的事情。”菲利普微笑着说，“马修非常幸福。”

“那不仅仅是因为我。”我迎着公公凝视的目光说，“马修很高兴能跟您又一次待在一起。”

菲利普的眼睛里掠过一片阴影。“我和伊莎波都很喜欢孩子们待在家里。虽然他们都有各自的生活，但他们不在身边的生活很难忍受。”

“今天你也非常想念加洛格拉斯。”我说。菲利普一反自己的性格，显得很压抑。

“是的。”他用手指搅动着那些折纸，“我的大儿子休把他带进这个家。在开枝散叶方面，休总是能够做出明智的选择。加洛格拉斯也不例外，他是个勇猛的武士，秉承他父亲身上的荣誉感。得知我的孙子在英格兰跟马修在一起，我感到很欣慰。”

“马修很少提到休。”

“他跟休比跟其他任何兄弟都亲。当休跟最后的圣殿骑士一起死在教堂和国王的手中时，马修的忠诚动摇了。过了一段时间，他才从血怒中挣脱出来，回到我们身边。”

“那加洛格拉斯呢？”

“加洛格拉斯还没有从悲伤中走出来，在做到这一点之前，他是不会踏足法国的。我的孙子跟马修一样，对背叛休的那些人大加惩罚，但复仇永远也弥补不了我们的损失。我孙子有一天会回来的，这一点我敢肯定。”有一瞬间，菲利普看上去非常苍老，不再是那个精力充沛的统治者，而是一个遭受白发人送黑发人之痛的父亲。

“谢谢你，菲利普。”我迟疑了一下，把一只手放在他手背上。他短暂地握了一下，站起身来。然后，他拿起一本炼金术图书，那是戈弗雷的，里面的插图非常精美，名字叫《曙光乍现》①，也就是最初把我引诱到塞图尔城堡来的那本书。

“好奇特的题材，炼金术。”菲利普一页页翻阅，喃喃道。他看到太阳国王和月亮皇后各自骑着狮子和狮鹫兽对战的那幅插图，就开怀大笑起来。“是的，就是这个了。”他把一个折纸夹进书页里。

“你在做什么？”我好奇得不得了。

“这是我跟伊莎波玩的一个游戏。我们每逢有一个人远行的时候，就会把口信藏在书页里。一天里会发生那么多的事情，等我们再次见面的时候，不可能全都记得。这样就可以在最意想不到的时刻撞见回忆的片段，然后一起回味。”

菲利普走到书架那里，拿出一册皮革装订的旧书。“这是我们最喜欢的故事书《阿莫利斯之歌》②。我和伊莎波的品位很简单，喜欢

① 意大利中世纪神学家阿奎那写的一本炼金术著作。
② 11世纪的拜占庭民谣，描述一个少年骑士击溃敌军救出父亲的故事。

看冒险故事。我们总是把信息藏在这本书里。”他把一个纸卷沿着牛皮纸的书脊夹了进去。当他用劲往里面塞的时候，一片长方形折纸从底端掉了出来。

“伊莎波还会用刀，这样她的口信就更难让人发现了。那个女人，真是诡计多端。让我们看看她说了什么。”菲利普打开那张纸，默默地读起来。他抬起头，双眼发亮，脸颊比平时更红。

我站起来笑着说：“我想你可能需要私下写封回信了！”

“先生。”阿兰在门口走来走去，表情很严肃，“信使已经来了，一个来自苏格兰，一个来自英格兰，第三个来自里昂。”

菲利普叹了口气，轻轻地骂了一声，“他们可以等到圣诞节晚宴过后再来的。”

我的嘴发酸。

“不可能是什么好消息。”菲利普看到了我的表情，“里昂的信使说什么了？”

“尚皮耶在离开之前做了防范，他对别人说他被召唤到这里来。现在他没有回家，所以他的朋友们正在四处打听。一群巫师正准备出来找他，而且是朝这个方向走的。”阿兰解释说。

“什么时候到？”我低声问道。这也太快了吧。

“雪会减慢他们的速度，而且他们会发现，在圣诞节期间出行会很艰难。再过几天吧，也许一个星期。”

“其他的信使呢？”我问阿兰。

“他们正在村子里找老爷。”

“一定是召他回英格兰。”我说。

“如果那样的话，最好在圣诞节那一天出发。那时，路上行人稀少，月光昏暗，最适合食血族人出行，却不适合温血动物。”菲利普平静地说道，“在去加来[①]的路上，马匹和食宿都会为你们准备好，有船会等在那里，把你们送到多佛尔[②]。我已经派人通知加洛格拉斯和雷利，做好准备迎接你们。”

“你早已预料到这件事了。”我说。一想到要离开这里，我不禁颤抖。“但是我还没有做好准备，人们还是会发现我与众不同。”

“你混入人群的能力比你以为的要好。比如说，整个上午你都一直在用非常流利的法语和拉丁语和我说话。”我难以置信地张大嘴巴，菲利普笑了起来，继续说道，“是真的，中间我换了两次语言，你都没有发觉。”他的神情严肃起来，“要我下去把我的安排告诉马修吗？”

“不要。”我说着，拉住他的胳膊，“我去告诉他。”

马修正坐在房梁上，双手各拿着一封信，眉头紧锁。他看见我后，就顺着屋檐上的斜坡滑下来，落在地上，动作像猫一样优雅。今天上午他的好心情和轻松都成为了过去时。马修从一个锈迹斑斑的火炬托架上拿下他的紧身上衣。他一穿上那件衣服，那个木匠就消失了，王子归来。

“阿格尼丝·桑普森被起诉五十三个巫术罪名，她都认罪了。”马修骂道，“苏格兰的官员们还没学会，增加指控罪名反而会让每一个罪名都显得更没说服力。根据这里的描述，魔鬼向桑普森汇报说，詹姆士国王是他最大的敌人。伊丽莎白发现自己没有排在第一位，肯定会非常高兴。”

“巫师不相信魔鬼。”我告诉他。在所有人类有关巫师的怪诞说法当中，这一点最让人无法理解。

---

① 法国北部的重要港口城市。
② 英国东南部的港口。

“大多数生物在连续受到几个星期的折磨、饥饿和恐惧的情况下，只要能让当前的苦难告一段落，不管什么他们都会相信的。”马修用手指拢了拢头发说，“正如詹姆士国王认为的那样，阿格尼丝·桑普森的供词——尽管不可信——却提供了巫师干预政治的证据。”

“因此就违反了圣约。”我现在明白了苏格兰国王费那么大力气追捕阿格尼丝的原因。

“是的，加洛格拉斯想知道下一步怎么做。”

“你是怎么做的，你……上一次在这里的时候？”

“我对阿格尼丝·桑普森的死亡听之任之，当作一项民事犯罪的正当处罚，不在圣会的保护范围之内。”他迎上我的目光。我在女巫和历史学家的身份之间苦苦挣扎，无法做出选择。

“那么，你又得再一次保持缄默了。”最终还是历史学家的身份占了上风。

“我的沉默将意味着她的死亡。”

“你仗义执言就会改变过去，也许还会给现代带来无法想象的严重后果。我比你更不想让那个女巫死掉，马修。但是，如果我们开始改变事物的话，哪里是个尽头呢？”我摇了摇头。

“所以我会目睹这整件可怕的事情在苏格兰再发生一次，尽管这一次会有所不同。”马修不情愿地说道，“威廉·塞西尔已经发出指示要我回家，这样我就能为女王搜集有关苏格兰局势的情报了。我必须服从他的命令，黛安娜。我没得选。”

“即使塞西尔没有召唤你，我们也得去英格兰。尚皮耶的朋友已经发现他失踪了，所以我们要立刻离开这里。菲利普一直在做安排，让我们可以迅速动身，以防万一。”

“我父亲就是这样。”马修干笑着说。

“很抱歉这么快我们就要离开了。”我轻轻地说道。

他一把抱住我："要不是你，我对我父亲的最后记忆就是一副破碎的躯壳。世间苦乐参半，我们都要品尝。"

在接下来的几天里，因为马修和他的父亲已经历了多次分别，所以两人照例进行了一套他们想必已很熟悉的告别仪式。但是，这一次是特别的。下次回到塞图尔城堡的马修将是一个不一样的马修，一个不认识我也不了解菲利普未来的马修。

"圣吕西安村民早就知道我们是食血族人了。"在我担心托马斯和艾蒂安是否能保住所有秘密的时候，菲利普向我担保，"我们来来去去，他们从不过问，我们也不做解释。一直都是这样子的。"

即便如此，马修还是要确保自己的计划足够清楚。一天早上，我听到他和菲利普在干草棚比武之后进行的一次谈话。

"在回我们那个时代之前，我要做的最后一件事就是派人给你送口信。你要做好准备，命令我去苏格兰加强家族与詹姆士国王的联盟，我会从那里去往阿姆斯特丹。荷兰人即将开辟与东方的贸易路线。"

"我应付得来，马修。"菲利普温和地说，"在那之前，我希望能定期收到英格兰的最新信息以及你和黛安娜的近况。"

"加洛格拉斯会及时向你通报我们的最新情况。"马修保证。

"那跟收到你直接发来的信是不一样的。"菲利普说，"以后你自鸣得意时，我难免会因为知道你的未来而扬扬自得，马修。但我会设法克制的。"

我们在塞图尔城堡的最后日子里，时光真是跟我们开了个玩笑，一开始是拖延，然后是没有任何征兆地加快。在平安夜，马修跟家中大多数人一样一起去教堂做弥撒。我待在城堡里，发现菲利普在大厅另一端他的办公室里。他正在写信，一如往常。

我敲了敲门。这只是个形式，因为我一离开马修的塔楼，他就知道我走过来了，但不请而入好像也不妥。

“进！”我刚到这里的时候，他曾发出过同样的命令。但是我现在更加了解他了，所以听起来就不怎么可怕了。

“不好意思，打扰您了，菲利普。”

“进来吧，黛安娜。”他说着，揉了揉眼睛，“卡特里内找到我的箱子了吗？”

“找到了，还有杯子和笔盒。”他坚持要我路上带着他那些漂亮的旅行箱，每一个都是用坚硬的皮革做的，能经得住雨雪的侵袭，还经得起粗暴的搬运。“我想在我们离开之前，一定要来谢谢您——不仅仅是感谢您为我们举行的婚礼。您愈合了马修内心的某种破损。”

菲利普推开凳子站起来，仔细端详着我。“应该道谢的人是我，黛安娜。一千多年以来，这个家一直在努力愈合他的心灵创伤。要是我没有记错的话，你只用了不到四十天的时间。”

“马修以前不是这样的。”我摇了摇头说，“直到他来这里与您共处才发生了改变，他内心里有一个我无法触及的阴暗面。”

“像马修这样的男人永远都不会彻底摆脱阴影的。但也许必须先接纳那块阴影，才能爱他。”菲利普继续说道。

“*不要因为我黑暗且有阴影就拒绝我*。”我轻轻地说道。

“我听不出这句诗的出处。”菲利普皱着眉头说。

“出自我早些时候让您看的那本炼金术的图书——《*曙光乍现*》。这段话让我想起了马修，但我还不明白是为什么，不过总有一天我会明白的。”

“你很像那枚戒指，你知道吗。”菲利普手指敲着桌子说道，“那是又一个伊莎波传递出来的巧妙信息。”

“她是想让您知道，她赞成这桩婚姻。”我说着，伸出拇指去触摸那枚令人欣慰的戒指。

“不是，伊莎波想让我明白她认可你。你就像做成这枚戒指的金子一样坚定。你的内心藏着很多秘密，就像这枚戒指的内环藏着那些诗文一样。但是，那最能呈现你这个人的却是那颗宝石：外表明亮，内心火热，而且坚不可摧。”

“啊，我并非坚不可摧。”我沮丧地说，“毕竟您可以用一把普通的锤子砸碎钻石。”

“我看到过马修在您身上留下的疤痕，我猜还会有更多的疤痕藏在不显眼的地方。如果当时您都没有崩溃的话，那现在您也不会的。”菲利普绕过桌子，在我的两颊上轻轻地吻了一下。我不禁热泪盈眶。

“我该走了，我们明天一大早就要出发。”我转身离开，然后又突然转过来，张开双臂，抱住他宽大的肩膀。这样的一个男人怎么会垮掉呢？

“怎么了？”菲利普退后几步，喃喃道。

“您不会孤单一人的，菲利普·克莱蒙。”我激动地低声说道，“我会想办法在黑暗中陪伴您的，我保证。当您觉得全世界都抛弃您的时候，我会握着你的手，陪在你身边。”

“怎么可能会那样呢，”菲利普温柔地说，“你就在我心中啊。”

第二天早上，只有几个生物聚在院子里为我们送行。元帅已经把各种零食塞进皮埃尔的鞍囊里，阿兰也把给加洛格拉斯、沃尔特和许多其他人的信件塞进鞍囊剩余的空间里。卡特里内站在旁边，眼睛哭得红肿。她想跟着我们一起离开，但菲利普不允许。

还有菲利普。他给我一个熊抱，放开我。他和马修轻声说了一会儿话，马修点点头。

“我为你骄傲，**马提欧斯**。”菲利普轻揽了一下他的肩膀。马修向他父亲靠过去一点，菲利普依依不舍地放开手。

马修回头看着我，神情非常坚决。他扶我上了马鞍，然后轻松地跃上马背。

“**再见**[①]，父亲。”马修说，眼睛闪闪发亮。

“**再见，马提欧斯和黛安娜。**[②]”菲利普回答。

马修既没有转身最后看一眼他的父亲，僵硬的脊背也没有软化下来。他的目光看向前方，面对未来，而不是过去。

我曾转过一次身，当时某个东西飞快闪过，引起我的注意。是菲利普，他骑着马驰骋在旁边的山脊上，打定主意非得不得已时才让儿子离开视线。

“再见了，菲利普。”我对着风轻轻说道，希望他能听见。

---

① 原文为希腊语 Khaire。

② 原文为希腊语 Khairete, Matthaios kai Diana。

14

“伊莎波？你没事吧？”

“当然没事了。”伊莎波正翻转一本堪称无价之宝的古书的封面，又倒拿着书摇了摇。

埃米莉·马瑟困惑地看着伊莎波。图书室里一片狼藉。城堡其他地方都十分整洁，而这个房间却好像遭到了龙卷风的侵袭一样，书被扔得到处都是。有人把书从书架上拿下来，放在每一个可以放书的角落。

“肯定在这儿，他应该知道那两个孩子在一起了。”伊莎波把那本书扔到一边，然后去拿另一本。做过图书管理员的埃米莉看到这些书被糟蹋成这个样子，内心十分痛苦。

“我不懂。你究竟在找什么？”她捡起那卷被丢掉的书，轻轻地合上。

“马修和黛安娜回到1590年的时候，我不在家，而是在特里尔。菲利普应该已经认识马修的新婚妻子，也应该给我留言了。”伊莎波的头发几乎垂到腰间，把脸都给遮住了，她不耐烦地抓住头发，把它拨到一边。她手里刚拿到一本遭殃的图书，仔细检查完书脊和书页之后，就用食指上锋利的指甲把蝴蝶页割开。发现里面什么都没有藏着之后，她沮丧地吼叫起来。

“但这些都是书，不是信。”埃米莉小心翼翼地说道。她不太了解伊莎波，却非常熟悉有关马修母亲的可怕传说，以及她在特里尔及其他地方的所作所为。克莱蒙家族的这位女族长绝不是女巫的朋友，尽管黛安娜信任这个女人，但是埃米莉还是没有把握。

“我不是在找一封信。我们把写给对方的留言条都藏在书页里。他去世之后，我找遍了图书室里的每一本书，希望能找到他最后留给我的每一条留言，但我一定遗漏了什么。”

“也许没有藏到那里——时候不到。”一个沙哑的声音从门口旁边的阴影里传来，是萨拉·毕晓普。她的红色头发非常凌乱，脸色因担忧和缺乏睡眠而显得苍白。“玛尔特要是看见这样，会大发脾气的。幸好黛安娜不在这里，否则她就会给你讲解那些无聊透顶的书籍保护知识。”无论萨拉走到哪儿都跟在后面的塔比莎突然从这个女巫的腿间窜了出来。

这次轮到伊莎波困惑不解了。“你什么意思，萨拉？”

“时光是很狡猾的。即便一切都按计划进行，黛安娜带着马修回到了 1590 年 11 月的第一天，但寻找你丈夫留给你的口信依然是太早了。你以前之所以没有找到口信，是因为菲利普还没有遇见我的侄女。”萨拉停了一下，“我觉得塔比莎正在啃那本书。”

来到了一个老鼠众多，还有许多可以藏身的黑暗角落的房子，塔比莎感到非常开心，最近又热衷于攀爬家具和窗帘了。此刻，她正蹲在一个书架上一点点地啃着一本皮装书的书角。

“坏猫咪！[①]”伊莎波大喊着冲向那个书架，“那可是黛安娜最喜欢的一本书。”

除了和米丽娅姆对决之外，跟另一个捕食动物对决时从不退却的

① 原文为希腊语 Kakó gati!

塔比莎爪子一挥，就把那本书打掉在地上。她随后也跳了下来，盘旋在自己的战利品之上，就像一头狮子守卫着一顿自己特别想吃的美餐。

“这是一本炼金术书，里面配有很多图片。”萨拉从猫爪子里夺过那本书，翻看着里面的书页。她闻了闻封皮。“哦，怪不得塔比莎要啃呢，它散发着薄荷和皮革的气味，就像她最喜欢的那件玩具一样。”

一个折了好几下的四方折纸飘落在地上。被横刀夺爱的塔比莎用锋利的牙齿叼起折纸就往门口跑。

伊莎波正等着她。她一把抓住塔比莎的脖子，把她拎了起来，然后从猫嘴里掏出折纸。她亲了亲那只受惊的猫的鼻子说:“聪明的猫咪。晚饭赏鱼给你吃。”

“这就是你要找的东西吗？”埃米莉看着那张小纸片说。它似乎并不值得把整个房间都翻得乱七八糟的。

从伊莎波拿折纸的姿势来看，她的回答很明确。她小心翼翼地展开折纸，发现那是一张五英寸见方的厚纸，两面都写着微小的字体。

“是用一种密码写的。”萨拉说。她把挂在脖子上的老花镜戴到鼻子上，想看得更加清楚。

“不是密码——是希腊语。”伊莎波把纸抚平，双手发颤。

“上面写的什么？”萨拉问。

“萨拉！”埃米莉训斥道，“那是人家的私信。”

“是菲利普写的，他见过他们了。”伊莎波飞快地看着内容，低声说道。她一只手捂着嘴巴，欣慰和难以置信的情绪交织在一起。

萨拉等着这只吸血鬼读完。这用了两分钟，换作其他任何人，她至多等三十秒，“怎么样？”

“他们是跟他一起过的节日。‘我在圣诞节早上送别了你的儿子。他与一个走路如女神般优雅、又很般配他的女人结为伴侣，他终于得到幸福了。’”伊莎波大声读道。

“你确定他说的就是马修和黛安娜？”埃米莉觉得信中措辞对于夫妻来说，正式得有些怪异，而且含糊不清。

“是的，马修一直是我们最担心的孩子，尽管他的兄弟姐妹遇到过更大的困难。我有一个心愿就是看到马修开心幸福。”

“而且留言中‘走路如女神般优雅的女人’意义非常明确。”萨拉表示同意，“他不能说出她的名字，也不好透露黛安娜女巫的身份。要是有其他人发现这个留言怎么办？”

“还有。”伊莎波继续读，“‘命运仍然有令我们意外的力量，聪明人。我担心困难在未来等着我们大家。我会在我有生之年，尽我所能来确保你的安全，确保我们的孩子及孙子们的安全，确保那些祝福我们的人以及那些还没有出生的人的安全。’”

萨拉骂了一声。“没有出生，不就是没有造出来吗？”

“是的。”伊莎波轻声说，“菲利普措辞一直都很小心。”

“那么，他是想告诉我们有关马修和黛安娜的事情啦。”萨拉说。

伊莎波陷进沙发里，“很久很久以前，有传言说到，有些生物不一样——他们长生不死，还非常强大。大约是在首次签署圣约的时候，有些人声称，有一个女巫生下了一个婴儿，那个婴儿哭起来会像吸血鬼一样流出血泪。这个孩子一哭，狂风就会从海上席卷而来。”

“我从未听到过。”埃米莉皱着眉头道。

“它被当作了一则神话——一个为了让生物产生恐惧而编造的故事。如今，我们当中很少有人记得这个故事，相信这个故事是真实的人就更少了。”伊莎波摸着大腿上的那张纸说道，“但是，菲利普知道这是真的。他抱过那个孩子，你们瞧，他知道那是什么。”

“是什么？”萨拉目瞪口呆地问道。

“一个女巫生出的食血族人。那可怜的孩子快要饿死了。女巫的家人把那个男婴从她的手上夺走，拒绝喂他喝血，理由是如果强迫他只喝牛奶，他就不会变成我们中的一员。”

“马修肯定知道这个故事。”埃米莉说，“即便不是因为黛安娜的缘故，为了他的研究，你也会讲给他听的。”

伊莎波摇了摇头。“我不讲这种故事。”

“你和你严守的秘密。”萨拉埋怨道。

“那你的秘密又怎么样呢，萨拉？”伊莎波喊道，“你真的相信那些巫师们——像萨图和彼得·诺克斯之流——一点都不知道这个食血族孩子和他母亲的事情吗？”

“打住，你们两个。”埃米莉厉声说道，“如果这个故事是真的，而且其他的生物也知道的话，那么黛安娜就会非常危险，苏菲也是。”

“苏菲的父母都是巫师，但她是个精灵。”萨拉说，想起了那对年轻夫妇在万圣节前几天出现在她在纽约的家门口。没有人知道那两个精灵是如何卷入这个神秘事件的。

“苏菲的丈夫也是个精灵，但他们的女儿将会是个女巫。她和纳撒尼尔进一步证明，我们并不了解巫师、精灵以及吸血鬼是如何繁衍并把他们的能力传给下一代的。”埃米莉担忧地说。

“苏菲和纳撒尼尔并不是唯一需要避开的圣会生物。马修和黛安娜平安地待在 1590 年，而不是在这儿，这真是一件好事。”萨拉很严肃地说。

“但是他们两人待在过去越久，就越有可能改变现在。”埃米莉指出，“马修和黛安娜迟早会暴露的。”

“什么意思，埃米莉？”伊莎波问。

“时光必须调整——而且并不像人们通常认为的那样戏剧化，诸如逆转战况、改变总统竞选结果这样的事是不会发生的，而是出现很多小事，比如这个留言。”

“异象。”伊莎波轻声说，“菲利普一直都在全世界寻找异象，这也是我一直在阅读所有报纸的原因。每天早上浏览报纸已经成了我们的习惯。”她沉浸在回忆中，闭上了眼睛，“当然了，菲利普喜欢体育版块，也读教育专栏。他在担忧未来的孩子们会学习什么知识。他创立了希腊语和哲学研究协会，还捐钱资助女子大学。我一直都觉得很奇怪。”

“他在寻找黛安娜。”埃米莉仗着有预知未来的天赋，非常肯定地说。

“也许吧。有一次，我问他为什么这么关注时事，他希望在报纸上发现什么。菲利普说只有他看到时才会知道。”伊莎波回答。她露出伤感的微笑，“他喜欢解谜，还说如果有可能的话，他想当一个侦探，就像夏洛克·福尔摩斯那样。”

“我们需要抢在圣会前面找到这些时间上的小疙瘩。”萨拉说。

“我会告诉马库斯的。”伊莎波点头表示同意。

“你本应该把那个混种婴儿的事情告诉马修。”萨拉带着无法抑制的指责的语气说道。

“我儿子很爱黛安娜。如果马修知道了那个孩子的事情，就会拒绝她，而不会置她——还有那个婴儿——于危险之中。”

“毕晓普家可没有那么容易就被吓住，伊莎波。如果黛安娜想得到你的儿子，她应该会找到办法的。”

“嗯，黛安娜的确想得到他，现在他们已经拥有彼此了。”埃米莉说，“但我们没必要只把这个消息告诉马库斯吧，苏菲和纳撒尼尔也得知道。”

萨拉和埃米莉离开了图书室。她们现在住在楼下大厅里路易莎·克莱蒙以前的房间里，和伊莎波的房间在一条线上。萨拉觉得这房间有时会有黛安娜的气味。

她们离开后，伊莎波还留在图书室里，把那些图书整理好放回书架。房间再次变得井然有序之后，她坐到沙发上，拿起她丈夫给她的留言条，其中还有一些内容她没有透露给那两个女巫。她把最后的几行字又读了一遍。

“但是这些暗黑的东西也太多了。你也一定要保证自己的安全，这样才能与他们一起共享未来。我上次对你说我的心属于你，如今已经过了两天。我真希望每时每刻都能那么做，这样你就不会忘记我的爱，也不会忘记那个永远将你的心视如珍宝的那个男人的名字——菲利珀斯。”

在他生命的最后几天里，菲利普有些时候连自己的名字都记不住，更不用说她的名字了。

“谢谢你，黛安娜。”伊莎波对着黑夜轻轻说道，“谢谢你把他还给我。”

几个小时后，萨拉听到头顶传来奇怪的声音——很像音乐，但又不只是音乐。她踉跄着走出房间，去找大厅里的玛尔特。玛尔特身上裹着一件破旧的雪尼尔浴袍，浴袍口袋上绣着一只青蛙，青蛙脸上悲喜交集。

“那是什么？”萨拉抬头看着上面。人类不可能发出那么优美而深入人心的声音，肯定是有个天使在房顶上。

“伊莎波又开始唱歌了。”玛尔特回答，“自从菲利普死后，她只唱过一次——那时你的外甥女非常危险，需要返回到这个世界。”

“她没事吧？”每个音符都带着如此多的悲伤和迷茫，萨拉的心揪紧了。任何文字都不足以描述这样的声音。

玛尔特点点头。“那歌声是件好事，表明她的哀悼终于要结束了。只有这样，伊莎波的生活才会重新开始。”

两个女人，一个是吸血鬼，一个是女巫，一直在聆听着，直到伊莎波的歌声渐渐消失在寂静之中。

第三部分

PART III

伦敦：黑衣修士区

London: The Blackfriars

15

“那看上去像一只疯狂的刺猬。”我说。伦敦的上空布满了针状的塔尖，从四周密集的建筑物中伸向空中。“那是什么？”我指着一座极其庞大、被很多高窗分隔成几块的石头建筑，惊声说道。木质屋顶上空有一个结实牢固的焦黑木桩，使整座建筑物的比例看上去极不正常。

“圣保罗大教堂。”马修解释道。这不是那座克里斯托弗·雷恩①设计出来的有着白色穹顶的优雅杰作，它的巨大结构被现代办公大楼遮住，只有走到最近处才能看到。旧圣保罗大教堂坐落在伦敦最高的山丘上，一眼就能看个清楚。

“闪电曾经击中塔尖，房顶的木头燃烧了起来。英国人认为，大教堂没有被火夷为平地真是个奇迹。”他接着说道。

“法国人认为，在事件最初，上帝之手就显形了，这都在意料之中。”加洛格拉斯评论道。他在多佛尔接上我们，在伦敦的南华克区征到一条船，现在正载着我们划向上游，“上帝不管在什么时候显露真容，都不会带着修理费的。”

“女王也不会。”马修右手按着剑柄，全神贯注地望着岸上的码头。

我从没有想到旧圣保罗大教堂会如此之大。我又掐了一下自己。

① 克里斯托弗·雷恩（1632—1723），英国皇家学会会长，天文学家和著名建筑师。

自从看到伦敦塔（周围没有摩天大楼的衬托，看上去也非常巨大）和伦敦桥（兼有空中购物中心的作用），我就一直在做这种动作。自回到过去以来，许许多多的景观和声音都给我留下了深刻的印象，但还没有一种景观能像我第一眼看到的伦敦那样让我无法呼吸。

“你确定不想停靠在市区码头吗？”自打我们上船，加洛格拉斯就一直暗示这样做才明智。

“我们要去黑衣修士区。”马修说得很坚决，“其他一切都可以先等一等。”

加洛格拉斯虽然显得并不认同，但还是继续划船，一直来到这座古城的城墙最西端。我们从那里的一段陡峭的石阶处下了船，最下面的石阶已经没在水中，而且从城墙的外观来看，潮水还会继续上升，直到剩余的石阶也淹没在水里。加洛格拉斯把一条绳子扔给一个粗壮的男人，那人不停地感谢他把这条船完好无损地归还给自己。

“你好像只用别人的船，加洛格拉斯。马修也许会送给你一条船作圣诞节礼物。”我淡然说道。返回英格兰——采用旧历——意味着我们今年要过两次圣诞节。

“要剥夺我本来就为数不多的乐趣吗？”加洛格拉斯的牙齿从胡子中露了出来。马修的侄子向那个船夫致谢，扔给他一枚硬币，其大小和重量让那个可怜的家伙之前的忧虑变为感激。

我们沿阶梯而上，穿过一道拱门，来到水巷——一条狭窄曲折、满是房屋和商店的主干道。地面一层一层地升高，房子在街道上方一层一层地突出来，就像上层抽屉都拉出来的一个大衣柜，从窗外挂出来的衣服、毯子和其他东西强化了这种效果。每个人都在趁着难得的好天气，给房屋通风，晾晒衣服。

马修一直紧紧地拉着我的手，加洛格拉斯走在我右边。景色和声音从四面八方向我们涌来。行人身上的裙子和披风被马车轮子挂到后碰到包裹和武器，深红色、绿色、棕色和灰色的布料在人们的腰间、肩膀上晃来晃去。锤子的敲打声、马匹的嘶鸣声、远处牛群的哞叫声，还有金属在石头上的滚动声竞相涌来。几十个印有天使、骷髅头、工具、颜色鲜艳的各种图形以及神话人物的招牌随着河风而摇摆，发出嘎吱嘎吱的声响。在我的头顶上方，有一块木牌子在金属杆上随风摆动，上面画着一头白鹿，那精美的鹿角四周围着一道金边。

“我们到了。”马修说，“鹿冠。”

这座大楼是砖木结构，跟街上的大多数房屋一样。一个拱形通道两旁有很多扇窗。一个鞋匠在拱门一侧忙着干活，对面一个女人在留意着几个小孩和顾客，还管着一个大账本。她朝马修轻快地点点头。

“罗伯特·霍利的老婆用铁腕手段管束学徒和顾客，在鹿冠里发生的事就没有玛格丽特不知道的。”马修解释道。我在心里暗暗记下，一有机会，就与这个女人结为朋友。

通向大楼内院的那条通道里面什么都没有——在伦敦这样拥挤的城市里，这是很奢侈的。院子里还有一处罕见的设施：一口可以为这里的居民提供清洁水源的井。有人利用院子朝南的方位，把破旧的铺路石拆掉，建了一个小花园，整齐而空无一物，等着明年春天的到来。一群洗衣女人在挨着一个公共厕所的破棚里做着她们的活计。

左边是一段弯弯曲曲的楼梯，通向我们二楼的房间，弗朗索瓦丝正在宽阔的楼梯平台处等着迎接我们。她已经打开了公寓那扇结实的门，还把一座有着镂空板的餐具柜塞满了东西。一只拔掉羽毛、折断脖子的鹅被绑在餐具柜的一个把手上。

“终于来了。”亨利·珀西走出来，满面笑容，“我们已经等了好几个小时。我那贤惠的母亲给你送来了一只鹅，她听说城里不准养家禽，就担心你会挨饿。”

“见到你真好，哈尔。”马修看着那只鹅摇了摇头，笑着说，“你母亲还好吗？”

“她一到圣诞节就变成了泼妇，谢谢你。家里人都找借口去别处了，但我还要留在这里取悦女王。女王陛下对着觐见室大喊，说就算我只是一个宠——宠物，也不值得信任。”亨利一想起那事，就变得结结巴巴，脸色像生病了一样。

“非常欢迎你跟我们一起欢度圣诞节，亨利。”我脱掉披风，走了进去，屋里飘着香料和新鲜的杉木香味。

“谢谢你邀请我，黛安娜，但是我妹妹埃莉诺和弟弟乔治都在城里，不该留下他们去应付家母。”

“至少今晚要待在我们这儿。”马修拉着他往右拐，那里有温暖的炉火。“然后讲一讲我们不在的时候，这里都发生了什么事。”

“一切都很平静。”亨利愉快地说。

“平静？”加洛格拉斯迈着重重的脚步来到楼上，冷冷地看着伯爵说，“马洛在红衣主教帽酒馆喝得烂醉，跟来自斯特拉福德的那个穷抄写员吟诗唱和，那个穷小子追随马洛的脚步想成为一个戏剧家。现在，莎士比亚似乎只满足于伪造你的签名，马修。根据店主的记录，你上周答应支付基特的一切食宿费用。”

“我离开他才只有一个小时。”亨利抗议道，“基特知道马修和黛安娜今天下午会抵达伦敦，他和威尔都答应要规规矩矩的。”

“原来如此啊。”加洛格拉斯轻声挖苦道。

“这是你布置的吗，亨利？”我打量着从门口到客厅的区域。有人已经在壁炉和窗框上挂满了冬青、常春藤以及冷杉，还把它们的枝叶堆在一张橡木桌子的中央。壁炉里也添上了木柴，快乐的火苗发出嘶嘶啪啪的响声。

“我和弗朗索瓦丝想让你喜气洋洋地度过第一个圣诞节。”亨利脸色变得绯红。

鹿冠代表16世纪城市生活的最好一面。客厅宽敞但不失温暖舒适。西面的墙壁上开了一扇几乎占据整面墙的大玻璃窗，可以俯瞰水巷，是观察行人的绝佳地点，窗台下有一个衬软垫的座位。雕花护墙板使墙壁非常保暖，每个镶板上面都刻着缠绕的鲜花和青藤。

房间里的家具都不成套，但做工很精致。一把宽大的高背长椅和两张宽大的单椅在壁炉旁边虚位以待。房间正中央有一张橡木桌出奇精美，不到三英尺宽，但是很长，桌腿装饰着精致的女人和赫耳墨斯①头像。一条插了几支蜡烛的横木悬挂在桌子上方，用一组吊在天花板上的顺畅滑轮系统控制高度。一个巨大碗柜正面的横饰带上刻了一颗狮头，它张着嘴巴，好像在咆哮。柜子里面放着很多杯壶瓶盏——但盘子很少，符合吸血鬼家庭的需求。

在我们坐下来享用烧鹅之前，马修带我看了看我们的卧室和他的私人办公室。这两间房都在客厅对面，中间隔着入门的走廊。两个房间都装有可以眺望庭院的尖顶长窗，让人感觉房间里光线充足，并且出乎意料地通气良好。卧室里只有三件家具：一张带有雕花床头板和厚重木天篷的四柱大床，一个两边和柜门都有镶嵌板的高衣柜，放在窗户下边的一个又长又矮的箱子。箱子上锁，马修解释说里面装着他的盔甲和几件备用武器。亨利和弗朗索瓦丝也来过这里，用常青藤装饰床柱，往床头板上绑了一些冬青树枝。

卧室看上去几乎没人住，但马修的办公室显然经常使用，里面到处散置着一篮篮的文件，塞满鹅毛笔的袋子和笔筒，几瓶墨水，以及足够制成几十支蜡烛的封蜡，还有一些线团。等待处理的信件多得让我一想起来心就往下沉。桌子前面有一把靠背倾斜、扶手呈弧形的椅子，那椅子看上去非常舒适，那桌子还带有延伸板。除了笨重的桌腿

① 希腊神话中十二主神之一，是宙斯和迈亚的儿子。

上有着球形和杯子状的雕刻之外，一切都很简朴、实用。

虽然有堆积如山的工作在等着马修去做，我害怕得脸发白，他却毫不在意。“所有的事情都可以等等。即便是间谍，也不会在平安夜做事的。”他对我说道。

晚餐时，我们谈论更多的是沃尔特最近的冒险以及伦敦可怕的交通状况，避而不谈更加严肃的话题，比如沉湎酒精的基特以及野心勃勃的莎士比亚。盘子撤走之后，马修从墙边拉来一张小小的赌桌。他从桌面下的暗格里取出一副纸牌，开始教我赌博，伊丽莎白时代的赌博。亨利刚刚说服马修和加洛格拉斯玩火龙游戏——一种可怕的游戏，就是把葡萄干放进一盘白兰地中点着火，然后赌看谁吞下的葡萄干最多——这时，窗外的街道上响起了颂歌声。唱歌的人唱的声调都不一样，不知道歌词的人把玛利亚和约瑟私生活中不可告人的细节都唱了出来。

“给您，*老爷*。”皮埃尔说着，把一袋钱币塞给马修。

“我们有蛋糕吗？”马修问弗朗索瓦丝。

她看着马修，就好像马修失去了心智一样。“当然有了。蛋糕就在楼梯平台上那个新食品柜里，把柜子放到那里，气味就不会干扰任何人了。”弗朗索瓦丝指着楼梯的方向说，“去年这个时候，您送给他们酒喝，但我认为他们今晚不会再要了。”

“我跟你一起去，马特。”亨利主动说道，“我喜欢在平安夜听好歌。”

马修和亨利出现在楼下，合唱者的音量顿时提高了一级。歌声参差不齐地结束后，马修向他们致谢，并分发钱币。亨利分发蛋糕，人群中传出这就是诺森伯兰勋爵的消息，人们纷纷向他鞠躬行礼，轻轻地说：“谢谢您，大人。”人们按着某种神秘的次序朝另一栋房子走去，希望这次肯定能收到最好的点心和打赏。

不久，我就抑制不住地打起哈欠来，亨利和加洛格拉斯开始收拾他们的手套和披风。两人仿佛心满意足的媒婆一样，微笑着朝门口走去。马修跟我一起躺在床上。他哼着圣歌，听着报时的钟声，一一叫出它们的名字。他就这样一直拥着我，直到我进入了梦乡。

“那是圣玛利勒布教堂的钟声。”他听着这座城市的声音说，“这个是圣凯瑟琳克里教堂的钟声。”

“那是圣保罗大教堂的钟声吗？”当悠长的号角声响起来的时候，我问道。

“不是。烧毁塔尖的闪电也弄坏了大钟。”他说，“那是圣救世主教堂的钟声。在进城的路上，我们曾经路过这座教堂。”伦敦剩下的教堂钟声是跟南华克区教堂的钟声一起鸣响的。终于，最后一个钟声发出极不和谐的哐啷声，这是我入睡前听到的最后一个声音。

半夜，马修书房里传来的谈话声惊醒了我。我摸了摸床，但他已不在身边。我跳到冰冷的地板上，绑床垫子的皮带随之发出嘎吱嘎吱的伸展声。我打了个寒战，披上一个披肩，离开房间。

从烛台里浅浅的蜡水来看，马修已工作了几个小时。陪在他身边的是皮埃尔，他站在壁炉旁摆在壁橱里的书架边，看上去好像是从泰晤士河退潮时的淤泥里被人拽出来的。

“我跟加洛格拉斯和他的爱尔兰朋友们一起走遍了整座城市。”皮埃尔低声说，“要是苏格兰人知道更多关于那个中学老师的事情，他们是不会透露的，*老爷*。”

“哪个中学老师？”我走进屋问道。直到这时，我才发现有一道窄门藏在木镶板里。

“对不起，*夫人*，我没想吵醒您的。”他诧异地说道。他身上又脏又臭，熏得我眼泪都流出来了。

“好吧，皮埃尔。去吧，我随后再找你。”马修等他的仆人在鞋子一路发出的嘎吱声中仓皇逃走，然后他的眼神飘到壁炉旁边的阴影里。

“那扇门后面的房间不能参观吧。”我来到他的身边，“发生什么事了？”

“苏格兰又传来了消息。陪审团把一个名叫约翰·费恩的男巫——普雷斯顿潘斯的一个中学老师——判为死刑。我离开期间，加洛格拉斯一直在设法寻找那些疯狂指控背后的真相，如果有的话。那些指控是——敬拜撒旦；肢解墓地里的死尸；把鼹鼠的爪子变成银子，这样他就永远不缺钱花了；跟魔鬼和阿格尼丝·桑普森一起乘船出海去阻挠国王的政策方针。”马修说着，把一张纸扔到面前的桌子上，“据我所知，费恩只不过是一个我们通常称为暴雨师[①]的生物，仅此而已。”

“风巫，也可能是水巫。”我翻译这个陌生的词汇。

“是的。”马修点头表示同意，“费恩为了在教师工作外赚些外快，就在干旱季节招来暴雨，在苏格兰的冬天似乎永无止境之时让天气变暖。据说他同村的人都很崇拜他，甚至他的学生对他一致称赞。费恩也许有点预知能力——能预知人们的死亡，但那也可能是基特为了取悦英格兰观众而捏造出来的东西。他一直对巫师的预知能力十分着迷，这一点你应该还记得。”

“巫师很容易受到邻居们情绪变化的伤害，马修。一分钟前我们还是朋友，一分钟后我们就被赶出了城市——甚至更糟。”

“费恩身上发生的事情肯定很严重。”马修沉着脸说。

“我能想象出来。”我打了个寒噤。如果费恩受到阿格尼丝·桑普森那样的折磨，他一定会求死的。“那个房间里有什么？”

马修考虑要不要对我说那是个秘密，但明智地否决了这个念头。他站起来说，“最好让我带着你看。跟紧我，天还没有亮，但我们不

① 原文为 tempestarii。在中世纪传说中，这种生物专精呼唤暴风雨。

能点着蜡烛进来，以免让外面的人看到。我不希望你滑倒。”我默默地点点头，抓住了他的手。

我们迈过门槛，走进一个长长的房间，屋檐下有一排比箭孔大不了多少的窗户。过了一会儿，我的眼睛才适应黑暗，灰色的形象开始在朦胧中显现。两把用柳条编成的旧庭园椅，面对面摆放，靠背向前倾斜。屋子中央摆着两排破旧的低长凳，每把长凳子上面都放着很多奇怪的东西：书本，纸张，信件，帽子，还有衣服。右面是闪闪发光的金属：几把剑，剑柄朝上，剑尖朝下。附近地面上放着一堆匕首。还有一阵抓挠的响声和仓促的脚步声。

“老鼠。”马修的声音很平静，我却忍不住用睡袍把腿裹得紧紧的。“我和皮埃尔已经尽力了，但把它们全部撵走是不可能的。它们发现自己对这些纸张无法抗拒。”他朝上方示意，我这才第一次注意到墙上有一些奇怪的绶带装饰。

我慢慢走近，去看那些花环。每个花环都吊在搓得很细的绳子上，那些绳子用圆头钉钉在墙上。绳子从一叠文件的左上角穿过，对折了一个结，缠在那同一个钉子上，形成了一个纸花环。

“世界上最早的档案柜之一，你说我保守着太多的秘密。”他温柔地说着，伸手抓住一个纸花环。“你可以把这些也算进去。”

“但这里有成千上万份资料。”即便对一个一千五百岁的吸血鬼来说，肯定也不会有这么多的秘密。

“确实有上千份。”马修同意我的估算。在我扫视整个房间，看着他守卫的这个档案室时，他一直在注视着我。“我们记住了其他生物想要忘记的事情，这才有可能让拉撒路骑士团保护那些需要我们照顾的人。有些秘密可以追溯到女王祖父还在位的时候。绝大多数更古老的文件已经转移到塞图尔城堡了。”

“这么多的文件。”我低声说，“而且所有文件最终都会指向你和克莱蒙家族。”房间慢慢消失，我看到的只是那些吊环以及那一圈圈的文字，展开后就成了一根根缠绕在一起的长线。它们形成了一幅关系图，将内容、作者和日期连接在一起。我还需要另外某种东西才能明白这些纵横交错的长线……

“你睡着以后，我一直在浏览这些文件，寻找有关费恩的资料。我觉得某处可能会提到他。”马修领着我回到书房，“可能有资料足以解释他的邻居出卖他的原因。肯定存在一种模式，能告诉我们人类为什么要这样做。”

“如果你找到了，我的历史学家同行会很想知道的。但是，弄清楚费恩的案子并不能保证你可以阻止同样的事情发生在我身上。”马修下巴上抽搐的肌肉告诉我，我的话击中了他的软肋。“而且我还觉得你之前并没有如此深入地介入这件事情。”

“我不再是那个对这一切灾难都视而不见的男人了——而且我也不想再变回他了。”马修拉出椅子，重重地坐了下去，“一定有我能做的事情。”

我把他搂在怀里。马修的个子那么高，即便是坐着，他的头顶还是碰到了我的胸部。他依偎在我怀中，一动不动，然后慢慢推开我，盯着我的肚子。

“黛安娜，你——”他欲言又止。

“怀孕了，我也这么想。”我平静地说，“自朱丽叶事件发生以后，我的例假就没有规律了，所以我不敢确定。在从加来到多佛尔的路上，我就感到很恶心，但海上不平静，我们离开前吃的那条鱼肯定也有问题。”

他一直盯着我的肚子，我不安地继续说下去。

“我高中时的生理卫生老师说得对，第一次跟男人上床，真的就有可能怀孕。”我已经算过了，非常确定是在我们婚礼后的那个周末怀上的。

他还是沉默不语。

“你说点啊，马修。”

“这不可能的。”他看上去非常震惊。

“我们之间发生的一切本来都是不可能的。”我用一只颤抖的手摸着肚子。

马修与我十指相扣，终于抬头直视我的眼睛。他目光里的东西让我意外：敬畏、骄傲，还有一点惶恐。然后他露出微笑，那是毫无保留的喜悦表情。

“要是我不是一个称职的母亲怎么办？”我语气中带着不确定，“你已经是个父亲了——知道该做些什么。”

“你会是个很棒的母亲。”他立刻回答，“孩子们只需要爱，一个对他们负责的大人，一个温暖的家。”马修把我们握在一起的手轻轻地放在我的肚子上抚摸着。“前两项我们一起分担，最后一项由你做主。你现在有什么感觉？”

“感觉有点累，还有点恶心。情绪上我不知该怎么描述。”我颤巍巍地吸了一口气，“同一时间感到恐惧、暴烈和温柔，这正常吗？”

“正常——而且还会感到兴奋、焦虑，害怕得想吐。”他柔声说道。

“我知道这很荒诞，但我还是一直担心我的法术可能会伤到宝宝，尽管每年都有成千上万的女巫生下孩子。”*但是她们又没嫁给吸血鬼*。

“这不是一般的受孕。”马修看透了我的心思，“但我还是认为，你没有必要为自己担心。”一丝阴影掠过他的眼睛。我几乎能看到他在担心事项的清单上又增加了一项。

“我不想告诉任何人，现在还不想。”我想到了隔壁房间，“你的生活可以再容纳一个秘密——至少保守一段时间吗？”

“当然可以。”马修马上说道，“你怀孕还要几个月才能看得出来，但弗朗索瓦丝和皮埃尔会从你身上散发出来的气味察觉出来的。如果他俩现在还不知道，那么汉考克和加洛格拉斯也不会知道。好在吸血鬼一般不过问隐私。”

我轻笑道：“唯一能泄露秘密的那个人就只有我了。你对我的保护可以说是无微不至了，所以没有人能根据你的行为猜到我们在隐藏着什么。”

“不要太绝对啊。”他咧嘴大笑。马修张开手指抱住我的手，这是一个明显的保护动作。

“如果你总是这样抚摸我，人们很快就会明白的。”我淡淡地说，表示赞同，手指沿着他的肩膀轻轻移动。他打了个冷战。“接触到温暖的东西，你不该发抖啊。”我说。

“这不是我颤抖的原因。”马修站起身来，遮住了蜡烛的光芒。

看着他，我的心跳停了一拍。马修听到了这轻微的变化，微笑着把我拉到床边。我们把衣服脱掉，扔到地上，留下两汪白色，映照着从窗户处透进来的银色月光。

马修觉察到了我体内的微小变化，他的抚摸轻得像羽毛一样。他在我身体每一个柔嫩处流连，但他那冰冷的专注却使疼痛加剧，毫无缓和的作用。每一个吻都是盘根错节的，如同我们要共同抚养一个孩子。同时，他在黑暗中喃喃低语的每个字都鼓励我把注意力只集中在他身上。当我再也无法等待的时候，马修进入了我的体内，动作从容而轻柔，就和他的吻一样。

我拱起后背，让我们的身体接触得更紧密，马修却停了下来。我弯着脊背，他却在我的子宫口停下来了。在这个短暂而又永恒的一刹那，父亲、母亲和孩子达到三个生物所能达到的最亲密的程度。

“我全部的心，我的整个生命。”马修承诺道，在我的体内移动。

我喊叫了一声，马修紧紧地抱着我，直到颤抖停止。然后，他吻遍了我的全身，从我女巫的第三只眼开始，到嘴唇、喉咙、胸骨、心窝的太阳神经丛、肚脐，最后到小腹。

他俯视着我，摇了摇头，露出男孩般的笑容。“我们做出了一个小孩。”他呆呆地说。

“是的。”我微笑着回答。

马修把肩膀滑到我的两腿之间，把它们分得很开，一只胳膊搂着我的膝盖，另一只胳膊围绕着臀部，用手指贴着那里的脉搏。他低下头搁在我的肚子上，就好像那是个枕头似的。他发出一声满足的叹息。一切都静下来了，他想听一听那滋养我们孩子的血液的轻柔流动声。他听到之后，抬起头，和我的目光相遇。他露出一个灿烂而真挚的微笑，然后回去守夜了。

圣诞节早晨，在烛光下的黑暗处，我感受到一股平静的力量，因为又多了一个生物来分享我们的爱。现在，我不再是一颗孤独穿梭于时光之中的流星，而是复杂的行星系统的一部分。在我受到比我强大有力的星体牵引时，我要学会如何稳住自己的重心。否则，马修、克莱蒙家族，还有我们的孩子——以及圣会——都会把我拉出轨道。

我跟母亲相处的时间太过短暂，但在那七年的时间里，她教会了我很多东西。我记得她无条件的爱，记得那些似乎每天都会有的拥抱，记得她如何总在我需要的时候现身。正如马修所说：孩子们需要爱，需要源源不断的安慰，需要一个愿意为他们负责的大人。

我不该再把短暂停留此处的时光看作一堂莎士比亚时代英格兰的高级讨论课了，而应该把它当作我了解自己的一个最后的最佳机会，这样才能帮助我的孩子了解他在这个世界的位置。

不过，首先我得找到一个女巫。

16

我们平静地度过了这个周末，我和马修陶醉于我们的秘密，沉溺于所有准父母都会有的臆测中。这个克莱蒙家族的新成员会不会有着他父亲那样的一头黑发，有着我那样的一双蓝眼睛呢？他喜欢科学还是历史？他会跟他父亲一样心灵手巧，还是跟我一样笨拙呢？说到孩子的性别，我们的看法截然相反。我深信那会是个男孩，马修则深信是个女孩。

我们又疲倦又兴奋，暂时不再畅想未来，从温暖的房间里眺望 16 世纪的伦敦风光。我们一开始是站在可以俯瞰水巷的那扇窗户处，看到了远处的威斯敏斯特教堂，最后坐在卧室窗户边放着的那把椅子上，观赏泰晤士河上的风景。船工并没有因为天气寒冷和处于圣诞假期而停止运送货物、摆渡载客的生意。在我们这条街的尽头，一群揽活儿的船工都挤在通向水边的台阶上，他们的空船随着波浪忽上忽下。

下午，伴着潮水上下起落，马修给我讲述了他关于这座城市的记忆。他讲到在 15 世纪时，有一次泰晤士河上结冰竟达三个多月——时间如此之长，冰上都建起了一些临时商店，满足徒步过河的行人的需要。他还说起在赛维斯小馆中虚掷的光阴，那是他第四次，也是最后一次攻读法律。

“我很高兴在我们离开前，你得去那里看一看。”他轻轻地捏了捏我的手。人们一盏接一盏地点起了灯，有的挂在船艄，有的放在房子和小馆的窗户上。“我们甚至可以设法抽空看一看皇家交易所。”

“我们要回伍德斯托克镇吗？”我茫然问道。

“也许就待一小段时间，然后我们就回去现代。”

我盯着他，吃惊得说不出话来。

“我们无法预期在怀孕期间会出现什么情况，但为了你的安全——以及孩子的安全——我们需要对胎儿进行检查。有很多检查要做，做一次超声波检查也是一个不错的主意。再说，你也想让萨拉和埃米莉陪着你。”

“不过，马修。”我反对说，“我们还不能回去，我不知道回去的方法。”

他突然转过头来。

“我们离开之前，埃姆讲得很清楚。要穿越到*过去*，需要三件东西带你去你想要去的地方。要穿越到*未来*，你就需要借助巫术，但我现在还不会施法。这就是我们要来这里的原因。”

“在这里你不可能做到怀胎足月。”马修说着，一下子从椅子上站了起来。

“16 世纪的女人也生孩子呀。”我温和地说，“另外，我没觉得有什么不一样的。我怀孕才几个星期。”

“以后你有足够的力量把我和她一起带去未来吗？你没有，所以我们要尽快离开，最好是在她出生之前。”马修顿了一下，“如果时光穿越把胎儿伤了怎么办？巫术是一回事，但这个——”他突然又坐下来。

“一切都没有改变。”我安慰他说，“宝宝现在比一粒大米大不了多少。既然我们现在到了伦敦，找一个能帮我学习巫术的人应该不难——而且还会是比萨拉和埃姆更懂时光穿越的女巫。”

“她应该有一颗小扁豆那么大。”马修突然沉默。他想了一会儿，然后做出了决定。“到第六周的时候，胎儿发育的关键阶段都应该完成了，这样你就应该会有足够的时间了。”他的语气像个医生，而不像父亲。我又开始喜欢起那个暴躁的古代马修，而不是这个以现代眼光看待问题的马修。

“那才几个星期啊。万一我需要七个星期怎么办？”萨拉要是在这个房间的话，她就会提醒他，如果我变得讲理，那绝不是一个好兆头。

“那就七个星期吧。”马修陷入了沉思。

“哦，那就太好了。在搞明白自己是谁这样重要的事情上，我讨厌被人催促。”我大步走向马修。

“黛安娜，那不是——”

我们鼻子对着鼻子站着。“如果不能进一步了解我血液中的力量，我根本就不可能成为一个好母亲。”

“这样不好——”

“你敢说什么对婴儿不好，我不是什么容器。”我勃然大怒，“你先是拿我的血液做实验，现在又轮到宝宝了。”

这个该死的马修，静静地站在那里，双臂交叉，瞪着灰色的眼睛。

“怎么啦？”我问。

“什么怎么啦？很显然我不需要参与这对话，你已经把我要说的都说完了。你想说什么就尽管说吧。”

“这跟我的荷尔蒙没有一点关系。”话说出口后我才想到，这句话正好证明了事实恰好相反。

“你不提我倒没有想起来。”

“不是听起来那样的。”

他的眉毛挑了起来。

“我还是三天前的我，怀孕也不是一种病，而且它也不能抵消我们来这里的原因。我们甚至都没有机会去寻找《阿什莫尔782号》手抄本。”

“《阿什莫尔 782 号》手抄本？”马修不耐烦地哼了一声，“一切都变了，而且你也不一样了。我们无法无限期地保守你怀孕的秘密，用不了多少天，所有的吸血鬼都能闻出你身上发生的变化。基特很快就会知道的，还会打听孩子的父亲——因为不可能是我，是吗？一个怀孕的女巫跟一个血族生活在一起，这会引起这座城市里每个生物的敌意，甚至包括那些不怎么关心圣会的生物。有人会向圣会投诉，我父亲会出于对你的安全考虑而要求我返回塞图尔城堡，但我无法忍受再一次跟他告别的痛苦了。”每提出一个问题，他的声音就升高一点。

“我不认为——”

“对。”马修打断我，“你不认为，你也想不到。天啊，黛安娜。以前，我和你打破禁忌结婚，那并不怎么奇怪。如今，你正怀着我的孩子，这就不仅仅是奇怪了——其他生物会认为这是不可能的。黛安娜，再给你三个星期，多一秒都不行。”他毫无通融地表示。

“到那个时候，也许你还是没有找到一个愿意帮我的女巫。”我坚持道，“因为苏格兰正在发生的那些事，你就更找不到了。”

“我说了非要找自愿的吗？”马修的微笑让我打了个冷战。

“我要去客厅看书。”我转身向卧室走去，想尽可能地离他远一点。他正在门口等着我，用胳膊挡住了我的去路。

“我不要失去你，黛安娜。”他的语气强硬而镇静，“我不愿为了寻找一份炼金术手抄本而失去你，也不愿因为这个未出生的孩子而失去你。”

“我也不愿失去自我。”我反驳道，“不愿为了满足你的控制欲而失去自我。我需要先找到自我。”

★★★

星期一，我又坐在客厅里，翻着那本《仙后》，无聊得快要发疯。这时门开了。有人来了。我急忙啪的一声合上了那本书。

“我觉得我再也暖不回来了。”沃尔特站在门口，浑身往下滴着水。跟他一起的乔治和亨利看上去也一样狼狈。

“你好，黛安娜。”亨利打了个喷嚏，然后正式地鞠了一躬，走向壁炉，嘴里咕哝着伸出手烤火。

“马修在哪里？”我问，请乔治坐到一把椅子上。

“跟基特在一起。我和他俩在一个书商那里分手。”沃尔特指着圣保罗大教堂的方向说，“我饿坏了，晚饭时基特点的炖菜简直难以下咽。马特说，弗朗索瓦丝会给我们做些吃的。”雷利咧嘴坏笑，泄露了他的谎言。

男人们正吃着第二盘食物，喝着第三巡酒时，马修抱着书和基特一起进来了。他脸上的胡须被我一直有所耳闻的神奇理发师修理得焕然一新。我丈夫那新修的胡须和嘴形很搭，短小而优美，非常时尚。皮埃尔跟在他身后，手里拿着一布袋长方形和正方形的折纸。

“谢天谢地。”沃尔特赞许地看着那副胡子说道，“你终于恢复本来面目了。”

“嗨，宝贝。”马修说着，吻了吻我的脸颊，“你认出我了吗？”

“认出来了——虽然你看上去像个海盗。”我笑着说。

“真的，黛安娜。他和沃尔特现在看上去很像两兄弟。”亨利同意我的看法。

“你为什么一直对马修老婆直呼其名？你是罗伊登夫人的监护人吗？她现在是你的姐妹吗？除此之外，唯一的解释就是你想勾引她。”马洛嘟囔着，一屁股坐进椅子里。

“别捅马蜂窝，基特。”沃尔特责备道。

“我为你准备了迟来的圣诞礼物。”马修说着，把一堆东西朝我推了过来。

“书。”这些书摸上去明显是新的，这令人不解——它们装订得很紧，第一次被打开时发出抗议般嘎吱嘎吱的响声，还散发着纸的气味和浓烈的油墨味。我在图书馆阅览室里已看惯了这些书破旧不堪的样子，也不在吃饭的时候把它们放在桌子上。最上面是一本空白书，用来取代我留在牛津大学的那一本。下一本是一本祈祷书，装订得非常漂亮。书名页装饰得很华丽，上面有幅圣经人物耶西[①]斜躺着的画像，一棵树从他的肚子里长了出来。我皱起了眉头。马修为什么给我买了一本祈祷书？

“把这一页翻过来。”他催促着说，用双手静静地紧贴我的后腰。

这一页的背面是伊丽莎白女王跪着祈祷的版画。书中每一页点缀着骷髅骨架、圣经人物以及古典美德的图画。这本书既有文字又有图画，就跟我研究过的炼金术论著一样。

“这正是一位正派已婚女士才会有的那种书。”马修咧嘴笑道，他狡黠地压低了声音，“它应该能满足你维持形象的愿望，但别着急，下一本可一点都不正经。”

我把祈祷书搁在一边，拿起马修递来那本厚书。书页是缝在一起的，还用厚牛皮纸裹着，起着保护的作用，作者在书中承诺本书足以解释清楚人类患有的各种常见疾病症状及其治疗方法。

“宗教书籍是很受欢迎的礼物，销路也很好。医学书的读者很少，如果不额外收费的话，制作精装版的成本就太高了。”当我拨弄着那松软的封面时，马修解释道，接着又递给我一本，“幸运的是，我已

① 大卫王的父亲，也是耶稣的祖先之一。

经订购了这本书的精装版。它刚刚印出来，肯定会畅销。”

他说的这本书封皮是纯黑的皮革，上面有烫银的图案，翻开是菲利普·西德尼著的第一版《阿卡迪亚》。我想起了上大学时我非常讨厌这本诗集，于是大笑起来。

“女巫不能只靠祈祷和医学生活。”马修的眼中闪烁着调皮。他凑过来要吻我的时候，胡子扎得我脸发痒。

“你的新面孔得花点时间才能习惯。”因为这未曾料到的触感，我笑着揉了揉嘴唇。

诺森伯兰勋爵看着我，就像在看一匹有待训练的马：“这几本书黛安娜用不了多长时间就会读完的，她习惯更加丰富的活动。”

“你说的没错。但她不太可能到城里四处闲逛，去讲授炼金术课程。”马修好笑地绷着嘴巴。他的口音与措辞越来越贴近这个时代。他靠在我身上，闻了闻酒壶，做了个鬼脸。“有没有不加丁香和胡椒的饮料呢？这个闻起来太可怕了。”

“黛安娜也许会喜欢让玛丽陪着。”亨利没听见马修的问题，提议道。

马修盯着亨利。“玛丽？”

“我觉得她们两人的年龄和禀性都很相似，而且都很好学。”

“伯爵夫人不仅博学，而且还有点燃东西的癖好。”基特又给自己倒了一大杯酒，评论道。他把鼻子伸进去，深深地吸了一口气。那酒的味道很像马修身上的味道。“除非你想烫一个时髦的发型，罗伊登夫人，就离她的蒸馏器和熔炉远远的。”

“熔炉？”我想知道这位玛丽是何方神圣。

“哦，是啊，彭布罗克伯爵夫人。”乔治一想到可能获得资助，就两眼放光。

“绝对不行。”雷利、查普曼和马洛，这些传奇文学人物已经足够我回味一辈子了。这位伯爵夫人是英国最重要的文学才女，还是菲利普•西德尼爵士的妹妹。“我还没有做好去见玛丽•西德尼的准备。”

“玛丽·西德尼也没有做好和你见面的准备，罗伊登夫人，但我觉得亨利说得对，你很快就会厌倦马修的朋友，需要寻找自己的朋友。没有朋友，你会觉得无聊、郁闷的。”沃尔特对马修点点头，“你应该邀请玛丽来这里共进晚餐。”

“如果彭布罗克伯爵夫人出现在水巷，黑衣修士区里的所有人都会变成石头的。不如送罗伊登夫人去贝纳德城堡，它就在城墙那边。”马洛巴不得赶我走，热心地说。

“那样黛安娜就得步行到城里去。”马修指出。

马洛不屑地哼了一声。“现在圣诞节刚过，新年还未来临。这期间两个已婚女人在一起喝一杯，聊聊天，是不会引起别人注意的。”

“我非常乐意送她过去。”沃尔特自告奋勇，“也许玛丽会想听听我在新大陆的冒险活动。”

“你下次再鼓励伯爵夫人去弗吉尼亚投资吧。如果黛安娜要去，我会陪着她。”马修眼前一亮，“不知道玛丽认识不认识女巫呢？”

“她是个女人，对不对？她当然认识女巫了。”马洛说。

“那我现在就给她写信，好吗，马修？”亨利问。

“谢谢你，哈尔。”马修显然不认为这是个好计划。他随口叹气。“我好久都没有见过她了。告诉玛丽，我们明天去拜访她。”

我一开始不太想去见玛丽·西德尼，但这想法随着会面时间的临近而慢慢消失了。我想起来或者发现到的有关彭布罗克伯爵夫人的历史事迹越多，就越发激动。

弗朗索瓦丝对这次的拜访高度紧张，光给我准备衣服就花了好几个小时。她在我那件黑色天鹅绒短上衣的高领上又加了一圈特别蓬松的飞边，那还是在法国时玛丽亚给我做的。她还把我穿起来最好看的那件赤褐色镶黑色天鹅绒饰边的长袍清洗、烫熨了一番。这件长袍与上衣非常搭配，穿上后显得更加亮丽。我穿好衣服后，弗朗索瓦丝就宣布我合格了，尽管在她看来，这些衣服显得过于严肃，又有过于浓厚的德国气息。

午餐的时候，我为了赶快出门，就狼吞虎咽地吃了一些兔肉和大麦做的炖肉。马修慢悠悠地啜饮那似乎永远喝不完的酒，并用拉丁文问我上午都做了哪些事，一脸坏坏的表情。

“如果你想惹我发火，你已经成功了！”在他用拉丁文问了我一个特别复杂的问题之后，我对他说道。

“请用拉丁语回答我的问题。[①]”马修用教授的口吻说道。我把一大块面包向他扔去，他大笑着闪躲。

这时，亨利·珀西刚好赶到，一只手非常利落地接住了那块面包，然后一声不吭地放到桌子上。他平静地微笑着，问我们是否做好了出发的准备。

皮埃尔悄无声息地从鞋店门口旁的阴影里走出来，畏畏缩缩地走在街上，右手紧紧地握着匕首柄。当马修带着我们朝城里走的时候，我抬头看天，圣保罗大教堂就在眼前。

“附近有这个建筑，我是不可能迷路的。”我低声说。

我们慢慢地走向教堂。我的感官逐渐适应了周围的混乱，能够分辨出那些声音、气味以及景物。烤面包的香味、煤块燃烧的火光、木头散发的浓烟、东西发酵的气味、被昨天的雨水冲刷过的垃圾、湿漉

① 原文为拉丁语 Refero mihi in latine, quaeso。

漉的羊毛。我深深地吸了口气，在心里记住，以后不能再对我的学生说，如果回到过去，会马上被臭气熏倒。这明显不是事实，至少在 12 月底不是那样的。

我们经过的时候，男男女女都带着毫无掩饰的好奇，停下手中的活计抬起头，或者从窗户里往外张望。当他们认出马修和亨利的时候，就点头致意，表示尊敬。我们走过一家印刷店，又经过一家理发店，里面的理发师正给一个男人理发。我们然后绕过一家繁忙的作坊，那里的热气及锤子的敲打声表明有人在锻冶金属。

陌生感慢慢消失，我开始关注人们的说话内容、衣着以及面部表情。马修曾说我们周围都是外国人，听起来果然是南腔北调。我转过头来。“她在讲什么语言？”我看着一个身穿毛皮镶边的墨绿色外套的丰满女人，低声问道。我发现那上衣跟我的非常像。

“某种德国方言。”马修低下头靠近我，让我能在街上的喧闹声中听到他的话。

我们穿过一个古老的拱形大门，之后街道开始变宽，成为一条尽可能克服各种困难、将大部分铺地石板保留下来的大马路。我们右手边是一座无序拓展的多层建筑，里面正展开忙碌的活动。

“多米尼加修道院。”马修解释道，“亨利国王赶走那些修士以后，这里就变成了一片废墟，然后又成了廉租公寓。现在谁也不知道这里面究竟挤了多少人。”他望向院子的另一头，那边有一道用石头和木头垒成的斜墙，横在这座大楼与另一栋房子的后墙之间，斜墙上有一扇破旧的门挂在铰链上。

马修抬头看看圣保罗大教堂，然后又低头看着我。他的表情缓和下来，说道：“去他的小心谨慎。跟我来。”

他领着我从一段古城墙和一栋房子之间的缺口处穿过去，那栋房子的三楼看起来好像要倒下压到行人道上。我们之所以能在这么窄的大街上穿行，是因为每一个人都是朝一个方向走：朝北、往外。人潮把我们带到了另一条街，这条街要比水巷宽得多。人群越来越多，街上的嘈杂声也越来越高了。

“你还说城里会因为过节而没有人呢。”我说。

“是啊。”马修回答。我们又走了几步，被裹进了更大的漩涡之中。我停下了脚步。

圣保罗大教堂的窗户在午后阳光下闪闪发光，周围的广场上挤满了人——男人、女人、孩子、学徒、仆人、牧师，还有士兵。有人在高声喊叫，有人在倾听着高喊声。目光所及之处，都是纸张，穿了线挂在书摊外面，订在所有坚硬的表面上；做成书，在旁观者的面前晃来晃去。一群年轻人挤在一根柱子周围，听着某人慢慢宣读招聘广告，贴满柱子的广告单随风舞动。时不时地会有人从那里离开，在他拉低帽子去找工作的时候，有人会拍拍他的后背。

“哦，马修。”我只能说出这么一句话。

人们继续从四面八方涌来，他们小心翼翼地躲避着我的护卫们腰间佩戴的长剑剑尖。一阵微风吹掉了我的兜帽。我感到一阵刺痛，随之是一丝微弱的压迫感。在这热闹广场的某个角落，有一个巫师和一个精灵已经感受到了我们的存在。三个生物和一个贵族同行，很难不引起别人的注意。

“我们已经引起某人的注意了。”我说。马修仔细察看附近人们的脸孔，好像并不怎么担心。我又说，“一个像我这样的人，一个像基特那样的人，但没有像你这样的人。”

“还没有。”他轻轻地说，“你不要一个人来这里，黛安娜——永远不要。你要待在黑衣修士区，跟弗朗索瓦丝一起。你要是走出那条通道，我和皮埃尔就必须陪在你身边。”马修对着我们身后点头示意。看到我接受他的警告，他很满意，然后拉着我走开，“我们去见玛丽吧。”

我们再次转向南方，向河边走去，风把我的裙子吹得紧贴双腿。尽管我们是在朝下坡走，但每一步都很吃力。当我们从伦敦众多教堂中的一座经过时，一声低低的口哨传过来，皮埃尔随即消失在一条小巷里。我刚在一道墙后面看到一座很熟悉的建筑物，皮埃尔就从另一条小巷冒了出来。

“那是我们的房子！”

马修点点头，然后让我顺着那条街道看过去，说：“那就是贝纳德城堡。”

除了伦敦塔、圣保罗大教堂以及远处的威斯敏斯特教堂之外，那是我见过的最大的建筑物。三座塔楼面向那条河，高高的雉堞墙把它们连在一起，它的高度肯定是附近任何房屋高度的两倍。

“贝纳德城堡当初的设计就是要人们通过那条河出入，黛安娜。”我们沿着另外一条蜿蜒的小巷往下走，亨利饱含歉意地说，“这是后门，拜访者不应该从这里进去的——但在这样的季节里,走这里要暖和得多。”

我们低头走进一间气派的门房。有两个人穿着炭灰色制服，戴着栗色、黑色和金色相间的徽章，他们走过来察看造访者。一个人认出了亨利，连忙在同伴发问前拉住对方的袖子。

“诺森伯兰勋爵！”他喊道。

“我们来见伯爵夫人。”亨利说着，把披风交给守卫，“你能不能把这个弄干，再给罗伊登老爷的随从找点热饮。”伯爵把皮手套里的手指弄得咔吧作响，还做了一个怪相。

“当然可以了，大人。”门卫说着，怀疑地看了一眼皮埃尔。

城堡里有两个空荡荡的大广场，中心地带长满了树木和花草，但树叶已经落尽，夏花已经凋谢。我们登上一段很宽的台阶，遇见了更多穿制服的仆人，其中一个人把我们领到了伯爵夫人的日光室：一个十分吸引人的空间，窗户很大，面朝南方，可以俯瞰下面的那条河流。

从这里看到的泰晤士河跟从黑衣修士区看到的是同一段。

尽管风景一样，但绝不可能把这个高耸而明亮的房间和我们的房子混为一谈。虽然我们的房间很大，布置得也很舒适，但贝纳德城堡是贵族之家，这是显而易见的。壁炉的两侧是带有垫子的宽大高背长椅，还有一些座位很深的椅子，深得足够一个女人连同裙子整个地蜷缩进去。颜色亮丽、绘有古典神话场景的挂毯为那些石墙带来活力。这里还能看到某个学者进行脑力活动留下的痕迹，桌子上堆放着书本、古代的雕像碎片、天然物体、图画、地图以及其他罕见的东西。

“是罗伊登先生吗？”一个留着山羊胡、头发黑白相间的男人站在那里问道。他一只手拿着一个小木板，另一只手拿着一把小刷子。

“尼古拉斯·希利亚德！[①]”马修的欣喜溢于言表，“什么风把你吹来的？”

“受彭布罗克夫人的委托。”那人挥了挥调色板说道，“我得给这张微型画像做最后的润色，她想把这个当作新年的礼物。”他用明亮的棕色眼睛打量着我。

“我忘了，你还没有见过我的妻子。黛安娜，这是画家尼古拉斯·希利亚德。”马修说。

“很荣幸见到您。”我屈膝行礼。此时的伦敦生活着十多万人，为什么马修会认识每一个后世历史学家所重视的人呢？“我知道您的作品，非常欣赏您的功力。”我说。

“她见过你去年为我画的沃尔特爵士肖像。”马修顺口接道，把我过度热烈的问候敷衍过去。

“我也认为那是他最好的作品之一，不过这张肖像似乎能与那张相媲美。这多像玛丽啊，希利亚德。你捕捉到了她那专注的眼神。”

---

① 即 Nicholas Hilliard（1547—1619），英国伊丽莎白一世时代著名肖像画家和金匠。

亨利探头从画家肩后张望。希利亚德显得非常高兴。

一个仆人端来了酒。亨利、马修和希利亚德在低声交谈，我在仔细察看桌子上一个镀金的鸵鸟蛋和放在银托架上的一个鹦鹉螺壳。桌子上还有几件价值连城的数学仪器，我碰都不敢碰。

“马特！”彭布罗克伯爵夫人站在门口，用女仆匆忙递过来的手帕擦着沾满墨水的手指。真不知道那个女仆在担心什么，因为这位女主人鸽灰色的罩衣已经是污迹斑斑，甚至还有几处被烧焦了。伯爵夫人脱掉那件简朴的衣服，露出里面深紫红色的华丽天鹅绒和塔夫绸套装。当她把那件相当于近代早期的实验服递给仆人时，我闻到了一股浓浓的火药味。伯爵夫人把右耳边垂下来的一缕金色卷发拢起来。她个子高挑，身材苗条，皮肤白皙，有一双深陷的褐色眼睛。

她张开双臂，表示欢迎，“我亲爱的朋友，好多年都没见到你了，从我哥哥菲利普的葬礼之后就没有见过你了。”

“玛丽，你看起来气色很好。”马修说着，低头亲吻她的手。

“伦敦不适合我，你是知道的，但我们来这里庆祝女王的周年庆典已经成为传统了，所以我只好留下来。我正在修订菲利普的赞美诗和其他几首作品，还可以暂时忍受。而且让我感到安慰的事情还是有的，比如和老朋友见面。”玛丽语调轻快，却依然透着机敏的才智。

“你真是神采奕奕。”亨利和马修一样向伯爵夫人致意，并用赞许的目光看着她。

玛丽用棕色眼睛盯着我，问道，“这位是谁？”

“看到你之后，我只顾着高兴，失礼了。彭布罗克伯爵夫人，这是我的妻子黛安娜，我们刚刚结婚。”马修说。

“夫人。”我行了一个深深的屈膝礼。玛丽的鞋子上镶着一层华丽的金银刺绣，上面绣满了蛇、苹果和昆虫，让人联想起伊甸园。这双鞋肯定价值不菲。

“罗伊登夫人，繁文缛节到此结束，我们以后就互称玛丽和黛安娜吧。亨利告诉我说，你是一位炼金术学者。”她眼睛里闪烁着喜悦的光芒。

“我只是读过炼金术的书而已，夫人，诺森伯兰勋爵过誉了。”我纠正她。

马修拉着我的一只手：“你也太谦虚了。玛丽，她懂得很多。黛安娜刚来伦敦，哈尔觉得也许你能帮她多了解这座城市。”

“荣幸之至。”伯爵夫人对我说，“来，我们坐到窗户边吧。希利亚德大师工作时需要很亮的光线。在他完成我的画像期间，你把所有的消息都给我讲讲。这个国家中发生的事情没有马修注意不到的，也没有他不明白的。黛安娜，我在威尔顿的家里已经待了好几个月。”

我们一坐定，她的仆人就端来一盘蜜饯。

“哇！”亨利说，高兴地用手指拨动着那些黄色、绿色以及橙色的甜点。“蜜饯！你的手艺无人可及。”

“我会把我的秘方告诉黛安娜。当然了，她一得到那些秘方，说不定我就再也享受不到和亨利作伴的乐趣了。”玛丽说着，看上去非常高兴。

“嗨，玛丽，你太过分了吧。”他嘴里含满蜜饯，抗议道。

“玛丽，你丈夫跟你一起回来了，还是因为女王的差事待在威尔士呢？”马修问。

“彭布罗克伯爵几天前就离开了米尔福德港[1]，但是会直接进宫，不来这里了。我有威廉和菲利普陪伴，我们不会在城里逗留太久，接下来会去拉姆斯伯里。那里的空气比较健康。”她脸上掠过一丝感伤。

玛丽的话让我想起在博德利图书馆方形广场上看到的威廉·赫伯

① 位于英国威尔士彭布罗克郡的一座港口城市。

特雕像。我每天去汉弗莱公爵图书馆时，都会从那座雕像面前经过。那座图书馆最主要的捐助人之一，就是这个女人的小儿子。“你的孩子们都多大了？”我问道，希望这个问题没有涉及太多的隐私。

伯爵夫人的脸色柔和下来，说道：“威廉十岁，菲利普只有六岁。我女儿安妮七岁，上个月一直在生病。我丈夫觉得她应该待在威尔顿。”

“不严重吧？”马修皱着眉头问。

又有一道阴影从伯爵夫人的脸上掠过。“不管我的孩子得了什么病，我都觉得很严重。”她柔声说道。

“请原谅我，玛丽，我说话没过脑子。我只是想尽可能提供帮助。”我丈夫的声音因懊悔而变得低沉。他们的谈话触及他俩之间我并不知情的过往。

“你已经不止一次地让我深爱的人免于伤害，我没有忘记，马修。如果需要的话，我一定还会找你帮忙，但安妮得的只是儿童伤寒。医生向我保证她会好起来的。”玛丽又转向我问道，“黛安娜，你有孩子吗？”

“还没有。”我摇了摇头说。马修灰色的眼睛在我身上停留了一会儿，然后又很快地移开了。我紧张不安地拽了拽外套的下摆。

“黛安娜以前没结过婚。”马修说。

“从没有吗？”彭布罗克伯爵夫人听了很诧异，张口还要发问，马修打断了她。

“她父母在她很小的时候就去世了，没人替她安排。”

玛丽更加怜惜地说：“一个年轻姑娘的人生要取决于监护人的一念之间，真是悲哀啊。”

“的确如此。”马修挑起一只眉毛看着我，我能想象出他的想法——我顽劣而不受管束，萨拉和埃姆却是世界上最中规中矩的人。

话题又转到了政治和时事上，我专心地听了一会儿，试图把很久以前历史课的模糊印象与他们三人说起的复杂传闻联系起来。他们谈到了战争，西班牙可能会入侵，同情天主教的人士以及法国的宗教紧张局势，但其中提到的名字及地点往往都是陌生的。玛丽日光室中的暖意令我放松，我惬意地听着他们持续不断的交谈，思绪随之漂浮。

“彭布罗克夫人，我完工了。我的仆人艾萨克周末会把画送过来。”希利亚德说道，开始收拾他的画具。

“谢谢你，希利亚德大师。”伯爵夫人说。她伸出一只手，手上戴着很多戒指，戒指上的珠宝闪闪发光。他吻了吻那只手，对亨利和马修点点头，离开了。

“真是个才华横溢的人。他那么有名，我运气好才能请到他。”玛丽在椅子上挪动了一下。她的双脚映着火光闪闪发亮，脚上的拖鞋色彩华丽，上面的红色、橙色、金色与银色刺绣互相辉映。我懒洋洋地想，那复杂的刺绣图案是谁设计的。如果我离得更近的话，就会请她让我摸一摸那些针脚。尚皮耶能够用他的手指阅读我的身体，一个无生命的物体能不能提供类似的信息呢?

虽然我的手指离伯爵夫人的鞋子很远，但我看到了一个年轻女人的面容。她正在仔细地看着一张纸，上面绘有玛丽鞋子的图案。图画边沿有一个个小洞，这是把复杂线条转印到皮革上的秘诀。我的心灵之眼聚焦在那张图纸上，在时光线上倒退了几步，然后看到了玛丽正跟一个表情严肃、下巴坚挺的男人坐在一起，面前的桌子上放满了昆虫和植物的标本。两个人正在兴奋地谈论着一只蚂蚱，当那个男人开始详细地描述蚂蚱的细节时，玛丽拿起笔，画出了蚂蚱的轮廓。

原来玛丽除了炼金术，还对植物和昆虫感兴趣。我边想边在她的鞋子上寻找那只蚂蚱。果然找到了，它就在鞋后跟上，看起来是那么栩栩如生。她右边鞋子上那只蜜蜂看上去仿佛随时会飞走。

那只银黑色相间的蜜蜂离开了彭布罗克伯爵夫人的鞋子，飞向空中，我听到了微弱的嗡嗡声。

“天啊，不要。”我惊声说道。

“多么奇怪的一只蜜蜂啊。”亨利说，当蜜蜂飞过时，他伸手去拍。

我却在盯着那条蛇从玛丽的脚上爬下来，钻进那些灯芯草里。“马修！”我惊叫道。

他一个箭步冲上前去，拎起蛇的尾巴。受到如此粗暴的待遇，它伸出分叉的舌头，愤怒地发出嘶嘶声。马修手腕一甩，把那条蛇扔进了火里，它嘶嘶地叫了一会儿，然后烧着了。

“我没想……”我不知道该怎么说下去。

“没事儿，我的心肝儿。你是身不由己。”马修摸了摸我的脸颊，然后望向伯爵夫人，她正低头看着自己那双已经变得不搭配的拖鞋。“玛丽，我们需要一个女巫。这事有点紧急。”马修对她说。

“我不认识什么女巫。”彭布罗克伯爵夫人立刻回答。

马修挑起了眉毛。

“我不认识可以介绍给你妻子的人。你知道我不喜欢谈论这类事情，马修。菲利普从巴黎平安回来后，他就告诉过我你是什么样的人物。当时我还是个小孩子，以为那只是一个寓言故事。我希望能保持这样。”她说。

“你在练习炼金术，那也是个寓言故事吗？”马修问道。

“我练习炼金术是为了理解上帝创造的奇迹！炼金术……和巫术……无关！”玛丽喊道。

“你想说的那个词是‘邪恶’吧。你对自己和你的上帝那么有把握，你自命了解祂的心意吗？”这只吸血鬼目露凶光，嘴巴紧闭，显现出非常恐怖的样子。伯爵夫人本能地向后退缩。

玛丽感受到了指责，但并没有打算让步。她说道：“马修，我的上帝跟你的上帝并不一样。”我丈夫的眼睛眯了起来，亨利紧张地抓着自己的长裤。伯爵夫人扬起了下巴，说道：“菲利普也曾经说过这样的话。你依然相信教皇，坚持做弥撒。他透过你那错误的信仰看到了真正的你，我也是如此。我希望有一天你会发现真理，遵循真理。”

“那为什么你每天都能看到像我和黛安娜这样的生物，却仍然否认它？”马修的声音听起来很疲倦。他站起身说：“玛丽，我们不会再麻烦你了。黛安娜会用别的方法找到一个女巫。”

“我们为什么就不能跟以前一样，不谈这种事呢？”伯爵夫人说。她看着我，咬了咬嘴唇，眼中露出犹豫不决。

“因为我爱我的妻子，我想让她平平安安的。”

她端详了马修一会儿，揣摩着他的真诚，想必结果让她满意：“黛安娜没必要害怕我，马特。但是绝不能让伦敦其他人知道她的来历。苏格兰正在发生的事情让人们感到恐惧，轻易就把自己的坏运气归罪到别人头上。”

“对于你的鞋子，我非常抱歉。”我笨拙地说道。那两只鞋子永远都不会一模一样了。

“我们就不提这件事了。”玛丽不容分辩地说道，然后起身告别。

我们一语不发地离开了贝纳德城堡。皮埃尔跟在我们身后，他悠闲地走出门房，把帽子戴上。

“我觉得这事进展得很顺利。”亨利打破沉默。

我们满腹狐疑地转向他。

他赶忙说道：“固然有一些困难，但玛丽对黛安娜感兴趣，也会继续对你表示忠诚，这毫无疑问，马修。你得给她一个机会，她从小就被人教导不能轻易相信别人，所以信仰是个令她困扰的问题。”他穿上披风。风势没有减弱，天也渐渐变黑。“唉，我得告辞了。我母亲现在在参事门[1]等我去吃晚饭。”他说。

“她从身体不适恢复过来了吗？”马修问道。老伯爵夫人在圣诞节期间就抱怨呼吸急促，马修担心她的心脏可能有问题。

“我母亲来自内维尔家族[2]，所以她会长命百岁，而且一有机会就制造麻烦！”亨利吻了吻我的脸颊又说道，“不要担心玛丽，也不要担心……嗯，其他事情。”他意味深长地耸了耸眉毛，然后离开了。

我和马修目送他离开，然后向黑衣修士区走去。“怎么回事？”他轻声问道。

“以前我情绪激动才会触发魔法，现在一个无谓的问题就可以让我看到事物表面下的内容，但我不知道怎么竟让那只蜜蜂活了起来。”

“感谢上帝你当时想的是玛丽的鞋子。如果你把心思放在她的挂毯上，我们就会陷于奥林匹斯山上众神的战争中了。”他面无表情地说道。

我们很快穿过圣保罗大教堂的广场，回到相对比较安静的黑衣修士区。今天早些时候的繁忙已经放慢脚步，变得悠闲。工匠们聚在门口谈论着生意，让学徒们完成一天最后的工作。

“你想吃外卖吗？”马修指着一家面包店说，“不是比萨，但基特和沃尔特很喜欢普赖尔的肉馅饼。”里面飘出来的香味让人垂涎欲滴，我点点头。

当马修走进他的店里时，普赖尔师傅感到非常震惊，被问到肉的来源及新鲜程度时，他又有点不知所措。我最后决定买一个鸭肉馅饼。我不吃鹿肉，不管有多新鲜。

---

① 古伦敦七大城门之一，其他六个分别为：鲁德门（Ludgate）、新门（Newgate）、跛子门（Cripplegate）、高沼门（Moorgate）、主教门（Bishopsgate）和无税门（Aldgate）。

② 英格兰一个古老的贵族世家，曾参与玫瑰战争，实力雄厚。

马修付钱的时候，面包师的助手们在打包。他们每隔几秒钟就偷看我和马修。这让我想到女巫和吸血鬼吸引了人们的怀疑目光，就像烛火吸引飞蛾一般。

晚饭相当舒适温馨，尽管马修看上去有点心事重重。就在我吃完馅饼不久，木台阶上传来了脚步声。*可别是基特*，我想道，手指交叉，*别是今晚*。

弗朗索瓦丝打开房门，两个身着熟悉的深灰色制服的男人等在那里。马修皱着眉头站了起来，问道：“是伯爵夫人不舒服？还是她的儿子？”

“他们都很好，先生。”其中一人说着，递过来一张小心翼翼折叠起来的纸张，上面有一滴不规则的红色封蜡，封蜡上面带有箭头的印痕。他鞠躬行礼，解释道：“是彭布罗克伯爵夫人写给罗伊登夫人的。”

看到信反面写着的正式地址：“*黛安娜·罗伊登夫人，鹿冠公寓，黑衣修士区*。”我觉得很奇怪。

我用手指触摸，心中立刻浮现出玛丽·西德尼那张充满智慧的面孔。我把信拿到火边，用手指启开封印，然后坐下来看。信纸很厚，展开后发出轻微的噼啪声。一张较小的纸条落在我的腿上。

“玛丽说了什么？”马修打发走了信使，然后问道。他站在我身后，把双手放到我的肩膀上。

“她让我周四去贝纳德城堡。玛丽在做一个炼金术实验，她觉得我可能会感兴趣。”我无法掩饰声音中的难以置信。

“玛丽就是这样一个人。她谨慎而忠诚。”马修在我头上吻了一下。“她确实一直拥有惊人的复原能力。另一张纸上都说些什么呢？”

我把那张小纸条拿起来，大声朗读所附的那首诗的前几行。

许多人以我为怪，
但你是我坚固的避难所。

“好，好，好。”马修轻笑着打断我，“我老婆的目的达到了。”我困惑地看着他。他说：“玛丽最重视的目标不是炼金术，而是为英国新教徒翻译新版《诗篇》。她哥哥菲利普起头，还没有完成就去世了。玛丽的诗才是菲利普的两倍。有时候她也这样想，尽管她永远都不会承认。那是《诗篇》第71篇的开头。她把这首诗送给你，就是要向世界表明，你是她圈子里的一员——一个值得信赖的朋友和知己。”他又顽皮地降低声音说：“哪怕你毁了她的鞋子。”马修最后笑了一声，往他的书房走去，后面跟着皮埃尔。

客厅里那张桌腿粗重的大桌子一角已被我占据，充当办公桌。就跟我用过的每个工作台一样，这张桌子上也随意放着一些东西，其中既有废物，也有珍宝。我在上面翻了个遍，找到最后一些白纸，挑了一支新鹅毛笔，然后清出一片空间。

我花了五分钟的时间，给伯爵夫人写了一封简短的回信。纸上有两个墨点，很是让人尴尬，不过我的斜体字写得还可以，我也知道有些单词要按照发音进行拼写，以免显得太过现代化。我没有把握时，就写两个辅音字母或者在词尾加上一个字母e。我在纸上洒上一些沙子，等它吸干多余的墨水后，再把沙子吹入灯芯草里。我折好信后，才意识到没有封蜡和印章。这个问题一定得解决。

我把写好的回信放在一边，等皮埃尔来处理，又回头看玛丽的来信。玛丽把《诗篇》第71篇的全部3节都寄给我了。我取出马修给我新买的那个空白本子，翻到第一页，把鹅毛笔在旁边的墨水瓶里蘸了蘸，运笔仔细抄写起来。

我的仇敌议论我。那些窥探要害我命的彼此商议，

说：神已经离弃他。我们追赶他，捉拿他吧。

因为没有人搭救。

墨水干了后，我把本子合上，放到菲利普·西德尼的那本《阿卡迪亚》下面。

玛丽送给我这份礼物，不止表示单纯的友情，这一点我能确定。我读给马修听的那几句是感谢他对她家的帮助，还表明她不会在这个时刻背叛他，而最后这几句在向我传递信息：我们正被人监视。有人怀疑水巷的一切并不像表面那样简单，马修的对手也在打赌，期望着一旦真相败露，即使马修的盟友也会背叛他。

马修——吸血鬼，女王的仆人，圣会的成员——不能亲自出面寻找一个教授我魔法的女巫。在宝宝即将出生的情况下，尽快找到一个女巫就越发紧急了。

我拿过来一张纸，开始在上面列出一个清单。

封蜡

印章

伦敦是个大都会。我要去买一些东西。

17

“我要出去一趟。”我说。

弗朗索瓦丝停下手中的针线活，抬起头看着我。半分钟后，皮埃尔走上楼梯。马修要是在家，毫无疑问也会现身，但他进城去办一些神秘事务了。我醒后看见他的湿衣服还在壁炉前烘干。他夜里被人叫走，回来后又被叫了出去。

“真的？”弗朗索瓦丝眯起眼睛。自从我穿好衣服后，她就一直怀疑我要做什么不好的事情。今天，我没有抱怨她往我身上套那些衬裙，反而还加上一件由暖灰色法兰绒做成的衬裙，然后我们为该穿哪件外套而发生争执。我宁愿穿从法国带回来的那些舒适的衣服，也不想穿路易莎·克莱蒙的那些华丽衣裳。马修的姐姐一头黑发，肌肤如瓷器般晶莹剔透，不管身穿鲜艳的蓝绿色天鹅绒长裙（弗朗索瓦丝纠正我说是“铜绿色”）还是恶心的灰绿色塔夫绸（正确名称是“垂死的西班牙人”），都能成功驾驭。不过，这些颜色配上我淡淡的雀斑和金黄透红的卷发，却显得非常可怕，而且穿着这些衣服逛街显得过于奢华。

“也许夫人应该等罗伊登老爷回来。”皮埃尔提议道。他很紧张，重心在双脚之间来回换着。

“不，我想不用了。我已经把需要买的东西列了一张清单，而且我想亲自去买。”我拿起菲利普给我的那个装有钱币的皮袋子，“是拿着一个钱包好呢，还是应该把钱放进上衣里，需要时再掏出来好呢？”我问。历史小说写到这种场面，总是让我觉得匪夷所思——女人把东西塞进衣服里——我一直想知道在公共场合取出东西是否真的像小说家写的那样容易。16 世纪的性爱肯定不像一些爱情小说里描写的那么容易。别的不说，太多的衣服就很碍事。

“夫人根本不用随身带钱的！”弗朗索瓦丝对皮埃尔说道，他把系在腰上的一个袋子解开了。那个袋子好像一个无底洞，里面藏着很多带尖的东西，有大头针、缝衣针、看着像一套撬锁工具的什么东西，还有一把匕首。我的钱包放进去后，皮埃尔一抖，那袋子就发出叮叮当当的响声。

来到外面的水巷，我脚踩木头套鞋（我的鞋子上套着一些木楔子，可以遮挡淤泥，非常有用），以其允许的最大力度朝圣保罗大教堂走去。衬皮草的披风在我脚边飘拂，厚厚的布料将缠人的水汽遮挡在外。最近连日阴雨，今天暂停，但天气一点都没有变得干燥。

我们的第一站就是普赖尔师傅的面包店，买一些醋栗小面包和蜜饯水果。我每天快到傍晚的时候都很饿，喜欢吃一些甜食。下一站去黑衣修士区通向伦敦其他区域的巷子口，是一家挂着船锚标志的印刷店，店里生意兴隆。

“您好，罗伊登夫人。”我刚走进门槛，店主就招呼道。很显然，我的邻居不用介绍就认识我了。“您是来取您先生的书吗？”他问。

我自信地点了点头，尽管不知道他说的是哪本书。他从书架高处抽出一本薄薄的书。翻一下书页就知道这是一本有关军事和弹道学的图书。

“很抱歉您那本医学书没有精装版。等您暂时不看的时候，我可以请人找您喜欢的方式装订起来。”他一边包装马修的书，一边对我说。

这么说，我的那本疾病和疗法大全就是从这家店买的。“谢谢您，……师傅。”我的声音逐渐变弱。

“我叫菲尔德。”他说。

“菲尔德师傅。”我重复道。

一个长了一双明亮眼睛的年轻女子从店铺后面的办公室里走了出来。她怀里抱着一个婴儿，一个刚学会走路的小孩拽着她的裙子跟在后面。她的手指很粗糙，沾着洗不掉的墨迹。

“罗伊登夫人，这是我的老婆杰奎琳。”

“啊，罗伊登夫人。”这个女人的法国口音非常柔和，让我想起了伊莎波。她说：“您先生告诉我们，您非常喜欢看书。玛格丽特·霍利说您研究炼金术。”

杰奎琳和她的丈夫知道关于我们的很多事情。毫无疑问，他们也听说过我鞋子的尺码以及我喜欢吃哪种肉馅的馅饼。这么说来，黑衣修士区的人们似乎都没注意到我是个女巫，这让我感觉更加奇怪了。

“是的。”我把手套拉直。“菲尔德师傅，您卖散装纸吗？”

“当然卖。”菲尔德困惑地皱着眉头说，“您的备忘录用纸已经完了吗？”哦，原来我的笔记本也是从他这里买的。

“写信需要用纸。”我解释说，“还有封蜡、印章，这里能买到吗？”耶鲁大学的书店出售各种信纸、钢笔，还有一点尖都没有的鲜艳彩色蜡笔以及做成字母形状的廉价铜印章。菲尔德和他老婆交换了一下眼神。

“今天下午我会再送一些纸过去，但您得请一个金匠才能把印章做成一枚戒指。我这里只有报废的印刷机字母，准备回炉重新铸造。”他说。

“或者您可以去尼古拉斯·瓦兰那里看看。他是个金属加工能手，还会做精美的时钟，罗伊登夫人。”杰奎琳建议道。

“就在这条巷子里吗？”我回头指着说。

“他不是金匠，我们不想给瓦兰先生惹麻烦。”菲尔德反对道。

杰奎琳毫不退缩。“住在黑衣修士区有很多好处，理查德，其中一个好处就是工作可以不受行会约束。另外，金匠公司不会为了区区一枚女人的戒指来打扰这里的任何人。如果想要封蜡，罗伊登夫人，您得去药店。”她说道。

香皂也在我的购物清单上，而且药剂师们也会用到蒸馏装置。尽管我现在的专注点必须从炼金术转到魔法上，但也没有必要放弃学习有用知识的机会。

“最近的药店在哪里？”我问。

皮埃尔咳嗽了一声，说：“也许您应该跟罗伊登老爷商量一下。”

马修会提出各种各样的建议，大多都会是派弗朗索瓦丝或皮埃尔去拿我所需要的东西。菲尔德夫妇兴趣满满地等我的回答。

“也许吧，但我还是喜欢菲尔德太太的建议。”我不快地盯着皮埃尔说。

“约翰·海斯特的声望很高，他曾配制过一种药剂，治好了我儿子的耳痛。”杰奎琳从小孩手中拽走裙子，神色中有一丝顽皮。如果我没记错的话，约翰·海斯特也对炼金术感兴趣。或许他就认识一个女巫，甚至他本身可能就是个巫师，那就更好了，正好达成我真正的目的。今天我并不是单纯出来购物的，而是想让别人看到我。巫师天性好奇，如果我把自己当作诱饵，会有人上钩的。

“据说彭布罗克伯爵夫人都去找他治疗她儿子的偏头疼。”她的丈夫补充说。这么说，整个街区的人也都知道我去过贝纳德城堡了。玛丽的话是对的：我们正被人监视着。“海斯特师傅的店铺就在保罗码头附近，上面挂了一个蒸馏器的招牌。”她说。

“谢谢您，菲尔德太太。”我说。保罗码头肯定就在圣保罗大教堂附近，那天下午我曾经过那里。我在内心的地图上调整了今天的出行路程。

我们告辞后，弗朗索瓦丝和皮埃尔就转身要顺着水巷朝家里走。

“我要去教堂。”我朝另外一个方向走去。

让人难以置信的是，皮埃尔正挡在我的前面。他说：“老爷会不高兴的。”

“老爷现在不在这儿。马修曾留下严格的指示说，不管我去那里，你必须要跟着，但他并没说我要在自己的家里做犯人。”我把书和点心塞给弗朗索瓦丝，又对她说：“马修要是比我早到家，就告诉他我很快就会回去。”

弗朗索瓦丝接过那些纸包，与皮埃尔相互看了好一会儿，才顺着水巷走了。

“要小心啊，夫人。[①]”皮埃尔在我经过他身边的时候说道。

“我一直都很小心。”我平静地说道，却径直踏进了一个小水坑。

两辆马车撞在一起，把通往圣保罗大教堂的街道都堵住了。那笨重的马车很像现代密闭的厢型车，一点都不像简·奥斯汀电影中出现的那种华丽的马车。我绕过马车，避开愤怒的马匹和同样愤怒的乘客，皮埃尔紧紧地跟在身后。那些乘客站在路中间大声叫骂，追究肇事责任，只有赶车的人似乎毫不在意，全然不顾人们的争吵，而是平静地坐在高高的座位上，闲话家常。

“这种事经常发生吗？”我问皮埃尔，把兜帽拉起来，这样我才能看到他。

“这些新式马车真是讨厌，步行或骑马要好得多了。不过没关系，它们不会普及的。”他没好气地说道。

① 原文为法语 Prenez garde, madame。

人们对亨利・福特[①]也说过这些话，我心想。

“保罗码头有多远？”我问。

“老爷很讨厌约翰・海斯特。”皮埃尔说。

“皮埃尔，我没问这个。”

“夫人想到教堂附近买什么东西呢？”他问道。教了那么多年的书，皮埃尔转移重点的伎俩对我来说再熟悉不过了。但是，我并不打算把我们横穿伦敦城的真实意图告诉他人。

“买书。”我简短地回答。

我们走进了教堂外围，那里几乎每一寸空间都是纸。在没有纸的地方，不是有人在卖东西，就是有人在等着揽活儿。有一个面目和善的中年人紧贴着一座棚屋坐在一把凳子上，那座棚屋自身靠着教堂的一面墙壁而兴建。这绝对是此地常见的办公环境。有一群人挤着围在他的摊位四周。如果我的运气足够好，他们之中会有一个巫师。

我穿过那群人。他们似乎都是人类。太令人失望了。

那人吃了一惊，抬头望过来，他正给一位等候的顾客仔细抄写一份文件。一个抄写员。拜托，这个人千万别是威廉・莎士比亚，我心中祈祷着。

“要帮忙吗，罗伊登夫人？”他带着法语口音说道。不是莎士比亚。但他怎么知道我的身份呢？

“你这里卖封蜡和红墨水吗？”我问。

“我不是药剂师，罗伊登夫人，只是个穷老师。”他的顾客开始嘀咕，抱怨杂货商、药剂师及其他巧取豪夺的商人牟取暴利。

“菲尔德太太告诉我说，约翰・海斯特制作品质优异的封蜡。”

① 亨利・福特（1863—1947），美国汽车工程师与企业家，福特汽车公司的创立者。他也是世界上第一位使用流水线大批量生产汽车的人。

我说。所有的人都扭头看着我。

“不过非常昂贵。他的墨水也很贵，是用鸢尾花做的。”他说道。人群里传来的低语声证实了这个人的说法。

“你能告诉我他的店铺在哪个方向吗？”

皮埃尔拉住了我的胳膊肘。“不要。”他在我耳边低声道，但此举只是引起了更多人类的注意，他赶紧把手放下。

那个抄写员举起手，朝东指了指，说：“你可以在保罗码头找到他。先走到主教帽酒馆，然后再朝南走。科努先生知道路的。”

我回头看了一眼皮埃尔，他正盯着我头顶上方的某个地方。“是吗？谢谢你。”我说。

“她就是马修·罗伊登的老婆？我的上帝，怪不得他看上去疲惫不堪呢。”当我们走出人群的时候，有人大笑着说。

我没有立刻朝那个药店走去，而是注视着这个大教堂，开始围着它的巨大身躯慢慢走起来。以它的规模而言，这座教堂的造型出乎意料地优雅，但那次不幸的雷击使它的原貌永远被毁掉了。

“这不是去主教帽酒馆最近的路。”皮埃尔说。他紧跟在我身后，仅有一步之遥，但平时都离我三步远，所以当我停下脚步抬头往上看的时候，他一下子就撞到了我身上。

“塔尖有多高？”我问。

“几乎和这幢建筑一样高。老爷一直都很好奇，他们是怎么把塔尖建得这么高的。”皮埃尔说。细细的尖顶与扶壁优美的线条、高大的哥特式窗户相互辉映，让整个建筑高耸入云，但如今那尖顶却消失不见了。

我感到一股能力涌现出来，这让我想起了塞图尔城堡附近的那座女神庙。教堂下面好像有什么东西意识到了我的存在。它发出一声低吟，我的脚底微微震动，那声低吟是对我的招呼——然后就悄无声息了。这里曾经有股力量——一种巫师无法抗拒的力量。

我掀开遮脸的兜帽，慢慢地审视圣保罗大教堂广场上的那些买家和卖家。精灵、巫师和吸血鬼都向我投来一瞥，但这里有太多活动，我并没引人注目。我需要一个更为私密的环境。

我走过教堂的北面，然后又绕到东面。这时，嘈杂声越来越大，所有人都在看着布道坛上的一个男人，那个布道坛的上方搭了一顶画有十字架的棚子。因为没有电子扩音系统，这个人就通过高声喊叫、夸张的动作来描绘地狱中的烈火与硫黄，吸引观众的注意力。

单凭一个女巫是绝对无法与如此多的地狱场景和天谴相抗衡的。除非我做出某种危险动作吸引注意力，否则即使有巫师看到我，也会以为我只不过是个出来购物的同类。我克制住一声沮丧的叹息。原本我的计划很简单，似乎绝对不会出错。黑衣修士区里一个巫师都没有，但圣保罗大教堂这里的巫师又太多了。皮埃尔在旁边，打消了任何好奇的生物接近我的意愿。

“待在这里别动。”我命令他，同时严厉地瞪了他一下。如果他不站在旁边，散发出吸血鬼的反对气息，我看到友善巫师的机会就会增大。皮埃尔往一家书摊的直立柱子上一靠，不发一语地看着我。

我走进圣保罗大教堂十字架下方的人群里，东张西望，好像在寻找走失的朋友。我等待着其他巫师眼光引起的刺疼。他们就在这里，我能感觉得到。

“罗伊登夫人？”一个熟悉的声音喊道，“什么风把您吹来了？”

乔治·查普曼从两个表情严肃的绅士的肩膀之间探出头，露出红润的脸庞。那两个人正在听那位传教士把世上所有的弊端都怪罪到天主教徒和投机商人的邪恶阴谋上。

没有发现巫师的踪迹，但暗夜学派的成员们像往常一样无处不在。

“我在找墨水，还有封蜡。”我重复这句话的次数越多，听起来就越是愚蠢。

“那你该去药铺。来吧，我带你去找我的人。”乔治伸出胳膊，“他要的价格很公道，手艺也很好。”

“时候不早了，查普曼先生。”皮埃尔不知从哪里突然冒了出来。

“罗伊登夫人应该趁还有机会的时候来散散步。船夫说天很快就会下雨，他们很少说错。再说了，约翰·钱德勒的店铺就在城墙外面的红十字街上，还不到一公里远。”乔治说。

这么说，遇见乔治非但不是坏事，似乎还是幸事。在我们闲逛的时候，肯定会遇到巫师。

“马修是不会反对我跟查普曼先生一起散步的——尤其是在你的陪伴下。”我拉起乔治的胳膊，对皮埃尔说道，“你那家药铺就在保罗码头附近吗？”

“恰恰相反。”乔治说，“但你不会想去保罗码头买东西的。约翰·海斯特是那里唯一的药剂师，他要的价格高得离谱。钱德勒师傅的价格只有一半，服务还更好。”

我把钱德勒列在改天的购物清单上，然后拉住乔治的胳膊。我们走出圣保罗大教堂的广场向北走去，一路经过一些豪华的住宅和花园。

“那就是亨利母亲住的地方。”乔治指了指我们左边一套非常雄伟的建筑物，“他讨厌那个地方，宁可住在马特那条街的转角，直到玛丽说服他，让他认为自己的住处有失伯爵的尊严。现在他已经搬进了斯特兰德街上的一座房子里。玛丽很满意，亨利却觉得那座房子非常昏暗，而且潮气让他的筋骨感到很不舒服。”

珀西家再过去一点就是城墙。当初罗马人为了保卫伦底纽姆[1]修

① 古伦敦的拉丁语名字。

建了那些城墙，如今依然标志着伦敦的正式边界。我们走过参事门，踏上一座矮桥，看到了一片开阔地以及教堂周围的房屋。这美丽的田园风光中却带着一股臭味，我忍不住用戴着手套的手捂住鼻子。

“护城河。”乔治指着脚下一条满是淤泥的河，带着歉意说道，“这是最近的路，我们很快就会走到空气稍好的地方。”我擦了擦熏得流泪的眼睛，真心希望如此。

乔治领我来到了那条街上。街道非常宽阔，足够马车、满载食物的货车，甚至是一支牛队通行。在途中，他聊起了拜访他的出版商威廉·庞森比的经过。我说不知道这个名字，查普曼差点崩溃。我对伊丽莎白时期的图书业知之甚少，所以就岔开了这个话题。乔治兴高采烈地讲起遭受庞森比冷落的那些剧作家的八卦，其中就包括基特。庞森比钟情严肃文学，他招揽的那些作者的确非常杰出：埃德蒙·斯宾塞、彭布罗克伯爵夫人、菲利普·西德尼。

“庞森比也想出版马特的诗歌，但是被拒绝了。”乔治摇了摇头，困惑不解地说道。

“他的诗歌？”我突然停了脚步。我知道马修很喜欢诗歌，却不知道他还会写诗。

“是的，马修坚持认为他的诗歌只适合拿给朋友看。我们都很喜欢他为玛丽的哥哥菲利普·西德尼写的挽歌。‘眼与耳与每个念头 / 都被他那甜蜜的完美捕获’。”乔治微笑道，“那首挽歌相当优美，但马修对发表毫无兴趣，还抱怨说那只会带来纷争，让人诟病。”

马修虽然拥有现代化的实验室，但其实是一个老古董，他喜爱古老的钟表和老爷车。我又发现了一个证明他是个守旧者的证据，但我咬紧嘴唇，不让自己笑出来。“他的诗都是关于什么的？”我问。

“主要写爱情和友谊，但最近他和沃尔特一直在讨论……更加暗黑的主题。最近他们的想法似乎如出一辙。”他说。

“更加暗黑？”我皱着眉头。

“沃尔特和他一直都不赞成周围发生的事情，他们很容易发火——尤其是沃尔特——经常对当权者撒谎，这样下去很危险的。”乔治眼光在路人的脸上闪来闪去，他压低声音说道。

“撒谎？”我缓缓说道。有一首叫《谎言》的名诗，作者匿名，但有人认为是沃尔特·雷利写的。“‘**对宫廷说，它如腐木一样闪闪发光**’？”我问。

“原来马特已经给你读过他的诗了。”乔治再次叹了口气，“他能用少数几个词传达丰富的感受和意义，这种才能让我非常羡慕。”

尽管我很熟悉这首诗，却不知道马修与它有什么关系。不过，在以后的晚上，我会有充足的时间来探究我丈夫的文学成就。我抛下这个话题，接着听乔治说。现在的作家是不是为了生存需要发表很多作品，是不是仍然需要优秀的编辑来避免印刷出来的书本错误百出，他就这些问题发表了自己的看法。

“那就是钱德勒的店铺。”乔治指着一个交叉路口说道。那里有一个高高的平台，上面有一个倾斜的十字架，一帮小男孩正埋头从台基上凿掉一块粗糙的鹅卵石。不用请巫师预测未来，那块石头很快就有可能穿过某家店铺的窗户。

我们离药店越近，就感觉空气越寒冷。就像在圣保罗大教堂一样，我又感到一股力量涌了过来，不过这一次却是笼罩这个街区的贫困与绝望的氛围，令人倍感压抑。街道北侧有一座坍塌的古塔，它周围的房屋看起来好像风一吹就会倒。两个少年拖着脚走进，充满兴趣地看着我们，直到皮埃尔低吼了一声，他们才停下来。

约翰·钱德勒的店铺非常符合这个街区的哥特式氛围。它光线昏暗，气味刺鼻，令人不安。天花板上吊着一个猫头鹰标本，某个不幸动物的长满利齿的下颌被钉在一幅人体图上，图中的人体四肢断裂，被多件武器刺穿。这个可怜鬼的左眼眶里还插着一把木工锥，角度俏皮。

一个身穿褪色黑斜纹布外套的驼背男人从一道门帘后面走了出来，用袖子擦着手，他的衣服很像剑桥和牛津大学的校服，而且也是皱巴巴的。一双明亮的淡褐色眼睛毫不犹豫地迎上我的目光，我的皮肤一阵刺疼。钱德勒是个巫师。跨越了大半个伦敦，我终于找到了一个同类。

“你周围的街道一天比一天危险了，钱德勒师傅。”乔治透过门口看着旁边来回转悠的那帮孩子说道。

“那群孩子到处疯跑。”钱德勒说道，“查普曼先生，您今天要什么？还需要奎宁水吗？又头疼了？”

乔治详细讲述了很多疼痛的症状，钱德勒时不时同情地低声说着什么，然后拿过一个账本，仔细地查看起来。我得以有机会审视四周的环境。

伊丽莎白时期的药铺显然也充当杂货店，小小的空间里，货物都堆到了椽子那里。有成堆的海报画，看得让人触目惊心，就和墙上那幅画着受伤男子的海报画一样。此外还有几罐蜜饯。一张桌子上堆着几本二手书，只有少量几本新书。一组陶罐为这个暗淡的房间添上了几笔明亮的色彩，每个罐子上面都贴着医用香料和药草的名字。除了那个猫头鹰和下颌，还有一些尾巴系在一起的干瘪老鼠。此外，我还看到了几瓶墨水、几支鹅毛笔，以及几捆绳子。

整间店按照松散的主题分门别类。墨水就在鹅毛笔和二手书的旁边，上方是象征智慧的猫头鹰。那些老鼠就悬挂在一只贴着“杀鼠药”标签的坛子上方，坛子旁边有一本书。那本书不仅承诺帮你捕鱼，还可教你制作“各种工具和夹子去捕捉臭鼬、秃鹰、大鼠、小鼠以及所有其他种类的害虫和野兽”。我一直都在想着怎样才能赶走马修阁楼上的那些不速之客。小册子上详细的示意图远远超出了我的手艺范围，但我会找到一个能制作那些工具的人。钱德勒店里一串串的老鼠足以证明，书中的陷阱都是有效的。

“请让一下，夫人。”钱德勒轻声说道，走过我的身边。我着迷地看着他把老鼠拿到工作台上，以巧妙的刀法将它们的耳朵割下来。

“那些耳朵是干什么用的？”我问乔治。

“磨成粉末的老鼠耳朵治疗瘊子非常有效。”钱德勒挥舞着碾槌，乔治热心地解释道。

我很庆幸自己没有患上这种特殊的疾病。我慢慢地走到猫头鹰守卫着的文具那里，找到了一瓶红墨水，墨水颜色又深又浓。

夫人，你的食血族朋友不会愿意把那瓶墨水拿回家的。那是用鹰血做成的，专门用来写爱情咒。

原来钱德勒有传音入心的法术。我把墨水放回原处，拿起一本卷角的小册子。第一页画了一只狼在咬一个小孩，还有一个男人饱受折磨后被处死。这些让我想起了现代杂货店里收银台放的那些小型画报。我翻过这一页，读到了一个名叫施图贝・彼得的人以狼形现身，大喝人血，不管男女老幼，都被他喝到至死方休。原来，不仅是苏格兰巫师成了大众的目标，还有吸血鬼。

我眼光飞快掠过书页，最后发现施图贝是生活在遥远的德国，才松了一口气。但我又看到其中一个受害者的叔叔就在贝纳德城堡和我们房子之间经营着一家啤酒厂，焦虑不安就又回来了。看到那些阴森恐怖的杀戮细节以及人类为了对付他们当中的生物而不择手段，我吓得目瞪口呆。施图贝・彼得在书中被刻画为一个巫师，他之所以做出奇怪的行为，是因为和魔鬼订了一条契约，为了能够变身，满足自己喝人血的变态嗜好。但他也极有可能是只吸血鬼。我把这个小册子放在我另一本书下面，然后来到了柜台旁边。

“罗伊登夫人需要买些东西。”我走进时，乔治对药剂师解释道。

钱德勒小心地在听到我的名字时，让心灵变得一片空白。

“是的。”我缓缓地说，“买一些墨水，如果你这里有的话。再买些香皂，用来洗东西。”

“好的。”这个巫师在一些锡制的容器里翻找一番，找到正确的商品，便放到柜台上，问道：“您还需要与墨水搭配使用的封蜡吗？”

“不管什么封蜡都可以，钱德勒师傅。”我说。

“你这里有一本海斯特写的书。”乔治拿起旁边的一本书说道，“我对罗伊登夫人说，你卖的墨水跟海斯特的一样好，但是价钱便宜一半。”

听到乔治的称赞，药剂师有气无力地一笑，把几支康乃馨色的封蜡和两块气味香甜的肥皂放在我要的墨水旁边。我把防止害虫手册和那本有关德国吸血鬼的小册子放在最上面。钱德勒抬起眼睛看着我，眼神充满警惕。

“是的，路对面的那个印刷商给我留了几本，因为与医学有关。”钱德勒说。

“罗伊登夫人对那个也很感兴趣。”乔治取下那本书，放到我要买的那些东西上。我已经不止一次地感到纳闷，人类对身边发生的事情怎么能如此熟视无睹呢。

“但是，我不确定这本书是否适合一个女士……”钱德勒意味深长地看着我的结婚戒指，打住话头。

“噢，她先生不会介意的。她是研究炼金术的学者。”乔治快速的回答盖过了我无声的反驳。

“买了。”我果断说道。

当钱德勒包东西的时候，乔治问他能不能推荐一个做眼镜的师傅。

“我的出版商庞森比先生担心，我在翻译完荷马史诗之前可能会双目失明。”他自命不凡地解释道，“我母亲的仆人给了我一个秘方，但一点效果也没有。”

药剂师耸耸肩，说道："'那些老婆子'的疗法有时候是有用的，但我的疗法更可靠。我会给你送去一种用蛋清和玫瑰水做成的药膏，拿麻纱浸在里面，然后敷到眼睛上。"

在乔治跟钱德勒讨价还价并安排送货的时候，皮埃尔收起包裹，到门口等候。

"再见，罗伊登夫人。"钱德勒鞠躬说道。

"谢谢你的帮助，钱德勒师傅。"我回答道。*我刚到这座城市，正在寻找一个可以帮助我的巫师。*

"别客气，不过黑衣修士区里有很多高明的药剂师。"他平静地说道。*伦敦是个危险的地方，向别人求助时要谨慎。*

我还没来得及问这个药剂师怎么会知道我住的地方，乔治就兴高采烈地告辞，把我拉到了街上。皮埃尔在我身后跟得很紧，我不时能感受到他呼出来的凉气。

在我们回城的路上，沿途都被不容误解的目光触及。当我还在钱德勒店里的时候，就有人发出了警报，整个街区都在流传附近有个女巫的消息。我今天下午的目的终于达到了。两个女巫走出来站在她们门前的台阶上，挽着手臂，充满敌意地审视着我。她们的体型和面庞如此相似，我还以为她们是双胞胎。

"血族。"其中一个嘟哝着，朝皮埃尔吐了口唾沫，交叉手指做了一个驱魔的手势。

"走吧，夫人，已经很晚了。"皮埃尔抓住我的手肘。

皮埃尔想让我尽快离开圣吉尔斯教堂，乔治想喝杯酒，因此我们回黑衣修士区花的时间要比出来时短。我们平安回到鹿冠公寓的时候，仍然不见马修的踪迹，于是皮埃尔就出去寻找。不久，弗朗索瓦丝就强调时间很晚，我需要休息，乔治听懂了暗示，就告辞了。

弗朗索瓦丝坐在壁炉边，身旁放着针线活，两眼注视着门口。我试用新买的墨水，把购物单上的物品一一勾掉，然后再加上一项“捕鼠器”。接下来我开始看海斯特的书。它用白纸小心地包好，遮住猥亵的内容。这本书列举了性病的治疗方法，大部分都会用到含有毒性的水银。怪不得钱德勒反对已婚女人买这本书。我刚开始读第二个引人入胜的章节时，就听到从马修的书房里传出来低语声。弗朗索瓦丝抿紧嘴唇，摇了摇头。

“今晚家里的酒会不够他喝的。”她说着，拿起门口的一个空罐子朝楼梯走去。

我顺着我丈夫的声音走过去。马修还在书房里，他脱下衣服，扔进了火里。

“他是个邪恶的人，老爷。”皮埃尔表情冷酷地说，解下马修的佩剑。

“‘邪恶’还不足以形容那个恶魔，能描述他的词汇还没有造出来。从今以后，我可以当着法官的面发誓，他本人就是魔鬼。”马修用修长的手指解开紧身上衣的带子，衣服掉落在地上，他弯身捡了起来。衣服飞过空中，掉进火堆，他的动作虽然很快，但还是让我看到了上面的血迹。一股包含潮湿的石头、岁月和污浊的气味让我突然想起了曾经被监禁在拉皮埃尔的往事。我胃里的东西翻上喉咙，马修转过身来。

“黛安娜。”他看到我痛苦不安，一口气从头上扯掉衬衫，跨过踢掉的靴子，走到我面前，只穿了一条亚麻内裤。火光在他肩头跳跃，照亮他身上的许多伤疤，其中一个又深又长，就在他的肩关节上，在火光中时隐时现。

“你受伤了？”我费力地从发紧的喉咙里挤出几个字来，目不转睛地盯着壁炉里燃烧的那些衣服。马修顺着我的目光看过去，轻声骂了一句。

“那不是我的血。”马修身上沾着别人的血，这也不能算是很大的安慰。“女王命令我在囚犯受到……审讯的时候身在现场。”他话中有一丝迟疑，我知道他是在避免使用“折磨”这个词。“让我先洗一下，然后咱们一起吃晚饭。”马修的话很温暖，但他的表情确实疲倦而愤怒。他很谨慎地不来碰我。

“你去地牢里了？”我是不会认错那股气味的。

“我去伦敦塔了。”

“你的囚犯……死了吗？”

“死了。”他用手遮脸，“我本来希望提前到那里，来得及阻止——这一次——但我算错了潮汐的时间。这次也一样，我能做的就只是坚持让他从痛苦中解脱。”

马修已经目睹过那个男人的死亡。今天，他本来可以待在家里，不必去关心伦敦塔里那个失落的灵魂。小人物就不会去管这件事。我伸手去触摸他，但他往后退开了。

“如果女王发现那人没有说出秘密就死了，她就会惩罚我，但我已经不在乎了。像大多数人类一样，伊丽莎白只要遂了心意，就会很容易选择睁一只眼闭一只眼。”他说。

“那个人是谁？”

“一个巫师。”马修淡淡说道，“他的邻居举报他有一个红头发的木偶。他们担心那木偶用的是女王的形象，而女王则害怕阿格尼丝·桑普森和约翰·费恩这些苏格兰巫师的行为会挑唆英国巫师起来反对她的统治。不，黛安娜。”当我要走过来安慰他的时候，马修示意我待在原地别动。他继续说道：“我不会让你靠近伦敦塔还有发生在塔里面的事情。去客厅吧，我很快就去找你。”

离开他很难，但听从他的要求是我目前唯一能为他做的事。我对桌子上摆好的酒、面包和奶酪没有一点食欲，但我还是拿起一块那天上午买的小面包，慢慢地捏成碎渣。

“你的好胃口没了。”马修悄无声息地走进房间，动作轻得像一只猫。他边说边给自己倒了些葡萄酒，一大口喝完，又重新倒满杯子。

“你也是啊，也不按时进食。”我说。加洛格拉斯和汉考克一直邀请他跟他们一起去夜间狩猎，但马修每次都拒绝。

“我不想谈这个，给我讲讲你这一天的经历吧。”帮我忘掉那件事。马修没有说出口的这句话在房间里轻声回响。

“我们去购物了。你在理查德·菲尔德那里订购的书我都给取了回来，我还见到他的老婆杰奎琳。”我说。

“哦。”马修的笑容扩大了，语气也稍微轻松了一些。“那是菲尔德的新太太。她的第一个丈夫先她而去，如今正和第二任丈夫跳着欢快的舞蹈。你们两个在下个周末之前就会很快成为朋友的。你见到莎士比亚了吗？他正跟菲尔德一家住在一起。”

“没有。”我往桌子上越堆越多的面包屑上又撒了一点，“我去了大教堂。”马修身体稍微前倾，“皮埃尔跟我一起去的。”我把那块小面包丢到桌子上，赶忙说道，“我还碰见了乔治。”

“他肯定在主教帽酒馆附近闲逛，等威廉·庞森比给他带来好消息。”马修咯咯笑着，肩膀松弛下来。

“我没去主教帽酒馆。”我坦白道，“当时，乔治正在圣保罗十字架那里听人布道。”

“聚在一起听布道的那群人是很难捉摸的。”他温和地说，“皮埃尔比较了解情况，所以不让你在那里逗留。”他的仆人像变戏法似的突然现身。

“我们没待很长时间。乔治带我去他的药剂师那里了，我又买了几本书和一些日用品，香皂、封蜡和红墨水。”我咬紧嘴唇。

“乔治的药剂师住在跛子门。”马修的声音变得平淡。他抬起头看着皮埃尔，“伦敦市民一抱怨犯罪活动猖獗，治安官就去那里，把所有看上去无所事事或古怪的人都逮捕起来。他做起这事算是轻车熟路。”

“如果治安官以跛子门为目标，那为什么巴比肯十字架附近有那么多的吸血鬼、巫师和精灵，而黑衣修士区这里又这么少呢？”我这个问题让马修吃了一惊。

“黑衣修士区一度是基督徒的圣地。精灵、巫师和吸血鬼很久以前习惯生活在其他地方，现在还没有搬过来。但是，早在几百年前，人们就把巴比肯十字架竖立在曾是犹太人墓地的地方。犹太人被逐出英格兰之后，城市官员们就把这个不洁的墓地拿来容纳罪犯、卖国贼和被开除教籍的人。人类认为这里闹鬼，都远远避开它。”

“这么说来,我感觉到的悲伤是来自亡者,不仅仅是活人的问题。”我脱口而出。马修眯起了眼睛。

我们的对话并没有改善他饱受折磨的情绪,我越发感到不安。“我向别人打听药店的所在，杰奎琳给我推荐了约翰·海斯特，但乔治说他认识一个人卖的药品同样好，而且价钱便宜。我没有跟他打听附近的环境。”我说。

“约翰·钱德勒不像海斯特那样劝说顾客服用鸦片，这一点对我来说要比他要价合理更为重要，但我还是不想让你去跛子门那里。下次你需要写作用品的时候，就派皮埃尔或弗朗索瓦丝去取，最好去水巷另一头往上数第四家药铺。”马修说。

“菲尔德太太没有告诉夫人黑衣修士区就有药铺。几个月前，洛纳先生与杰奎琳对她大儿子咽喉溃烂的最佳疗法有不同意见。”皮埃尔小声地解释。

“即使杰奎琳与洛纳正午十二点在圣保罗教堂前拔剑相向，我也不在乎。黛安娜不能再去城里闲逛了。”马修说。

“危险的不只是跛子门。”我说着，把那本有关德国吸血鬼的小册子推到桌子对面，“我从钱德勒那里买了海斯特写的有关梅毒的论文，还有一本关于诱捕动物的图书。这本书也有出售。”

“你买了什么？”马修给酒呛了一下，两眼紧盯着那本买错的书。

“别管海斯特。这本小册子讲了一个人与魔鬼结盟，变成了一只狼，喝食人血。出版这本书的人之中，有一个是我们的邻居，住在贝纳德城堡附近的酿酒商。”我用手指敲着那本小册子，强调道。

马修把那些装订得非常松散的书拿过去。当他读到关键段落时，呼吸变得急促。他把小册子递给皮埃尔，皮埃尔也快速地看了一遍。

“施图贝是个吸血鬼，对吗？”我问。

“是的。我不知道他的死讯已经传得这么远了。基特应该给我讲那些登在宣传页和流行刊物上的流言，这样在必要的时候，我们就可以做些掩饰。但不知为什么，他竟漏掉了这一则。”马修严厉地看了一眼皮埃尔，“换个人去做这份工作，别让基特知道。”皮埃尔歪了歪头，表示知道了。

“所以这些狼人的传说只是人类为了否定吸血鬼的存在而做的又一次徒劳的努力了。”我摇了摇头。

“不要对他们太苛刻，黛安娜。目前他们正专心对付巫师。再过一百年左右，就轮到了精灵，那是疯人院改革后的结果。之后，人类就会开始对付吸血鬼，到时候巫师就只是用来吓唬小孩子的童话故事了。”尽管这样说，马修还是显得忧心忡忡。

“我们隔壁的邻居一心想的是狼人，而不是巫师。你要是被误认作狼人，我希望你不要再担心我，开始好好照顾自己。何况，不久之后，一个巫师应该就会叩响我们的家门。”我很确定，如果让马修接着寻找巫师，肯定会出现危险。我丈夫的眼睛里闪过一抹警告，但他紧闭着嘴巴，直到可以控制自己心中的怒火。

“我知道你一直都渴望独立，但请答应我，下次你决定自己做主的时候一定要先跟我商量一下。”他的回答比我想象的要温和得多。

“只要你答应听我的话。有人正在监视你，马修。这一点我敢肯定，玛丽·西德尼也这样认为。你就好好应付女王的差事和苏格兰的问题吧，这事我来处理。”

马修张口想再讨价还价，我摇了摇头。

“听我的。巫师会来的，我保证。”

18

第二天下午，马修站在贝纳德城堡中玛丽那个通风的日光室里等我，一边饶有兴趣地看着外面的泰晤士河。我走近时，他转过身，看着我身上穿的伊丽莎白时代的实验服，咧嘴笑了。实验服把我金褐色的上衣和裙子都遮了起来。里面那件衣服的袖子带有可笑的衬垫，从我肩膀向外突出，幸好脖子周围的飞边比较小，也不碍事。这套衣服在我所有的外出服装中算是比较舒适的了。

“玛丽在做实验，脱不开身。她要我们周一过去吃晚餐。”我搂住他的脖子，狠狠地亲了一口。他往后退缩。

“你身上怎么有一股醋味？”他问。

“玛丽用醋洗手，效果比香皂还要好。”我说。

“你离开我的房子时，满身面包和蜂蜜的香味。彭布罗克伯爵夫人把你交还时，你闻起来却像一根酸黄瓜。”马修说着，用鼻子去闻我耳朵后面的那块肌肤。他满足地叹了口气说：“我就知道还可以找到没有醋味的地方。”

“马修。”我低声道，“伯爵夫人的女仆琼正站在我们身后。”

“你的表现就像一个古板的维多利亚人，但伊丽莎白时代的人是轻佻的。”马修笑着说。他最后抚摸了一下我的脖子，挺直身体问道：“你下午过得好吗？”

“你见过玛丽的实验室吗？”我一边问，一边把那件难看的灰色外套交给琼，拿回我自己的披风，然后让她去忙自己的事情。“她已经接管了城堡里的一座塔楼，在墙壁上画满了哲人石。感觉就像是在《里普利卷轴》[①]中工作！我在耶鲁大学拜内克图书馆见过这张画的另一个版本，但只有二十英尺长。玛丽的壁画要大上一倍，让人很难将注意力集中在工作上。”我说。

“你们做的什么实验？”

“猎捕绿狮子。”我自豪地回答，那指的是炼金术实验过程中的一个阶段，在这个阶段，两种酸溶液混合在一起，产生惊人的颜色变化。“我们差点就捕捉到了，但后来出了一点差错，烧瓶爆炸了。真奇妙！”

“我很高兴你们不是在我的实验室做试验。一般来说，用硝酸做实验时，一定要避免爆炸。下次你们可以做些爆炸性不那么高的实验，比如蒸馏玫瑰花水。”马修眯起眼睛，“你没有接触水银吧？”

“别担心，我不会做任何可能伤害宝宝的事情。”我辩解道。

“每次我关心你的健康，你都以为我在担心别的事情。”他的眉头皱成一团。马修的胡子很黑——我一直都在尽力习惯——他看上去更令人生畏了，但此时我不想跟他吵架。

“对不起。”我赶快换了一个话题，“下周我们打算把一批新的**初始材料**[②]混合在一起，那里面有水银，但我保证不碰。玛丽想看看到一月底的时候会不会腐烂，变成炼金术的蟾蜍。”

“听起来像是新年庆祝的开始。”马修说着，给我披上了披风。

“你在看什么？”我望着窗外问道。

“有人在河对岸生了一个新年篝火。每次他们驾马车去取新木柴

---

① 乔治·里普利（约1415—1490），是一位15世纪的英格兰修士与知名炼金术士。他游走欧洲20年，想要找出炼金术的秘密，最后写了一本《里普利卷轴》。

② 制造哲人石的材料。原文为意大利语 prima materia。

时，附近的居民就把已经运来的偷走。柴堆变得越来越小，看上去就像是珀涅罗珀[①]在飞针走线一般。

“听玛丽说明天所有人都不工作了。对了，要记得告诉弗朗索瓦丝多买一些白面包——那就是面包，对吗？——把它放到牛奶和蜂蜜中泡软，作为星期六的早餐。”除了名字不一样，这完全就是伊丽莎白时代的法国吐司。“我想玛丽是担心我在吸血鬼的家里可能会挨饿吧。”

“对于生物及其生活习惯，彭布罗克夫人奉行不问不说的原则。”马修说。

“她肯定没有对人提过自己那只鞋的事情。”我若有所思地说道。

“玛丽·西德尼的生存之道跟她母亲的一样：对所有难以接受的真相都视而不见。达德利家的女人不得不这样。”马修说。

“达德利？”我皱了皱眉头问。那个家族是臭名昭著的麻烦制造者——和温文尔雅的玛丽完全不沾边。

“彭布罗克夫人的母亲叫玛丽·达德利，是女王陛下的朋友，还是女王的亲信罗伯特的妹妹。”马修咧咧嘴，“她很有才华，跟她的女儿一样。玛丽·达德利满脑子都是想法，所以没有空间容纳父亲叛国或者弟弟误入歧途的事情。她从咱们那天佑的女王那里染上了天花，之后女王和自己的丈夫就宁愿找别人作伴，而不想面对她那张破相的脸，但她从没有意识到这一点。”

我震惊地停下脚步，问道：“她出了什么事？”

“她孤零零、满怀痛苦地去世了，跟达德利家族以前的大多数女人一样。她最大的胜利就是把和自己同名的十五岁女儿嫁给了四十岁

---

① 希腊神话中奥德修斯的妻子，丈夫远征特洛伊失踪后，她拒绝了所有求婚者，一直等待丈夫归来。

的彭布罗克伯爵。”马修说。

“玛丽·西德尼十五岁就当了新娘？”我问。那个精明能干、充满朝气的女人撑起一个大家庭，养育了一群精力充沛的孩子，还致力于炼金术的研究，看起来却毫不费力。现在我明白她是怎么做到的了。彭布罗克夫人虽然只比我年轻几岁，现在只有三十多岁，但她一半的生命都花在了这些职责中。

“是的。不过玛丽的母亲已经教会了她必要的生存方法：钢铁般的纪律，强烈的责任感，接受钱能买到的最好教育，热爱诗歌，以及对炼金术的狂热。”他说。

我摸了摸裙子，想起了自己身体里孕育的生命。他要在这个世界生存会需要什么样的工具呢？

我们在回家的路上聊起了化学。马修解释说，玛丽像母鸡孵蛋一样精心照顾的那些晶体是氧化铁矿石，她以后会用烧瓶加以蒸馏，做成硫酸。我一直感兴趣的是炼金术的象征意义，而非它的实际用途，但跟彭布罗克伯爵夫人共度的那个下午让我理解到二者之间的关系竟会如此有趣。

我们很快就平安走进了鹿冠公寓。我啜饮着一种用薄荷和香蜂草做成的温热药草茶。原来伊丽莎白时代的人们的确是喝茶的，不过都是药草茶。我喋喋不休地说着玛丽的事情，突然看到马修在笑。

“什么事这么好笑？”我问。

“我以前从没有见过你这个样子。”

“什么样子？”

“如此神采奕奕——不停地说着你正在做的事情以及你和玛丽下一周的计划，不停地问着问题。”

“我喜欢再次当学生的感觉。”我承认道，“一开始非常困难，所有的问题都回答不出来。这么多年来，我都忘了只提问题是多么有趣。”

“而且你在这里无拘无束，在牛津大学可不是这样。保守秘密是很寂寞的。”马修用手指抚摸着我的下巴，怜惜地看着我。

“我从来不寂寞。”

“不，你是寂寞。我觉得你现在也是寂寞的。”他温柔地说。

我还没有来得及回答，马修就把我从座位上拉起来，朝壁炉旁边的那面墙推去。刚才还不知道在哪的皮埃尔突然出现在门口。

敲门声随即传来。马修肩膀上的肌肉一紧，大腿一侧亮出一把匕首。他点点头，皮埃尔就走到楼梯口，把门打开了。

“我们替哈伯德神父传口信。”两个男吸血鬼站在那里说道。他们身上的衣服非常昂贵，大多数信徒都负担不起。他们的年龄都不到十五岁，我以前从没有见到过十来岁的吸血鬼，总是以为这其中有什么禁忌。

“罗伊登先生。”个子高一点的吸血鬼摸了摸鼻尖，用靛蓝色的眼睛打量着马修。那双眼睛从马修移到我身上，我的皮肤被冻得一阵刺痛。“夫人。”马修把匕首握得更紧了。皮埃尔也走过来，更严密地站在我们与门的中间。

“哈伯德神父想见你们。”个子矮的吸血鬼说，轻蔑地看了看马修手中的武器，“要在钟声敲响七点的时候到达。”

“告诉哈伯德，我方便的时候会去那里。”马修带着轻微的敌意说道。

“不仅仅是你。”高个子男孩说道。

“我最近没见过基特。”马修有点不耐烦地说，“科纳[1]，他要是有麻烦，你的主人比我还要清楚该去哪里找他。”这个男孩的名字真是恰如其人，他的骨骼棱角非常分明。

① 原文是Corner，又有拐角、角落的意思。

“马洛一整天都跟哈伯德神父在一起。”科纳充满厌烦地说。

“是吗？”马修目光锐利。

“是的。哈伯德神父想要这个女巫。”科纳的同伴说。

“我懂了。”马修的声音非常冷静。两道银光和黑光一闪，他那把明亮的匕首插进了离科纳双眼很近的门框上，并微微颤动。马修走向他们，两只吸血鬼不自觉地后退。“谢谢你带来的口信，伦纳德。”他说着，用脚把门轻轻关上。

两个少年吸血鬼登登地飞奔下楼，皮埃尔和马修默默对望了好长一段时间。

“叫汉考克和加洛格拉斯。”马修命令道。

“我马上去。”皮埃尔旋风般走出房间，差点撞上弗朗索瓦丝。她把那把匕首从门框上拔了下来。

“刚才有客人。”她还没来得及埋怨损坏的木框，马修就这样解释道。

“怎么回事，马修？”我问。

“我和你要去见一个老朋友。”他的声音依然保持着令人不安的平静。

我看着放在桌子上的匕首，问道：“这个老朋友是吸血鬼吗？”

“倒酒，弗朗索瓦丝。”马修抓过来几张纸，把我小心放好的纸摞弄乱了。他拿起一支鹅毛笔，在纸上飞快地写字，我压抑住一声埋怨。从敲门声响起后，他就没有正眼看过我。

“这里有刚从屠夫那里拿来的新鲜血液，也许您应该……”弗朗索瓦丝说。

马修抬起头，嘴巴抿成了一条细线。弗朗索瓦丝不再反对，给他倒了一大杯葡萄酒。倒好后，马修递给她两封信。

“把这封信送给在罗素庄园的诺森伯兰勋爵，另一封送给雷利，他在白厅街。”弗朗索瓦丝马上走了。马修大步踱到窗边，凝视着街道。他的头发缠在亚麻布做的高领上，我突然有股冲动，想把他头发理好，但他肩膀摆出的架势警告我，他不会喜欢我这种以所有者自居的动作。

“哈伯德神父？”我提醒道，但马修心不在焉。

“你会害死自己的。”他依然背对着我，粗暴地说道，“伊莎波曾提醒我说，你没有自我保护意识。要发生多少次这种事，你才能学会呢？”

“我做什么了？”我问。

“你想让别人看到你，黛安娜。”他严厉地说道，“现在好了，你成功了。”

“别再看着窗外了，我讨厌对着你的后脑勺说话。”我的语气很平静，尽管很想把他掐死，“哈伯德神父是谁？”

“安德鲁·哈伯德是个吸血鬼，统治着伦敦。”马修回答。

“统治着伦敦是什么意思？难道这个城市里的所有吸血鬼都要听他的？”21 世纪伦敦的吸血鬼以忠于集体、惯于夜间活动和忠诚而闻名——至少其他巫师是这样说的。伦敦的吸血鬼不像巴黎、威尼斯和伊斯坦布尔的吸血鬼那样张扬，也不像莫斯科和纽约的吸血鬼那样嗜血成性，他们组织严密。

“不只是吸血鬼，巫师和精灵也要听他的。”马修说着，转过身来对着我，目光冰冷。“安德鲁·哈伯德原本是个神父，他虽然受的教育不多，但足够拿来掌控神学并制造麻烦了。在伦敦第一次大瘟疫期间，他变成了吸血鬼。那场瘟疫持续到 1349 年，夺去了这座城市里将近一半人口的生命。哈伯德熬过了第一波瘟疫流行，他照顾病人，埋藏死者，但最后还是被感染了。”

“然后有人把他变成吸血鬼，救了他。”我说。

“是的，但我一直都没能搞清楚是谁。流传着很多说法，大部分都和他那几乎是神迹的复活有关。人们说，当他确定自己就要死了的时候，就在教堂墓地中为自己挖了一个坟墓，然后躺进去等待上帝降临。几个小时后，哈伯德爬出墓地，重返人间。”马修停了一下，又说，“我认为自那之后他就彻底不正常了。”

“哈伯德把那些失落的灵魂召集起来。”马修接着说道，“当时，这种人数不胜数。他收留了他们——孤儿、寡妇以及那些一周内失去全部家人的可怜人。他把那些病倒的人都变成了吸血鬼，为他们重新施洗，确保他们都有房子住，有东西吃，有活儿干。哈伯德把他们都当成了自己的孩子。”

“包括巫师和精灵？”

“是的。”马修简短地说道，“他通过领养仪式收留他们，但绝不是菲利普采取的那种仪式。哈伯德品尝他们的血液，声称那可以了解他们灵魂的内涵，证明上帝确实已经把他们委托给他照顾。”

“这也会把他们的秘密泄露给他吧。”我慢慢说道。

马修点点头。难怪他要我离这个哈伯德神父远远的。如果一个吸血鬼喝了我的血，就会知道这个婴儿的事——还有他父亲的身份。

“菲利普和哈伯德达成了协议，克莱蒙家族成员不用参与他的家族仪式，也不用履行任何义务。也许在我们进城之前，我就应该通知他，告诉他你是我的妻子。”他说。

“但是你选择了不说。”我双手紧握，谨慎地说道。现在我才知道为什么加洛格拉斯要求我们在别处上岸，而不是在水巷。菲利普说的对：马修有时候表现的就像个白痴——或者世界上最傲慢的男人。

“哈伯德不挡我的道，我也不去挡他的道。只要他知道你是克莱蒙家族的成员，也不会管你的。”马修在下面的街道上看到了什么，说了声“感谢上帝”。楼梯上传来了沉重的脚步声，一分钟后，加洛格拉斯和汉考克站在了我们的客厅里。“你俩用的时间够长的呀。”马修说。

“你好啊，马修。”加洛格拉斯说，“这么说，哈伯德终于要你们去见他了。在你提出自己的建议之前，我得提醒你千万不能把婶婶留在这里，那会让他恼羞成怒。无论采用什么计划，她也要去。”

马修一反往常，把手插进头发里，从后向前梳理。

“妈的。”汉考克盯着马修手指的动作骂道。马修的头发像鸡冠那样立了起来，显然解释了他的一个秘密——编造遁词和只说一半真话的灵感源泉已经枯竭。“你唯一的计划就是回避哈伯德，没有别的计划了。克莱蒙，我们一直搞不懂你是个勇敢的人，还是一个蠢蛋，我想答案已经揭示了——而且你不会喜欢这个答案。”汉考克说。

“我打算周一带着黛安娜去见哈伯德。”马修说。

“到时候，她进城已经有十天了吧？”加洛格拉斯说。

“没必要急着去。黛安娜是克莱蒙家的人，再说我们也不在城里。”马修连忙回答。他看到了我困惑的表情，就接着说：“黑衣修士区并不真正属于伦敦城。”

“我是不会再去哈伯德的老巢跟他讨论城市的地理边界问题的。”加洛格拉斯用手套在大腿上拍了一下，“1485 年，我们来帮助兰卡斯特家族时，你为了能让骑士团驻扎在伦敦塔里，就去跟他理论。那时他就不同意，现在也不会同意的。”

“咱们别让他等了吧。”汉考克说。

“我们时间多得很。”马修一副满不在乎的口气。

“你从来都没有把潮汐弄明白，马修。我们之所以走水路，是因为你认为泰晤士河也不真正属于伦敦城。如果这样的话，我们恐怕已经太迟了。动身吧。”加洛格拉斯用大拇指猛地朝前门一指。

皮埃尔在门口等着我们，他正在戴一副黑色皮手套。他已经把平时穿的棕色披风换成了一件黑色的。这件披风太长了，一点都不时髦。他的右臂上有一个银色的小玩意：一条蛇盘旋在一个十字架上，十字架的右上象限有一轮新月。那是菲利普的徽章，只比马修的徽章少了星星和鸢尾花。

加洛格拉斯和皮埃尔的衣服很像，弗朗索瓦丝把一件相同款式的披风披在马修的肩膀上。那件披风上沉重的褶皱拖在地面上，让他显得更加高大，也更有压迫感。他们四人站在一起，真是令人胆寒，那画面想必就是人类描写吸血鬼身披黑披风的灵感来源。

在水巷尽头，加洛格拉斯详细察看了那些可用的船只。"那条船也许能载上我们所有人。"他指着一条长划艇说，然后吹出刺耳的口哨。站在船只旁边的人问我们要去哪里，这个吸血鬼就给出一系列复杂的指示，包括我们要走的路线，在哪个码头上岸，以及谁来划船等。加洛格拉斯向他吼叫了一番之后，这个可怜的人就蜷缩在船头的那盏灯附近，时不时紧张地回头看。

"吓唬我们遇到的每一个船夫并不能改善我们与邻居的关系。"马修登上船后，我看着隔壁那家啤酒厂说道。汉考克毫不客气地把我抱起来，然后递给我丈夫。当船飞快地驶入河流的时候，马修紧紧地抱着我。船的速度甚至让船夫都倒吸了一口凉气。

"没必要引起别人的注意，加洛格拉斯。"马修严厉地说道。

"那你来划船，我来给你老婆取暖？"马修没有回答，加洛格拉斯摇了摇头，"想着你都不会愿意的。"

伦敦桥上柔和的灯光穿过黑暗，照到我们前方，随着加洛格拉斯不停地划桨，快速流动的河水发出的撞击声也愈来愈响。马修看着岸边，说道；"停在老天鹅码头。我想趁潮汐转向前回到这艘船上，划回上游。"

"安静。"汉考克厉声低语道，"我们应该悄悄地接近哈伯德。你弄这么大声，我们还不如吹着喇叭、摇着旗，沿着齐普赛街走。"

加洛格拉斯转向船尾，用左手使劲划了两下，然后又划了几下，我们就靠上了码头——其实只是几级摇摇欲坠的阶梯，拴在几根歪向一侧的柱子上——有几个男子等在那里。船夫简单地说了几句话，示意他们走开，等船靠得足够近了，他们也跳上岸去。

我们爬上街道，默默地穿过曲折的小巷，快速冲过房屋间的空地和花园。吸血鬼们像猫那样走得悄无声息，我的脚步却没有那么稳健，常被松动的石头绊得跌跌撞撞，有时还会踩进积水的坑洞里。我们最后来到了一条宽阔的街道上。街道的那一端传来阵阵笑声，灯光透过两边宽大的窗户，照到街上。我搓了搓手，暖和一下。也许那里就是我们的目的地。也许事情会很简单，我们就过来见一下安德鲁•哈伯德，给他看看我的结婚戒指，然后就可以回家了。

马修却领着我们穿过这条街，走进了一个荒凉的教堂墓地，里面的墓碑歪歪斜斜，好像死者在相互寻求慰藉。皮埃尔拿出来一串用结实的金属环穿起来的钥匙，然后加洛格拉斯用其中一把钥匙打开钟楼隔壁的那道门。我们走过破烂不堪的正厅，穿过一道木门，来到了圣坛的左侧。狭窄的石阶朝下通往一片黑暗。我们七拐八拐地穿过那些曲折的狭窄通道，走过一片散发着酒味、霉味以及人体腐烂味的开阔空间。我是一个温血人，视力非常有限，早已经迷失了方向。我们仿佛置身于一则人类用来吓阻好事之徒流连教堂地下室和墓园的故事之中。

我们再往下走，经过狭窄的隧道、拥挤的地下房间，进入一个光线昏暗的地下室。一个小骨瓮上堆着一些骷髅头，骷髅头上的眼睛空洞地向外瞪着。石地板的一阵颤动和低沉的钟声表明，时钟在我们上方某个地方正敲响七点。马修让我们赶快走进另一条隧道，远处可以看到淡淡的光线。

隧道尽头是一个酒窖，用来存储从泰晤士河上的船里卸下来的葡萄酒。墙边放了几桶酒，新鲜的木屑味和陈年酒香竞相袭来。我突然发现了木屑味的来源：一堆整齐的棺材，依照尺寸大小排列，最大能装得下加洛格拉斯，最小的只能装婴儿。角落深处有黑影晃动，房间中间围着一群吸血鬼，正在举行某种仪式。

“我的血是您的，哈伯德神父。”说话的那个人十分恐惧，“我自愿把它交给您，向您表明我的心意，请让我成为您的家人。”屋里一片沉默，又传来一声痛苦的喊声，之后的空气里又弥漫着一种绷紧的期待感。

“詹姆斯，我接受了你的礼物，答应像保护自己的孩子那样保护你。”一个刺耳的声音说道，“作为报答，你要尊我为父亲。去跟你的兄弟姐妹打声招呼吧。”

在一片嘈杂的欢迎声中，我的皮肤上感到一阵寒意。

“你们迟到了。”一个低沉的声音从叽叽喳喳的声音中传过来，让我脖子上寒毛竖了起来。“还带着全部的随从，我明白了。”

“不可能，我们根本就没有约定时间。”马修说。几十双眼睛慢慢地看过来，我的皮肤感到了刺疼和冰冷，马修紧紧地抓住我的胳膊。

一阵轻柔的脚步声走过来，围成一圈。一个又高又瘦的男人出现在我面前。我毫无畏惧地迎上他凝视的目光，心里明白绝不能向一个吸血鬼露出恐惧。在粗大的眉骨之下，哈伯德双眼深陷，深蓝灰色的虹膜散发出蓝、绿、褐各种色彩。

这只吸血鬼身上唯一有色彩的东西就是他的眼睛，其他部分都是异常的苍白。他白金色的头发剪得很短，贴近头皮，睫毛和眉毛淡到几乎看不出来，刮得非常干净的脸上，一道宽阔的水平线就是嘴唇。他穿的黑色长袍看起来结合了学者的长袍和教士的法衣，让他显得更加形容枯槁。他那微微佝偻的宽厚肩膀明显蕴藏着力量，但身体的其他部分基本上就是骷髅了。

我眼前一花，有力的手指就粗鲁地捏住我的下巴，把我的头猛地扭向一边。与此同时，马修也抓住了那只吸血鬼的手腕。

哈伯德冰冷的目光触及我的脖子，看到了那里的疤痕。也只有这一次，我真心希望弗朗索瓦丝能给我的衣服缝上她所能找到的最大飞边。他呼出一口散发着朱砂和冷杉味道的冰冷气息，然后抿紧宽阔的嘴巴，嘴唇边沿从肉红色变成白色。

“我们有一个麻烦，罗伊登先生。”哈伯德说。

“我们有好几个麻烦，哈伯德神父。首先，你把手放在了属于我的东西上。如果你不拿开，我会在日出前把你这个老巢砸得稀巴烂，之后发生的事会让城里的所有生物——精灵、人类、吸血鬼和巫师——以为世界末日来临了。”马修的声音中充满狂怒。

生物们从阴影里走了出来。我看到了约翰·钱德勒，跛子门的那个药剂师，他挑衅地迎上我的目光。基特也在那里，站在另一个精灵旁边。当基特的朋友用胳膊挎住他的肘弯时，他微微一动，把手抽走了。

“你好啊，基特。”马修的声音中不带一丝情绪，“我还以为你已经逃走躲起来了呢。”

哈伯德抓着我的下巴，过了一会儿还不松开，把我的头扭过来，让我正面对着他。我对基特和那个出卖我的巫师的愤怒一定表现在脸上，他告诫地摇头。

“不可心里恨你的弟兄。①”他低声说着，松开了我。哈伯德扫视了一下房间，“都出去吧。”

马修捧着我的脸，手指轻轻地抚摸着我的下巴，消除哈伯德的气味。“你跟加洛格拉斯一起走吧。我很快就来。”

“她也留下来。”哈伯德说。

马修的肌肉颤了一下，收回成命不符合他的习惯。停了好大一

① 出自《圣经·利未记》第19章。

会儿，他才命令自己的朋友和家人去外面等着。只有汉考克没有立刻服从。

“你父亲说过，站在井底的聪明人看到的东西比站在山顶的蠢蛋看到的还要多。但愿他是对的，因为你今晚就带着我们陷进了一个他妈的大坑。”汉考克小声咕哝道。他看了最后一眼，就跟着加洛格拉斯和皮埃尔穿过对面墙上的一道缝隙。一道门重重地关上，四下一片寂静。

我们三个站得很近，我都能听到马修肺里慢慢呼出空气的声音。至于哈伯德，我怀疑那场瘟疫对他造成的伤害不只是让他发疯。他的皮肤没有陶瓷的光泽，而是苍白如蜡，好像他一直都没有从那场疾病中完全恢复过来。

“克莱蒙先生，我想提醒一下，出于我的宽容，你才可以站在这里。”哈伯德坐在房间里唯一一把气派的椅子上，“虽然你代表圣会，但是主要是出于你父亲的请求，我才允许你住在伦敦。你却公然藐视我们的传统，还没把自己的妻子引见给我和我的信众，就把她带进城里。另外，还有你那群骑士的问题。”

“跟随我的大多数骑士，住在这座城市里的时间都比你长，安德鲁。当初你坚持要他们成为你的‘信众’，否则就要离开这座城市，于是他们就搬到城外住下来了。按照我父亲和你的协议，克莱蒙家族不能让**更多的**骑士团成员进入伦敦城。我并没有违反。”马修说。

“你以为我的孩子们会关心那些细节吗？我看到了他们戴的戒指以及披风上的配件。我被人误导还以为你现在在去苏格兰的途中。为什么你现在还在这里呢？”哈伯德身体前倾，眼中充满威胁。

“也许是你付给线人的钱不够，基特最近手头非常紧。”马修说。

“我没有用钱换取友谊和忠诚，也没有使用恐吓和折磨的方式。克里斯托弗是自愿听我吩咐的，就像所有敬畏上帝、爱戴父亲的孩子一样。”

“基特要效忠的主子太多了，不可能只效忠一个。”马修说。

“这句话难道就不能用在你的身上吗？”哈伯德向马修发出挑衅，之后转向我，不慌不忙地大口吸入我的气味，轻柔地发出一声伤感的叹息。“我们先来谈谈你的婚姻。我的一些孩子认为，*血族*与巫师的交往是一种令人厌恶的行为。但在我的城市里，圣会和圣约，还有你父亲那批热衷报复的骑士都是不受欢迎的。两者都有悖于上帝要我们像亲人一样相处的旨意。你的妻子还是个时光编织者。”哈伯德说道，“我不喜欢时光编织者，因为他们用一些不属于这个时代的想法来诱惑这里的男男女女。”

“像选择权和思想自由这样的想法吗？您害怕的是——”我插了一句。

“其次。”哈伯德打断我说道。他一直盯着马修，仿佛我就不存在一样。“你把她当作食物也是一个问题。”他说着，目光移到马修在我脖子上留下的伤疤上。“如果巫师们发现了这件事，他们一定会要求调查。如果你的妻子被他们发现自愿将自己的血液献给吸血鬼，她就会遭到遗弃，被赶出伦敦。如果你未得她的同意就吸她的血，被人发现这项罪行后，你就会被处死的。”

“所谓家族情谊，原来就是这样啊。”我嘟囔道。

“黛安娜。”马修警告道。

哈伯德双手指尖相对，搭成帐篷状，再次端详着马修。“最后一点，她有孕在身。孩子的父亲会来找她吗？”

这让我停止了抗议的念头。哈伯德还没有发现我们的最大秘密：马修是孩子的父亲。我极力克制住内心的恐惧。*思考——然后活下来*。也许菲利普的建议会让我们脱离这种困境。

“不会。”马修简短地回答。

“这么说，孩子的父亲死了——自然死亡或者是被你杀了。”哈伯德深深地看了马修一眼，“在这种情况下，这女巫的孩子一生下来，就要送到我这里来。孩子的母亲现在就得成为我的孩子。”

“不，她不愿意。”马修再次反对。

“如果圣会其他成员听说了这些违反圣约的事情，你认为你们两个还能在伦敦之外的地区活多长时间呢？”哈伯德摇了摇头，“你的妻子只要是我的家庭成员，在这里就会很安全的，也没有人会吸她的血。”

“你不能让黛安娜参加那个变态仪式。如果一定要那样的话，就对你的那些‘孩子们’说，她属于你，但你不能吸她的血，也不能吸她孩子的血。”马修说。

“我不会对受自己保护的生物撒谎。我的孩子，为什么在上帝安排你面对挑战的时候，你做出的唯一反应就是保密和发动战争呢？它们只会带来毁灭。”哈伯德的声音因激动而哽咽，“上帝救赎那些愿意相信比他们自身更伟大的事物的人。”

马修还没来得及回答，我就按住他的手臂，示意他安静。

“打扰一下，哈伯德神父。”我说道，“如果我没有理解错的话，克莱蒙家族成员是不受您约束的，对吧？”

“没错，罗伊登夫人。但你不是克莱蒙家族成员，只不过嫁到了克莱蒙家族而已。”他说。

“您错了。”我紧紧拉住丈夫的衣袖反驳道，“我是菲利普·克莱蒙的血誓女儿，也是马修的妻子。我是双重克莱蒙家族成员，所以我和我的孩子都不可能称您为父亲。”

安德鲁·哈伯德显得非常震惊。我在心里默默感谢菲利普，他考虑周详，总是超前我们其他人三步。这时，马修的肩膀终于放松下来。尽管他父亲远在法国，但是又一次保证了我们的安全。

“如果您愿意的话，可以检查一下。”我摸着两眉中间的一点，我的女巫第三只眼就在那里，此时正处于休眠状态，对吸血鬼们毫无兴趣。

“我相信你，罗伊登夫人。”哈伯德最后说道，“没有人敢在教堂上对这种事情撒谎。”

“那么，您也许可以帮我一个忙。我来伦敦寻求魔法与巫术的指导。在您的子女当中，您会把谁推荐给我呢？”我的这个要求又再次抹去了马修的笑容。

“黛安娜。”他吼道。

“如果您能帮我，我父亲会非常高兴的。”我镇静地说道，毫不理会马修。

“这份高兴又会用什么方式来表达呢？”安德鲁·哈伯德和文艺复兴时期的王公贵族一样，只要一件事能赢得战略优势，他都会感兴趣。

“首先，我父亲听说我们在家里安静地度过除夕之夜，就会感到非常高兴。”我迎着他的目光说道，“我下一封写给他的信中，所有内容都取决于您派到鹿冠公寓的那个巫师。”

哈伯德想了想，说道：“我会和我的孩子讨论你的要求，然后决定谁能给你提供最好的服务。”

“无论他派的是谁，都是个间谍。”马修提醒道。

“你也是个间谍。”我说，“我累了，想回家。”

“我们来这里要办的事情已经告一段落了，哈伯德。我相信黛安娜会像所有克莱蒙家族成员一样，得到你的许可待在伦敦。”马修不等他回答，就转身离开了。

“就算是克莱蒙家族成员，在城里也要小心。”哈伯德在我们身后喊道，“你一定要记住，罗伊登夫人。”

马修和加洛格拉斯在我们划船回家的途中低声交谈，我一言不发。我拒绝搀扶，自行下船，不等他们过来，就独自走上水巷。即便如此，等我到达鹿冠入口时，皮埃尔就已经赶到我的前面，马修也跟在我的身旁。沃尔特和亨利正在里面等着我们。他们霍然站起来。

“感谢上帝。”沃尔特说。

“一听到你需要帮忙，我们就立刻赶来了。乔治卧病在床，基特和汤姆都不见了。”亨利着急地看看我，又看看马修，解释道。

“很抱歉惊动你们，我的警报发得有点早了。”马修说。他的披风在脚边晃动，他把它从肩上脱下来。

“如果是关于骑士团的——”沃尔特看着那件披风。

“不是。”马修向他保证。

“是关于我的。”我说，“在你想出糟糕的计划之前，一定要明白这一点：巫师的问题由我来处理。马修正被人监视，监视者还不只是安德鲁·哈伯德。”

“他已经习惯了。”加洛格拉斯粗声粗气地说道，“婶婶，别把那些伸长脖子傻看的人放在心上。”

“我需要找到自己的老师，马修。”我说道。我的手慢慢放到小腹上面的衣服上，“只要你们中有人参与，不管哪一个女巫都不会透露出她的秘密。进入这座房子的人要么是个吸血鬼，要么是个学者，要么是个间谍。在我们巫师看来，你们中任何一个人都能把我们出卖给当局。贝里克郡看似很遥远，但恐慌正在四处蔓延。”

虽然马修凝视我的目光冷若冰霜，但至少他在倾听。

“如果你命令一个女巫来这里，她就会前来。马修·罗伊登要什么都能办到。但是我不会得到帮助，而是另一出比顿寡妇式的好戏。”我说道。

“你更加不需要哈伯德的帮助。”汉考克没好气地说。

“我们并没有太多的时间。”我提醒马修。哈伯德不知道小孩是马修的，汉考克和加洛格拉斯也没有觉察到我气味的变化——暂时还没有。但今晚发生的事情已经充分说明我们的处境有多危险了。

“好吧，黛安娜。女巫的问题就交给你了。但是不许说谎，也不准保密。这个房间里的人，至少要有一个人能随时知道你在哪里。”马修说道。

“马修，你不能——”沃尔特反对道。

“我相信我妻子的判断。”马修说得非常坚决。

“菲利普也这样说过奶奶，然后就天翻地覆，变成人间地狱了。”加洛格拉斯小声地嘀咕道。

19

“如果这就是人间地狱的模样，加洛格拉斯会伤心失望的。”见过哈伯德之后一星期，马修悄声道。

事实上，客厅里站着的那个十四岁的小女巫丝毫没有带给我们人间地狱的联想。

“别说了。”想到这个年龄的小孩会非常敏感，我问道，“哈伯德神父给你解释来这里的原因了吗，安妮？”

“说了，夫人。”她可怜兮兮地答道。这个小女孩脸色非常苍白，是天生如此，还是因为恐惧和营养不良，还很难看得出来。“我是来这儿服侍您，陪您去城里办事的。”她又说道。

“不对，我们的协议不是这样的。”马修穿着靴子的双脚在木地板上重重地跺着，不耐烦地说道。安妮吓得直退缩。“你有法力或是知道什么知识吗？还是说哈伯德在开玩笑？”马修问。

“我懂一点技能。”安妮结结巴巴地说，她那双淡蓝色的眼睛与苍白的皮肤形成鲜明对比。“但我需要一个地方住，哈伯德神父还说——”

“得了，我能想象出来哈伯德神父还说了什么。”马修轻蔑地哼了一声。我瞪了他一眼，饱含警示，他眨眨眼睛，不说话了。

“给她一个解释的机会。”我严厉地对他说，接着给了那个女孩一个鼓励的微笑，“安妮，接着说。”

“还要伺候好您。哈伯德神父说，等我阿姨回到伦敦后，我就把您带到她那里去。她正在照顾一个临产孕妇，在那个女人还需要她的时候，她拒绝离开那里。”

“你的阿姨是接生婆，也是个女巫？”我温和地问道。

“是的，夫人。她是个优秀的接生婆，强大的女巫。”安妮挺直了脊梁，自豪地说道。这样做的时候，她身上过于短小的裙子就遮不住那对瘦骨嶙峋的脚踝，让它们暴露在寒冷之中。安德鲁•哈伯德给儿子们的衣服又暖和又合身，女儿们却没有那样的待遇。我压下心中的怒火。弗朗索瓦丝会把她的衣服改大一点。

“你怎么成了哈伯德神父的女儿？”我问。

“我妈妈是一个不洁女人。”安妮轻声说道，双手在薄薄的披风里绞着。“哈伯德神父在参事门附近圣安妮教堂的地窖里发现了我，旁边就是我死去的妈妈。那时我阿姨刚刚出嫁，不久就有了自己的孩子。我那时候才六岁，她的丈夫不想让我跟他的儿子们在一起生活，担心我会带坏他们。”她说。

所以正值青春期的安妮，大半辈子都跟着哈伯德生活，这让人不寒而栗。一个六岁的小孩子就能带坏别人的这种想法让人无法理解。这个故事说明了她何以在人前不敢抬头，又为何取了那么一个怪名字：安妮•地窖。

“弗朗索瓦丝在给你做吃的，我带你去看看睡觉的地方。”我说。那天早上，我已经去过三楼，检查过那张小床、三条腿的凳子，和一个给这个女巫装私人物品的旧箱子。“我来帮你拿东西。”我又说道。

“夫人？”安妮茫然地说道。

“她什么都没有带。”弗朗索瓦丝不满地看着这个家庭新成员。

“不要紧，她很快就会有了。”我对安妮微笑，她显得很没有把握。

我和弗朗索瓦丝花了整个周末，把安妮收拾得干干净净，给她穿上合身的衣服和鞋子，还要确保她懂得足够的基础算术知识，可以替我采购一些东西。为了测试她，我派她去附近的药铺买了一便士的鹅毛笔和半英镑的封蜡（菲利普说得很对：马修消耗办公用品的速度惊人），她很快就拿着剩余的零钱回来了。

“他竟然想收一先令！这点蜡连做蜡烛都不够，不是吗？”安妮抱怨道。

皮埃尔很喜欢这个小女孩，只要有机会，他就会让安妮露出难得的甜蜜笑容。他教她玩翻绳游戏。每逢星期天，马修大力暗示他希望我们独处几个小时，皮埃尔就自告奋勇地带她一起去散步。

“他不会……占她便宜吧？”马修正解开我最喜欢的一件衣服——一件上等羊毛做的黑色男孩式背心，我这样问他。我在家的时候，就把这件衣服搭配着裙子和宽袍。

“皮埃尔？天哪，不会的。”马修觉得很好笑。

“这是很正常的一个问题。”我说。玛丽·西德尼被嫁给出价最高的男人时，比安妮大不了几岁。

“那我就告诉你一个诚实的答案，皮埃尔不和年轻女孩上床。”他解开最后一颗纽扣，停下来说，“真是让人惊喜，你竟然没穿紧身胸衣。”

“不舒服，我认为是宝宝的错。”

他发出快意的声音，剥掉那件背心。

“他会阻止其他男人骚扰她吗？”我说。

“可以晚点再谈这件事吗？”马修一脸不愉快的样子，“天这么冷，他们不会在外面待太久的。”

“你在卧室里真是没有一点耐心。”我说着，把手伸进他的衬衣领子里。

“真的吗？”马修挑起优雅的眉毛，装作不相信，“我还以为问题出在我值得赞赏的自制力上。”

在接下来的几小时里，他都在努力表现给我看，星期天在一栋空荡荡的房子里，他有多少取之不尽用之不竭的自制力。等到大家都回来的时候，我们俩已经精疲力竭地度过欢愉时光，心情格外轻松。

但到了星期一，一切都恢复正常了。从拂晓时分的第一批信件送到开始，马修就变得心烦意乱，焦躁不安。他确定自己身兼多职的重担让他无法陪我去和彭布罗克伯爵夫人共进午餐，于是就托我转达歉意。

听到我解释马修无法前来的原因后，玛丽毫不惊讶，她向安妮眨了眨眼睛，像一只带着些许好奇心的猫头鹰，然后把她送到厨房里让琼来照顾。我们分享了一顿美味的午餐，期间玛丽详细描述了黑衣修士区周边所有人的私生活。午餐之后，我们回到她的实验室，琼和安妮在旁边做助手。

“你丈夫还好吗，黛安娜？”伯爵夫人卷起袖子，双眼盯着面前的书本。

“他很健康。”我已经学会，最后那个词就相当于伊丽莎白时代的“很好”。

“这是个好消息。”玛丽转过身，把一种看起来恶心且臭不可闻的东西搅拌了几下。“恐怕这是很多事情的先决条件。除了伯力勋爵，他是整个王国中女王最为信赖的人了。”

“我希望他能保持好心情。马修近来总是反复无常，这一刻视我为珍宝，谁都碰不得，下一刻就对我不管不问，好像我就是一件家具似的。”我说。

“男人对待他们的财产就是那样的。”她拿起一壶水说道。

“我不是他的财产。”我断然说道。

“你知我知的事情，法律规定以及马修自己的感受，这是三件完全不同的事。”她说。

“不该这样。”我立刻反驳，准备就这一点进行争论。玛丽对我露出一个温柔而无奈的微笑，我安静了下来。

“我和你跟我们的丈夫相处，比其他女人容易多了。感谢上帝，我们可以看书，还有时间沉溺在自己的爱好中，这是大多数女人所没有的。”玛丽说着，把烧瓶里的东西搅拌了最后一下，然后倒进另一个玻璃器皿里。

我想起了安妮：母亲孤独地死在一个教堂的地窖里，阿姨因为丈夫的偏见而不能收留她，生活中没有一丝希望，也得不到一点安慰。“你教你的女仆读书识字吗？”我问。

“当然了。”玛丽答得很快，“她们还学习写字和算术。这些本领会让她们更有价值，可以嫁给一个好丈夫——既喜欢挣钱又喜欢花钱的丈夫。”她向琼示意，要她帮忙把装满化学物质的易碎玻璃瓶移到火边。

“那么安妮也要学习。”我向安妮点了点头。她站在阴影里，脸色苍白，头发银黄，看起来像个幽灵。教育会增强她的信心。自从那次买封蜡跟洛纳先生讨价还价以来，她走路的步伐已经快多了。

“她将来会感谢你的。”玛丽表情很严肃地说道，“我们女人除了耳边听到的谎言以外，别无所有。我们的贞操先是属于父亲，然后属于丈夫。我们的一生都献给了家庭。我们不管与别人分享自己的想法、下笔写东西还是缝制一件衣服，创造出来的一切都是属于别人的。如果安妮懂得了文字和思想，她就可以永远拥有一些独属于自己的东西了。”

“你要是个男人就好了，玛丽。”我摇了摇头说道。彭布罗克伯爵夫人比大多数人都优秀，不管是男人还是女人。

“我要是个男人，现在就会在自己的庄园里，或者像亨利那样进宫觐见女王，或者像马修那样料理国家大事，但此刻我却跟你一起待在我的实验室里。全盘考虑下来，我觉得还是这样比较好——哪怕我们有时候被供上神殿，有时被误以为是厨房里的一条凳子。”玛丽圆圆的眼睛里闪烁着光芒。

我笑着说：“也许你是对的。”

“你要是进过宫，就不会怀疑这一点了。来吧。”玛丽转向她的实验，“现在初始材料正在加热，我们就等着吧。如果方法得当，就能产生哲人石。为了确保实验成功，让我们检查一下接下来的实验步骤。”

一旦炼金术手抄本在身边，我就把时间忘掉了。当马修和亨利走进实验室的时候，我抬起头，一脸茫然。我和玛丽在一直对一本名叫《无价新珠》的炼金术论文集中的意象进行深入讨论。难道已经到傍晚了吗?

“不可能已经到了回家的时候吧。还没到吧。”我抗拒道，“玛丽有一份手抄本——”

“马修知道这本书，当初是他哥哥送给我的。现在马修娶了一个博学的妻子，他可能会后悔。”玛丽笑着说，“日光室里准备了茶点。我今天本来就希望能看到你们两位。”听到她这样说，亨利向她心照不宣地眨了一下眼睛。

“那可太好了，玛丽。”马修在我的脸颊上吻了一下，算是打招呼。“显然你们今天的实验还没用到醋。你身上只有硫酸盐和氧化镁的气味。”

我恋恋不舍地放下那本书，把手洗干净。玛丽则把今天的工作用笔记录下来。我们刚在日光室里坐下来，亨利就再也按捺不住他的兴奋劲了。

“可以了吗，玛丽？”他问伯爵夫人，身体在椅子里扭来扭去。

“你跟那个年轻的威廉一样，对送礼物抱有很大的热情。”她笑着回答，“我和亨利要送给你们一个礼物，庆祝新年，也祝贺你们新婚。”

但是我们没有任何东西可以回送给他们。我看着马修，对于单方面受礼感到不安。

“在送礼物这方面，如果你想超越玛丽和亨利，那我祝你好运了，黛安娜。”马修遗憾地说。

“瞎说。”玛丽回答说，“马修救了我哥哥菲利普，保住了亨利的房产。任何礼物都报答不了这样的恩情，快别说这话扫我们的兴了。送礼物给新婚夫妇是个传统，而且正好是新年。马修，你给女王送了什么礼物？”

“她又送给可怜的詹姆士国王一个钟表，暗示他要老老实实等待机会，所以我想送给她一个水晶沙漏。我想提醒她人生在世，寿数有尽，可能会有用吧。”他板着脸说道。

亨利惊恐地看着他：“不，不会吧。”

“这不过是我沮丧时的突发奇想罢了。”马修安慰他说，“我当然会跟其他人一样，送她一个带盖的杯子。”

“别忘了我们的礼物，亨利。”玛丽也开始不耐烦了。

亨利拿出一个天鹅绒小袋子，递给我。我摸索着解开绳子，掏出一个沉重的金匣子，上面的链子跟匣子一样沉重。金匣子的正面有黄金掐丝图案，上面镶着红宝石和钻石，中间是马修的新月和星星标志。我把匣子翻过来，看到了带有花朵和旋涡卷纹的精美珐琅制品，于是惊叹不已。我小心翼翼地打开底部的扣环，一幅马修的袖珍肖像正对着我。

“希利亚德大师在这里的时候，设计了最初的草图。因为假日里他非常忙，所以就不得不让他的助手艾萨克帮忙绘制。”玛丽解释道。

我把那幅袖珍肖像托在手心，左看看右看看，画中的马修和他在家里卧室旁那间书房工作到深夜时一模一样。画中的他穿着缀有蕾丝的衬衫，领口敞开，略微挑起右眉，以一种我非常熟悉的那种混合严肃和嘲笑的表情，迎向观赏者的目光。他的黑色头发以典型乱蓬蓬的方式往后梳，露出额头，左手修长的手指拿着一个金匣子。相对于这个时代，这是一幅出人意料的坦率而带有情色意味的肖像画。

“你喜欢吗？”亨利问。

“非常喜欢。”我的眼睛无法离开这个新宝物。

“艾萨克在创意方面要比他的老师更加……大胆，但当我告诉他这是个结婚礼物的时候，他说服我，这样的金匣子永远是一个妻子的专属秘密，它展现公开场合中看不到的男人私下的面貌。”玛丽从我背后看着说，“画得非常像，但是我希望希利亚德大师能学会把下巴描绘得更加传神。”

“这个真是太完美了，我会永远珍惜它。”我说。

“这个是给你的。”亨利说着，递给马修一个同样的袋子，“希利亚德觉得你可能会展示给别人看，还会戴着它进宫，所以画得有点……呃，谨慎。”

“马修手里拿的那个金匣子里有我的袖珍肖像吗？”我指着那个镶一颗乳白色宝石的金框问道。

“我想是的。”马修温柔地说道，“那是一块月光石吗，亨利？”

“一件老古董了。”亨利自豪地说道，“它是我的珍品，我想把它送给你。你看，上面的浮雕是黛安娜女神。”

金匣子里的肖像比较端庄，但它不拘小节的程度也令人吃惊。我穿着一件黑色天鹅绒饰边的赤褐色长袍，精美的飞边环绕着我的脸庞，却没有遮住我脖子上闪闪发光的珍珠。我的发型暗示这是一件适合送给新婚丈夫的私密礼物。红色与金色的卷发狂野而任性地从我肩头流泻而下，披在背后。

“蓝色背景让黛安娜的眼睛显得更加漂亮，她的唇形真是栩栩如生。”马修也被这个礼物深深地打动了。

“我让人做了个画框，你们不戴的时候，可以把它们放到里面展示。”玛丽说着，向琼打了个手势。那个画框更像是个浅盒，黑色的天鹅绒上有两个椭圆形的凹坑。两张微型肖像嵌在凹坑里，刚好是一组成对的画像。

“玛丽和亨利送给我们这样的礼物，想得真是周到。”我们回到鹿冠公寓后，马修说。他从后面搂住我，手指交叉着放在我的小腹上，“我甚至都没有时间给你拍张照片，从没有想过我拥有你的第一张肖像竟会是尼古拉斯·希利亚德的作品。”

“画得好美。”我把手盖在他的手上，说道。

“但是……？”马修离开我，侧着头说道。

“尼古拉斯·希利亚德的微型肖像画是很抢手的，马修。我们回去的时候，它们也不会消失不见。它们是这么精美，我也不忍心在离开前把它们摧毁。”我说。时光就像我的衣领飞边：一开始它是一块非常光滑、平整、织得密实的布料，然后就被扭曲变形、裁剪、对折。“我们接触过去的方式会一再留下痕迹，影响现代。”我说。

“也许这就是我们应该要做的事情，也许未来就靠它决定。”马修建议道。

“我看不出来这种可能。”我说。

“现在是看不出来，但将来有一天我们回顾过去的时候，发现正是这些微型画像才改变了一切，这并不是没有可能的。”马修微笑着说。

“那就想象一下找到《阿什莫尔 782 号》手抄本会发生什么改变吧。”我抬起头看着他说道。看到玛丽那些装饰古朴华美的炼金术书籍，我又想起了那本神秘的手抄本以及我们多次寻找而不得的沮丧。“乔治没能在牛津找到它，但它肯定是在英格兰的某个地方。阿什莫尔从某个人的手里得到我们那本手抄本，我们应该去找卖给他手抄本的那个人，而不是手抄本本身。”我说。

“在这个年代，手抄本的流通量很大。《阿什莫尔 782 号》可能在任何地方。”

“说不定正好就在这里。”我坚持道。

“也许你说得对，我会让乔治去书商那里打听打听。”马修同意道，但我看得出来，和我们那本难以捉摸的书相比，他在担心很多更为迫在眉睫的事。

但是第二天早上，当安妮的阿姨，也就是那个生意兴隆的接生婆送来一封信后，关于《阿什莫尔 782 号》手抄本的所有想法都消失了。她已经回到了伦敦。

“这个女巫不肯来一个臭名昭著的吸血鬼兼间谍的家里。她丈夫反对这个安排，因为担心这会坏掉他的名声。我们必须要去她家，就在蒜头山上圣詹姆斯教堂的附近。”马修读完信后说道。看我没有反应，马修就皱着眉接着说道：“在城市另一端，紧挨着安德鲁·哈伯德的老巢。”

“你是吸血鬼，她是女巫，我们不应该有来往，她丈夫提高警觉是对的。”我提醒他。

尽管如此，马修还是坚持陪我和安妮穿过城市。圣詹姆斯教堂周围的地区远比黑衣修士区繁华得多，这里的街道宽阔整洁，房子很大，商店繁忙，教堂墓园井井有条。安妮领着我们走进教堂对面的一条小巷，尽管光线幽暗，但非常整洁。

“就在那里，罗伊登老爷。”女孩说道，将马修的目光引到一个有风车图案的招牌，便拉着皮埃尔蹦蹦跳跳往前冲，通知全家人我们来了。

“你不必留下来。”我告诉马修。即使马修不在旁边虎视眈眈，这次来访也足够让人紧张了。

“我哪里都不会去。”马修表情严肃。

一个圆脸、翘鼻子的女人在门口迎接我们，她的下巴圆润，眼睛和头发是深棕色的。她的面容很平静，眼中却闪烁着怒火。她半路上拦住皮埃尔，只允许安妮进屋，但安妮站在门旁，对这尴尬场面也显得不开心。

我也停下来，惊讶得张大了嘴巴。安妮的阿姨简直跟苏菲·诺曼长得一模一样，就是我们在麦迪逊家中向她挥手告别的那个年轻精灵。

“*上帝！*”马修低头惊讶地看着我，轻声说道。

“我阿姨，苏珊娜·诺曼。”安妮低声说。我们的反应让她非常不安。“她说——”

“*苏珊娜·诺曼？*”我无法把眼睛从她的脸上移开。她的名字和长相跟苏菲非常相似，这绝不可能是一种巧合。

“就像我外甥女说的那样，你看上去与这里格格不入，罗伊登夫人。”诺曼夫人说，“这里不欢迎你，*血族*。”

“诺曼夫人。”马修鞠躬说道。

“难道你没有收到我的信吗？我丈夫不想跟你有一点关系。”这时，两个男孩冲出了门。“杰弗里！约翰！”她喊道。

“就是他吗？”年龄大一点的男孩说。他好奇地打量着马修，然后又把目光转向了我。这个孩子有法力。尽管他还是个十来岁的少年，但身体周围未受训练的魔力噼啪作响，已能感受到。

“使用上帝赐给你的才能，杰弗里，不要问些无聊的问题。”女巫以品评的目光看着我说，“你肯定让哈伯德神父对你刮目相看了。好吧，进来吧。”我们正要进去的时候，苏珊娜举起了手，“你不能进来，血族。我只跟你妻子打交道。金鹅酒店的葡萄酒非常不错。如果你要待在附近的话。不过，如果你让你的手下护送罗伊登夫人回家的话，对大家都比较方便。”

“谢谢你的建议，夫人。我肯定会在酒馆找到满意的东西，皮埃尔会在院子里候着，他不介意寒冷。”马修抛给她一个豺狼般的微笑。

苏珊娜脸色一沉，赶快转过身去。“跟我走，杰弗里。”她扭头喊道。杰弗里叫上他的弟弟，又好奇地看一眼马修，然后跟了上去。“你准备好了也一起过来，罗伊登夫人。”

“我简直无法相信，她一定是苏菲几代以前的高曾祖母。”等诺曼一家人走出视线，我低声说道。

“苏菲一定是杰弗里或约翰的后代。”马修捋着下巴若有所思地说道，“这两个男孩之一，恐怕就是银棋子从基特手中流落到北卡罗来纳州诺曼家族，一连串失落环节中的一个。”

“未来还真会照顾自己呢。”我说。

“我想是的。至于现在，皮埃尔就待在这里，我也在附近。”他说。他眼睛周围的细纹变得更深了，即使在最安全的情况下，他也不愿意离我超过六英寸。

“我不确定要花多长时间。”我捏捏他的手臂说。

“没关系，需要多久就待多久。”马修轻轻吻了一下我的嘴唇，向我保证道。

走进屋子后，安妮匆忙取下我的披风，然后回到火炉边，蹲下来看着炉床上的某个东西。

“小心点，安妮。”苏珊娜的声音听起来显得烦恼。安妮正小心翼翼地把一个浅浅的平底锅从灰烬上的金属架上取下来。“哈克特寡妇的女儿需要这剂药帮助她入睡，药材非常贵的。”她又说。

“妈妈，我看不透她。”杰弗里望着我说。他的眼睛闪耀着智慧的光芒，在他这么小的年龄上，这光芒令人不安。

“我也看不透，杰弗里，我也不能。也许这就是她来这里的原因。把你弟弟带到别的房间去，动作要轻点，你爸爸正在睡觉，不要吵醒他。”

“好的，妈妈。”杰弗里说着，从桌子上一把拿起两个木头士兵和一艘小船。“这一次我让你当沃尔特·雷利，这样你就能打赢了。”他向弟弟保证道。

屋里安静下来，苏珊娜和安妮盯着我。我对安妮那微弱震动的法力已经很熟悉，但苏珊娜发出的持续探索的能量波我却没有一点准备。我的第三只眼睁开了，终于有人激起了我女巫的好奇心。

“这样很不舒服。”我说着，扭头摆脱苏珊娜强烈的凝视目光。

“应该如此。”她语气很平静，“夫人，你为什么需要我的帮忙？”

“我受到魔咒禁制，不是你想的那种。”见到安妮立刻从我身边退开，我说道，“我父母都是巫师，但他们都无法了解我的天赋。他们不想让我受到伤害，于是对我施咒束缚了我的法力。但现在禁锢已经松弛，所以奇怪的事情就出现了。”

“比如说？”苏珊娜说，示意安妮坐到椅子上。

“我曾好几次召唤出巫水，不过不是最近。我有时候能看见笼罩在人们身上的颜色，但不是一直都能看到，并且一碰到榅桲，它就枯萎了。”我很小心地不提那些更惊世骇俗的魔法事件，也没有提到墙角里那些奇怪的蓝黄色细线，也没有提到马修书本上的字是如何消失的，蛇怎样从玛丽的鞋子上爬下来。

“你的母亲或父亲是水巫吗？”苏珊娜问道，试图从我的故事中厘清头绪。

“我不知道。”我诚实地说道，“在我很小的时候，他们就去世了。”

“那么也许你更适合那种巫术。虽然很多人都希望拥有水系和火系的魔法，但得到它们是很难的。”苏珊娜带着一丝遗憾说道。我阿姨萨拉认为，依赖于元素魔法的女巫都是半吊子，可苏珊娜却似乎相反，认为魔咒才是低级的魔法。对于这些怪异的偏见，我只能忍住一声叹息。大家不都是女巫吗？

“我阿姨只教会我使用少数的魔咒。有时候我能点燃一根蜡烛，还能把物体召唤到身边。”我说。

“但你是个成年女人！”苏珊娜双手叉腰，“安妮会的本领都比你多，她还只有十四岁。你会从植物中配制出春药吗？”

“不会。”萨拉曾经希望我学习配制药水，但我拒绝了。

“你会治病吗？”

“不会。”我开始明白安妮为什么会有那种被骂得抬不起头的表情了。

苏珊娜叹了口气说 ：“真不知道安德鲁·哈伯德为什么让我来帮忙，我要照顾自己的病人，还有一个长期生病的丈夫和两个儿子。”她从架子上取下一个缺口的碗，又从窗户旁边的架子上拿来一只褐色的蛋。她把两样东西放在我面前的桌子上，然后拉出一把椅子。“坐下，双手压到大腿下面。”她说。

我莫名其妙地照她的话做。

“我和安妮要去哈克特寡妇家。我们不在的时候，你要把鸡蛋里的东西装到碗里，不能用手。这要用到两个魔咒：移动咒和简单的破开咒。我儿子约翰八岁了，已经不用想就能做到了。”她说。

“但是——”

“如果我回来的时候，鸡蛋不在碗里，那就谁也帮不了你了，罗伊登夫人。如果你的法力弱得连一个鸡蛋打不开，你父母用魔咒禁制你，可能是明智的选择。”

安妮抱起那个平底锅，抱歉地看了我一眼。苏珊娜在锅上面盖了个盖子，说：“走吧，安妮。”

我一个人坐在诺曼家的起居室里，想着那个破碗和鸡蛋。

“真是一场噩梦。”我低声说道，希望那两个男孩离这里很远，没有听到。

我深吸了一口气，集中能量。我知道这两个魔咒怎么说，很想让鸡蛋动起来——迫切地想。魔法只不过是变成现实的愿望而已，我这样提醒自己。

我把愿望都集中在那个鸡蛋上。它在桌子上跳了一下，然后就不动了。我默默地重复着魔咒，一遍又一遍。

几分钟后，我努力的唯一结果就是额头上出了薄薄一层汗水。我要做的不过是把鸡蛋拿起来打破而已，却做不到。

“对不起。”我对着自己平坦的肚子低声说道，“运气好的话，你会像你的父亲。”我的胃开始翻动起来，紧张和快速变化的荷尔蒙都有碍消化。

鸡会孕吐吗？我歪着头看着那颗蛋。有些可怜的母鸡，她们的小鸡还没有孵出来，就被抢走让诺曼家的人吃掉了。反胃的感觉越发严重了。也许我应该考虑吃素，至少在怀孕期间。

但也许压根就没有小鸡，我安慰自己。并不是每颗鸡蛋都能受精。我的第三只眼睛透过蛋壳，穿过厚厚的蛋清，看见了蛋黄。蛋黄表面上有细细的红线，透露出生命的迹象。

“能孵化。”我叹了口气说道。我在手上挪动了一下身体的重心。埃姆和萨拉有一段时间养过母鸡，母鸡只用三个星期就能孵化一只鸡蛋。经过三个星期的温暖和照顾，一只小鸡就出生了。我得等上好几个月才能见到我们的孩子，感觉很不公平。

关爱和温暖。多么简单的条件，却保证了生命的诞生。马修说什么来着？*孩子所需要的就是爱，一个为他们承担责任的大人、一个温暖的地方*。小鸡们也是如此。我想象着身处母鸡温暖羽毛当中，虽然碰来撞去却非常安全的那种感觉。我们的宝宝漂浮在我的子宫深处，也会有这样的感觉吗？如果没有，可以用魔咒补救吗？一个用责任感织成的温暖所在，把婴儿包裹在关爱、温暖和爱护之中，同时又很温柔，既让他感到安全，也赋予他自由，有这样的魔咒吗？

“这才是我真正的愿望。”我喃喃道。

唧唧。

我看了看四周。很多人家都养着几只小鸡，在壁炉边觅食。

唧唧。声音来自桌子上的那个鸡蛋。鸡蛋上有条裂缝，从那里露出一个喙。一颗仍然湿润的毛茸茸的小脑袋上有一双迷惑的黑眼睛，对着我眨眼。

有人在我身后惊呼一声。我转过身来，看到安妮正用手捂着嘴巴，两眼紧紧地盯住桌子上的那只小鸡。

“苏珊娜阿姨。”安妮放下手，说道，“那是不是……？”她的声音越来越小，最后无言地指着我。

“是的，那就是罗伊登夫人新魔法留下来的残光。去请艾尔索普奶奶到这里来。”苏珊娜推着她的外甥女，让她转身，从原路出去。

“我没能把那只鸡蛋移到碗里去，诺曼夫人。”我很抱歉，“那些魔咒不管用。”

湿漉漉的小鸡高声抗议，不满的吱吱一声接着一声。

“不管用？我开始相信你对怎么做女巫这件事一无所知了。”苏珊娜难以置信地说道。

我有点觉得她说的是对的。

20

周二夜里，菲比发现邦德街上的苏富比办公大楼里寂静得令人心慌。她虽然在这家伦敦拍卖行已经工作了两个星期，却依然不太习惯。所有的声音——头顶电灯的嗡嗡声，保安人员试拉门把、确定门已锁好的响声，远处电视上传来的罐头笑声——都会让她惊跳起来。

作为这个部门里资历最浅的职员，在上锁的门后等待惠特莫尔博士的到来就落在了菲比的头上。她的主管西尔维娅坚持认为，需要有人在下班后看着这个人。菲比觉得这个要求非常不合理，但她刚来这里工作，充其量只能提出微弱的抗议。

“你当然要留下来。他七点钟到。”西尔维娅平静地说着，手指摸了摸珍珠项链，然后拿起那张芭蕾舞门票。“再说了，你也没有别的地方可去，对吧？”

西尔维娅说得对。菲比确实没有别的地方可去。

“但他是谁呢？”菲比问。这是个非常合理的问题，但西尔维娅却好像受到了冒犯。

“他来自牛津，是公司的重要客户。你只需要知道这些就可以了。”她回答道，“苏富比很重视保密，难道你培训时没有学这部分内容吗？”

于是，菲比就一直坐在办公桌边等待，说好的七点钟早就过了。为了打发时间，她就翻阅档案，想更多地了解一下那个人。她喜欢在见一个人之前，尽可能了解那个人的背景。西尔维娅可能认为她所需要知道的就是他的名字和大致来历，但菲比不这么想。她母亲教过她，个人信息是一种强大的武器，用在鸡尾酒会和正式晚宴的客人身上最有效。但是菲比在苏富比档案里并没有找到任何关于惠特莫尔的信息，他的客户编号下只有一张锁在档案柜里的卡片，上面写着“克莱蒙家族——可询问董事长”。

八点五十五分时，她听到外边有人。那个男人的声音很粗哑，却有种奇特的音乐感。

“这是三天之内你第三次派我来捕风捉影了，伊莎波。拜托你记住，我还有正事要做，下次派阿兰来。”一阵短暂的停顿，“你以为我不忙吗？我看到他们之后就给你打电话。”那个男人又低声咒骂了一句，“看在上帝的份上，让你的直觉歇歇吧。”

那男人说的语言很奇怪，一半是美式英语，一半是英式英语，口音也一样含混，好像来自每个地方，同时也不来自任何地方。菲比的父亲曾在女王的外交部门工作过，他的声音也是这样的含糊不清，好像来自任何地方，也不来自任何地方。

门铃响了，又一个让菲比畏惧的刺耳响声，虽然事实上她正期待着它。她起身离开桌子，大步走过房间。她穿着黑色的高跟鞋，这双鞋花了她一大笔钱，却让她显得个子更高，而且更有威严，她这样告诉自己。这是她初次面试时从西尔维娅那里学到的一招，那时她穿的是平底鞋。后来，她就发誓，再也不会让自己显得“可爱娇小”了。

她透过猫眼看到了一个光滑的额头，乱蓬蓬的金发，还有一双湛蓝色的眼睛。这肯定不是惠特莫尔博士。

突然的一声拍门声把她吓了一大跳。不管这个人是谁，都很没礼貌。菲比气恼地按了一下对讲机上的一个按钮。“谁呀？”她不耐烦地问。

“马库斯·惠特莫尔来见索普女士。”

菲比又透过猫眼看了一下。不可能的，这么年轻的人不可能赢得西尔维娅的关照。“能看一下您的证件吗？”她干脆地说道。

“西尔维娅在哪里？”那双蓝眼睛眯了起来。

“去看芭蕾舞了，我想是《葛佩莉娅》。”她说。西尔维娅买的是最好的位子，这种奢侈的费用还可以报销。门外那个男人啪的一声把证件拍到猫眼上。菲比后退了一下，说：“请您后退一下好吗？这个距离我什么都看不到。”证件从门板后退了几英寸。

“是真的吗，……女士？”

“泰勒。”她答道。

“泰勒女士，我在赶时间。”证件消失了，取而代之的是两道蓝色火焰。菲比再次后退，大吃一惊，但还是认出了证件上的名字，以及他隶属的牛津大学科研机构的名称。

这位就是惠特莫尔博士。一个科学家跟苏富比拍卖公司之间会有什么业务呢？菲比按下了开门按钮。

咔嗒声一响，惠特莫尔就推门而入。他一身去苏活区夜店的打扮：黑色牛仔裤，复古版灰色 U2 乐队 T 恤衫，一双可笑的高帮匡威运动鞋（也是灰色）。他脖子上戴着一条皮绳，上面挂着几个来路不明、毫无价值的装饰品。菲比拉直身上那件洁白无瑕的衬衫的下摆，不满地看着他。

“谢谢。”惠特莫尔说。他站得离她很近，一点也不想保持礼貌的社交场合所允许的距离。“西尔维娅给我留下了一个包裹。”他说。

“请坐，惠特莫尔博士。”她指着办公桌前面的一把椅子，说道。

惠特莫尔的蓝眼睛从椅子移到她身上。“一定要坐吗？花不了多长时间的。我来这里就是想证实一下，我奶奶并没有到只有马的地方寻找斑马。”

“不好意思，您说什么？”菲比一点一点地挪向桌子。桌面下边的抽屉旁边有一个警铃，如果这个男人再表现恶劣，她就会按响它。

“包裹。”惠特莫尔一直凝视着她，眼中闪现出对她感兴趣的火花。菲比意识到这一点后，就双臂交叉，企图挡住他的目光。他看都不看一眼，就指着桌子上一个有衬垫的盒子说：“我猜就是那个吧。”

“请您坐下，惠特莫尔博士。公司早就下班了，我也很累，必须填完表格，我才能让您检查西尔维娅留下的东西。”菲比伸手揉揉脖子，一直仰望着他，让她肌肉痉挛。惠特莫尔的鼻翼翕动，眼帘垂了下来。菲比留意到他的眼睫毛的颜色比他金色的头发还要深，而且比她的睫毛还要长而浓密。任何一个女人为了拥有这样的睫毛，即使杀人也甘愿。

“我真的觉得你最好把那个盒子交给我，让我离开这里，泰勒女士。”他的声音不再粗哑，变成了低沉的警告，不过菲比无法理解其中的原因。他要干什么，要偷走这个盒子吗？她又一次想按响警报，但又觉得最好不要。如果因为她喊来警卫而得罪了一个客户，西尔维娅会十分恼火的。

于是，菲比走到桌子边，拿起纸和笔，然后走回来塞给这个来访者。“好吧，惠特莫尔博士，如果您愿意的话，我也愿意站着工作，虽然很不舒服。”

“这是我一段时间以来听到的最好的建议了。”惠特莫尔撇撇嘴说道，“不过呢，如果我们要继续，就得按照霍伊尔[①]的方式，我觉得你应该称呼我马库斯。”

“霍伊尔？”菲比涨红了脸，尽量站直。惠特莫尔没有把她当回事。“我认为他不在这里工作。”她说道。

“我当然希望他不在这里。”他潦草地签上了名字说，“埃德蒙·霍伊尔 1769 年就已死了。”

“我刚到苏富比公司工作，原谅我不认识您说的这个人。”菲比不以为然地说道。她又一次觉得离隐藏在办公桌下面的那个按钮太远了，无法按到它。惠特莫尔可能不是个盗贼，但可能是个疯子。

---

① 埃德蒙·霍伊尔（1671—1769），英国律师与作家，精通扑克游戏，被同时代的人看作扑克游戏的权威。所以说“按照霍伊尔的方式”时，表示当事人对自己的做法充满自信。

“给你笔。”马库斯彬彬有礼地说道，“还有你的表格。看到了吧？”他靠得更近了。“我是严格按照你的要求做的，我真的很听话吧，我父亲规定我要这么做。”

菲比从他手里接过笔和纸时，手指碰到了他的手背，一阵冰冷让她打了一个寒战。她注意到他的小拇指上戴着一枚重重的金印戒指，看起来像是中世纪的古董，但没有人会戴着一枚如此贵重而罕见的戒指在伦敦乱逛的。那肯定是冒牌货——尽管仿制得非常好。

她一边检查表格，一边回到办公桌。表格看上去填得很整齐，如果最后发现这个人是个罪犯——对此她一点都不感到惊讶——至少她不会有违反规则的过失。菲比掀开盒盖，准备交给这个怪异的惠特莫尔博士查验。但愿之后就可以回家了。

“啊。”她惊呼一声。她以为会看到一串钻石项链，或者是维多利亚时期精致的镶金绿宝石——她祖母会喜欢的那种东西。

盒子里却装着两张椭圆形的袖珍肖像画，放在两个框里，那两个框是特别设计的，正好符合画的外形，保护它们免于受损。其中一个是女人的肖像，她一头长发，发色金黄透红，敞开的衣服飞边衬托着鹅蛋形的脸蛋，目光沉着而自信，嘴角绽放出一个弯弯的温柔微笑。画像背景是碧蓝色的，是伊丽莎白时期尼古拉斯·希利亚德大师作品中常见的色彩。另一张画的是个男人，一绺黑发从前额向后梳着，同黑色的眼睛相比，蓬乱的胡子让他显得更加年轻，他的白色亚麻衬衫领子也是敞开着的，露出比衣服更加白皙的皮肤。他修长的手指上拿着一块坠在一根粗项链上的宝石。在这个男人身后，金色的火苗燃烧着、盘旋着，那是激情的象征。

一声温软的气息逗弄着她的耳朵。“天啊！”惠特莫尔惊叹道，仿佛看到了一个鬼魂。

“很美，不是吗？这一定是刚送来的那组袖珍肖像画了。什罗普郡的一对老夫妇发现它们就藏在家里那个银箱子的后面，那时他们正在找地方存放一些新东西。西尔维娅认为它们可以卖个大价钱。”她说。

“哦，毫无疑问就是这个了。”马库斯在电话上按下一个按钮。

“谁呀？”电话的另一端传来傲慢的法语。菲比认为，现代的手机真是个问题，每个人都对着手机说话，别人都能听到他们的私人谈话。

“奶奶，你说的那些画像的事是真的。”

电话里飘来了一个得意扬扬的声音。“马库斯，现在你愿意全心全意地听我了吗？”

“不，这得感谢上帝。我若全心全意对待任何人，都对那个人没有好处。”惠特莫尔看着菲比，笑着说。这个男人很有魅力，菲比不得不承认。“不过过几天再给我安排新任务吧。你愿意付多少钱买这两幅画像，还是我不该问呢？”

“什么价格都行。[①]”

价格不重要。这是拍卖行最高兴听到的话。菲比低头看着袖珍画像，它们真的很特别。

惠特莫尔跟他的奶奶结束了对话，立刻用手指飞快地操作手机，发出了另一条信息。

---

① 原文为法语 N' importe quel prix。

“希利亚德认为，他的肖像画最好私下欣赏。”菲比若有所思地说道，“他觉得他的绘画艺术把画中人的秘密都展示出来了，你看得出原因，这两个人一看就像隐藏了各种各样的秘密。”

“这一点你说对了。”马库斯轻声道。他的脸凑得很近，让菲比有机会仔细审视他的眼睛。它们比她刚开始感觉的还要蓝，甚至蓝过希利亚德用来画画的富含石青和群青的颜料。

这时，电话响了。菲比去接电话的时候，感觉他的手仿佛滑下来搂住了她的腰，虽然只是一瞬间。

“把画像交给那位先生，菲比。”是西尔维娅打来的电话。

“我不明白。”她呆呆地说道，“我没有权——”

“他直接买下了。我们的义务就是为拍卖品争取最高的售价，我们做到了。塔弗纳夫妇如果愿意的话，就可以在蒙特卡洛①安享晚年了。你还要告诉马库斯，如果我错过了这段《庆典之舞》②，下一季度的演出我要坐在他家的包厢席里看。”西尔维娅挂断了电话，

房间里一片寂静。马库斯·惠特莫尔的手指轻轻地放在装有那张男人画像的金盒上面，那姿势就好像是充满渴望地要与某个去世很久的无名人士进行交流。

“我差点就以为，如果我说话的话，他可能就会听到。”马库斯伤感地说。

有点不对劲，但菲比不知道问题出在哪里，但事情显然不是购买

---

① 摩纳哥公国城市，位于欧洲地中海之滨、法国的东南方。
② 原文为法语 danse de fête。

两幅16世纪的袖珍肖像画那么单纯。

“惠特莫尔博士，花这么大一笔钱购买两张无法确认身份的伊丽莎白时期的袖珍肖像画，您祖母的银行存款一定非常可观。您也是苏富比的客户，所以我觉得有义务告诉您，您出了不合理的高价。同时代的一幅伊丽莎白一世女王的画像，如果遇到合适的买主，或许能在拍卖会上喊到六位数的价格，但这两幅画是不可能的。”画中人的身份在估价方面至关重要。“我们永远都不会知道这两个人是谁，已经默默无闻了好几个世纪。名字是很重要的。”

“我奶奶也是这样说的。”

“那么她应该知道，如果确定不了画中人的身份，这两幅画像是不可能升值的。”

“说实话。”马库斯说，“我奶奶投资不求回报，而且她宁愿所有人都不知道他们是谁。”

听到这种奇怪的论调，菲比皱起了眉头。他的祖母还真的自以为认识这两个人吗？

“跟你做生意很愉快，菲比，虽然我们是站着完成这笔生意的。”马库斯顿了一下，露出迷人的微笑，“你不介意我喊你菲比吧？”

菲比的确介意。她生气地揉了揉脖子，把长度只到领口的黑发拨开。马库斯的目光流连在她肩膀的曲线上。看她不回答，他就合上盒子，把肖像画夹到腋下，倒退着往外走。

“我想请你吃晚饭。”他温和地说道，似乎没有觉察菲比明显不感兴趣的暗示，“我们可以庆祝塔弗纳夫妇的好运，还有你和西尔维娅平分的可观佣金。”

西尔维娅？分到一笔佣金？菲比难以置信地张大了嘴巴。她老板这样做的概率小于零。马库斯的脸色暗淡下来。

“这是交易的条件之一。我奶奶不同意用其他方式。”他的声音很蛮横，“晚餐？”

“我天黑后不跟陌生男人出去。”

“那就明天一起吃过午饭后，再请你共进晚餐。你只要跟我共度两个小时，我就不再‘陌生’了。”

“哦，之后你还是陌生人。”菲比低声说，“我不出去吃午饭，只是在办公桌边吃点东西。”她困惑地望向别处。刚才前半句，她有说出声吗？

“我一点来接你。”马库斯说，笑得更加灿烂了。菲比的心一沉，她的确说出声了。“你不用担心，我们不会走远的。”他说。

“为什么不呢？”难道他以为她害怕他，或者跟不上他的步伐吗？天啊！她恨自己是个矮子。

“我只是想让你知道，你还可以穿上这双鞋子，不用担心会扭伤脖子。”马库斯天真地说。他的目光慢慢地从她的脚尖移到黑色的皮鞋上，在她的脚踝上徘徊了一下，然后顺着她小腿的曲线往上缓慢移动。“我喜欢。”

这个男人以为他是谁呀？他表现得就像一个18世纪的浪荡子。菲比坚决朝门口走了几步，她的高跟鞋发出令人满意的嗒嗒声。她按下开门按钮，把门打开。马库斯走向她，发出赞赏的声音。

“我不应该这么急切。我奶奶不喜欢这种行为，就像她不喜欢在商界被人踢出局。但有件事情，菲比。”惠特莫尔低下头，嘴巴离她的耳朵只有几英寸远，然后把声音降成了耳语。“我跟那些男人不一样，把你带出去吃饭，然后可能还想到你的住处图谋不轨。你的矜持和好教养是吓不走我的。恰恰相反，我禁不住想象，当你冰冷的外表融化的时候，会是什么样子。”

菲比屏住了呼吸。

马库斯捉住她的手。他凝视着她的眼睛，嘴唇紧紧贴在她的肌肤上。“明天见。我走后一定要把门锁好，你的麻烦够多的了。”惠特莫尔博士后退着走出房间，又冲她灿烂地一笑，然后转过身，吹着口哨消失了。

菲比的手在发抖。那个男人——那个一点都不懂礼仪的陌生男人——吻了她，就在她工作的地方，而且没有经过她的同意。

她竟然没有给他一记耳光。有教养的外交家女儿们从小就被教导，无论是在国内还是海外，对付调戏的最后一招就是给对方一记响亮的耳光。

她真的有麻烦了。